Qiu Huadong
Collection

邱华栋文集

U1068823

长篇小说

正午的供词

邱华栋 著

江苏凤凰文艺出版社
JIANGSU PHOENIX LITERATURE AND ART PUBLISHING, LTD

图书在版编目（CIP）数据

正午的供词 / 邱华栋著 . -- 南京 : 江苏凤凰文艺出版社 , 2018.6
（邱华栋文集）
ISBN 978-7-5594-0484-8

Ⅰ . ①正… Ⅱ . ①邱… Ⅲ . ①长篇小说 – 中国 – 当代 Ⅳ . ① I247.5

中国版本图书馆 CIP 数据核字 (2017) 第 126262 号

书　　名	正午的供词
著　　者	邱华栋
责任编辑	黄孝阳　王　青
出版发行	江苏凤凰文艺出版社
出版社地址	南京市中央路 165 号，邮编：210009
出版社网址	http://www.jswenyi.com
印　　刷	三河市人民印务有限公司
开　　本	690 × 960 毫米　1/16
印　　张	26
字　　数	315 千字
版　　次	2018 年 6 月第 1 版　2021 年 6 月第 3 次印刷
标准书号	ISBN　978-7-5594-0484-8
定　　价	65.00 元

（江苏凤凰文艺版图书凡印刷、装订错误可随时向承印厂调换）

以搭积木的方式写小说

——《正午的供词》修订版自序

这部小说完成于 1999 年，当时我三十岁。男人似乎对自己整数的年龄都很在意，像我，觉得三十岁的时候，一定要写一个相对复杂的长篇作品，来给自己的三十岁做一个纪念。于是，我就写了这部小说。我记得，写这部小说的初衷，是想给我经历的北京生活做一个文学的刻度盘。我注意到，文学史上很多伟大作家，都在和他们生活的城市较劲，比如詹姆斯•乔伊斯，他一直在和都柏林较劲，查尔斯•狄更斯呢，则一直在和伦敦较劲，还有的大作家在和巴黎、纽约、柏林、莫斯科较劲。那么，也许，我可以和北京较较劲？于是，我就写下了很多和北京有关、以北京为背景的小说，比如“北京时间”的这个系列长篇小说。

其实，这种想法多少显得有些狂妄和无知。北京那么伟大，你想和她较劲，人家根本不愿意搭理你，你肯定会在城市的面前粉身碎骨，你这不是螳臂当车、自不量力吗？因此，这么多年下来，我虽然写了很多和北京生活有关的作品，可和北京较劲，我却从来都没有占过上风，即使没有粉身碎骨，也基本上是遍体鳞伤了。

2000 年 9 月，第一次由中国青年出版社出版这本书的时候，我记得有一天早晨我买了一份小报，一看内容，当真是吓了一跳。那条新闻的大标题是："张艺谋被预言杀妻后自杀　邱华栋小说新作影射影视界"，哎呀，可把我吓坏了。后来，我发现，张艺谋并没有来找我的麻烦，我也就不怎么担心了。而出版这本书的朋友还说，让他们去炒作，你这本书还可以多卖几本呢。的确，这部小说出版以后，由于小说的题材和故事情节涉及了影视界，就引起了很多报纸的关注，关注的焦点就是，我是不是用这本书"影射"了张艺谋。一时间，这条新闻上了很多报纸的娱乐版面，还有十多家各地的晚报连载了这部小说，从而使这本小说成了我的"代表作"。但对于写小说的人来说，老实讲，"影射"别人是十分老土的方法，除非你真的恨一个人。再说了，因为网络、报纸"酷评"的存在，谁都可以直抒胸臆，所以我根本没有必要去用小说影射一个人，那太费力了。当时媒体大炒"影射说"，只是媒体为了吸引读者、去抓新闻的一个手段，是完全不必当真的，反映了社会的浮躁。我一开始十分紧张，后来我觉得，没有必要再理会这件事，于是种种说法也就慢慢销声匿迹了。因此，借着出版修订版的机会，我再作一篇自序来说明。

其实，对很多作家来讲，他的作品都是他的广义的自传。我写这部小说的初衷，只是想借一个电影导演的生活和作品的发展变化，折射出变革的时代在一个艺术家身上的投影，绝对没有想去影射一个人比如张艺谋的意思。后来，也就是在 2010 年，我有一次见到张艺谋，还向他表示歉意，说，我当年写了这么一本小说，别人说我影射你了，不知道你生气了没有？他说，你还写了这样一个小说？我从来都没有听说过啊，无所谓的。你看，人家根本就不知道你有这本小说。当年报纸的炒作，人家根本就没有理会呀。

我也就释然了。毕竟，我这本小说写的就是电影导演和演员的故事，是比较容易去联想起一些人的。

实际上，这本小说的外壳是一本侦探和犯罪小说，它以一起凶杀案为线索，展开了叙述。小说一开始，两个主人公就死了，这两个死者一个是红遍国内外的大导演，还有一个则是由导演一手造就的电影女明星。小说的叙述者对这两个死者的生平进行了不断深入的研究与发现，对死者一生中的不同时期的见证人进行了采访，从而揭开了这一起凶杀案的背后秘密：电影导演潘岳为什么会亲手杀死他一手捧红的电影明星夏百灵？小说由此进入了对死去的人的心灵探究，以及对活着的人的描写，由一起凶杀案，引发了对当下社会现实和人性复杂性的思考。通过主人公——电影导演和电影明星二十多年的成长，从个体心灵成长的角度，我描绘了二十多年来社会的变化在人的内心中的投影。我在小说中塑造的人物众多，有名有姓的就有七八十个，建立了一个丰富的文学人物画廊。

当初，媒体的炒作，对我的这本书的文学价值是一个伤害。就是因为“影射说”的存在，我较少看到有评论家对我这本别具匠心的小说发表好的研究文章。因为，这是一部实验小说，我构思长达三年，写作用了两年，出版不太顺利，也用了一年的时间。小说的每一章、每一种文体，我都十分用心，并巧妙结构。我当初写这本书，也是想检验一下我受到的西方现代派文学技巧的能力。因为，现在一个作家写一部小说，你要是没有给这部小说找到合适的形式，那你一开始就失败了。我也看到一些当代作家基本丧失了对形式的敏感和探求，就非常担心，而形式对今天的长篇小说来说，特别重要。这就相当于你怎么去盖一座房子。

写这部小说，在形式上我做了很多努力，也许可以用很多标签来贴上去，比如：积木小说、新犯罪小说、后现代小说、材料小说、拼贴小说、新新闻主义小说、结构主义小说、信息小说等。具体到每一个章节，我将报告、文件、日记、散文、书信、访谈、诗歌、剧本、回忆录、札记、评论、消息等各种文体，来按照章节和内容的不同分别结构，使得本书驳杂、丰富，成为一本文体上十分芜杂的作品。

2001 年 9 月，江苏文艺出版社又出版了这本小说新版，我做了一些修订。同一年里，这本小说还被评选为“1978—2000 年当代长篇小说 50 强”，由时代文艺出版社整体推出。有一个叫邓建国的人还买下了这部小说的影视改编权，让我写了一稿电影剧本，又让邹静之写了一稿剧本，最终不知道什么原因，没有投拍成功，版权又回到了我手里。

所以，借助这次修订本的出版，我全面修订了旧版本的很多错误，也包括首版中被改动的、我的每一个章节的标题、一些章节中本来没有但被加上的标点符号等，最重要的是，过去出版的几个版本，叙述人都是“我”，我现在统一改回了“笔者”，这一点是我原稿里就存在的、我特意要保持的称呼。现在，我都一一恢复了原貌，读者可以完整地看到我的这部小说的原貌了。

目　录

第一章　溅血的证词

· 1

在一个忘却的时代里谈论死者，的确是一件困难和不恭的事，因而，面对导演潘岳和影星夏百灵之死，笔者多少感到了为难。想当初，也就是在一年多以前，当著名电影导演潘岳亲手杀死了由他一手造就起来的大牌影星夏百灵一案发生时，媒体那种疯狂炒作，杂志书籍一起关注的盛况，现在已没有了踪迹。人们的兴奋和聚焦点又转向了别处，比如说，新的名人隐私。但是，这两个著名的公众人物之死，无论如何是一件悲惨的事，笔者与那些善忘之徒不同，内心总是有一种隐痛，一种悲悯，因而总也忘不了这样一件事。你想想看，一个男人，一个获过美国奥斯卡最佳外语片奖的中国导演，一个还获过很多其他A级电影节大小奖项的大导演，一个正值事业高峰时期的三十九岁的男人，在一种可怕的力量的驱使下，亲手用一把刃长十四厘米，柄长八厘米的镶银藏式匕首，把自己的妻子（结婚前他们已相恋好多年）、百灵鸟一样可爱的国际级影星夏百灵杀死，这其中有着多少人性的奥妙值得探询？又有多少恩怨值得清理？因此，在笔者的眼中，潘岳和夏百灵之死，就像是一支口红，你只要用它在纸上或者嘴唇上一画，那种血色的艳丽马上就会出现在你面前，久不褪色。

而且，那把镶银的藏式匕首笔者还见过，当然是承蒙公安局宣传处笔者一个老同学的帮忙，在笔者的采访进程中，笔者在市公安局刑侦处一科的一个专放各种物证的赤色柜子里看到的。那把匕首经查证，是潘岳的朋友，著名前卫戏剧导演黄中卫（男，三十五岁）从西藏带回来送给潘岳的，时间在四年之前。后来出于某种微妙的原因，黄小卫和潘岳交恶了（有关原因随后笔者将谈到）。“我没想到他用的是我送他的那把刀，那把刀很锋利，是我多年以前在西藏时去阿里的路上，一个英武的康巴人送给我的。我真没想到他会用那把刀。也许，他用斧头、菜刀或者用铡刀来杀夏百灵更来劲儿些。他就是一个内心阴暗的人。他真不应该用我送他的那把刀来对付可怜的小百灵，那把刀多么精致啊！”黄中卫谈起潘岳脸上依旧带着一种复杂的表情，看上去他和潘岳似乎积怨很深，“他就是一个杀人凶犯。”他最后总结说。他和潘岳、夏百灵一起还排演过一部话剧《白雪公主与白马王子》呢。

在潘岳和夏百灵死后由报纸披露的照片中，笔者保留了《华夏电影报》《文化报》《京华都市晚报》的几个专版照片，这些他们的生前照片内容涉及了两个人的大学时代、初出茅庐和盛名时代等各个阶段，是一些历时性的重要资料。虽然这些照片对了解他们来说是一个个的片段和脚注，但是在你眼前展现出来的两个人，一个男人和一个女人的成长与毁灭，的确令人触目惊心。按照照片的说明介绍，笔者了解到夏百灵比潘岳要小九岁，也就是说，一年前她被潘岳杀死的时候才刚满三十岁，她从影却已有十年之久。那时候她正是光彩照人、美丽绝伦的时候。他们有不少幅合影，从照片上看，潘岳略显消瘦，但体魄健康，目光很有内容，一看就是那种比较有魅力的男人，而且有时候他也要留一脸的大胡子。他出生于东北，祖籍山东，在北京度过了求学时期。而夏百灵真的算是一个绝顶美人儿了。她身材秀丽，但又很有一点柔中带刚，两个人的合影看上去非常和谐，一看就是非常合适的一对儿。

关于夏百灵是否是“中国第一美人”的说法一向有一些争议。两年多以前，法国《巴黎竞赛画报》在一段欧洲影评人评选中，将夏百灵评为“亚洲最美丽的女人之一”。毫无疑问，出生于安徽的夏百灵的确美丽非凡，既有着南方女子的秀气与灵气，在北京待了多年，使她又有了除却机心与质朴的大气和爽朗，但若把她说成是亚洲第一美人，在影视圈中一些女明星就有不同看法。“扯淡，她怎么算得上是最漂亮的中国女人呢？法国那家破画报的说法完全不值一提，你想想，在那帮老外的眼中，中国女人还不个个都漂亮？我觉得，在当红影星中，巩俐才应该算是中国最漂亮的女人吧？刘晓庆也不差嘛！说她是最漂亮的中国女人，我不这么看。”方梅这么肯定地说。方梅也是一个刚刚三十岁的著名电影明星，在影视界她和夏百灵是老对手了，但方梅的命运不济，由她扮演主角的电影，没有一部获过A级国际电影节大奖的，即使是在A级国际电影节中排最后一名的“上海国际电影节”上，最近由她主演的一部城市爱情片，也遭到了淘汰，获大奖的是一部英国电影。因此笔者在访问她时，看上去她的情绪低落极了。她住在建国门一幢高级公寓中，笔者应约采访她时，走进了她的屋子如同走进了一个迷宫，这是一套由五室二厅和一套三室一厅打通后形成的居室，加上双卫生间和厨房，一共十几间屋子，笔者找了半天，才顺着她不断呼唤的声音找到了她。笔者听说她最近的公司运营十分不顺，果然，在回答完笔者的一些问题后，她有点儿惆怅地说：“下个月，这套房子的主人就换了，我把它卖给了一家保健品推展公司的老板。我得用这卖房子的一百多万救我的公司。你说这年头生意怎么那么不好做？”是的，不光生意不好做，而且电影也更加难拍了，笔者认为。方梅确实是天生丽质，她目前还单身一个人，住在这么大的一套房子里，完全像是住在了墓穴中，不过，她还养了几只白色的大波斯猫和一只白色的哈巴狗，以及高及屋顶的一个巨型电子热带鱼水箱。那是我见过的最大的私人鱼缸了。

方梅确实天生丽质，尽管她时运不济，她身上也有一种夏百灵所没有的火辣辣的气质和逼人的美丽。但笔者以为她如此评价夏百灵是出于内心的嫉妒和一种女人的私心。笔者甚至猜想，至今单身的她，养的那条白色哈巴狗，是否也像传说的那样（类似某些有着不明不白的巨款的“富婆”那样），是专门用来替代男人，每天晚上用热乎乎的舌头舔她的那儿，从而达到连绯闻都无法替代的性高潮？笔者离开她家时就这么想过，但立即为自己肮脏的想法感到了惭愧，禁不住在内心痛骂起自己联想过于丰富了。不管怎么说，法国《巴黎竞赛画报》、德国《焦点》周刊、美国的《时代》周刊和香港的《亚洲周刊》对夏百灵都曾做过重头戏的报道，说夏百灵是一个国际级的大牌明星，恐怕并不为过。因为中国女影星中，除了巩俐有幸上了《时代》杂志的封面之外，其他女影星冲上国际媒体的可谓寥寥无几。因而，夏百灵之死，当时自然也立即引发了全球媒体的广泛关注。但是在一年多以后的今天，笔者重新打开这些国际级新闻媒体，我看到的则是索罗斯的东亚金融危机、北约东扩的正式进行、戴安娜王妃之死、克隆羊、国际象棋的人机大战、中东危机与中美世贸达成协议俄罗斯进攻车臣的消息，这些国际大事充满了这些媒体的版面，没有一处谈到潘夏之死了。当然，新闻媒体也不可能去关注老旧的新闻，否则新闻记者们的饭碗也保不住，但笔者想，一些电影类报刊按说不会有如此忘性吧？笔者却同样没有能从这类专业报刊上读到有关他们的文章。在他们死后一周开始上市的多种有关他们生平的传记作品，现在也早已进入了降价书市的柜台了。

因此，对这样一个信息时代，笔者多少有些憎恶和厌烦，甚至是有些恶心，但有趣的是，在笔者的不辞辛劳的顽强取证下，笔者在由美国出版的最近一期《花花公子》——一本成人色情杂志上，读到了一个外国电影专家汉娜（女，德国人）撰写的有关潘岳电影艺术的长篇论文。该论文有一万多字，叫作《电影语言的文化语境与表述形式》，穿插在一些披着薄莎的裸女间游走。此外同期还刊登了法国已故哲学家罗兰·巴特的一篇符号学论文，因而使笔者对《花花公子》杂志不禁另眼相看了。笔者顺便在此做一个比较，按照笔者有限的阅读范围和阅读经验，欧洲各国的色情杂志，尤其是北欧几个小国出版的成人色情杂志最为成熟，但比不上美国色情杂志的专业分工之细，像同性恋、倩女集、虐恋等等专业对口的杂志之多，如同美国的多民族拼盘。而像日本、中国台湾和中国香港的色情杂志则等而下之了。由此看，《花花公子》在成百上千种成人色情刊物中，尚属含蓄一类的。也正因为它的含蓄和“老派”，它的经营状况据说目前并不太好。我想，这应该与它刊登了研究潘岳电影艺术的论文和哲学家罗兰·巴特的论文也不无关系吧？

对于潘岳的电影，人们大都很熟悉，他从电影学院导演系毕业之后，从 1984 年到 1998 年，十四年间一共拍了十二部影片，还主演了话剧《白雪公主与白马王子》，几乎每一部电影都引起了很大的关注和影响。你甚至可以从他的电影中分辨出时代的车轮碾过了 20 世纪 80 年代，进入到 90 年代的痕迹。这么说一点儿也不夸张，很多人就是看他的电影和时代一起成长的。但是现在，他已经死了，据说他是在杀了夏百灵后自杀的。笔者一向钦佩自杀者，因为自杀须得有非凡的勇气才行。而潘岳在手刃了自己心爱的女人之后再手刃自己，那种果敢的确令人拒腕叹息。不过，潘岳出生于一个军人家庭，莫非正是军人的果敢和刚毅让他如此“出手如梦”？

面对潘岳和夏百灵之死，笔者长久以来内心之中都有一种疼痛，一则潘岳是笔者最为喜爱的导演，他拍的每一部电影我都喜欢，但是，今天从某种程度上讲他已经变成了一个杀人犯，这的确令笔者难堪。而夏百灵，则是笔者最喜爱的女影星了。笔者在大学时代也曾交过女友，因为觉得女友长得一般，就悄悄发生了移情，也就是说，在日记本中偷偷地夹了不少夏百灵的剧照照片。笔者是从画报上剪下来的，在与女友发生不愉快的争吵之后，一个人偷偷观赏。换句话说，夏百灵至少也是笔者的梦中情人，虽然她比笔者还要大上几岁。但今天，她也死了。而且还死于一柄镶银的藏式匕首之下，的确叫笔者目瞪口呆，笔者曾经听说过有一部叫《美女与野兽》的电影，那么夏百灵之死完全可以称得上是“美女与匕首”了。想到这一点笔者不禁就更加难过了。因为一个美女，暴死于一柄匕首之下，无论如何也是一件可怕的事。

促使笔者对潘、夏之死发生浓厚兴趣的原因，除了对他们的真心喜爱之外，笔者对这件事情在刚发生时的热闹与现在的冷冷清清的反差也多少有些不适，因此非常想究其实质，质询一下人们：我们究竟怎么了？在当时，也就是他们双双死去，尸骨未寒之际，可真的是热闹至极。至少是出版了一大堆有关潘、夏之死的书籍，书商借此肯定发了一笔财。笔者进行调查之后，发现大致有以下几种：

一、潘岳的前妻、一家三级甲等医院的前护士、后来成为服装设计师的白冰媚女士立即推出了她的一本回忆录《我所认识的潘岳》，这本书描述了她和潘岳在好多年前和她生活在一起的不少生活细节，而且这本书的部分内容还涉及了她和潘岳私人生活中的核心部分，即她和潘岳的性生活的不和谐。也就是说，这本书披露了潘岳是一个性冷淡，或者至少和白冰媚生活在一起时是这样。这本书狂销 48 万册之多。

二、因白冰媚的回忆录的出版，潘岳的父亲，一个过去比较有名的战争片导演——他是八一电影制片厂的退休导演潘向前，和潘岳的哥哥潘方

（曾经在内蒙古插队、现在经营一家怀旧餐厅及一家娱乐城）一起合写了一本书，为潘辩护，其中也部分地涉及了潘岳和白冰媚的第一次婚姻，并对白冰媚极其揭露，认为她过去不是潘岳的好妻子，现在还向已经死去的前夫泼冷水，是为恶劣至极。不过值得一提的是，潘向前同时还写了一本回忆自己三十年前执导红色时代电影的回忆录，叫《我们的火热年代》，搭了顺风船，卖得也不错，赚了一大笔稿费，发了点儿财。

三、另有几本有关潘、夏之死的怀念文章合集和野史著作，可以分为三类，第一类是他们各自生前好友为缅怀他们所撰写的怀念文章，这些文章大都充满了感情，并对他们作了很高评价。第二类是一些电影研究人员写的有关潘岳和夏百灵的传记，笔者搜集到的有三种，两种是关于潘岳的，一本叫作《论潘岳》，另一本叫作《后殖民、全球化语境中的潘岳》，还有一种是关于夏百灵的，叫作《永远的百灵鸟》，详细描述了夏百灵的从影之路。第三类是一些书商包装策划，主要围绕着潘、夏之死做文章，并且把凶杀事件渲染得血淋淋的，这类书尚有几册，大都以两个人的头像作封面，其中一本笔者印象很深，是一张两个人的合影一撕两半，呈扇形散开，中间又用电脑绘上了一把匕首和几滴血，简直粗俗至极。不久前，英国戴安娜王妃因车祸不幸殒命，笔者旋即在市面上发现流布有几种关于她的传记，粗翻之下，就发现大多靠剪刀糨糊拼凑而成，便立即联想起了潘、夏之死，二者在被媒体关注的热闹上有异曲同工之妙。以上有关潘、夏之死的著作加起来有十一种，当时这些书几乎占满了地铁车站售书亭、街头书摊和商场内的"精品书店"，再加上报纸杂志上有关此案的数不胜数的评论文章，真是蔚为奇观了。

笔者常常想：一座城市会有它的标志性建筑，比如北京是天安门，上海则是东方明珠电视塔，或者是已经落成的 492 米高的环球金融中心大厦。那么，一个年代，也许同样会有一个标志性事件。整个 20 世纪 90 年代的中国，也应该有一个标志性事件来代表。笔者因此而把潘、夏之死看成是20世纪90年代的标志性事件，它所折射出来的深层内因显示了这个时代的特征与病症。潘、夏之死发生在1998年，刚好是20世纪90年代的后期，而在此之前，有几个诗人之死，比如说海子、戈麦和顾城，就像是三个前奏，共同推导出了潘、夏之死的高潮来。由于潘、夏既是精英人物，又是大众人物，因此他们的死震动了社会的各个阶层，不像以上笔者所列举的三个诗人，他们的死更多的是在知识界甚至只是文学界引起了轰动，因此像笔者这类势利之徒，当然也就会重笔描绘潘、夏之死了。

2

你们最终还是死了，你们算是死得其所吗？恐怕算不上，那么，你们算是寿终正寝吗？恐怕也不能这么说，你们算是暴死街头吗？是暴死，我想，但还算不上暴死街头，因为你们死的地点是在房间里。你们了却了你们自己，你们之间有一种恩怨是别人无法参与也无法了结的，这是毫无疑问的。可一死遮百丑，一死也遮百美，你们死了就不能说话，很多人就要替你们说话，还有很多你们的仇人就在借机骂你们。你们死得算是很悲壮吗？反正是见刀又见血，杀人又自杀的，的确动作比较大，因为你们都不容易，但你们这么快又这么容易地结束了生命还是叫大伙儿诧异。你们就不能慢一点？比如潘岳，你在用匕首杀夏百灵时，下手时就一点儿也没有含糊过？有没有灵魂颤抖的时候？有没有因恐惧而脑海中一片空白？有没有眼前电闪雷鸣以至于手脚发软还是没有把匕首刺出去？但你真的是出手了，你的确是出手了，可你这一刀没有刺中她，没有刺中你的夏百灵，她像一只鹿一样跳开了——不，她简直像是一只百灵鸟一样飞开了。你有点儿暗自庆幸，但旋即你又有些恼怒，于是你像豹子一样冲了过去，你在一个非常狭小的空间里到底还是逼住了她。你们现在已经是仇人了，你一拔出了刀她就开始叫,她一叫你就决定杀人了,于是你就把她杀了。难道事情就这么简单吗?

你们最终还是死了。你们死之前有过什么对话？很多人都想知道，可谁也不会知道了。为什么你们连遗言也不留？人们发现你们的时候他们只看见了两具尸体。是的，是两具不会说话的尸体，就躺在那套不大的房子的客厅里。一个躺在沙发上，流出的血在意大利产褐色皮沙发上形成了一个小潭，当警察发现你们的时候那血还没有干呢，那是夏百灵的血，她的血竟然有这么多，这些血还在往外流，只是它们全都积在了沙发上，都积在了夏百灵的旁边，积在了她那娇小的身体旁边。另一个，你，潘岳，你这个七尺男儿，用刀把自己的脖子上的动脉割开以后因为忍受不了血喷出来的疼痛而在屋子里狂奔了一会儿，因为我们到处都可以看见你的血迹，墙上、柜子上、室内盆栽植物的叶子上，你的血喷出来以后形成的图案非常美丽，是的，绝对是这样，它们形成的图案非常美丽，比如溅在墙上的，完全像是喷漆艺术，哗地一下子就扑上去了，星星点点，有大有小，大血点旁边又聚着一些小血点，大血点又围绕着更大的血点，从而形成了血点的银河系。是的，它们看上去就像是银河系的美丽图景，没有人指出这一点，我指出这一点了，因为我一向喜欢星空，我就非常自然地把那血点和银河系联系在一起了。而喷在衣柜上的血像是一种流体，一种自由流体，它喷上去以后就开始向下流，流下来一尺远的地方就全都变干了。你如果用嘴一吹，也许那凝聚的血块就会像粉尘一样飞起来，飞到你的喉咙里呛得你直咳嗽。可实际上你并没有去吹它，它还待在柜子上，而且警察还要把它当作证据，要取样、化验、拍照，要过好多天才会去擦掉它们，而那喷在室内盆栽植物叶子上，具体地说是喷在一株比较大的绿萝的叶子上的血点就像是露珠一样在晃动，它们真的像是露珠一样在晃动，在那平伸出去，像乞讨的手掌一样的叶面上流动而不掉下来，室内似乎有什么气流，正是这种气流使绿萝的叶子不停地晃动，而那些血珠就在绿萝叶子上的圆面上跑动着，它们根本就不停下来。然后，看来你的血喷得差不多了，你几乎是在房间里跑了一个遍，这会儿你一定感到憋闷了，或者说你觉得这房间里实在太狭小，你想到更广阔的天地里去，你想到外面去，于是你跑了一圈后又来到了大门边，你想打开房门冲出去，因为你的身体里已经没有多少血了，你正在变成一张纸，或者正在变成一只轻灵的飞鸟，你以为自己完全可以飞起来，可以飞到空中去，你觉得自己打开门就可以飞出去，因为你体内的血也许都快流完了，这会儿你也许感到害怕了，你不想和夏百灵躺在一间屋子里，你想出去，于是你就想打开屋门，但你却没有力气打开屋门，你像一张纸一样沿着门滑了下来，你就躺在门的旁边，但你苍白得像一张纸，你的血让你自己放干了。

这完全是轻与重的比较，在另一边，夏百灵肯定觉得自己越来越重，夏百灵，你的血在流出体内，但是在聚向沙发中间，它们在形成一个小小的水潭，不，是小小的血潭。你不像潘岳，他把你刺中以后，他一开始像一匹马一样在屋子里狂奔，但后来他就像是一只鸟在飞了，他轻极了，也许你躺在那里可以用轻微的余光看见他在飞，但他撞着了门，他掉了下来，他没有翅膀了，他飞不出去，你这一刻觉得有些欣慰，因为他到底还是和你待在一个屋子里了。你们是死在一起的，你想也许过一会儿，你们都不动了，但身体和身体之间还会说话，可问题是，你觉得你自己越来越重了，重得就像是一块石头，在永无休止地向海的深处下沉，是的，完全就是这种感觉，你就像是一块石头一样向下沉，漂向那越来越深的黑暗。这时候你陡然地恨起他来，过去你甚至都不恨他，就在他杀你那会儿，他快速出手，让匕首刺进你的身体，你可以听见自己的皮肤惨叫的一刻，你也只有惊恐而没有仇恨，这一刻你真的有些恨他，因为他在让你变重而他却变得越来越轻，你觉得自己像是一块石头那样在向深海中下沉，向永无尽头的深海处下沉，那是茫茫无尽头的下坠，下面更黑，而头顶则水光荡漾，一片细碎的光。这一刻你突然想起了一部电影《钢琴课》，在那部电影中，女主人公的手臂被拴在了钢琴上，和钢琴一起永无休止地向大海深处坠去。好像在过去，有人说过你的身体就像是“一架美丽的钢琴”，那是他在弹你的时候，他是钢琴师而你的身体则像一架钢琴，他弹来弹去，你觉得自己的身体发痒，你觉得你的身体上有音符在跳跃，你觉得你有快感，因为他触动你的敏感区了，可现在，你回忆不起来他是谁了，是谁在某一天告诉你，在你的耳边悄悄地低语着，说你是“一架美丽的钢琴”来着？你现在真的是想不起来了，你只是觉得钢琴师已经消失了，而你这架钢琴则在永无止静的大海中向下沉，那种越来越浓的黑暗在向你迎来，光线在消失，一些仿佛没有眼睛的深海鱼在你身边静静地游动，它们对你的下坠熟视无睹，它们对你的下坠置若罔闻，它们又游开了，而你的脚下则是那无穷尽的黑暗，你还在向下漂去，无声地向下漂去。

你的确是越来越重，重得你觉得自己的眼皮仿佛都有一千公斤，得十个大汉才能帮你把眼皮抬起来，但没有一个人帮你的忙，你是自己在变重，你也有点儿奇怪，为什么你的血都流出来了，都差不多流光了，可你却不能轻得像是一张纸或者是一只鸟，你重得像一架庞大的钢琴，对，就像电影《钢琴课》中下沉的那架大钢琴，在向下坠去，在坠向海底，坠向那除了黑暗还是黑暗的海底。世界在由明亮变暗，就是这样的，你的眼皮根本就抬不起来，世界完全变暗了，你变重了，你沉向永无休止的黑暗，当你看见他像一只莽撞的鸟儿一样扑向房门的时候，你有些憎恨他，因为他想离开你，他想变轻，而让你一个人变重，你觉得这一刻他是非常自私的，或者说他比用匕首刺你时还自私，你有些生气，但是，当他撞到了房门上，无力打开房门，像空中折断翅膀的鸟儿一样跌落下来时，你立即就有一些欣慰，因为你发现他陡然地一下子也变重了，倘若他不变重他是不会从空中跌下来的，你可能还微笑了，这下你放心了，于是你便欣慰地继续向着一种黑暗下沉。

现在，屋子里出现了前所未有寂静。这寂静是可怕的，是的，你们都感到这寂静是非常可怕的，你们一个躺在沙发上一个跌倒在门边，都一动不动，但是房间里的寂静却包围了你们。你们动不了了，但是你们也非常讨厌这种寂静，这种寂静类似于悄悄从空中降落的粉尘，只会叫你们厌烦。于是你们就试着去发现声音，也许你们还盼望有人进来打破这种寂静因为有一阵儿有一个很滞重的脚步声从门外的楼梯上传来，你们忍受着房间里的寂静听着屋外楼道上那个脚步声，那个脚步声越来越近了，你们还听到了那个人的喘息声，看来他是一个老人，你们失望了，但你们也有一丝庆幸，你们既不希望有人打破这种寂静，你们却也盼望有人能带来声音。那个脚步声经过门口，然后上楼去了。你们躺在那里一动不动，既感到失望，同时又庆幸没人能进屋来发现这里已经变得非常寂静。

但是你们仍想发现声音，这一点我是知道的，你们仍旧想有一种声音打破这种寂静，因为一般寂静都会被人称之为死一样的寂静，你们不想要这种“死一样的寂静”，因为你们也许已经死了，你们还在一起变得沉重，重得你们自己都无法想象，于是你们就注意着声音，注意着何处能发出声音。你们知道：那种鲜血喷出来的嗞嗞的声音已经消失了，那种喉咙里浓痰滚动的声音也消失了。那种惊恐的尖叫也消失了，那种匕首快活的出击声也消失了，那种痛苦的呻吟声也消失了，那种在房间里奔走和冲撞的声音也消失了，即使有风吹动绿萝的叶子，可那种沙沙声也消失了。是的，这些声音全都消失了，因为你们都变得很重，你们发不出声音了。

但是，你们似乎渐渐地听到了一种声音，是的，那种声音由远及近地进入了你们的耳朵，在耳膜和耳鼓中冲撞，并且发出了一阵阵的有规律的声响，你们于是就仔细地谛听，你们渐渐地有些欣喜，是的，这的确是一种声音，它有规律地“滴答、滴答”地响着，你们听到的就是这种声音，它正在房间的某个地方响着，你们终于听出来了，这是厨房的水龙头没有关严所发出的声音，没错，就是这种声音，那水滴正一滴连着一滴地从水龙头上往洗手池里掉，掉下来就发出了声音。你们奇怪怎么你们过去听不见这个声音，刚才你们听不见水龙头发出的声音，要是在过去，在你们还能走动的情况下也许你们还会为是谁没有把水龙头关严而发生一场争吵，因为这的确是一个吵架的好机会，你们想了好久，现在你们也想不出是谁洗了手没有关严水龙头的。是潘岳在亮出匕首前下意识地去洗了手，没有关严呢，还是夏百灵为了把脸上的妆弄得淡一些而洗了手没有关严呢？你们记不清了，因为你们都已经变重了，换句话说，你们拥有了寂静，你们才听见了水龙头的声响，刚才你们多么喧闹啊，昨天你们也是喧闹的，那么前天、上个月、去年，甚至是过去十年中你们都是在喧闹中度过的。但现在，你们拥有了寂静，这种寂静像尸布一样覆盖了你们的身体，那水龙头的滴嗒声从仿佛很遥远的地方又打破了这种寂静。

3

A 刑警的刑侦报告（节选）

案件：潘岳、夏百灵死亡案

案发时间：199× 年 × 月 × 日

案发地点：光明小区 26 幢 1 门 5 号

……据现场观察，潘岳系用一把匕首刺杀夏百灵之后，自杀（系割开自己的动脉血管）身亡，夏百灵的尸体倒在屋内的沙发之上，潘岳用匕首割开自己的颈动脉血管后，曾到过厨房洗手，墙上和路上都溅有血点，可能是由于忍受不了出血的剧痛，他试图冲出房间，结果在门后倒地，直至死亡。

发现这一案件的目击人系夏百灵的妹妹夏百祺，她是这套两室一厅居室的房主，由于夏百灵半年前和潘岳关系恶化以后，便借妹妹的房子住，因此两人手上都有钥匙。夏百祺在案发当天中午前来取东西，敲了半天门，发现没有人开门，由于她知道当时夏百灵在家（事先打了电话），当时并没有带钥匙来，因此她急忙又回到她的住处（她在父母家住）取回了钥匙，打开门时发现门推不开（因为潘岳的尸体倒在门背后），用力推开后才发现了门后和沙发上潘岳及夏百灵的尸体，当时非常惊恐，她并没有走进房间，而是站在房门口用随身携带的手机拨通了报警电话。二十二分钟后，紧急警务车赶到，我们即开始勘察和处理保护现场。

据夏百祺说，当天早上她曾打电话给夏百灵，说自己可能中午到，还特意地问了她会不会出去，夏百灵说自己肯定不出去。由于通话十分简单，夏百灵在电话中并未提及潘岳会来。潘岳的口袋里的钥匙中，并无夏百灵居住的这套房间的钥匙，由此可以推断，他是敲门后，由夏百灵打开门后让其进入的。进入之后，可能两人进行了短暂对话后即发生了争吵，随即潘岳即掏出了早已准备好的匕首，杀了夏百灵，屋内并无太多搏斗的迹象，只有一只深红色三阳开泰的花瓶掉在了地上。由于有地毯，这只花瓶并没有碎，里面有满天星、玫瑰花和百合等数枝。花瓶里的水浸湿了地毯约半平方米的面积，使蓝灰色地毯上出现了一团黑色阴影。由此可以推断，两人发生争吵之后，似乎围绕着客厅中的沙发奔跑了一周，夏百灵没有再奔逃，而是坐到了沙发上，潘岳这时才拔出刀来，杀了夏百灵。

案发原因显然系情杀。潘岳系知名电影导演，而夏百灵则是潘岳几年来一手捧红的电影明星，两个人同居多年后于去年三月结婚。但婚后两人的感情似乎并不好，夏百灵于半年前与潘岳分居，并将拟好的离婚协议交给了潘岳。潘岳坚决不同意离婚，但他同意先分居一段时间之后再看。潘岳在杀夏百灵之前已有准备，据他的保姆蒋灵芝说，案发当天上午，他显得有些心事重重，背着自己惯常背的一个黄色军用书包，就出门了，说中午不回来，不用给他准备饭。那把杀死夏百灵的藏式匕首就放在这个军用黄色小挎包中。不过，也不排除潘岳做了两手准备的可能，即他有可能是一时情绪上来后杀了夏百灵，而他出门时并无特别准确的杀人意图。但是由于他出门时即已带上了匕首这一事实说明，他又确实有杀人意图。从案发结果看，推断出他是否是随机杀人已无意义。

夏百灵在与潘岳分手之后闹过一些绯闻，公开的媒体报道的人有三个，其一叫刘志松，系美国芝加哥第二国民银行的中国业务代表，三十六岁，北京人，曾在哥伦比亚大学攻读过金融管理专业的博士学位，住在北京中国大饭店1201室，他曾代表芝加哥第二国民银行向由夏百灵担任副会长的一个演艺界慈善机构捐款30万美元，由此认识了夏百灵，时间是在一年半以后，后来他们有多次交往，与潘岳分居后，两个人的来往似乎密切了，香港《明报》和《东方日报》的记者都偷拍过他们一起去青岛海滨游玩的照片，并刊发了专题报道，说刘志松是夏百灵与潘岳分居后的情人，并说他们有可能在夏百灵和潘岳离婚后结婚，但刘志松否认了这一说法，他说他们只是好朋友，并无任何涉及情感的其他关系。潘、夏一案发生后，香港媒体又对刘志松进行了采访，刘则说自己与潘、夏之死没有任何关系。而且他和夏百灵的关系也并无暧昧，也不是导致潘岳和夏百灵之死一案的原因。但港报同时还刊发了他和夏百灵在青岛、北京及香港的一些照片，照片上两个人十分亲热，显然关系并不一般。

其二叫巨浪，二十二岁，系摇滚歌手，有两年吸毒史，云南人，目前在北京从事音乐活动，有一支由四人组成的“黑旗”乐队。他和夏百灵是三个月前才认识的，当时夏百灵曾去三里屯附近的一家摇滚酒吧，结果在那里结识了当时正在表演的巨浪。北京一家媒体报道了他们曾经在一起泡酒吧的照片，用意十分明显，即指出巨浪系夏百灵的情人。案发后，我们对巨浪进行了调查，他住北京甜水园小区，系借住姨父的房子。他说他和夏百灵在他们认识的当天夜里就有了性关系。后来他们平均每月见两次，也就是说他们一共见了六次面。但巨浪并不知道夏百灵与潘岳的关系详情，他说夏百灵告诉他，她和潘岳已经离婚了。他认为他非常爱夏百灵，夏百灵死于非命，他是最难过的人之一。

其三是林海安，二十八岁，台湾电影明星，曾与夏百灵一起主演了电影《黄太阳》，在该片中，林海安是男主角，这部片子曾获德国西柏林电影节银熊奖等多项大奖，导演即是潘岳。该片拍完后，林海安即开始疯狂追求夏百灵，而毫不忌讳潘岳的存在。其时潘岳正和夏百灵同居，尚未结婚。但夏百灵拒绝了林海安的追求，此事被媒体广泛报道过。今年上半年，潘岳与夏百灵分居后，林海安专门从台湾经香港飞来北京多次，继续展开了对夏百灵的追求攻势，但夏百灵仍旧拒绝了他，有关媒体做了详细报道。（见附录）

由于潘岳杀夏百灵的动机只能是情感动机，所以，我们在对上述涉及夏百灵生活的三个关系暧昧并密切的男士进行调查时，都问及潘岳在和夏百灵分居后到他杀夏百灵案发前这一段时间，是否遭到了潘岳的威胁，因为他和夏百灵分居后，有关夏百灵与上述三人的关系暧昧的报道较多，想必潘岳也都知道。但是潘岳从没有与上述三人发生过任何联系。

据我们推测，潘岳杀夏百灵是因为对他们之间的感情的绝望所致，其间并不排除两个人生活中已出现的异性对双方的刺激，但潘岳杀夏百灵并没有直接涉及其他人。由于看到和夏百灵的关系无法挽救，潘岳便以结束夏百灵生命的形式来了结他们之间的感情。

综上所述，我们认为这是一起情杀，案犯潘岳在杀死妻子夏百灵后自杀身亡，完全排除两人均系他杀的可能性，因为从现场观察，绝无第三者在场的可能和任何证据。有关此案的现场勘察报告附后。

附件（略）

B　法医报告

死者姓名：1 号死者　潘岳

2 号死者　夏百灵

①部检查

1 号死者潘岳，男性，三十九岁，身高 1.76 米，体重约 68 公斤，黑发。尸体是侧卧状、微弯曲，上身穿红色日本名牌 T 恤，下身穿一条白色的牛仔裤。身上有多处溅血和渗出血。尤其是上身所穿的红色 T 恤衫，上半部右肩处几乎为鲜血湿透，显然是其割断脖颈动脉后血喷出所致。裤子上有几处明显的溅血，经化验系另一死者夏百灵的 A 型血，与地上半身的 O 型血不一致。黑色皮鞋上也有少量溅血，血型有 O 型也有 A 型，显然系两人的血混杂迸溅所至。

1号死者的外伤有两处。一处在死者的右颈部，离右耳9厘米向下的脖颈大动脉处，长7.5厘米，显然系匕首等利器所割，皮肤有翻卷，动脉血管被割破，血管神经也严重损坏。全身动脉血已接近流尽。这个伤口是致命伤口。

另一处伤口在右胳臂的小臂皮肤和肱二头肌上，有抓痕和一片青肿，抓痕长3厘米，有四道，系2号死者在与1号死者搏斗时所抓，青肿系碰撞所致，系皮下软组织伤害，系死者在和某硬物碰撞所致，此伤口系轻微伤处。

2号死者夏百灵，女，三十岁，身穿扎染亚麻布套头睡裙，身高1.63米，体重50公斤。死者她仰躺在沙发上。经检查，发现身上有11处伤口，全系利器（匕首类）刺入所致。其中左胸心脏部位伤口两处，直接伤及心脏，致使心脏破损，系致命伤，右下腹四处，伤口长约15厘米至3厘米，分别伤及胃、肠及肋骨。左肩和右臂上各有两处伤口，右肋间一处，伤及右肾。

此外，2号死者的小腹上刺有一朵玫瑰花文身图案，直径约4厘米，非常清晰，玫瑰花是红色的，而叶子则是绿色的。这个玫瑰花图案的文身在2号死者阴阜的左上方5厘米处，这朵文身的玫瑰花朵的中间也有一处刀伤，刀口宽3.5厘米，与文身图案直径相接近，从而使得玫瑰花看上去像是被从中一劈两半。尸体的头发上也沾有不少血迹，左手无名指和食指均骨折，看来系搏斗时所致。右手手掌中有一道长5厘米的伤痕，深2—3毫米不等，系与凶手抢夺匕首时被匕首割伤。

两具尸体都已完全僵硬，两具尸体的双侧角膜均有云翳。根据血沉实验和其他测试，1号尸体比2号尸体晚死亡10分钟左右。

②尸体解剖

1　腹腔。1号尸体的胃中尚留有未消化完全的鸡蛋蛋黄和韭菜，2号尸体胃中有牛奶吸收残余物，以及呈糊状的残余物。两者进食的均系早餐，而且进餐时间与死亡时间相距不长。2号尸体的胃部有2处出血，系刀伤所致，肝部损伤一处局部血肿，右肾严重损坏，十二指肠有血淤。1号尸体其他各内脏均正常。

胸腔：1号尸体的肺部有充血黏膜，心脏完全，由于血压的变化，呈现出心力衰竭的迹象，2号尸体右心房被匕首刺穿，心脏瓣膜和动脉血管均遭破坏，肺部严重充血。

头颅：1号尸体的痉骨有轻度碰撞伤及表皮有出血，脑血管严重缺血，脑膜、脑组织、脑锥体正常。2号尸体头颅检查各项均正常。

颈部检查：1号尸体颈部有一道横切口的伤口，长纺6.8厘米，并割断了动脉。气管无伤害，但动脉出血分别侵入口腔、鼻腔和气管，血液已发黑。2号尸体颈部有瘀痕，显见系重力扼制，气管有血肿。气管环骨骨折，其他部位均正常。

下肢检查：1号尸体右后臂有旧伤一块，系刮擦伤，有一块面积达4平方厘米的皮肤损坏，受伤时间约有三年。右小腿肚上有烫伤一块，腿上多毛。2号尸体下肢皮肤白皙。大腿、小腿、腿骨肌肉和脚趾均无任何伤痕。阴道提取液中没有发现精子，说明死亡前没有性活动和被性侵犯迹象。

经尸体解剖检查，法医认为：

1.1号死者死亡原因是右侧颈动脉被割破后出血。2号死者系利器（匕首）伤及心脏，造成心力衰竭致死。

2. 两个人的死亡时间相距10分钟左右，时间在上午9点钟左右。

3.1 号死者系自杀，2 号死者系他杀，即由 1 号死者所杀。1 号死者排除他杀可能性。

4. 从现场和尸检两方面观察，都可证实 1 号死者在杀死 2 号死者后自杀身亡。

5.2 号死者颈部骨折严重，胃部大出血也很严重，也是造成死亡的原因之一，2 号死者死亡原因有多种。

法医：李致远

（签名）

199× 年 × 月 × 日

4

“你是说这房子过去死过人？也就是说，这间屋子是一座凶宅？”一个男人对一个老太太说。

“你就从来也不知吗？当初报纸上到处都是这件杀人案的介绍，你就一点儿也不知道？”那个老太太站在自己的门里说。

“我不知道”，这个男人十分沮丧，“我只是听说，这是一个电影明星的私宅，我才把它买下来的。我怎么这么倒霉！”

“你怎么倒霉了？”老太太问。

“我前几年都在深圳做生意，深圳有一幢高 80 层的写字楼，传说里面有两个女鬼，做生意的要租那幢大楼的话都要亏本。我不相信，于是我就租了一层楼办公，结果我几年都没有赚到钱，还差一点儿赔光了。我搬到了另一座 40 层高的写字楼以后，我的生意才好起来，老大妈，在南方很讲风水的。”那个男人说。

“那你为什么要买北京的房子？你又是哪里人？”老太太仍旧站在门里问。

“我是浙江人啦，我老婆是北京人，我在南方做生意，孩子已经该上中学，她非要把孩子送到北京来上学，说这边的教育要好一点，我才买下了这套房子。你说我怎么向老婆交代呢？”那个男人更加沮丧了。

“那全怪我，就算我没说，就算你不知道不就行了吗？”老太太说。

“老大妈，我要谢谢你的，就是你不说，我也会知道的嘛。早知道点比晚知道要好。”那个男人说。

“那你打算怎么办？”老大妈从自己的门里站了出来问他。

“我把它装修一下再卖出去。我只能这样做了，谁买谁倒霉，可这回，我要做个骗子了，我再骗下一个吧。”那个男人说。

“在这间屋子里死的人就是大明星夏百灵啊！还有她的丈夫，大导演潘岳，这件事你从来也没有听说过？我以为你听说过这件事的。”老太太说。

“我听说过他们死了的这件事，可我没想到就是死在这套房子里的嘛！”那个男人后退了一步。刚才他刚把这套房子的门打开，对面屋子里就出来一个老太太，对他说这是一座凶宅。

“其实，也无所谓的，你把它重新装修一下，不是照样也能住吗？”

“老大妈，这是一点儿也不一样的，我们生意人就信这个。我昨天才把它买下来，我得尽快把它卖出去。”那个男人说。

“我想进去看看，行不行？”老大妈眯着眼看着他说。“去年案发那时候，我住对门，那狗屁警察都不放我进去，真不像话，我老太太没见过死人，还没见过活人满街跑吗？”

“那你进来吧，老大妈，你说我为什么总是这么倒霉？我老婆要是知道了这件事，她会跟我没完的，你就进来看看吧。”

老大妈跟着那个男人走了进去，“那都是去年的事了，后来这套房子被封了一段时间。去年人人都说我们这个单元里住了一个大明星，可我就是从来也没见过。她死了警察连尸体也不让我看见，我可是邻居啊！邻居都不让看一眼，那让谁看？”老太太嘟嘟囔囔地说。

“那天案发，您听到这屋子里的动静了没有？”男人问她。

“没有。警察也问我这个问题了，可我的耳朵有点儿背，什么也没听见。我老伴听见了一声尖叫，可后来他也什么都听不见了。”老太太一边在屋子里四下张望，一边说。

这套房子已经变得空空荡荡的，所有的家具都已经搬走了，墙上还有一层装饰纸，颜色已经变黑了。“说是两个人就死在这个客厅里，要是能让我看看现场就好了。”老太太说，“我进来得太晚了，什么也没有看见。你瞧，什么都没有了，东西全都搬走了。”

那个男人笑了：“大妈，你好像是个退休的老警察似的，你怎么对案发现场那么感兴趣？”

“我只是喜欢夏百灵那个小姑娘，她长得多漂亮啊，水灵灵的。忽然有一天，她死了，而且就死在我家对门，你说我能没点儿好奇心？人人都有好奇心嘛。这套房子其实是夏百灵的妹妹的，后来她就让她姐姐来住了。但我可是很少碰见这个漂亮小丫头。”

男人四下察看房子，“我一个月前来看过一次房子，觉得这套房子不错，在这种地段每平方米才卖 5000 块钱真是便宜极了，一百多平方米的房子，五六十万就买下来了，在北京这个地段相当不错，原来是座凶宅，现在我怎么看怎么别扭，我得把它再卖掉。”

“恐怕你不好卖掉了，谁不知道这套房子里死过人呀。”老太太似乎十分兴奋，她用力地用鼻子吸着房间里的空气，“我好像还能闻到一股血腥味儿呢。”

男人的脸十分沮丧。“您是说我卖不掉这套房子？我打算把它简单装修一下，每平方米加几百块钱再卖，总会有人买吧？北京人不是也开始买房子了吗？”

“谁不知道这套房子里死过人啊。”老太太说。“要是案发那天我能进来看看就好了。可那些警察就是不让我进来，我其实不该告诉你，我要是不告诉你你会怎么样？”

“那也许我会装修了把老婆接过来住了，所以幸亏你告诉我了。老大妈，我得感谢你，我真的得感谢你。”那个男人搓着手说，他的表情又沮丧，又激动。

“要是我能看见现场就好了。可现在这里什么也没有了。多漂亮的丫头啊！”老太太感叹着说。

“我怎么听说对门的声音小多了？他们在那儿搞了一个月，都快把我吵死了。比锯木厂的大锯锯木头还吵人。”老头儿说。

“那个买这套房子的人真倒霉，他还不知道这房子里曾经死过人，还是我告诉他的。于是他就决定装修一下再卖掉，他们现在可能已经装修完了吧。”老太太说。

“你总是多嘴多舌的。这么多年你总是多嘴多舌的，你要不告诉他该多好，这样对门又能住上人了。对门总是空着，也不是个办法啊！”老头儿说。

“就算我不告诉他，也会有人告诉他的，反正他迟早要知道，还不如我去告诉他呢，再说我看那个人是个南方人，挺精明的，他还给了我二百块钱，说是感谢费，南方人总是知恩图报。”老太太说。

“我听着那边又有什么声音了，他们干了一个月都干不完。你听，怎么那么吵？像是打雷下雨一样，他们都干了一个月了。”老头儿说。

老太太把耳朵侧过去听了半天，“我听不见，我耳朵背，我什么也听不见，我那天就听不见夏百灵被杀死的声音，我什么也听不见。你别指望我会听见什么。”

“你为什么今天才告诉我这件事？为什么？你为什么总是瞒着我？那既然知道了这是一座凶宅，还装修它干什么？这么大的事也不和我商量，我还是你老婆吗？你说，我还算是你老婆吗？”女人气急败坏地用拳头在锤男人。他们站在装修好的房子里，女人对着男人吼叫了起来。

“我不过是为了把房子装修一下再卖掉，加一点钱，也不亏，这样卖容易一些嘛。我这几年都倒霉运嘛！我就是倒霉嘛！我就知道我一告诉你，你就恨不得把我给吃了，可这事儿也不能全怪我，我也是受了骗嘛！”男人一边躲闪着一边说。

“你买房子的时候怎么不打听清楚？为什么到现在才告诉我？”女人像母豹子一样扑向男人，对他又撕又咬。

“都怪我，怪我不够粗明，我还以为自己占了便宜呢，你想想看，这种地点，每平方米在北京至少要卖八千块钱，可只卖五千六百元，当然值了，省了二十几万呢。这叫贪小便宜吃大亏。我也没处说，我找人退房，谁给退啊，钱早就给人家了，我还能再要回来？”

“你就是脑子不够用，你总是脑子不够用，我嫁给你就是倒了霉运，本来想回北京带孩子上学，这下计划全变了，我对你一点儿信心都没有了，你说你还能干成什么事？公司现在要不是我精打细算，早就完蛋了。你说你能干成什么事？”她在房间里追打男人。

“我们停下来好好说行不行？我一定把这套房子卖掉，下回再买房子租写字楼，我一定都请风水先生看一看，好不好？不行我就自己研究一下风水，我无师自通，一定把风水调理好，行不行？”男人一边抱头鼠窜，一边哀告着说。

“我就是要打你！我就是要打你！你说你为什么总是这么不长脑子？”女人仍旧在后面追打，忽然，他们都听见厨房里“嘭”地响了一声，声音很大，于是他们一下子站住了，怔怔地听了一会儿，却再也没有声音了。

他们互相看着，觉得多少有些奇怪，然一他们一起来到了厨房，发现有一只圆口玻璃杯，从洗手池上摔在了地上，裂成了好几片。

“我记得我把它放得好好的，它怎么就摔下来了呢？”女人很诧异。

“也许是地震吧？要不肯定你没有把它放稳当，”男人说。

女人环视着四周，还看了看天花板，房间里什么也没有。“奇怪……你说会不会有鬼呢？”

男人打了个冷战：“你是说，这房子里有鬼？”

“对，有鬼！对不对？你说没有鬼这杯子怎么会从平台上往下掉？”女人狰狞地看着他，他望得有些毛骨悚然，“那……我们还是赶紧离开吧。”

“我只是吓了他们一下，还真把他们给吓跑了。”蹲在天花板上，头朝下坐着的潘岳的灵魂说。

“你干吗吓他们呢？他们又不是什么坏人。”旁边坐着的夏百灵的灵魂说。他们都穿着白衣服，和白墙一样的颜色。没人能看见他们坐在天花板上。

“他们吓坏了，他们跑了。现在这屋子里又只剩下我们两个人了。”潘岳的灵魂叹了口气说。

“你好像心情不好。”夏百灵的灵魂说。

“是。他们把我们寄居的墙上的装饰纸给揭掉了，你说我们晚上睡在哪儿呢？他们还把屋角的蜘蛛网也给扫掉了，我荡秋千可怎么办？我最喜欢荡秋千了，你知道，他们干了一个多月，装修这套房子，都把我吵死了。对门的王老头也觉得吵，所以我要吓一下他们。”潘岳的灵魂说。

“现在又剩下我们了。我真不敢相信他们看不见我们。我们活着的时候可真不敢相信，现在我们死了，变成白色的灵魂飘在天花板上。”夏百灵的灵魂说。

“我们死了吗？我从来也不承认这一点。我觉得我们比过去更相爱了，是不是，百灵？我们不仅没有死，而且活得更自由了。你看！”潘岳的灵魂一纵身，他就从屋子的这一角跳到了另一个角，“像在月球上一样。”

“你总是那么淘气，你太淘气了。你总是那么轻，可我总觉得自己重。就像我们快死的时候，我觉得自己重极了，我躺在沙发上没有一个人帮我的忙，我们肚子里仿佛装满了石头块儿，而那个时候你正在房间里飞，我当时非常嫉妒你，甚至有些恨你，因为我太重而你太轻了，你还企图飞出屋子去，把我一个人丢在屋子里不管，你总是那么狠心。”夏百灵的灵魂说。

“过去的事，咱们别再说了，好不好？我和你是一世的恩怨，早就解不开了。”潘岳的灵魂眯着眼睛看着窗外的世界，“你看，外面的景色有多美，你看那落日，那城市落日，它有多美！我们要出去看看该多好！可我们没有力气可以推开这扇窗户，我们变成了灵魂就没有一点儿人的力气了。”

“是啊，这些日子我们不都一直想出去看看吗？一开始房子里是死一样的寂静，后来终于来了一帮人，可他们又太吵了，有几次我们打算从窗户里钻出去，你还记得吗？那有好几次机会窗户都开着，可我们一起手拉手向外冲的时候，总是碰上蹲在窗户台上装修窗户的人，可到了晚上，他们又把窗户关上了。”坐在天花板上的夏百灵的灵魂说。

“是啊，”潘岳的灵魂叹了口气。“我们在这间屋子里都待了大半年了，可我们还是走不出去，那天他们把我们的肉体抬出去时，我非常悲伤，可我就是无法一起出去，我飘在天花板上下不去，当时我太轻了。”

“我当时却觉得自己特别的重，我仍旧躺在沙发上，他们把我的身体抬出，可我仍旧在沙发上一动不能动。”夏百灵的灵魂说。

忽然，一阵狂风吹来，一下子把窗子给吹开了。他们坐在天花板上都看见了外面的城市广大无比，落日的余晖也灿烂异常。“啊呀，我们终于可以出去了！”潘岳的灵魂跳了起来，他一把拎住了夏百灵的灵魂的手，向窗外跳去，他们一下子就飞出了窗子。“这下我们就真的自由了，我们到哪里去呢，亲爱的？”潘岳回头问夏百灵。风把他们的头发吹得飘扬起来，他们手拉手在飞，夏百灵眯着眼睛的样子依旧美丽无比。他们就在天空中自由地飞着。

第二章　瓶子底儿、大便、妹妹眼中的哥哥

1

为了了解潘岳的青少年时代，笔者决定去造访潘岳的家人，笔者在前面已经说了，潘岳的父亲是一个著名的老导演，叫作潘向前，是二十世纪五六十年代拍战争片的好手，不过他现在已经退休了，但你在如今的一些描写解放战争的巨片“大 × ×”中总是可以看到出现的他的名字顾问头衔，他就住在北京城西南地区的八一电影制片厂院内，笔者是坐出租车前往他家的，一路上按照习惯浏览着市区的风景，经过西客站时，照例为西客站的大屋顶大帽子建筑感到压抑得难受。几年前这座城市为了“夺回古都风貌”，在长安街沿线的巨型建筑上加了不少大大小小的屋顶，从而使这些建筑物变成了穿西装、戴瓜皮帽的怪物，你想想看，一幢大厦头部以下全是亮闪闪的玻璃幕墙装饰，头上却戴着一顶帽子，这事儿如何也叫人要笑掉大牙。这类又矮又胖的大屋顶建筑还好商量，还有滑稽的地方的。在这座城市中有几座直耸云天的高楼竟也戴上了这种帽子，使它们看上去活脱

脱像极了男性生殖器，不过，美国有理论家认为摩天大楼就是现代社会的男性生殖崇拜的图腾，而地铁隧道系统则是女性生殖崇拜的现代图腾，想到这一点，笔者也就释然了。

找到潘向前老先生的家是一件很容易的事，他住在一幢恐怕是建于二十世纪五六十年代的五层红砖楼（顶上也有红瓦屋顶）的四楼，我按了按门铃，一个小保姆打开了门，“他正等着您呢。”小保姆欢快地说。接着她就把笔者直接引到了书房（穿过了宽大无比的客厅），笔者一抬头，发现老爷子还坐在一把扶手发亮的藤椅中盯着我呢。一番寒暄过后，笔者也落座了（可觉得屁股硌得慌，原因是板凳太硬了），笔者这才环视了一下这间书房的格局，老式书橱中的书琳琅满目，但版本一看就知道是 20 世纪 70 年代末以前的版本，其中一大格是各种版本的毛泽东选集，大大小小，白白红红一片。值得一提的是，房间里的各种装饰物，大都是由炮弹壳制成的，像花瓶、笔筒、烟灰缸、茶杯等，从而使得这间屋子有一种战壕气息。

笔者一向对现代酒吧、大酒店、商务会所和快餐厅比较熟悉，冷不丁来到了一间 20 世纪 70 年代风格的战壕中，多少有些慌乱，以至于叫滚烫的炮弹壳茶杯荡了手，尖叫了一声，引来了潘老爷子会心的一笑。

他看上去已年近七十，精神不错，头发花白，脸的轮廓与笔者所熟悉的潘岳的脸有些像，笔者诚惶诚恐地说明了来意，潘向前老就开口说话了：“那些新闻报道！全是杀人的报道，把我儿子描写成一个杀人犯，这完全是不实之词，实际上，从小他就是一个天才！”老头儿开宗名义，把正埋头记录的笔者吓了一跳，笔者谨慎地问：“潘老，您说潘岳从小就是一个天才？”

“对，从小就是。”老头儿的喉咙里发出了一阵沙哑的吼声，他还把手上的拐杖重重地顿了几下，笔者想楼下的住户保险要吓一跳。“从小他就是个天才。那个时候我特别忙，忙着拍小日本、打国民党反动派的战争片，忙啊！我总是在外面跑着，他妈妈是化妆师，也总是跟着剧组跑，没法管他，所以，在20世纪60年代，直到他上小学的年龄，我们都没有给过他好的管教，他就无师自通了。他在那个时候就喜欢搜集很多旧瓶底，各种颜色的旧瓶底。”老头儿说到这儿，喝了一口茶。“所以我说他从小就是一个天才。”

笔者有些不太明白，“潘老，您说他是一个天才……”笔者看了一下笔记，狐疑地又说：“他又搜集了很多旧瓶底？这之间有什么……”

“他搜集那些颜色不同的旧瓶底是为了去看太阳，看周围的一切。你想，他那么小，就知道透过瓶底去看世界了，这不是天才又是什么？那瓶底儿就是摄影机眼啊！每一次我回到家里，他都会惊喜地告诉我，他用那些颜色不同、厚薄不同的玻璃瓶去观察太阳，观察万物变化的体会。他给我说得很仔细，比如同样是看太阳，看早晨的太阳与下午的太阳，那种光线的奇特变化是非常……丰富的，你说呢，年轻人？他从小就知道用变幻的视角去看这个世界，他当然是个天才了，这也是他后来成了大导演的原因。他就用那些破玻璃瓶子的底儿来让他看到的东西有一些梦幻色彩，这就是他后来变成了大导演的原因。”老头儿讲得目光炯炯，他又喝了一口水，但被呛得咳嗽了起来，小保姆立即从客厅进来给他捶了几下背。

“整个少年时代，他都是在‘文革’期间度过的，这时候他都干什么去了？”笔者问。

“他在成长啊！他用瓶底儿看世界还是他的初级阶段。‘文化大革命’一开始，我和他妈妈就被打倒了，被发配到江西劳动去了，那时候他才刚上小学三年级，他姥姥那时候还活着，就住在这里，她一个人带他们兄妹三个人，那种日子可艰难喽！六七十岁的人了，还得为三个小孩子洗衣做饭，可苦了他姥姥了。我们不在家，他就偷偷地把我那架海鸥牌照相机拿出来，去到处拍。1957 年之后，我当时有一段时间管后勤，靠边站了，不让我拍片子，他就常去我管的仓库里玩儿，趁我不注意，他从我的仓库里偷了很多胶卷，那种黑白的照相机胶卷。现在想来，这一切也完全是有预谋的，是一个天才压抑不住的证明，因为一个天才，总是要自觉地为自己未来的发展寻找机会，他不仅在我和他妈妈的处境变得更坏之前贮藏了一批胶卷，还把我家里的各种钥匙，主要是一些大箱子上的钥匙都复制了一套，我和他妈妈 1966 年底被遣送到江西以后，他们兄妹三个人就自由了。于是小潘岳就用那钥匙从箱子里取出了我的海鸥照相机。”老头儿说到这儿，似乎为儿子在那么小就胆大妄为有些羞愧和不安，但随即他又想起了他儿子是个天才的论断，因此他又接着说了。

“他就开始拍照片，他拍了很多照片。我真的没想到他会在电影厂的仓库中偷出这么多胶卷，要是在那个年代被发现了，我非给判刑不可。你说这小家伙的胆子有多大！”老头儿满脸乐开了花，现在，什么危险都没有了，他在安享晚年，只为回忆儿子的童年而感到骄傲。

“他一开始给他姥姥拍，你知道，像他姥姥那一辈人，属于非常迷信的一代人，因此对闪光灯极其敏感和恐惧，只要闪光灯一闪，老太太就要吓得晕过去。可小潘岳还偏偏喜欢给他姥姥拍照片，从各个角度拍，无论他姥姥在干什么，他都要拍，偷着拍、仰着拍、俯拍、用长焦拍，他练习拍人物最开始是拿他姥姥当模特儿的，而且他还拍了他姥姥的不少局部的特写，比如眼角的皱纹，那种老年人的皱纹，再比如手上的青筋，等等。这小家伙可是调皮极了。不过，从现在的角度看，他真是给我们留下了怀念他姥姥的最好凭证。”老头儿叫小保姆拿来了相册，那是一本发黄的相册，给笔者看。

笔者翻阅之下，觉得潘岳当时的水平和技法真是五花八门，奇想迭出。有几张照片，老太太只有半个脑袋，半边脸，或是耳朵特写，这种大逆不道的照片今天看来完全是后现代主义的思路呢。

“是一个天才摄影家吧？我看他正是凭着用玻璃瓶底儿和那架老式海鸥照相机，找到了观察世界和事物的方法。”老头儿在一边旁白。

笔者翻阅之下，见到还有不少风景照片，拍得相当不错，这些风景照片与潘岳的姥姥的那些照片相比，在技法上已大为提高。上面有一个天真可爱的小姑娘，或者穿裙子，或者穿一件小军装，站在自然风景的前面。在这些照片中，只要有风景，就有那个小姑娘，几乎所有的照片中都有这个小姑娘。“这个小姑娘是谁呢？”

“是他妹妹。”老头儿说。“后来他拍他姥姥感到厌烦了，就走出了户外，开始拍风景了。他开始对整个大自然中的一花一草，一景一物都感起了兴趣。他和他妹妹的关系特别好，因此他拍什么景色都要把他妹妹拍进去。即使是拍一只蝴蝶，他也要让他妹妹用手拿着这只蝴蝶。他拍呀拍，直到胶卷拍完了，他也找到了大自然的真实面目了。”

“您是说，他在上小学时就找到了大自然的真实面目？”

“对，他找到了和大自然交流的方式，那种颜色，那种景物，这就是他到后来拍摄的影片摄影极佳的原因，我看这与那段非人岁月中，他运用照相机拍照有极大的关系。”

“这些照片，全是他自已洗出来的吗？”

“当然啦！潘岳从小就是个聪明孩子，他与制片厂的一些老摄像混得也很不错，他们教会了他洗照片，鬼知道他是怎样把那些洗照片的东西搬回家的，他就把自己拍的照片全洗了出来。不过，后来他的这些洗印设施被弄坏了。”

“被弄坏了？”

“对，被弄坏了。被他哥哥弄坏了。他哥哥是个真正的调皮蛋，调皮极了，有一天他把他弟弟的洗印设备给破坏了，于是，潘岳有好多年再也没有去拍过照片了。”

“怪不得这本影集里没有他哥哥的照片，他和他哥哥的关系不好吗？”笔者问。

“不，他们是亲兄弟，关系当然不错了。只是他不喜欢潘岳着魔的那种样子，他认为弟弟得了魔怔。他比潘岳大两岁，当时上初中，还只是一个红小兵，还没有当红卫兵，他又是家里的老大……啊，咱们今天是谈什么来着？”老头儿眨着眼，忽然问了我一句。

笔者说：“是谈潘岳的童年时代。”

“对了，是这个话题，你昨天打来电话时我就一直在想这个问题，我确实认为我儿子，他在小时候就表现出了天才的素质，你想想看，那么小，就会用玻璃瓶底和照相机来观察世界了。就是这些，我想说的就这些了。”他说完，忽然直愣愣地看着我，不说话了。

笔者有些惴惴不安，因为毕竟，笔者只是才开始掌握资料，笔者试图接近潘岳的心灵世界，却发现蛛网横陈，路障重重，离他反而更远了，笔者问：“那么后来呢？”

“后来？后来他就考上了电影学院，然后他就拍了很多电影，获了很多大奖，成了最有名的导演之一。后来他的这些事儿你都知道了。”老头说。

“我读过您写的那本《我们的火热年代》，我还读了您和潘岳的哥哥潘方合写的反击潘岳的前妻白冰媚的书。”

“您觉得这两本书怎么样？”

“确切地说，唔，您那本书使我这个，了解了整个二十世纪五六十年代的生活，而后一本，我认为也对向潘岳死后泼冷水的人，做了有力的反击。不过，”笔者小心翼翼地说，“有人说您是趁儿子死了，搭顺风船，趁机想大捞一把，说你已赚了四十多万块钱的稿费了，我认为这是完全的污蔑吧。”

老头儿一听，脸上立即色变：“这是不实之词，纯粹是胡说八道，胡说！我连为自己儿子惨死的辩解权力都没有了吗？我连回忆自己时代的权力都没有了吗？我这把年纪，”老头儿的眼睛骨碌地转了一下，他的目光由炯炯地盯视着笔者，改变了方向，投向了地毯上的一个洞。那个洞不知是谁用烟蒂烧坏的。“要那么多钱还有什么用？”

笔者认为他说得有道理，暗笑了一下，对这个问题也就不再刨根问底。但笔者仍旧有些惶惑，仍旧觉得没有弄明白潘岳的童年时代。那些发黄的照片说明不了太多的问题。也许笔者还应该和潘岳的母亲聊一聊，正在这时，潘老头想起了什么似的说：“对了，我可以给你放一个录像带。那是潘岳还在读电影学院时拍的。那时候他拿着一个不知道从哪儿找来的摄像机，又像着了魔似的拍。他像当年拍他姥姥一样地拍我，他拍了我一年的生活，有四十多盘录像带，咱们挑一盘看看？”

很快地，电视屏幕上就放出了潘岳父亲的形象。那还是在 20 世纪 80

年代初的时光，一看镜头周围的景观就知道，那时候潘向前还只有五十出头的样子，却已经显出了衰老的症候。这盘录像带完全是纪实的手法，有些段落不知为什么还没有声音，只听见“沙沙”的声响。这时候，笔者突然被一种什么东西给抓住了，那可能是岁月深处的一种忧郁，通过磁带转动的沙沙声传了出来。年近七十的潘岳的父亲陷在藤椅中，目光有些潮湿地看着 12 寸东芝黑白电视机上的他的形象，那时候的他比现在年轻，又开始执导大型战争片了，但是二十世纪六七十年代他最美好的青春年华已被历史所消耗掉了，他也显出了某些老态，他在屏幕上吃饭、睡觉、散步，与人交谈、浇花、发呆、写作、逗鸟、发怒，一个活生生的人在屏幕上出现了，笔者似乎看到了潘岳的拿着摄像机的手，他为什么要这么拍，他的顽皮、他的热情、他的忧郁、他的执着、他的茫然，都从他拍他父亲的这卷录像带上呈现出来了。

笔者觉得在一刹那似乎突然地离潘岳近了一点，这个已经死去的人过去离笔者太远了，即使是他父亲的讲述也是片段的。但是，这段录像带让笔者看到了潘岳的一双眼睛，是的，摄像机的镜头就是他的一双眼睛，他就用这双眼睛在看世界，看人群，看生命以及生命的环境和背景，这是一个二十多岁的人的眼睛，笔者确切地知道了这一点，笔者不知道自己在椅子上坐了多久，录像带放完了，老头儿似乎陷入了一种深深的悲伤。停了一会儿，笔者才说：“潘老，我还想和师母聊聊，她在家吗？”

2

笔者在小保姆的陪伴下，走进了一间卧室，一进卧室，笔者就发现里面的光线明显地暗了起来，而且房间里还弥漫着一股中药味儿，还有一种腐朽的气息。笔者一眼就看见床上躺着的老太太，因为她的眼睛很大，在凸起的眼眶后朝我看着，眼白很多，她还朝笔者笑了笑，但笔者发现她的半张脸在笑，另外半张脸是不动的。“老太太高血压，偏瘫了。”保姆向笔者解释说，笔者看得出老太太很希望能够和我交流，因为她用右手招呼笔者坐下，于是笔者就坐了下来，笔者看着老太太，她向笔者问好，但由于半个身子都瘫痪的原因，她吐字不清，笔者示意她不用多说，老太太叫胡英子，是这家电影制片厂很有名的一个化妆师，“由她化妆的战争片中的伤员和尸体都跟真的一模一样，难分真假，”一家杂志这么介绍。这时她的右手伸了过来，用眼睛看着笔者，笔者握住了她的手，这时仿佛她那双手上传来了电流，刹那之间，笔者忽然感受到了她那思维巨流的流动：

我知道你是来干什么的？潘岳死了，这事儿还没完吗？你是一个记者，对不对？而我是他妈妈，我了解他为什么要干这样的傻事，他真傻啊！小时候他就特别傻，我记得那还是在他五岁的时候，他忽然对他的大便产生了兴趣，于是他就经常跑到空地上去大便，然后蹲下来研究它。他尤其对大便的螺旋上升感到好奇，他觉得大便完全是非常柔软的东西，可它居然能够呈螺旋状上升，从而形成了好看的形状，顶部是尖的，你要碰一下它就向一边歪去，从来不真正又尖又利。当然他也曾经有便秘的时候，他就拼命地拉呀，结果拉出来一些像羊屎一样的小疙瘩。这些小疙瘩也让他好奇，他甚至还拿这种便秘后拉出的东西与羊粪相比较，结果发现羊粪要比他拉的这种东西光滑、好看、有规则。当然他还有拉稀的时候，而这时候大便就像一汪水，一汪黄色的水。他就会皱起眉头，因为他最讨厌的就是自己拉稀了。我告诉你这件事的意思是他从小就对很多事情好奇，不像他父亲总是很莽撞。

他父亲要不是莽撞也不会被打成‘坏分子’给发配到江西去。这样我的三个孩子就不会那么受苦了，那真是可怕的岁月，不堪回首啊！但老头儿是一个混蛋，我不骗你。老头儿现在变成一个混蛋了，当我听说我的小儿子杀了他的老婆又自杀时，没过几天我一下子就瘫痪了，可老头儿这会反倒聪明劲儿来了。他一定是听了潘方的话，因为潘方总是和潘岳不好。过去他就常打他弟弟，老头儿悲伤了几天之后就满眼发亮，他发现这是一个挣钱的好机会，过去他可不这样。但这几年他完全变了，变成了一个爱钱如命的人，每次潘岳回来他都要向潘岳要钱。他总嫌他的退休金不够多，小潘岳就给他钱。他就把它们都塞到枕头里面去，过去他可不是这样，他的豪气一点儿都没有了。尽管我什么也不说，现在我还动不了，但我什么都知道。我知道他想的是什么，他就想从儿子这件事上捞钱，他当然如愿以偿了，可他也丢尽了脸，很多人都骂他，我真为他害臊。他还借机推销自己写的书，唯恐大家把他忘了，实际上大家早就把他给忘掉了。你不能不承认，像我就明白这一点，我现在有一个梦想，我希望我能有一天坐在一只水桶里，让那个轱辘一直放线，一直把我放到水井里去，就浮在水面上，我才会感到舒服，这是我最大的心愿。我已经老了，我就想有一天生活在井里面，或者我能变成一个点石成金的巫婆，手里有一个点金棒，我就沿着井壁盘旋。后来我就飞了出来，我飞出了深深的水井，我飞到了城市上空，我飞到了农村，有很多穷孩子。报纸上讲现在有很多山里的孩子仍旧上不起学，我就飞到他们家里去，在他们吃饭的碗上敲一下，于是那只碗就变成金的了，连里面的米也变成了金米粒，面条也变成了金面条，你说我有多傻。这么大年纪了还爱幻想，我想就是我给潘岳带来了爱幻想的种子，因为他的身体是我孕育的，他差一点儿都生不出来。因为羊水太少了，我想他当时都要渴死了，后来他终于生了出来。我猜他后来一直没有学会游泳就是因为我肚子里的羊水太少，可我也没办法，也许是那个年代营养太少。他生下来就很瘦，他还爱捉蜻蜓和蚂蚱烧着吃，我在那个年月支持他这么做，这会给身体增加营养。因为那好歹也是肉啊，当然我不支持他吃老鼠，老鼠太脏了，而且还带有鼠疫病菌，你吃过老鼠吗？我没吃过，可我听说在广东专门有一道菜就是吃小老鼠，老头儿前几年去广东时就吃过这种小老鼠。这道菜叫三唧菜，就是说你用筷子一夹，小嫩鼠就唧的叫一声，往作料盘里一蘸，小老鼠又唧的一声，放到嘴里一咬小老鼠再次唧的一声。我说过这几年他变了，他看别人都挣钱他就眼红，他看儿子变成了国际上知名的导演他就有些眼红，他真的不像个当父亲的样儿了。他现在变得又猥琐又阴毒，刚才你们一定谈话了吧。他给你说的全是谎言和假话，我们这代人就是在谎言中成长起来的一代人，我讨厌说假话。我就知道他在给你说假话，因为他一说假话，就有一些萤火虫在我眼前飞，就让我感到头晕。他一定在给你说潘岳从小就是个天才了吧，可潘岳小时候他对他一点儿也不好。他总是打他，认为他太调皮，喜欢观察大便；喜欢上树掏鸟蛋；喜欢用瓶子底看人。这一点他最恨了，他认为潘岳用瓶子底去看人非常的不礼貌，于是就凭这一点他老揍他。他的脾气一点儿也不好，但小潘岳就是很争气，1979 年考大学，他一下子就考上了，只复习了几个月。我觉得这得全归功于他小时候观察大便，因为对那么臭的东西他都观察得非常仔细、非常有耐心，那么他会对什么事没有耐心呢！

当然，他也算得上是一个调皮孩子。因为他疾恶如仇，那时候厂里‘造反派’的儿子得势老欺负他，他就一直在跟他们斗，跟他们战斗到底。每一回他都被人打得头破血流，当然他也把他们中的人打得头破血流，他小时候算得上是个聪明好强的孩子，而且他还有点倔强。

他认准的事情他自己非干不可，比如，他总是喜欢用眼睛盯着别人看，或者用旧瓶底去看别人或者用照相机去拍别人。有人说他还爬到人家屋顶上的天窗中向下看，这是另一幢楼房的演员房青华来家里告状的。她说她当时正在洗澡，她站在屋子中间的一个大澡盆里洗，那时候还不像现在有热水器有淋浴设施，那时候她只能用毛巾往自己身上浇水，房青华你听说过吧，就是在很多战争片里演临死不屈的女共产党的那个，或者是地下党的女领导，你有印象吗？你们这一代肯定什么都记不得了，她还被毛主席接见过，为此她兴奋了有好几年。可我问潘岳是不是他干的，他说他绝对没有干这样的事，我知道这孩子从来就不会骗人。我想一定是有只猫爬到窗户里去了，那肯定是一只猫。小潘岳在那个年代可受苦了，我记忆中他总是叫着说自己饿，他说他饿……饿……饿，可我们没有办法搞到多少肉叫他吃，每个月只有几斤肉票，还都是肥肉，但这几斤肥肉已经足够他解馋的了。我就教给他挖各种野菜的办法，结果他经常在我们电影厂的大棚外面墙根上挖荠菜、灰灰菜拿回来，有一次他吃马齿苋菜中毒了，上吐下泻，差一点儿就不行了。我们吃那种菜都没事，可偏偏他吃不行。我猜他一定还吃了别的东西，那个年代，我们被发配到江西，就更没人管他了。他什么都吃，这还是他哥哥写信告诉我们的，说他吃过青蛙、小青蛇、蚂蚱、蜻蜓、马蜂蛹、麻雀、鸽子、兔子、蝉、蚕蛹、白蚂蚁、菜青虫、螳螂、蟋蟀、萤火虫、天牛、花金龟、圆网蜘蛛、蝈蝈、蜗牛、象鼻虫、小公鸡、燕子、蝙蝠、黄鹂、喜鹊、乌鸦、翠鸟、河虾、河蟹、草鱼、狗鱼、泥鳅、水蚊子、鳝鱼、小鲫鱼、金鱼、此外他还吃了各种青菜和水果我就不一一列举了。实际上他哥哥向我们写信是在告状，说潘岳除了用旧瓶底去看太阳、看人；就是拿我们家的海鸥照相机去给人拍照；再不就是去田野里捉那些昆虫飞鸟游鱼吃，偶尔还偷偷把别人家的兔子、鸡或者金鱼给弄走吃了。我想他哥哥的信里一定有夸大的事实及内容，因为有好多东西是不能吃的；比如蚯蚓，谁都知道蚯蚓的肚子里都是泥；而蜘蛛是有毒的，蚂蟥要吸人的血，他要是把蚂蟥都吃下去，那蚂蟥非得把它的胃和肠子里的血吸干不可，所以他哥哥向我们写的信是不确切的。也许那些信发挥了他哥哥的想象力和表达水平，每一次我们在江西接到信，都离发信的日子有两三个月之久了，他父亲照例气得暴跳如雷，但他对此毫无办法，鞭长莫及。再说就算小潘岳吃了那些东西，也是为了给自己补充营养，爱护自己的身体。所以我就和他爸爸表现出的完全不一样，每一次我接到信，看到他吃了这么多的东西，我就非常高兴，而且他吃的东西大体上来说都是肉啊！在那个极度贫困的年代，能有肉吃就已经相当不错了，而小潘岳靠着他善于发现的才能，几乎经常可以吃到肉，怎么不让我高兴呢！还是这孩子聪明，在那些年代，他就这么像个野孩子一样地生长着，自己管自己，呜呜……我的儿子他可太苦了！他真的是太苦了！在他最需要我们关爱的时候，我们却都在很远的地方。我说他爸爸已变了对吧，刚才我们已经谈到这个问题，我不能再和你谈他小时候的事儿了，那只会让我伤心落泪。所以我要说到眼前，你说他怎么这么糊涂，非要用刀杀死夏百灵那个小骚货呢？夏百灵就是个小骚货，我一眼就看出来了，我从来都不喜欢这个儿媳妇。可我儿子喜欢，小潘岳喜欢她。我又有什么办法，女人最懂女人。我一看她就知道她骨子里是一个什么样的女人——她就是一个骚货，一个彻头彻尾的骚货。她当然很骚了，对不对？我总是弄不明白为什么儿子会喜欢她。我承认她漂亮，我还给她化过妆呢。可她长得偏瘦，颧骨也有点儿高，耳朵后面有一个克夫痣。在和我儿子认识之前她就有男朋友，她当时还什么都不是。不过是一个刚从表演学校里出来的学生急于成名，那时候潘岳已经从国外电影节上拿回来一个奖了，已在执导他的第二部片子。他起用了她当女主角，从而一炮当红。当然说起他们的生活，我也弄不大明白，一代人总有一代人的活法。怎么你们年轻一代人对婚姻的看法就那么随便，怎么就跟走马灯一样，一眨眼就换了一轮，我对我儿子和他前妻离婚就不赞成。他前妻叫白冰媚，人长得特别富态。她是个医院的护士，多好的职业，可以照顾儿子一辈子。可自打夏百灵在他的第二部电影中扮演了女主角后，儿子就着了魔，后来的每一部电影都非要让夏百灵当主角不可，你说这当来当去，还不当到床上去了。所以我儿子真傻，人家无非是在利用他成名、成家。当然，他们先同居后来又结婚了，日子过得不错。他们的婚礼真热闹，小潘岳还雇来了一架直升机，非要让新娘子夏百灵从直升机里降落酒宴的会场，后来他们过得不错。所以他们分居了之后我总是弄不明白他们为什么会搞成这样，你说我儿子他有多傻。就算夏百灵变了心（这姑娘迟早要变心），你就由她去算了，你非要去杀她干吗？杀了人总要偿命的，所以他想着想着觉得不对，又用刀子把自己的喉咙给割破了。这孩子刚烈，我就喜欢他这一点，一人做事一人当。既然干了就勇于承担责任，不过这也太惨了点，你说是不是？他对别人能下得了手，对自己也照样能下狠手。他的血流了一地，他的血流得到处都是，我没去过现场。可后来我在梦里梦见他了，他的脖子上往外喷着血，可他打不开那个门。那扇门太重了，他总是想要冲出去，但最后还是倒下了，然后他的血就很快地流干了。这些血就在木地板上流着，然后这些血开始沿着墙向墙上爬去，他的血像爬山虎一样向墙上爬去，而且爬了上去，爬得四面墙都是。那天做了这个梦之后醒过来我就一直在想，他的血顺着墙爬上去是个什么意思呢？难道有什么奇迹发生吗？我等到了今天什么奇迹也没有发生，死了的人终究是死了，再也活不过来。恨他的人高兴了，爱他的人陷入了悲痛。还有一些他从来也不认识的人靠着他发了财，谁让他是个名人呢！就连一向说自己从来也不喜欢钱的老头子也靠儿子的死挣了一笔稿费，我想也想不明白，现在是不是所有的人都变了，变得有些发疯和痴狂。这些男男女女，不是偷情通奸就是杀人越货。我有点弄不明白，我天天看《法制文萃》，看得我心惊肉跳，怎么现在这么乱，什么事儿都会有呢？过去多安定啊！我们已经被历史淘汰了，老头儿他还不服气，他还想借儿子的死捞一把。但这仍旧没有用，所以他学会了骗人。他爱过他儿子吗？他知道小潘是怎样一点一点地长大的吗？我都知道，谁叫我是母亲呢！年轻人，我告诉你，我发现了一个秘密。就是人人都是树，都是植物一样的树。是树就要生长，人是像树一样生长的。对潘岳来说也是这样，他就像一棵树一样在生长，在他成名之前没有人看见他的生长，我看见了。哎哟！我说了这么多，啊哈！有些困，我现在还经常梦见他，我有些困……你千万别听老头儿的，我要睡觉了……

老太太睡着了，她那张半瘫的脸不再对笔者笑了，她那通灵的手松开了我的手，她像个猫一样发出了沉重的呼噜声，笔者和小保姆一起倒退着悄悄退出了房间。

3

“你是说想向我了解潘岳小时候的情况？他小时候就是一个坏孩子，我是他哥，我还不清楚这一点吗？”潘方对我说，“他走到今天这一步，小时候我就看出来了。”

“我大哥从小和我二哥关系不好，所以他才这么对你说。”潘小云第二天对我说。

“那时候他就知道杀戮小动物，是的，从小他就喜欢血腥，所以你看他拍的那些个电影，哪一部不是血淋淋的？都充满了暴力与原始性欲。我弟弟从小就爱杀小动物，我亲眼看见了他很多次杀戮行为，他曾把我们邻居家的猫捉来跺掉了四脚，然后再放它走，你说这小子有多狠，他还给青蛙剥皮，那时候他就放言今后也要剥一张人皮。”潘方对我说，“像他一部电影中的那个细节一样。”

“他说的都是假话，那全都是他干的，没有一样是潘岳干的，那时候潘岳在忙一件事，他跑到制片厂的仓库里，他是从天窗外翻进去的，他每天都要从里面偷出来一些废胶片，也就是放映员从一些电影拷贝上剪下来不宜放映的片段，把它们再接起来，我不知你看过一部意大利大影《天堂电影院》了没有，里面有个小主人公就干过这个，我哥哥跟他有点儿像，不过我哥哥后来粘贴起来的胶片有四五盘之多。”潘小云对我说。

“他那时候可真是大开杀戒，你想想看，他才十几岁，就能这么干，这可叫我吃惊。我这个做哥哥的有时候为了管教他，我就揍他。”潘方说，我们坐在他当老板的一家歌舞厅里的一间包房里，此外他还开了一家上海菜餐厅和一家叫“伊甸园”的性用品商店。

“我大哥爱打我二哥，因为我二哥做事情总是有点儿执拗。我父母被发配到江西去了，我大哥老想当一家之长。”潘小云说，“他就老是打我二哥，靠杀各种小动物来吓唬我二哥和我。我大哥有虐待狂倾向，所以他后来的老婆就是让他打跑了。”

“你需要什么性用具，直接跟我说。我喜欢交朋友，尤其是像你这样的人，你这个人我一看做事情就很认真。现在谁还对死人感兴趣吗？人人都在挣钱，谁还管死人？我弟弟死了，一死遮百丑，那些海内外报纸上关于他的花边新闻不就没有了吗？所以还是死了好。你说你要什么样的性用品？来几个女性性义具怎么样？这种性义具在我的商店里有几十种，最齐全了。此外我的商店里还有橡皮女人，带充电的，国外海员都用这个，下身还安了取精器，最适合你这种单身小伙子了。”潘方对笔者说。然后他打开了卡拉OK机，按了一下传唤器，“叫珍珍和香香来阿波罗厅，快一点！”

“我大哥总是杀鸡给猴看，在家里想确立我父亲不在的那种权威感，所以他就滥杀小动物。他还用棒子把一条拴起来的狗活活打死了，就为了听狗的惨叫声，为了叫我们听见。”潘小云说。

“对了，有一次潘岳用铁链子把一对正在交配的狗拴在我家院子门口，然后用棒子活活把两条狗都给打死了。他说狗的惨叫很好听，他想叫我和他妹妹也听一听，你说这家伙是不是从小就特别坏？小姐怎么还没有来？还没到坐台时间呢，我叫了我的歌厅两个最漂亮的小姐来，待会儿你想干什么就干什么，就当我不在身边上。你常来歌厅吧？”潘方问我，“现在北京这类生意比南方还火。”

“所以我哥哥现在变成了吃喝嫖赌之徒，从小他的根子就不正，他的人性之中有恶的成分。我二哥是为了感情的挫败杀人的，我特别理解他，他太爱夏百灵了，所以他不能忍受她离开他，就杀了她。而我大哥现在都四十几岁的人了，却像二十出头的小伙子一样疯狂。听说你也见他了，你对他怎么看？”潘小云问笔者。

“不信你去问我妹妹，我弟弟小时候就这样，他除了杀猫、杀狗、杀青蛙、杀鸡、杀鸽子，有时候还把死老鼠用钉子钉到不给他及格的老师的门框上。他是乘天黑偷偷去钉的。他这一招把老师吓傻了，乖乖给了他及格。我妈妈没告诉你他从小爱观察自己的大便吧？我妈很掀赏他这一点，认为这是天才的征兆，可我认为他这是自恋狂，连自己的大便都喜欢，如果那个老师再不给他及格，他会把自己的大便都钉到老师的门上去。”潘方一边喝人头马一边对笔者说，“再加点儿冰怎么样？”

“那都是我大哥干的，现在他怎么把什么都往我二哥身上栽？好像有一段时间，那还是四五年前，我大哥企图勾引刚刚和我二哥结婚的夏百灵，被我二哥知道了，从此和我大哥绝交了。所以他恨我二哥，不过他们从小就是敌人。”潘小云对笔者说。

“小姐到了，阿珍和阿香，你们今天要把客人陪好。这个人可是个大人物，别看他这么年轻，他可是专门写名人隐私的大作家。今天你就放开手，别那么拘谨嘛！你应该比我们这一代人更生猛才对。你今天两手都不要闲着，可以随便用，抓她们哪儿都行。你看上谁了你还可以把她带走，对不对，阿珍和阿香？”潘方眯着眼睛对两个小姐说。

“我们兄妹三人中，我和我二哥的关系好，我大哥和我也不错，他对我倒一直挺关心的，但我们现在来往也少了，我怕他会影响我的儿子，我儿子今年刚刚十四岁，这种年龄是最容易变坏了，我怕他跟这个大舅变坏了。他哪儿像个大舅样！一见女人就是嬉皮笑脸的，在 20 世纪 80 年代以前他都不是这样，怎么才几年过去，在九十年代就变成了这样呢？我想不明白。”潘小云说。

“不过有一点我挺佩服我弟弟的，”潘方对我说，“他这个人做事挺执着的。那会儿他经常钻到制片厂的仓库里去偷胶片，一偷就是两三年，而且他还一点一点地把它们都接了起来，在 20 世纪 80 年代他上电影学院读书时，在他们学院的放映室放了一下，那全都是那个年代被剪下来的外国电影镜头，有接吻的，有暴力的，还有些床上戏和恐怖情节，总之不太健康的东西都有。结果这盘东西你猜上个星期在香港嘉德拍卖会上卖了多少钱？16 万美元！可能因为我弟弟名气太大，他经手的东西都会是个值钱货，可我有一点也弄不明白，那个出钱买这盘胶片的人肯定也是个脑积水！”潘方打开对讲机：“送四份小吃，一份大果盘、一桶冰块、一瓶苏格兰威士忌到阿波罗包房来！”

“我大哥这几年生意做得还不错，不过他利用的关系全是我爸爸的老关系，一些早就退休的老将军的关系当后台，开歌舞厅、餐厅和伊甸园性商店，好像还赚了不少钱。我二哥死后，他唆使我爸跟他一块儿写传记，借我二哥又捞了一把，有几十万块呢。不过我爸这个人并不看重钱，我特别理解他，他是怕历史遗忘他。过去他拍过几部名气非常大的战争片，那都是二十世纪五六十年代的东西了，现在谁还理他呀！所以我看他有一种恐惧感，因此借我二哥的死又炒了自己一把，可其实，”潘小云顿了一下，“我私下认为，他反而把自己给弄臭了。有人说他晚节都没保住，你说他这一代人算是彻底失败的一代人吧？”潘小云对我说。

“我记得他有一次还企图烧死我们的姥姥，就因为我姥姥责备他说他不听话，不该整天拿着个照相机瞎照，结果他就趁我姥姥睡觉时点着了蚊帐，差点儿把我姥姥烧死了，还是我奋力扑救，把火给灭了，为此我姥姥都吓得有一段时间走路都打战。”潘方说，“你怎么不唱歌？唱一首嘛！要不算了，我来唱一首，阿珍，你和客人跳个舞，跳你拿手的贴面舞，抱得紧一点儿！”

“那是我大哥干的，”潘小云说，“当时他偷着抽烟，结果一不留神把我姥姥的蚊帐给点着了，他怎么能说是我二哥干的呢？我大哥总是这样栽赃陷害、颠倒黑白。”

“其实我并不想回忆起这些，我不喜欢回忆过去，我喜欢活在当代。活在今天多有意思啊，你说，20 世纪 90 年代多有趣啊！什么都有，人们的欲望全部获得了解放，有买方市场就有卖方市场，你说你现在想买什么吧，什么都给你买到。你想看人妖表演吗？ ×× 大饭店就有，现在我就可以陪你去看！要嫖妓吗？这座城市还有会员制的高级妓女组织，她们从不在大街上、下等酒吧和饭店里接客，我白道黑道都熟悉，你说这些算是腐烂的部分吧？可正因为如此，这个社会才会有一种前所未有的活力，有活力才不会僵死，才有意思，就是我弟弟，他后来不也拍起了商业片？当然他拍的片子每一部都赚钱，电影工业就是挣钱的工业，要是不挣钱，谁干那个去？我弟弟为什么要杀夏百灵，就是他心胸狭隘，夏百灵是一个好女人，像她这么大名气的女演员，脾气又好，又贤惠的人非常之少。在电影界少极了，可我弟弟和她结了婚，又不愿和她一起过日子，总是在外头跑，而且还传说有绯闻，你说这对夏百灵有打击没有？肯定会有。我看至少是我弟弟先有女人的，人家夏百灵出于赌气，才找了男人，她也是人啊，不能在家守活寡，你说呢？所以潘岳一气之下把她给杀了，你说他心狠不狠？怎么样，这个阿珍不错吧？她的波可够大的，往你脸上一挤，能把你的腮帮子都挤扁了，要是你把脸埋上去，就跟躺在棉花里一样，刚才那贴面舞我看你的腿都软了，对不对？待会儿我让他们给你开个单间，你干一炮，我请客！”潘方对我说。

“我一直在想我哥哥为什么会杀夏百灵，我已经说过一遍了，就是因为他爱她，他不爱她他能杀她吗？这就是太爱了的结果。因为夏百灵可以说就是我哥哥的作品，她是他一手塑造的，后来他又一手毁了她，对于一件作品来说，作者有权决定作品的命运，所以，我哥哥就把公众人物夏百灵给毁掉了。他毁掉这件作品也是基于渴求完美的想法，就是这样的。他杀了她，他也自杀了，两讫了，他们之间有情孽，这下子就都交代了，谁也不欠谁的了。”潘小云说。

“我和我爸写那本书纯粹是为了捍卫我弟弟。绝不是为了那点稿费，俗话说，家丑不可外扬，他前妻白冰媚在不法书商的唆使下，以口述的形式把我弟弟和他的婚姻生活都兜了出来，其中最厉害的一段就是关于我弟弟是个性无能的那段，那明显是诽谤，这一点我这个当哥哥的完全可以做证，我弟弟的性能力旺盛得很！他还让白冰媚打过一次胎呢。所以为了维护我们潘家的荣誉，我们就写了本书反击了一下白冰媚。白冰媚可是个坏女人，这女人心特别狠，也特别毒。我弟弟的钱都让她给骗走了。那本书发行量是比较大，而且我们和出版社是按版税百分之十结算的，这笔稿费我们还帮助了几个失学的孩子呢。”潘方说。

“我大哥对我二哥非常嫉妒，他嫉妒他在电影上取得的成就，他后来终于靠出版回忆录捞了一把，他用版税开了一家性用品商店，要不然他根本没有资金去做那件事。”潘小云说。

“在我妹妹眼里我现在是十恶不赦，她总是认为我在吃喝嫖赌，可小时候全是我在保护他们，保护我弟弟和我妹妹。好多时候我们都是黑五类的狗崽子，日子非常难过，别人都打我们，我们那个大院的孩子，什么红卫兵、红小兵，都爱欺负我们，他们把潘岳和潘小云打得到处躲，我就很生气，我告诉他们人活一口气，树活一张皮，绝不能在那帮杂种面前低下头来，于是我就常跟那帮小子打架，当然，看着他们俩不争气，我也顺便教训一下他们。”潘方说。

“我大哥有时候也打我们，他认为潘岳当时多少有些不对劲，因为潘岳喜欢沉浸在自己的世界中，自己的那个想象的世界中，这个世界是用旧瓶底、照相机和电影胶片构成的影像世界，当时特别乱，可潘岳好像压根儿不为所动，只关心他的想象的一切，他经常走神，一走神就有些神思恍惚，走在大街上就有人打他，所以，从这个方面讲，潘岳的童年过得既充满了幻想，又非常压抑。”潘小云说。

“其实我不太爱回忆过去，过去都已经是些发黄的旧照片，又有什么意思？我更喜欢沉浸在今天，沉浸在今天这五光十色的生活中，这当代生活多么有趣啊！我就像一条胖胖的大狗鱼，游在今天混浊得吓人的水里，我如鱼得水，我赚到了钱，我这里美女如云，我不缺什么，也许你会说我灵魂很混乱，很脏，可我觉得这才是我的本色，人应该有的本色。我真的不想谈过去的事了，咱们去喝酒吧。去我的黑土地酒家喝酒去吧。”潘方拉着我的手说。

“我做了一个梦，我梦见潘岳又拉着夏百灵的手出现在了我的面前，你猜他们都说了些什么？”潘小云瞪大眼睛问我。

4

黑土地酒家坐落在第三使馆区一条餐馆林立的街道上。一路走去，这一排餐馆的招牌和各种灯箱的灯光非常扎眼，笔者看到了这些餐厅当真是非常国际化了，一排餐馆中，有日本料理、韩国烧烤、意大利面条馆、巴西烤肉、美式快餐、东北菜、北京涮肉馆、粤菜、上海菜、湖南菜馆等几十种风味，一字排开，使笔者感到了这座城市餐饮的多元化，而“黑土地”酒家就夹杂在他们中间，这家餐厅的装修很像东北林场中的木屋，一进门，可以看到有几个厅，全是以当年插队东北的知青所在地命名，墙上钉满了各种名片，那些都是当年的知青在这里吃完饭后留下的，而且大多数人如今都有着大大小小的头衔。在一个小包间里，笔者又找到了潘方。

“那天没和你聊得尽兴，今天咱们要多喝几杯，然后好好地聊一聊，我弄不明白，你为啥对我弟弟的死这么感兴趣？你想写一本有关他的传记吗？你不觉得市面上有关他的传记已经太多了吗？光是他死之后一个月，就出了这么高一大摞，已经太多了。我倒想和你谈谈如何经营餐饮业，这个话题我还没有向你好好说过呢。”潘方说。

酒菜上来，我们聊得非常愉快，不知不觉，已经喝掉了一瓶二锅头，头已经多少有些发昏了。潘方的酒量比笔者要小得多，显然他有些支撑不住了，这时，笔者注意到他的表情变得有些阴沉和忧伤，尤其是忧伤，这种气质在潘方的身上应该是非常少有的，笔者看着他，他在忧伤中沉入了回忆：

“其实要是说到我和潘岳的少年时代，我们过得都很压抑，也许我把潘岳说得太坏了，也许是我的记忆出现了偏差？我还记得那时候的一些细节，我弟弟可以被称为是一根筋的那种人，他干什么事都有点儿狠，属于上竿子一下小干到底的那种。比方说，小时候他总是分不清演日本鬼子和国民党的演员与电影上他们扮演的形象是不一样的，所以在我们的大院里他碰上他们，总要扑过去冲他们又撕又咬，完全是一头小野兽，为此，坦率地讲我教训过他，可他似乎总是不长记性，他总是把他们和银幕上的坏蛋混为一谈，我给他说了好多遍了，可在我们的大院里一见到他们，他似乎就发了疯，因此，我们那个大院里演过坏蛋的演员都害怕他，远远地看见他就躲着走，我向他说过好多遍了，他们在大院里是刘叔叔、马叔叔、王叔叔，只是到了电影屏幕上——完全是在电影屏幕上，他们才在那一百多分钟里是个坏人，在其他时候他们都是好人。”

“那时候他有多大？”我问。

“大约六七岁的样子，还是又疯又野像一只土狼的时候，我爸妈下放了，家中就只有我们三个孩子，没有一个亲戚照料我们，管教我弟弟和妹妹的任务就全部落在了我的身上，我记得有一次我弟弟差点儿把演日本鬼子将军的演员，老演员方进给杀了。”

“方进？我知道他，他最近还在一部新电影中演了一个配角呢，他可以算是德高望重的老演员了吧。”

“是啊，不过他已经在几个月前去世了，这老头儿当年演过侵华日军华北军团的司令官，在一部电影上亲自下令枪毙了不少共产党，于是，我弟弟，那个死心眼，他就记住仇了，但他却没有像一头小野兽那样对付方进，而是设了一个圈套等待方进来钻。”

“他设了一个圈套？”

“对，我弟弟这家伙还挺有计谋的，在我们电影厂里有许多大摄影棚，‘文化大革命’开始以后，那些摄影棚就被关闭了，像废旧厂房一样被锁起来了，里面装满了各种杂物，平时都没有人进去，我弟弟把那大门的锁都给撬开了，他溜了进去，在里面弄了一个陷阱。”

“你是说他挖了一个陷阱？是不是在地上挖了一个大洞，上面铺些草，陷阱里布满了尖头朝上的竹签子？像越南战争中越南兵对付美国兵的招数？”笔者傻里傻气地问。

“他还没那么狠，再说，他也没有那么大的力气和时间，他只是搞了一个小圈套，引诱老方进上钩而已。”

“方进上钩了吗？”

“上钩了，他一走进去就上钩了，他被大门内他脚下的绳索一下子捆住了双脚，然后我弟弟利用重物悬吊原理，将他一下子倒着拉到了半空，老方进可怜地在半空中悠来荡去，我弟弟就乘机跑了。”

“方进是怎么下来的？”

“这一下子把老方进差一点儿整死，五十多岁的人，被倒栽葱吊在半空，在一个空荡荡布满了蜘蛛网的大摄影棚中，你说有多少可怕！关键是那里面再也没有人进去了，老方进就拼命地喊救命。”

“他拼命地喊，可有人能听见吗？”

“有人听见了，但那年头，门上上着锁，里面又没人，白天晚上只听见里面有人喊救命，一个女演员路过那儿听见了，她吓得差一点儿尿裤子，她到处说三号摄影棚里闹鬼，晚上老有人喊救命，三天后，还是方进的家属发现方进几天没回来，到厂保卫处报了案，保卫处处长亲自领了一干人打开三号摄影棚的大门，发现了吊在半空的老方进，把老方进放下来时，他都奄奄一息了。”

“你弟弟受到惩罚了吗？”

“没有，因为奇怪的是保卫处长怎么问方进是谁干的，方进就是不说，他说他没看清，他一定是不想说，到现在我都一直觉得很纳闷，也很奇怪，我弟弟用了什么招数让方进入了圈套，而方进为什么中了计却没有把我弟弟招出来，我到现在都弄不明白。”

“可能他是长辈，觉得不能与小孩一般见识吧。”笔者说。

“也许吧，不过从那以后，老方进再也不演反面角色了，无论导演怎么劝，他都再也不演坏蛋了，我爸爸有一次邀请他演国民党上将，那都是在 20 世纪 80 年代初了，这老头儿说，我都快七十了，还是让我演个慈祥的老祖父吧，我想，我弟弟那一招一定让他吃了苦头，想了很多问题。”

“你弟弟的脾气怎么样？”

“脾气，还有点儿怪，不太合群，有时候显得很内向，因为‘文革’期间我们一家是被打倒的，所以电影厂大院里的孩子老是欺负他，欺负我们兄妹三人，所以我弟弟在那种遭受歧视的环境中生活了很多年，度过了他的少年时代，这一定对他的性格产生了影响，你想想看，一个少年在一个横遭歧视的年代里成长，他当然会有些自闭与压抑，所以，他是很压抑自己的，他在长大以后，曾告诉我他经常做一个梦，他反复地做这个梦。”

“他反复地做一个梦？是什么样的梦呢？”我迫不及待地问。

“他梦见他在大街上与好多歹徒搏斗，但没有一个人帮他，他很希望有人能来帮助他，可没有一个人上前来帮助他，他们总是袖手旁观，脸上一面漠然，看着他和歹人搏斗。”

“搏斗的结果呢？”

“我也问过他，问他打赢了没有，他说没赢也没输，他在梦中就是不停地搏斗，搏斗，就那样跟那个歹人在撕打。”

“唔，这个梦的意思就是他的潜意识里一直觉得自己是孤独的，没有人帮他。可以说他的意识深处有一种深深的孤独感。”

“你说对了，他成名以后，我们就很少见面了，他一个人住在北郊的一幢别墅里，我们都很少见面，他结婚以后也不常和夏百灵住在一起，可能是他这个人孤独惯了。”

“最后一个问题，你喜欢你弟弟和他的电影吗？”

他看着我，他更醉了。“他……毕竟是我弟弟，我对他有亲情，可他在电影上取得的成就令我嫉妒，在这一点上我排斥他，因为他太成功了，他是世界电影的一个代表人物，全世界都那么说，我是他哥哥，我现在不过是一个小老板，谁又知道我呢，对不对？”他醉眼惺忪地看着笔者说。

5

找到潘小云是几天以后的事，她原来是市棉纺织三厂的宣传人员，后来因为国家的棉纺织企业压缩计划，市棉纺织厂全都下岗分流一半以上，然后再合并为一个厂，趁着下岗的潮头，潘小云主动从工人中辞去了工作，跳槽到一家港资企业工作了。

她所在的这家港资企业位于世界贸易中心大厦，世贸中心大楼是才建成不久的本市第二高楼，有二百多米，在亚运村向西一百米，有趣的是，笔者乘比利时产高速电梯升向世贸中心第 58 层，在一间豪华写字楼中见到潘小云后，才明白她实际上是一家看风水公司的风水师。

这家公司叫五行商务咨询公司，是一家香港人在本市注册的公司，它的业务就是给想在本市进行投资的人士提供风水指导，而潘小云就是该公司的女风水师之一。

“这么说，我该叫你潘大仙了。”

潘小云笑了笑，“我哥哥卖性保健品，我当了个风水大仙，这个时代人们谋生的形式比较多了。”

我问她：“你们的业务量大吗？”

“大！”她十分肯定地说，“多得我们都忙不过来，我们一共有五个风水师，其余四位都是男的，我们主要是提供风水咨询，比如某家公司要买一幢写字楼，会请我们去看风水，测地理，我们向他们提供一个建议案。”

我笑了，“那你们是怎么收费的？”

“有三种收费办法，一种是按每尺或每平方米收费，另一种是一揽子付费，再一种是分地区分对象收费。”

“每看一尺的风水，你们收多少钱？”

“很贵的，这可是商业机密，我不好说。除非你带生意来，可以给你回扣的。”潘小云狡黠地一笑，她给我端上来一杯磁化水，这磁化水是她从立在墙角的磁化矿泉壶中倒出来的，她把笔者叫到窗边，从这里笔者可以看到无比广大的城市面貌，由于身居二百多米的高空，所以笔者得以看见几乎几十平方公里内的城市中心区的全貌。“在这座一千多万人的城市中，越来越多的经商人员正在变得迷信。他们很相信风水，比如前几天，有一家租用国际会议中心写字楼达三年之久的公司，生意一直不好，我们去看了风水，发现那里的确有问题，大门朝西开了，而且，经我们调查，四十年前有一个女人曾在那里自杀，她的肚子里还有一个孩子，这家公司是生产婴儿食品的，当然赚不了钱啦！我们给他另找了一家写字楼，他刚刚打电话来，他已接到了全年的订货单了。”

笔者不禁哑然失笑，“他的生意真的和40年前一个怀孕的女人自杀有什么关系吗？我看不出这有什么关系。”

潘小云笑了笑，“风水是我们传播文化的一部分，你可以把它看成是一种神秘地理学，商务地理学，这是一门预测的学问。”

笔者注意到她的桌子上放着很多图片、资料和各类风水大全和词典。“这么说，你懂这个有好多年了？”

“都是我爸爸教我的，我爷爷在新中国成立前就是个风水先生，不过他主要是给人看盖房和选坟地的风水，这也许是隔代遗传吧。”

“那么，我家几代贫农，怎么我就成了小知识分子了呢？”笔者问她。

“因为你家的祖坟朝向好，不信你去看看，你外祖母的坟地一定朝向很好。”

“哈，”笔者笑了一下，“还真是这样。”

“我这里有一些我哥哥的信件，还有几本他的日记，可以提供给你，不少是他和夏百灵的通信，我想这些资料可能对你会有用。”潘小云递给笔者一个小包，里面装了满满一包信件。笔者大喜过望，还忙拿了过来。“用完了一定还我，请签一下借条。在这里签上，而且，如果你真的想和他们交流，我还可以用招魂大法招来他们的魂来和你说话。”潘小云盯着笔者说。

笔者吓了一跳，“你是说，你可以让潘岳和夏百灵的灵魂和我说话？”

“对，”她像个仙姑似的从桌子后向笔者飘了过来，“绝对可以做到，因为我可以看见他们的灵魂还在这座城市上空飞行。”

“他们干吗不飞走，飞到别处去？”笔者有些心慌意乱了。

“你坐下来。”她按住笔者的肩膀，然后转身去拉下了窗帘，房间里的光线立刻变暗了，她打亮了一盏坐地灯，在她的案子上有两个小泥偶，这是我才发现的，一男一女，一对恋人小泥偶，她点着了一炷香，这时候房间里很静，然后，潘小云散开头发，她开始在这间 40 平方米大的写字间走来走去，口中喃喃自语，说的话我一句也听不明白，她在房间里疾速地走着，这种感觉很奇怪，坦率地说，在世贸中心大楼顶层写字间里进行招魂活动，这多少让我有些恍若隔世。但是，大约十分钟之后，我清楚地看见桌上的两个小泥偶动了，是的，他们是动了，而且还走了几步，他们都面朝我，走动了几下，但是忽然，台灯灭了，他们也停了下来。

“他们不愿和你说话。”潘小云停下来疲惫地对我说，“他们来了，又走了。”

笔者确信也相信潘岳和夏百灵的灵魂真的来过，附着于泥偶之上，也许他们不想和笔者交谈，就又飞走了。

第三章　峥嵘初露

片名：《中午的黎明》

导演：潘岳
主演：胡红兵　江春花
摄影：刘晖

故事梗概

影片一开始的时候是在船上，一个孤独的生意人打扮的年轻人（三十多岁模样）在船甲板栏杆内注视着东流而去的江水，他面色冷峻、忧郁，电影镜头从景物、船上缓缓扫过。通过船上人们的衣着打扮上可以看出这是20世纪40年代的中国。画外音：“1945年8月14日日本投降以后……”

影片是黑白和彩色兼容和交替穿插的。这种反差使一种幽暗的历史感和明亮的现实感交替出现。镜头中，片名、字幕过去后，一些鸟在江上和船边乱飞。镜头拉长，人在船体中涌动，船是逆江而上的，两岸偶尔还传来了遥远的枪声。

这个年轻人是汪精卫的南京伪政权的一个特工。现在，他要去重庆刺杀即将举行的国共两党合作的谈判领袖了。这是一部刺客的故事，是在1945年日寇投降之后。当他抵达一座省城时，从报纸上他得到了汪精卫政权在南京自行解散的消息。于是他停了下来，这时他需要想一想，因为他拿不定的是他是否应该继续执行任务，因为他已无法与总部联系上了。包括他的上司、他在这座城市的单线联络人在南京政权解散后都已不知去向。

一个混乱和大变动时代的刺客的迷茫。

他看上去很沉静、孤僻和冷漠，过去，他是一个王牌特工，曾策划刺杀了国民党右派的两个著名人士。现在，他要去刺杀正在影响中国历史进程的人物了。但是，此时没有人再对他发出任何指令了。或者说他们也找不到他，他也无法与他们联系上。他内心有些矛盾，他不知道该怎么办，他想了一夜，那是一个大雨滂沱的夜晚，他决定了，决定继续一个人去执行刺杀命令。因为他认为至少这一命令没有被撤销。

一个悲剧时代里的一个悲剧人物的悲剧行动，是一次没有终点的旅行吗?

在重庆，重庆国民党政府中早已有人知道了这次暗杀行动。为了阻止这个杀手，他们也已派出了一个特工，这个特工是一个女特工。而且，更确切一点讲，她是那个男特工过去的女友，因为日本人入侵中国后，几经离乱变故，他们跟随了不同的政治力量，分开了。

个人命运与情感选择在历史旋涡里的无奈与浮沉。

在出发之前，她已看了资料照片，她熟悉他、了解他，现在她被命令去解决他，她认得这个人，她爱过他，现在她要去杀他，她行吗？但她接受了这个任务，因为她还有一个新的想法，她没有露声色。两个人一个由一座省城西进，一个由重庆东去，在一座小县城相遇了，当然是她找到了他，她的情报组织正在空前地活跃。这次相遇让两个人的感情有些波动，男特工谎称自己已变成了一个生意人，去四川办些货，女特工则痛斥了汪精卫汉奸政权，指出了他的实际目标，而她就是来阻止他的。他震惊了，她发现她对他仍有感情，她说出了自己的真实想法，就是希望和他一起逃走，离开各自的任务与使命，逃到一个安全的地方去生儿育女。但他没有动容，在一家餐厅里吃饭的时候，他悄悄溜掉了。

他决定继续西进，因为他没有收到撤销行动的指令，他必须完成这个任务，他已决定了。

她发现他溜走后，非常生气，她拿不准的是他是否还爱她。既然他已知道她是来阻止他的，必要时可以杀他的，可他为什么不杀她呢？可见他内心中仍有感情，不杀她是不是仍旧爱着她？她想不明白，就搜索他的行踪，尾随而去。

他们在另一座县城，一座四川境内的小县城中再度相遇了。这是一座大山环抱中的小山城，他把自己打扮成了一个算命先生，她在街上发现了他。她拨开众人，把手伸了过去，让他算命。

他从墨镜后面看着她，说："你会死的。"

围观的人发出了一阵喧哗的骚动，但她笑了，仍旧看着他那在墨镜后深藏不露的眼睛："那你呢？"

"我也会死的，也许和你一起死。"他说完，摘下了墨镜，现在，该是她来决定了。既然他无法抛掉自己的使命，远走他乡和她一起生儿育女，过平常人的生活，她是否也应该执行自己的任务呢？她决心不再叫他溜掉，打算和他好好谈一谈，在这天晚上，她又劝说了他，这个场面是激烈的，因为她激烈，而他冷漠，甚至还有些无动于衷，他说即使汪精卫政府已经解散了，但他认为自己没有收到解除任务的指令，他们将继续执行命令。这令她不能理解。她沉默了一会儿，绝望地问他："你还爱着我吗？"她看着他的眼睛，他点了点头，他们在一刹那间拥抱了，两个人在这座县城的一家旅店中发生了一夜情。在床上，她决定趁他熟睡时杀他，完成她的任务，可她仍下不了狠手，一番搏斗后，她没有杀成，她哭了，他说："我把你的感情还给了你，我们两清了。"说完，他就消失了。

接下来的镜头都是在山城重庆中，一座大雾之城，一座山城，在这里，新的历史将要构成。这一段用了很多历史资料镜头，其间还穿插了这个孤独的杀手在市区的活动，打探消息、买东西、斟察地点、试枪、安装消音器的镜头。报纸头版特写：国共两党领袖召开重庆谈判。

结局来临了，它是无声的，男杀手找到了一条通往一幢小楼顶端的地下通道，经过严密的时间计算之后，他开始在通道之中狂奔，一边在奔跑中快速安装一支组合式狙击步枪。镜头随着他的跑动也在剧烈地晃动，一边是他的气喘吁吁声，夹杂着枪支装配的声音。这条地下通道似乎十分漫长，他穿越地道的镜头长达数分钟，令人有身处黑暗的强烈窒息感，夹杂着他的喘气声，光亮一闪，他钻出了地面，来到了小楼的内部。没有人，他沿着楼梯上楼，推开了楼顶平台的门。

她已经等在那里了，在他推开门的一刹那，她用装着消音器的手枪向他开了枪，猝不及防的致命一击，他同时还击，也击中了她，这时，两个人都倒在了楼顶，他们大口地喘气。一个胸部被血染红了，而另一个，嘴里全是血泡沫，她把手伸向他，脸上凝聚着悔恨、爱意、歉疚以及一种欣慰，但是她没有够着，两个人在相距几米远的地方躺着，一动不动了。一阵落叶和风一起拂过他们的身体。

镜头凝止了几分钟，立即拉了起来，越过了小楼的顶部，伸向离小楼几十米外的一条林荫道上，那里传来一阵脚步声，国共两党的领袖谈笑风生地走了过去，他的身后远远地跟着很多人。他们是毛泽东和蒋介石，以及他们各自的高参们。镜头渐渐拉入高空俯拍，可以看见那座小楼顶部，正午的阳光十分强烈地铺在了两个人身上，他们一动不动了，但另一边，新的历史事件已在形成了。

这部叫作《中午的黎明》的电影，是潘岳在1983年从电影学院导演系毕业后担任导演的第一部影片，正是由于担任了这部电影的导演，潘岳在电影界初次显露了他过人的才华。

作为这部电影的导演，时年二十三岁的潘岳让摄影师采用了黑白和彩色相间的摄影技法，在这一点上，他说服了摄影师刘晖。由于这是一部涉及历史题材的故事片，所以凡是涉及历史主题的时候，用的全是黑白镜头，而涉及男女主人公的感情时，用的又是彩色胶片。这种将个人情感与历史事实对比的摄影风格，从色调上说一冷一暖，形成了强烈的反差。在摄影语言上是中国电影的一个创新与推进。而且，潘岳在处理一些细节上拍得都很棒，比如主人公在小县城中的相遇，旧时代小县城那种沉闷、麻木的生活场景非常逼真，还有男主人公在黑暗的隧道中狂奔的镜头晃动，两个人互相开枪时的高速摄影与瞬间定格，使画面充满了象征具体与动感，强烈地刺激了观众的视觉。

这部电影获得了1984年的第四届金鸡奖的最佳摄影奖，第二年又获得了瑞士卢卡诺国际电影节银豹奖、加拿大蒙特利尔国际电影节评委会特别奖等多项大奖。

但是这部电影公映几天即受到了国内一些人的批评，认为这部电影宣扬了人性至上论，抹杀了阶级和政治立场，是一部有着严重政治错误的电影，这些人上书广电部、宣传部，还在报纸、杂志上发表批判文章，闹出了一场“究竟是谁的黎明”的风波，这部片子便立即从公映榜上撤了下来。有关此部电影的争论，在当时十分热烈，导演潘岳受到了很大压力，笔者近日打电话采访了已退休的、当时参与审片的电影电视部原电影局审片人沈大力先生，他说他记得当时争议陡起，审阅该片后，他提交的报告中认为该片没有过于严重的问题，“它只是用国共两党重庆谈判作为历史背景，描写了一对恋人在特定历史情境下的悲剧命运，它应该算是一部爱情片，而且由于它是悲剧结尾，客观上起到了教育青年，揭露了国民党统治时代的黑暗的作用，是一部较积极的影片呢。”

由于该部电影争议较大，在北京公映不到四天即又收回了拷贝，封入库中，四年后，也就是 1988 年才再次在全国公开发行。这部片影在当时的出现，的确给人耳目一新之感，无论是该片的国民党人的爱情题材，还是摄影上的大胆探索，都使人觉得新鲜。在 20 世纪 80 年代初那几年百废待兴、狂飙空进却又乍暖还寒的岁月里，这部电影的确是引人注目的。

笔者十分喜欢这部电影的结尾，由于爱看悲剧，笔者认为自己多少有些嗜血癖，即最喜欢从电影上看到流血的人体，笔者认为死亡有一种美，带血的尸体，为爱或恨而死的尸身都是美的，这部电影在隔了十几年仍旧带给了我视觉上的审美愉悦。在刺眼的正午阳光照射下，两个有情人坚守各自的使命将对方击倒，无法再将手拉到一起，突然镜头一下子拉起来，不远处，一条浓荫密布的石道上，经过了一个上午的谈判，国共两党的领袖走出房间，谈笑风生地从这里走过，他们已在创造新的历史，这又该是一种怎样的比喻和互动关系呢？这时候，用的已全是彩色镜头了，可以看出，历史，中国历史仍在向光明和光彩的地方前行，笔者揣摩这就是“中午的黎明”的意思吧。

笔者是在一家大型图书馆的电影资料馆里看的这部《中午的黎明》，承蒙现在已变为“广播电影电视总局”的副局长秘书朋友帮忙，笔者得以有机会调看了潘岳生前参与和拍摄的全部电影。它们一共 12 部。平时能坐两百人的资料馆录像室只坐了笔者一个人，笔者不禁为自己享受到了这种凭借批条走后门的高待遇而沾沾自喜，但笔者近几年越来越惧怕黑暗，尤其是偌大的录像厅中，只坐着笔者一个人，那些黑暗无声地包围了笔者，笔者内心还有些恐惧呢。当初潘岳的妹妹用招魂大法，差点儿让纸偶动起来，笔者现在看电影，也生怕潘岳从银幕上跳下来呢。那些海绵一样的黑暗包围着笔者，笔者还真有些害怕哩。

在过去，笔者曾有跟女友谈恋爱，一起看过早场电影的经历，那一次，偌大的电影院中也只有笔者和女友，我记得那天放映的是一部美国恐怖片《糖果人》，使笔者和女友看着看着不禁非常害怕，到后来，笔者不停地向后看，而笔者的女友向前看，一个人管前面，一个人管后面，以防不知从哪排椅子下会钻出个杀人狂“糖果人”——这是个专门袭击成双成对的恋人的黑人幽灵——那真的是一次可怕的经历。

而现在，和上次不同的是，女友已离笔者远去。笔者又重回孤独，一开始，在被黑色团块包围的时候笔者有一种窒息感，笔者也陷入了一种莫名其妙的不安，仿佛时隔不久潘岳和夏百灵的幽灵会来这里和笔者聚会似的。因而，笔者觉得，向两个死去的人的心灵世界探寻是一件十分艰难的事，因为实际上人对于人只是一种表面，面对两个人留下来的文字、声音与图像，笔者真的就可以靠近他们吗？笔者左思右想，认为自己并不怕和他们相遇，后来也就获得了一种安全感，笔者每天上午来这家资料馆看两部电影，如此看下去大约要花一周的时间。不一会儿，这家图书馆的卢城南馆长进来陪笔者一同观赏，很快，笔者渐渐安静了下来。

由于《中午的黎明》上演不久后因为争议太大即遭封杀，因而导演潘岳在题材上选了一个特别为有关方面所喜欢的剧本，叫作《大国仪仗兵》，这部电影以反映经常接受采访的外国首脑和中国领导人检阅的仪仗兵的正常生活为线索，着重表现了两个仪仗兵的爱情经历，以及他们特殊的生活环境与成长经历。导演仍旧是潘岳，这部片子在主题上很积极，表现的场景也非常特别，毕竟，仪仗兵们的日常训练和生活都是很多人非常感兴趣的，也认为他们的生活很神秘，这一次，虽然拍的是一部故事片，由于除了两个演员是非职业军人以外，其余的仪仗兵似全部都是真仪仗兵，所以潘岳这一回用了一种类似于纪录片的风格来拍摄它。这一点笔者是十分肯定的，因为其间又夹杂着一些历史纪录片的片段——在这些片段中，仪仗兵们精神饱满地接受国家元首和外国领导人的检阅，用的都是资料片，那些逼真的镜头使整个虚构的故事片有一种强烈的纪实效果，所以潘岳就用了拍纪录片的风格，他在这部影片中大量运用了特写、定格和一些非常夸张的镜头，比如其中有一段是专门从膝盖高的地方来拍摄的，从而使观众——也使笔者获得了一个全新的角度来看人呢，这部电影最终为潘岳在 1985 年获得了中国电影优秀奖和美国夏威夷国际电影节的最佳影片奖。

在笔者愉快地观赏这部电影的时候，一同观看的卢城南馆长总是在一边给笔者介绍剧情，如同耳边又多了一个旁白的声音。看来由于有在国家广电总局任副局长秘书的朋友的条子，这位馆长对笔者实在是好得很呢，除了给笔者准备了矿泉水和糕点，还担任了义务旁白与解说，笔者倒也乐得有人相伴，这样笔者至少不用怕那从椅子下钻出的“糖果人”了。那可是一个用假手上的铁钩子掏人心的家伙啊。卢城南馆长是一个秃顶的五十岁开外的中年人，他脾气和善，传说他的脑袋就是一个活图书馆，各种版本的书籍、各种音像品的分类，在他的大脑里比在图书馆还牢靠，他个人收藏了很多名人的手稿，还专门在展览馆展出过一回呢。“仪者，礼节是也，仪式是也，仗者，兵器之所称。仪仗的意思就是用于表示某种隆重礼仪和显示威武的兵器。仪仗兵早在四千多年前的我华夏古国，就存在了呢。那时候华夏部落联盟首领夏禹，在今天的河南嵩县的涂山，与南方各部落的首领举行会盟，被称之为涂山之会，当时在会盟中，由士兵手持各种用羽毛装饰的兵器，演出了大夏之乐和干羽之舞，边歌边舞，以示祭天并向南方各首领进行欢迎，这是我国古代最早的仪仗队了，”卢城南馆长在笔者耳边说。笔者发现卢馆长的旁白对笔者观赏潘岳导演的这部《大国仪仗兵》十分有用，就悄悄用口袋里隐藏着的小采访机把他的旁白都录下了下来，笔者随后整理了出来，下面仍是他的旁白：

“英国王宫的仪仗队，至今还穿着斯图亚特王朝时代的武士盔甲呢。他们手持长枪短剑，身骑骏马，秦始皇兵马俑，实际上也是仪仗部队的真实写照，咱们新中国最早的仪仗队建于 1945 年，是延安时期，毛泽东为了迎接采访的以美国总统杜鲁门特使身份来华调解‘国共军事冲突’的马歇尔上将，特别组织的。1946 年 3 月 4 日上午，毛泽东、周恩来等陪同马歇尔在延安机场停机坪检阅了这支最早的仪仗队，仪仗队分三个连队横队排列……”（笔者心想，卢城南馆长一定是专门调用了大脑中有关仪仗兵的全部历史材料，来给笔者了解这部叫作《大国仪仗兵》的电影提供翔实的线索的，他的脑袋里真的什么都有啊！）“1953 年后，真正意义上的我国陆海空三军仪仗队正式在北京诞生了。”（这时电影画面上出现了仪仗队训练教官们用尺子和棍子追在仪仗兵后面量步距，不管这些仪仗兵是去上厕所还是进饭堂，为了让仪仗兵们一点一滴都养成习惯）。“1957 年 9 月 27 日，在迎接匈牙利总理卡达尔和捷克斯洛伐克议会主席费林格时，出了点小麻烦。因为在检阅仪仗队之前，需要仪仗队执行队长在外宾面前报告说，×× 国 ××× 阁下，为了欢迎您的到来，中华人民共和国解放军三军仪仗队列队完毕，请您检阅，中国人民解放军三军仪仗队执行队长 ×××。但那天不巧的是，两国的领导人刚好坐一架飞机来了，仪仗队执行队长在列队完毕后，报告了卡达尔总理的名字，忘记了捷克斯洛伐克议会主席费林格的名字，一时在上万人的欢迎群众面前不知如何是好。还是周恩来总理反应快，他用左手做了一个‘请’的动作，让仪仗队队长跨步让开，两位领导人走下检阅台，开始检阅。周恩来在检阅完毕后，留在了广场上，耐心地对忐忑不安的仪仗队长说：‘外国人的名字太长，时间紧不好记，要灵活一些，让开检阅的位置嘛！以后报告词改一下，一律不用说外宾的名字了，直接报告领导人的职务，主席就报主席阁下，总书记就报总书记同志，总统就报总统先生，不用再提名字了。’从那以后直到今天，仪仗队队长在检阅台前报告时，就再未报外国领导人的名字，他们用周恩来总理修改过的报告词，圆满完成了 1800 余次司礼任务呢。”（卢馆长说到这儿时，电影屏幕上出现了一段纪录片，在电影中是放给仪仗兵们看的资料片，是 1959 年胡志明来京，在毛泽东陪同下检阅仪仗队时的资料片，这一段的结尾胡志明用广东话亲切地对仪仗兵说：谢谢你们，谢谢你们！而且他还把一枚纪念章戴在仪仗队长的胸前，由于仪仗队长穿的衣服太厚，他一时别不上去，有点儿着急，在一边的周恩来说：快，接过来。仪仗队长立即伸出双手接了过去）“1960 年前后，国家有了个三年自然灾害，缺粮缺得厉害，仪仗兵们个头高大，全日训练体能消耗大，因此每人每天一斤多的定额和 4 毛 5 分钱的伙食根本不够吃，好不容易碰上吃馒头，每个人只能吃两个，营养严重不足，一次在机场迎接一个外国元首时，一个仪仗兵因营养匮乏，晕倒了，预备队立即进行了替补，周恩来总理让罗瑞卿进行了调查，给予补助。二十天后，周总理又在检阅场上见到仪仗官兵，发现每天补助的半斤黄豆起了作用，仪仗兵们的小脸已经由青黄转而变得又白又红了呢。”

笔者在那个年代里还没有出生，因此无法想象当时的饥饿状况，但连大国仪仗兵在当时都饿得小脸蜡黄，当场晕倒在队列中，由此可见“三年自然灾害”的严重程度。这时银幕上又出现了尼克松访华后写的回忆录的画外音旁白：“中国仪仗队是我看到的最出色的一个。他们个子高大、健壮、穿着笔挺，当我沿着长长的队列走去的时候，每个士兵在我经过时慢慢地转动他的头，在密集的行列中产生一种几乎使人认为行动受催眠影响的感觉。”这是 1972 年尼克松访华后的印象之一。这部叫《大国仪仗兵》的电影中的一条线索，就是用仪仗兵看资料片的画中画方式，回放了很多外国元首检阅仪仗兵的历史资料片段，这是该部电影中仪仗兵的学习生活之一部分。“在欢迎尼克松访华时，由于当时中国还没有和美国建交，机场上也没铺红地毯，也没有人民群众进行夹道欢迎，按正常的欢迎仪式规格，国家元首级规格是 150 人，但没有群众的欢迎，偌大的机场就只有 150 人的仪仗兵，显得会有些冷冷清清了，所以就把仪仗兵扩大为 371 人，每一排由 50 人延长为 120 人，这样就显得欢迎尼克松总统的队列长多了。这次仪仗兵的欢迎仪式十分圆满，给尼克松留下了十分深刻的印象。”

这部叫作《大国仪仗兵》的电影，其主要故事情节是两个仪仗兵的爱情生活。其间还夹杂着他们平日的严格训练场面。在当时，仪仗队员的这种恋爱实际上是不提倡的，基本上被禁止的，但他们都在偷偷地谈恋爱，其中一个是和一个空中小姐，另一个一直喜欢他家乡、中原地区某山村的一个姑娘。和空中小姐谈恋爱的那个年轻人，他一有机会就去打电话，他有他的心上人从空中落地的全国各地点的电话和时刻表，有一排电话号码，他们之间的感情是建立在电话上。另一对主要是靠写信，电影中画外音写信的声音响起来的时候，主要以写信人回忆的方式，表现一个山村姑娘的生活片段，这部电影的结局是有悲有喜的：空中小姐在一次空难中死去，她的仪仗兵男友忍住内心的巨大悲痛，继续训练，并担任了新一届仪仗兵的执行队长，为迎接新一次的欢迎外国元首的活动而把个人情感的巨大变故深埋心底。而另一个仪仗兵，在服役期满后，未婚妻来到了身边，在北京举行了婚礼后，他复员去家乡县城一家工厂，夫妻双双把家还了。

“这部电影从情节与内容上讲并没有太多的突破与想法，导演的意图主要是想表现神秘的大国仪仗兵的日常训练和生活，展现出大国的仪仗兵的风采，进而从一个小侧面拍出中国外交的真实片段。这部电影的主要特点仍在摄影，潘岳在拍这部片子的时候，用纪录片风格与手法，在拍摄仪仗兵的日常训练时，用了很多大景深、多角度、大特写、斜拍等各种摄影技法，同时在拍其中一个男主角想念农村恋人的生活场景时，在镜头中加了柔光，还将色彩鲜明度提高了百分之三十，这就完全是创新了。最近在国内上映的斯皮尔伯格导演的《拯救大兵瑞恩》中，为了强调历史效果，斯皮尔伯格把电影胶片的色彩降了很多，而十几年前潘岳就练过这一招了，这部电影潘岳拍起来也是别具匠心，现在看来，这部电影的贡献仍在于潘岳在摄影语言方面的运用，把大国仪仗兵的生活与训练拍得非常动人，由于有两条爱情线索，使得这部电影充满了人性化的色彩呢。”灯光亮了，卢城南馆长还意犹未尽地对笔者解释着。一个上午的观摩结束了，笔者向卢馆长表示了感谢，感谢他能够在极忙的情况下陪同笔者观看了一部潘岳的电影。“好的在后头，你明天上午要看的《新愚公移山》和《黄太阳》是他担任了导演和主演的两部影片，也是他迈上国际影坛的两部力作，好的在后头，不过我明天恐怕没有时间陪你看了。你若嫌一个人闷，完全可以带个朋友来一起观赏。”和卢馆长道别后，笔者的脑海中仍萦绕着这两部影片《中午的黎明》和《大国仪仗兵》的镜头，它的色彩对比，它的颜色变幻，的确觉得潘岳有一颗非常敏感和极富艺术天赋的心灵，他首先在镜头语言的运用上找到了，中国电影的突破口。尽管这种突破在 20 世纪 80 年代初期是十分有争议的，比如他的第二部电影《大国仪仗兵》，对仪仗兵们的人性化的爱情生活的描写，也引起了不少争议。但潘岳通过这两部电影的牛刀小试与初露峥嵘，他很快就进入了他电影生涯的辉煌岁月了。

《新愚公移山》

导演：潘岳
编剧：吕小斌　潘岳
主演：潘岳　夏百灵

故事梗概

大石头村是吕梁山中一个小村子，几百年来一直缺水吃，由于它被大山围抱，大石头村人过去打了很多眼井，结果只有一眼井有水，就靠这一眼井维持全村几百人的生活用水。198× 年大旱，结果这一眼井也不出水了。水是人赖以生存的最基本的东西，没有水吃，大石头村就面临着灭亡的命运。老村长石永贵向县里求援，县里每天派一辆送水车到大石头村送水。冬天到了，送水车有一次在爬山途中，遇到了山崩，出了车祸，车毁人亡。

石村长召集村里的年轻的能人商议，有一个老人提议从大山外挖一条梁，把几十里外的白河水引入大石头村，这样大石头村就永远也不会缺水了。而且这项工程在二十世纪五六十年代曾经上马过，但挖到一半，就停了。白河是一条流经吕梁山区的一条河，但大石头村和这条河刚好是一山之隔，如果要修这条梁，必须要把一座大山凿通，没有全村人的努力，这么大的工程是根本不可能实现的，全村主要的干部在经过激烈的讨论后，决定继续挖梁，凿山引水。

为此，石村长召开了全村大会，在会上将村委会的引水方案公布于众，说一旦凿山引水成功，那么大石头村世世代代的村民将永不缺水吃了，这是一件功德无量的事，全村人沸腾了，同意凿山引水，捐款捐物。这时在县里当会计的何秀华（夏百灵饰）回村探亲，也为这一场面所打动了。村里年轻人的领头人，复员退伍军人石虎（潘岳饰），他们过去是同班同学，也是何秀华倾心的对象，由于从小被订了娃娃亲，石虎和同村的赵二妮结了婚，但他并不爱她。

凿山引水开始了，石村长带领着全村骨干日夜苦干，放炮开山，又请了省里的专家进行技术指导，但在一次爆破中，他被石头砸死了。

村里的年轻人都推举石虎来继续承担这一伟业。经过动员，何秀华决定不回县里了，而是留下来和石虎一起凿山引水。

这期间，由于凿山引水经过了邻村的土地，两村人发生了械斗，惊动了县委书记，县委书记在平息了两村争端后，从资金和机械工具上给了石虎他们以帮助。

由于长时间在一起凿山挖石，石虎和何秀华又渐渐产生出了感情。但由于石虎已经有了家庭，两个人也只是把感情深埋于内心之中。后来，在一次山体爆破中，发生了塌方事件，砸死了三个人，石虎和何秀华也被困在了山洞之内。在等待援救中，两个人在山洞中一起过了七天七夜，这七天七夜两个人面临生死考验，迸发了爱的激情，在山洞中两个人紧紧地拥抱在一起，身体也渐渐融合在了一起。

七天后，塌方被处理了，他们被救了出来。县里又派来了工程队，帮助他们完成了凿山引水工作。第二年春天，大山挖通了，河水引入了大石头村。自此，大石头村结束了几百年吃水要靠下雨存水和挖井的历史。

而石虎和何秀华终究因传统婚姻观念而不能走到一起，何秀华在引水进村的那一天，又离开了大石头村。石虎担任了新一任村长，他仍要继续挖山引水。他在大山顶上远望着她渐渐远去。

从更远的地方看，周围的大山仿佛都在行走一样。

这是一部使笔者热泪盈眶的电影，而且该片在 1986 年出现在中国影坛时，也着实让很多人都流下了眼泪。这是潘岳执导并担任主演的第一部电影，也就是说，这是他短暂一生中所拍出的最重要的电影之一。这部电影改编自当时在文坛上崛起的寻根文学浪潮中的作家吕小斌的小说《水》，潘岳也参与了对原小说的改编。寻根文学在 20 世纪 80 年代的文坛中影响深远，继“伤痕文学”“反思文学”和“改革文学”的潮流涌过之后，1985 年，“寻根文学”思潮涌现，出现了一批以描写特定地域文化的小说家，借以传达出民族文化的根本特性。“寻根文学”对民族性的追寻与挖掘，在深度和力质上远远地超过了前几种文学潮流。文学是一个民族想象力的文字表现。电影完全可以以优秀的文学作品为基础，因此，潘岳从那时起就一直关注着文坛的走向。他适时地抓住了“寻根文学”思潮的思想资源，拍出了他第一部在国际国内电影界影响巨大的电影，从此以后，他就被看成是中国最重要的、有巨大发展潜力的导演了。《新愚公移山》获得了 1987 年第十届大众电影百花奖的最佳故事片奖和最佳男女主角奖（分别由潘岳和夏百灵获得），1987 年第七届金鸡奖的最佳导演奖和最佳女主角奖。1987 年第三十七届柏林国际电影节大奖金熊奖，1987 年香港第六届电影金像奖十大华语片之一，1987 年第一届东京国际电影节最佳导演奖和最佳编剧奖。这部电影可以说是 20 世纪 80 年代由中国导演拍出的第一部在国际上引起了这么大影响的电影。正因为此，潘岳的名气也迅速地上升着。《新愚公移山》被评论家认为是表现了一个民族为求生存所做的艰苦努力的真实写照，它表现了中华民族勤劳勇敢、吃苦耐劳、朴实善良的民族特性。不过，也有不少对这部电影的批评，认为它表现了中华民族愚昧和落后的一面，向西方人展示了民族的伤疤，迎合了西方人的窥视心理。因此，关于民族性问题又引发了争议。但据说一个政坛高层人士在一次宣传工作会议上的讲话中，说这是一部好电影之后，这种争议旋即就平息了。

笔者在这部片子公开放映十年之后，再次看过后仍是心潮起伏，久久不能平静。这部片子触动了我们中国人人心深处的那个弦。那个为求生存坚忍地努力的悲壮之弦。这部片子是非常美丽、拙朴与厚实的。而且，笔者还注意到，潘岳这次用的摄影师黄祥是拍现实主义题材非常有名的摄影师，他在这部电影的摄影上没有出新、出奇、出怪，而是非常扎实地用朴实无华的镜头，拍出了一个中国小山村的真实生存与真实的面貌。潘岳在这部电影和夏百灵首次配戏，表演得绝佳。夏百灵也是因为这部电影而一炮走红，成了炙手可热的女明星。从此，潘岳就开始在他随后的所有电影中，都起用夏百灵做他电影的主角了，甚至有时候还为她量身定做。专门写本子，将夏百灵一步步地推向了“奥斯卡最佳外语片”的女主角的辉 煌地位。

笔者在观赏《新愚公移山》时，可以明显地感受到 20 世纪 80 年代那种时代文化的热力，那似乎是一个向心和亲和的时代，人们都热情而深刻地思考着民族的振兴与发展，历史机遇以及现实走向，那可真是一个热火朝天的年代啊，但 20 世纪 90 年代体制转换都进入到深层次了，几十年的机制矛盾进一步突出，而且生活方式思想都已非常多元了，人文精神在商业大潮中像浪潮中的青蛙一样难寻其踪，不禁对 20 世纪 80 年代有些深深的怀念呢，所以笔者在放映室中一个人热泪盈眶，既是由于被《新愚公移山》所感动，也是对 20 世纪 80 年代这个永不会回来的年代而哀悼呢。

《黄太阳》

导演：潘岳
编剧：肖溯
主演：夏百灵　林海安　牛天赐

故事梗概

这是一部发生在黄河中游某省份的故事，是一个壮美的爱情故事。

娲娲（夏百灵饰）是河西村一个漂亮女子，她有自己喜欢的心上人山哥（林海安饰），长得浓眉大眼，也很喜欢她，但娲娲家父母亲把她许给了河东村的一个大财主，但娲娲喜欢上了山哥，她偷偷地和山哥约会，哀求他把她带走。山哥想了想，决定了。

山哥的骆驼客的队伍要走了，他和娲娲商量好，把娲娲偷藏到一大卷羊皮中带走，娲娲决定和山哥一同私奔，骆驼客的队伍走在了黄土高坡之上，远处还传来了黄河咆哮的声响。这时山哥就唱起了信天游，他唱的信天游十分动人，歌声直入云霄，九曲回转，余音不绝。

这时，突然传来了几声枪响，一下子来了一帮小土匪，土匪头子叫野山羊（牛天赐饰），他是收了娲娲要嫁的那个财主的钱，赶来把娲娲再抢回去的，他手下人在羊皮卷下发现了娲娲，把她抢走，还要杀山哥，野山羊早就听说山哥的信天游唱得好，决定要和他比一比歌喉，就饶了山哥一命。山哥和野山羊对歌一曲，声震四方，野山羊佩服山哥唱得好，给了他一些大洋，叫他再去找个女人，就带领土匪们，抢走了娲娲，扬长而去。

山哥对娲娲念念不忘，他离开了骆驼队，只身一个人去河东村那个财主家，还要和娲娲见面，想带她远走高飞。这次见到了娲娲，原来娲娲一到那个财主家，财主就一病不起了。山哥偷偷杀了那个财主，几天后他又回到村子中，和娲娲生活在一起，共同掌管财主留下来的布匹店和油坊，还生了个儿子。

日本人打到了黄河边，土匪头子野山羊带着土匪也变成了游击队，被日本人抓住，当着全村的人被日本人砍胳臂，临刑前野山羊用目光告诉山哥，要他和日本人打仗，报仇雪恨，他被砍后，扔进了一条山谷。

山哥便买了不少枪支，设计了一次埋伏，在这次埋伏中，娲娲在路上被日本人打死了，山哥和他的伙计和村民们与日本人进行了一次殊死战斗，只剩下了山哥和他的儿子，其余的人全死了，大火中，油坊和布匹店也化为乌有，山哥带着他的儿子，远走黄河东岸了。

又过了几年，新中国成立前昔，共产党的部队要渡过黄河，山哥是船夫之一，原来他逃到黄河岸边做了一个船夫。这时，他听说守卫对岸的国民党的一个营长是个独臂营长，信天游唱得非常好，就猜测野山羊没有死，于是他就在黄河上一边驾船，一边唱信天游，不久，对岸响起了对歌声，原来确实是野山羊，他没有死，投靠了国民党，在山哥歌声感召下，野山羊决定投诚了。

新中国成立后，山哥和野山羊当上了县委书记和县长，又都再聚了首。反右斗争中，山哥被打成了右派，野山羊在“文革”中被批斗，迫害致死。1978 年，山哥已老了，“文革”结束，他参加省城里的一次庆祝会，在会上用辛酸的调子唱出了一生的沧桑变幻，博得了满堂惊叹。

这部片子是潘岳拍于 1987 年的电影，也是潘岳拍出来的在 20 世纪 80 年代影响很大的电影，同样也叫笔者热泪盈眶呢，这部片子也应该算是追寻民族性，讲述一个民族特定的文化与性格，以及特定历史情境中的个体生命与感情的成长和变化和电影。它和潘岳的前一部电影《新愚公移山》一样，表达了我们这个民族敢于追求幸福、热爱生活与生命，并在历史曲折中历经磨难也不变心的伟大品格。在 20 世纪 80 年代中后期探讨黄河文明和寻根热衷，是一部相当引人注目的电影，这部片子为潘岳赢得非常多的荣誉，统计如下：

1988 年　第十届大众电影百花奖最佳导演奖

1988 年　第八届金鸡奖最佳男主角奖、最佳女主角奖、最佳剧作奖、最佳导演奖

1988 年　法国南特亚非拉三大洲国际电影节　最佳故事片奖

1988 年　第三十八届西柏林电影节　银熊奖

1988 年　西班牙年度电影展　最佳摄影奖

1988 年　澳大利亚第三十五届悉尼国际电影节　最佳故事片奖

1988 年　比利时第十六届布鲁塞尔国际电影节　最佳导演奖

1988 年　香港第七届电影金像奖　最佳电影配曲奖、最佳女主角奖

1989 年　法国第五届蒙彼利　国际电影节　金熊猫奖

这部电影获得的这么多奖项，在 20 世纪 80 年代把潘岳推向了一个事业和荣誉的顶峰。中国导演获得如此巨大的声名，真的是很不多见的呢。而这一年，潘岳才年仅二十九岁，真可谓少年得志，年少有为，三十而立，名满天下了。也是在这部影片之后，他和夏百灵就毅然地同居在一起了。结束了他离婚一年的独居生活，这一点又在当时被闹得沸沸扬扬。有关潘岳、潘岳的前妻和夏百灵之间的纠葛，后文中有详细说明，笔者在这里就不多费口舌了。

这部电影为什么在 20 世纪 80 年代中后期引起了那么大的轰动效应？这是笔者思考的着眼点。《黄太阳》的成功，笔者以为有以下几个方面，其一，表现了民族文化中的绚丽的黄河民间文化，比如贯穿全片都有陕北民歌信天游。信天游是陕北人在黄土梁子上生活的写照，其音调优美、高亢、婉转、激越、壮美，看完这部片子，每一个观众都会为其中优美好听的信天游的旋律所打动，久久不能释怀。民族文化的符号在这部片子中被铺排与张扬得非常充分，既激起了国内观众对自己民族文化的信心，又满足了西方观众的好奇心和对异族文化的窥视欲。其二，这部电影叙述的历史跨度很大，有近五十年，用片段的形式讲述了几个中国人的生活、爱情与命运，传达出一个民族饱经忧患的沧桑感和历史感，是一部用优美的电影语言讲述自己民族历史伤痛和个人命运的起伏挣扎的电影。其三，从摄影角度讲，潘岳强调了黄色，他甚至用黄布蒙住镜头，让摄影师将黄色发挥出它那种干坼、浑厚的本质，将我们带入一个黄土和黄河，以及黄种人的隐喻当中。这部片子一下子造就了三个闻名国际的大影星：夏百灵、林海安和牛天赐，从此以后，这三个人成了影坛的影后和影帝们，而夏百灵更是一步步地走向了闻名全球的国际大牌明星的地步。

这部电影的调子是十分激昂和浓烈的，有纯美、质朴的爱情，也有绚丽的民族文化，更有历史传奇与命运浮沉，几种因素加在一起，加之夏百灵的绝对动人的美丽和林海安的英俊健壮，拍出了黄河边的几个人的情感与命运，《黄太阳》的基调则是在赞美民族文化中优美和有生命力的那一部分。

现在，20 世纪 80 年代的民族性与文化关怀早就烟消云散了。我们已经进入到了信息与知识经济的全新时代，文化论争已是一个很边缘的话题了，只有一些无聊文人还在哀叹人文精神的失落，更多的人则为下岗和收入低而苦恼呢。由此可见，20 世纪 80 年代是多么激流浩荡而又高亢激越啊，不过，现在再来看《黄太阳》，它的诗一样的旋律与镜头语言仍是非常美丽的。美的东西是最能经得起时间的检验的，就像美也是最能打动人的东西一样。笔者看完了潘岳的两部片子《新愚公移山》和《黄太阳》，走出图书馆电影资料厅，走到阳光之下，看到街上的车水马龙和人来人往，有一种恍如隔世之感。电影的魔幻和美也正在如此吧。

潘岳在这两部片子取得巨大成功之后，多少有些飘飘然了吗？没有证据可以证明这一点，但 1988 年之后，中国影坛掀起了合拍片的浪潮，这期间主要是香港和台湾（也以香港影视机构名久介入）的资金涌入了电影生产，很多导演都拍起了娱乐片，电影的娱乐性被强调到了无以复加的地步，潘岳自然也不能不受到影响，这个冉冉上升并于近两年迅速爆红的“最具希望的中国导演”，在一家香港影视公司的资金介入下，也拍了两部以商业和娱乐为目的的电影，这两部片子在今天看上去并不算是非常成功，只能是潘岳作品中的中下之作，由此，潘岳在 1990 年以后，就进一步坚定了自己的路子，变成了一个有自己的鲜明风格印迹的导演，这种导演就是把自己的个性完全注入他的电影，从而使别人一看到电影就会想起导演本人，这可能是潘岳保持了上升轨迹的原因吧。

《轮回》

导演：潘岳
编剧：肖溯
主演：黄少春　夏百灵

故事梗概

影片的开始的镜头是在西藏高原，时间大约在八百年以前，当时的西藏佛法大盛，到处都是朝拜的人，和金碧辉煌的庙宇，但这时，一个在路上去圣城拉萨朝拜的牧羊女得了急症，生命垂危，一个云游四方的少年医生张良从内地来到西藏，他身上带有祖传七代的活命丹“大象元形活命丹”，听说牧羊女生命垂危的消息，立即赶到医院内，敬献出“大象无形活命丹”，牧羊女吃了以后，病情好转，七日之后，就痊愈了。由此拉开了一个生命与爱情轮回的序幕。

八百年后，在福建普陀山的普陀寺中，转世高僧惠定尘缘未了，与山下村姑秀秀相恋，于是乎演出了一段佛法无边与情缘肠断的爱情悲剧，惠定在经历了一番情欲的迷乱与挣扎之后，再次“迷途知返”，重新皈依佛门，而秀秀因与和尚通奸之嫌，则被族人放到竹笼里沉入潭中溺死，在秀秀沉潭的同时，惠定也坐化升天，两股灵现的青烟汇聚为一体，向天空深处呼啸而去。

1967 年的北京城，正在被“文化大革命”的阴云笼罩着，贫民子弟孟灵喜欢上了在“文革”中被打倒的一个老将军的女儿方梅，但方梅为了使父亲的处理好过一些，却嫁给了一个正在迅速腾达的官宦子弟，孟灵从感情上无法接受，而方梅也想在结婚之前献身于孟灵，不料被发现后，孟灵被判八年徒刑，关进了大牢之中，“文化大革命”结束以后，孟灵出狱，这时候已是邓小平时代了，处处洋溢着一种改革和奋进的气氛，他成了一个生意人，去了深圳特区开了一家公司，任一家地产公司的总经理，在金钱和女人的旋涡中挣扎，却始终难忘旧情，四处打探方梅的消息，有一天他终于打听到了，当他回到北京和方梅见面时，方梅正要坐飞机远走美洲大陆，两个人只是在机场互相凝望。这时，孟灵感到自己对方梅的爱刻骨铭心。

方梅到美国后，她丈夫提出与她离婚，她在伤心之际，遇上了美国禅师加里·曼丹，两个人一起在山区住下，加里·曼丹是一个非常少见的美国人，他追求诗意与禅的顿悟，在一座大山中开山铺路，造了一座石屋。但一次事故，使加里·曼丹不幸身亡了。这时已是1986年了，万念俱灰的方梅想念起孟灵对她的真情，决定回国去寻找爱情，找回昔日两小无猜的爱情。但这时的孟灵，已变成了一个追求金钱、纸醉金迷的人。方梅发现回到过去也是不可能的，她和孟灵的感情仍旧不会有结果。就再次出国了，孟灵听说了方梅的真实想法，觉得了无生趣，对一切都失去了兴趣，遁入空门，出家五台山，当了和尚，法号惠新。

这是一部把时间的距离拉得很开的影片，前后跨度达一千年之久，共分两段，前半段叙述的是“轮回”中的两段情缘，所用的镜头笔墨并不算多，叙述了少年神医张良献出救命丹药，救了牧羊女一命，以后几百年后，高僧惠定和美丽的村姑秀秀的情缘，由于是前世所定，今生必定有缘的两段故事，笔者计算了一下时间，约占40分钟，后60分钟全部是以“文革”为背景，拍出了20世纪60年代至80年代在两个恋人经历与感情上的波折，这一段潘岳用的笔墨比较多，但笔者觉得不满意的是潘岳在这一段找不到感觉了，由于这本来是一部爱情片，但却又触及到了“文化大革命”这个十分惨痛的民族创疤，但潘岳对此的揭示与批判又不够，而对已轮回到当代社会中的两个恋人，孟灵、方梅的爱情，似乎并没有排出一个非常美丽的过程，两个人在历史的旋涡中打转，总是擦肩而过，各奔西东，总是不能一了情缘，成秦晋之好，都如流星逝去，一个远走他乡，另一个在商业大潮中看破红尘，进了深山老林，成了一个名叫张良的民间草药医生，将继续他们的情感轮回，生命轮回。

由于是与香港一家公司合拍的这部电影，考虑到东南亚的发行市场，在香港方面的坚持下，起用的男主角是红透香港的影、视、歌三栖大牌明星黄少春，以使该部电影的市场前景好一些，但潘岳却觉得黄少春的表演不到位，尤其是该部影片涉及“文革”题材，这对于黄少春这样的半大的孩子、奶油的小生来说，实在是太陌生了点儿，因而在这部电影的重头戏部分，也就是占 60 分钟的后半部分中，黄少春的表演并不算成功，因而，这部片子虽然在票房上取得了佳绩，但却没能在西方取得轰动，参加了两个较大的国际 A 级和 B 级电影节，结果只拿了民主德国电影家协会 1989 年年度奖的提名奖，以及香港第八届电影金像奖的最佳女主角提名，此外再没获得任何别的奖项，这似乎有些出人意料，也叫人有些大惑不解：怎么刚刚暴红于国际国内影坛、年仅三十岁就拍出了获得国外电影节大奖的电影前途不可限量的大牌导演，转而却拍出了一部无声无息地影片呢？潘岳后来总结道，香港的拍片方式并不适合他，那种电影理念和追求极强的商业和娱乐性，也是他所排斥，或者说是他并不排在第一位的考虑因素中的。笔者在翻阅潘岳出版的《导演手记》（电影出版社 1996 年 7 月第 1 版，印量 8000 册）中，潘岳提到他在拍摄《轮回》时，“受到了香港合拍方无形的一种压力与影响，限制了他的导演发挥和创造性才能，因而拍出了一部在他的作品中属中下等级的作品。”

1990 年，他又利用香港资金拍了一部电影，他从来也没有停止他的电影事业，即使是在社会大变动出现的时候，这一点倒是真是值得笔者这样的年轻人学习呢。演了这部娱乐片叫作：

《西厢记》

导演：潘岳
编剧：董华　卢巍
主演：夏百灵　周百强　秦媚

这是一部古装喜剧片，由于有香港资金的介入，他们要求起用香港搞笑名影周百强担任这部片子的主角，以保证香港和东南亚的票房。由于夏百灵已上升至国际知名影星，因而她担任主角对西方又有很强的票房吸引力。

张生和莺莺在佛殿相逢，一见倾心了。他们互相欣赏对方的容貌与才华，完全没有考虑他们的门第和财产。而这一点，显然和当时封建礼教的观念相冲。因为张生只是一个白衣秀士，而莺莺则是相国家的女儿，有着极其显赫的声势，因而，为了“门当户对”，莺莺的相国父亲将她许配给了郑尚书的长子郑恒。因此，两个人的自由恋爱便受到了阻碍。

孙飞虎起兵围住了普救寺，老夫人在兵变时当着众人许下了婚约，因为张生设计退走了贼兵，张生和莺莺以为他们之间不会有障碍了，但老夫人一句话说她已另许他人，又将张生打发了。

> 老夫人的虚伪、自私和势利使女儿莺莺十分痛苦，这时，在她的婢女红娘的帮助下，张生和莺莺不用媒妁之言、不顾父母之命，私下结为夫妻。老夫人只得接受了这个现实，但她又施一计，叫张生赴京赶考，夺取功名，以期在他们分开之际，再做他想。而郑恒也以已有婚约的理由来取闹，并中伤张生，说他得官之后花心，老夫人又起歹心，但在聪明伶俐的红娘的周旋下，张生和莺莺排除万难，有情人终成眷属。

这部搞笑片完全是香港电影的制作手法，周百强扮演的张生木讷但却滑稽有趣，而夏百灵扮演的红娘则是一个女机灵鬼，把另一个女影星秦媚完全压了下去。

自此，20 世纪 80 年代结束了，潘岳在十年间，经历了求学阶段，初拍电影时担任了摄影，后来又担任导演和主演，整个人生曲线是上升的。并且在 1988 年他年满三十岁时达到了声誉的高峰，然后伴随着他在《西厢记》中的一番嬉笑怒骂，他和我们大多数人一起进入了 20 世纪 90 年代。

笔者花了三天的每个上午，看完了他六年间参与拍摄、导演和主演的六部电影，感觉到了一个灵魂与生命在一个变革时代的成长。后来卢城南馆长经常给笔者送来一些饮料水果，对笔者厚爱有加，但他再未露面了，所以笔者一直是一个人在观看潘岳的电影，其间笔者也打算用一下招魂大法，让潘岳和夏百灵的灵魂在电影院中出现，但静坐十分钟，用意念呼唤了他们半天，他们也没有出来。不过，在看完《西厢记》之后，笔者起身离席，正要离开放映厅时，发生了一件奇怪的事：白色小银幕突然断线，摔了下来。当时既无外人，而且房间也是封闭型的，没有风，也没有地震，这银幕如何会摔下来呢？笔者以为是线绳断了，检查了半天，发现线绳也是完好无损的，不禁有些毛悚耸然了，仓皇地逃离了现场，向卢馆长讲了这件事，卢馆长派人又修好了它。重新挂起了银幕，这样，笔者又可以在水果饮料的滋润下继续我的“潘岳、夏百灵电影周”的观摩了。

第四章 禁忌的胶片与饭盒里的情书

1

笔者仿佛不断地从现在出发，沿着一条时间之河上溯到某一个点，然后下来在岸边寻寻觅觅，试图找到一些可资利用的痕迹。有时候要挖掘乃至整理出一个人的成长轨迹，可真是难上加难啊，笔者在进行这次调查中，多次都差点儿知难而退了。因为向另一个人的心灵世界进行探险，是一件极其困难的事；何况这个人已经死了，就更使得这项工作变得雪上加霜了。笔者在这里可以做一个比喻：去探索一个死者的心灵，就如同是在一座刚发现的地下溶洞中寻找另一个出口一样，如果碰巧你走错了路，或者又丢掉了照明用具，那你就只好等着在暗河里淹死算了。

不过如果是那样的话，尽管你已经死了，但你还是可以最终被暗河带出地下，可你已经永远看不见天光了。笔者对自己的探寻就有这种恐惧呢。这不，笔者来到了北京电影学院，打算找到他在 1979 年至 1983 年在这里求学的一些痕迹。北京电影学院可是俊男和美女云集的地方，笔者有几个朋友先后都曾在这里就学，因此过去笔者常借找老朋友的机会，来这里观看美女，并伺机打算也为自己捞上一个女朋友，但一直没有完全得逞，只有一回在追求一位表演系的女孩时，曾和她手拉手在马甸桥附近的一片林中空地走了一个小时，还强行吻了她的手指，除此之外，就再也没有过任何与北京电影学院女孩的肉体接触了。几年后，一进大门，笔者立即有些伤感和悲愤，因为这里也是笔者的伤心之地呢。

笔者按照事先约定，找到了曾任导演系副主任的倪力，他是潘岳在1979年导演系的同班同学，现在他已经混上正教授了。笔者不失时机地进行了吹捧，不过笔者听到他的第一句话就是略带酸溜溜的口气说的："他可是国际知名大导演啊。"

"听说你们那会儿在一间宿舍里是上下铺？"

倪力一想起1979年，他的脸上流露出一种甜蜜的颜色。"是，那时候，我们的关系就像兄弟，不过后来他好像越来越傲气了嘛。前年他拍的那部电影，在北影剧场进行首映，之后开讨论会，我只是从理论上对他后来的摄影手法进行了批评，结果他就受不了了，会开了一半，他借回呼机之际，就溜了。你说这算什么事？不过他后来解释说那时他和夏百灵正处在感情的危机阶段，他去处理情感危机了。这可是他第一次把电影的事放在一边的情况啊。"倪力说。

他留了一个大胡子，长得比较粗壮，山东招远人，但据他说过去他可瘦多了，笔者必须把他不停地引入过去，引入到1979至1983年的北京电影学院中去。这像在同一头犟牛做斗争。

"1979年？百废待兴啊。那一年我们欢天喜地地上了大学，可没几天，学校开展了清除走后门运动，潘岳就有些灰溜溜的。"倪力说。

“清除走后门运动？”

“对，”倪力双目炯炯，“清除走后门运动。因为他考进北京电影学院，传说是他爸和院长私交好，背后做了手脚。你知道他可是电影世家，他爹当年拍战争片，江青还用过他爸呢。他爹活动一下，他不就进北影了吗？所以我们这些贫民子弟，对此自然是不服气了。不过，我一眼就看出来他是那种特别有感觉的人。那时候别人都在背后议论他，学校还成立了一个调查走后门领导小组，对包括潘岳在内的一系列人物进行清查，结果果然清除了一个人。”

“这个人是谁？”

“导演系的戚志纲，我们一级的，据说他当时是文化部一个副部长的关系进来的。这一点被揭露了。”

“那潘岳呢？”

“安然无恙。我们都到清查组那里为他辩护，说他是被人诬陷的，他当然没事儿了。群众基础这么好，他没事儿了。”

“这事儿对他有影响吗？”

“有很大影响，那一段时间他都快崩溃了。他做梦都在想着电影呢。他可不想被轰出去。”

“他当时有什么特点？”

“我们都觉得他有点儿呆。他不爱说话，喜欢盯住一个什么东西想问题，好像有特别多的心事，他沉默寡言，好像他自己的内心有一个独特的世界。”

“他在学校的时候，还爱用旧瓶底来看太阳吗？”

“噢？”倪力兴致勃勃地问我，“他还有这个爱好？我记得他从没这样干过。有一回他倒是用一个破碎的、一个有大洞的破碗看过一回太阳，那阳光穿过他的破碗打在地上，亮亮的一个圆点，圆点中有一个蚂蚁，倒很好玩。当时我们的课程都非常紧，大家都很热爱学习。百废待兴啊，那种热火劲儿你今天是看不到的。”

“他睡在你的上铺，有什么睡眠习惯？”

“对了，他怕蚊子，因此他在宿舍中自己支起了一面蚊帐，晚上我们学院一般是十一点熄灯，他就躲到蚊帐里看书，打开手电。有一回点着蜡烛看，把蚊帐烧着了。我们都差点儿被他烧死了。当我们把他的蚊帐扯下来，用水浇灭，把火完全扑灭后，他还在那里睡呢。这事儿我今天想起来都觉得奇怪，你说那天他为什么睡得那么死？他一个人死了，无所谓，可他为什么也想把我们一起烧死？”

“不过是一场偶然的事故罢了。”笔者小心翼翼地说。倪力摆了一下手，他转身去里屋取出来一瓶杰克•丹尼威士忌，“咱们边喝边聊，你要不要加冰？说实话，我对你对潘岳那么有兴趣感到有些怀疑，但你是他爸介绍来的，不见又不行。不知道你看过电影《公民凯恩》了没有？这部电影是为一个美国大亨做传记的片子，影片一开始，就是主人公死去，他死的时候嘟囔了一句‘玫瑰花蕾’，然后整部电影不仅是对他一生的探索与追寻，也是对这个谜一样的玫瑰花蕾进行的解释。莫非你要对潘岳之死也来一个‘玫瑰花蕾’般的追寻？”

倪力的追问涉及了笔者探询潘夏一案的动机，笔者认为正面回答毫无意义，笔者坦然地调侃道：“我是一个恋旧闻癖、恋尸癖，对已流出的鲜血一向感兴趣，何况他们两个是笔者一向崇拜的名人呢？毕竟这是一场令人扼腕的悲剧啊！”

倪力又问：“你主要写一部传记吧？”

笔者说：“也许是一部小说呢。”

倪力两眼突然又放起光来，“这部小说要写好了，可是一部十分有趣的书呢，你看过《公民凯恩》吗？”

“没有，”笔者羞愧地承认了，同时又多少抱以侥幸地说，“我最近看了不少昆丁•塔伦蒂诺和王家卫的电影。”

“狗屎！”倪力突然大叫了起来，“好莱坞的垃圾，昆丁•塔伦蒂诺，王家卫是香港电影的脚气病。不要向我提他们！王家卫的每一部电影都让我头晕。倒是《公民凯恩》，你倒可以好好看一看，写出一部有关潘岳的小说哩。”

“有这么大的启示作用？”笔者有些不信。

“你听我给你讲，你这部小说，应该分九章，第一章是潘夏凶案暴发，死因就是他们的‘玫瑰花蕾’，是个谜。第二章用纪录片的形式描写潘岳和夏百灵如日中天和纸醉金迷的情况，比如他和第一个妻子、服装设计师白冰媚的结婚与离婚，以及与夏百灵的勾搭，以及 20 世纪 90 年代以来的下坡路。第三章写你去打算解开他们死亡的原因这个‘玫瑰花蕾’的秘密，采访他们的家人。第四章是闪回，把潘岳他爹写的回忆录中有关潘岳的择出来，主要是关于潘岳的童年和拍电影的情况的。第五章也是闪回，用白冰媚的回忆录片段，把潘岳第一次婚姻的失败，以及他的私生活——比如像白冰媚所说的阳痿问题，都揭示出来。第六章，写潘岳和夏百灵的危机。第七章，用夏百灵周围的人的视点来看这个事件。第八章，你可以以潘岳和夏百灵用过的保姆来讲述他们生命最后一段生活的情况。第九章，你终于明白他是怎么死的了。你得出了‘潘夏之死’的‘玫瑰花蕾’是什么的答案了。”

看到倪力比笔者还兴奋的样子，笔者不禁为自己的写作才能有些担心了呢。倪力套用美国电影《公民凯恩》的路数，着实对笔者写作这部小说有极大的帮助。笔者顿时来了灵感，在小本上记下了这些内容。而且，以后各章的写法，笔者着实受了不少倪力的启发呢。但笔者仍旧对潘岳在1979年至1983年在电影学院求学时的一些生活细节十分“感冒”，盼望倪力不要走偏了题目，倪力顿时又黯然了，他一边和我碰杯，一边说：

“老实说，我实在记不得他那时候的样子了。他三十岁时就成功了，我后来对他就只剩下了嫉妒。他把全世界都跑遍了，据说去了四十八个国家，我才去了七个国家。不过，这小酒一喝，我就得承认，他是一个十分执着的人，一个有艺术天赋的家伙。那会儿在学院，他贪婪地读书、看电影资料片。他有脚气，所以他喜欢躺在床上一边抠脚，抠得脚上直流黄水，都滴到我被子上来了。”

“他在那时候谈恋爱了吗？”

“没有，这方面他似乎有些呆，也没女孩喜欢他，怪了。后来这方面他就厉害了。就像处女一旦开了苞，那就算完了一样。我连他在念书时代中是否手淫过的记忆都没有呢。这家伙是后来才开了苞。”这时倪力突然想起了什么，他说，“对了，我这里有一个原始的材料，你肯定有兴趣。”他起身到里屋去取了。

笔者不停地喝着加了冰的杰克•丹尼，一边环视倪力的房间。在此之前，笔者知道倪力也闹出了不少新闻，他和一个女演员结婚十年，前年才终于发现并承认自己有同性恋倾向，和妻子离了婚，去年传出了他对男学生有性骚扰的消息，校方为此将他免职，认为他不适合再担任系领导，为此他还打过一场行政诉讼官司呢，后来也没赢。笔者作为一个男人，开始听到这种情况，还有些害怕呢，后来发现他并没有喜欢上笔者，不像他对他的一个男学生那样，发出了性的信号，笔者明白本人不是他喜欢的那种类型，对自己的后庭就多少放心了，因为笔者虽为一介文人，但实在过于粗壮了，这一点笔者内心倒是踏实了。

他在里屋翻了半天，拿了一叠发黄的稿纸走了出来。“我找到了。”他多少有些惊奇，“这是潘岳在 1983 年写的一篇小说，叫作《屏风》，当时他似乎对自己的电影前途感到无望，打算改行当作家呢，我看完以后，认为他一点儿也没有写作的才能，就劝他放弃这个愚蠢的念头，他果真放弃了。几年后他就发起来，成了大气球一样的大导演了呢。”

笔者接过稿子，大喜过望，慌忙写了个借条，交给了他，将这件名叫《屏风》的文稿收好。

“总之，有关他在大学念书的情况，我实在是想不起来什么了……”这时他屋子里的电话铃响了，他抓起电话，谈了半天，笔者在一旁听明白了，他的大学老师凌启蒙先生（已退休）告诉他，有他的过去同班同学，一个是上海电影制片厂的摄影，另一个是西安电影制片厂的摄影师，要和他见一见。但倪力十分奇怪地谎称自己有要事，马上坐飞机要走，并力荐笔者前往凌府，说笔者还在研究潘岳的电影，急需凌老师的帮助，电话那边答应了，倪力放下了电话，“我给你地址，你去吧，老头儿正等你呢，有关潘岳，他们知道得比我多。”笔者对倪力这种热情的合作和推介态度真是从头到脚都非常感激呢，于是道谢出门，赶往凌启蒙府上，心想去得正是时候，还可以在那里不失时机地混上中午饭了。

2

他是一个相当用功的学生，凌启蒙老先生对我说。看上去他似乎有七十岁了，满头银发，像一座雪山一样在客厅中熠熠生辉，笔者不禁为凌老的风度折服了呢。那时候大家都很穷，可伙食费也便宜啊，一个菜几分钱就够了。现在你去电影学院问问那些学生，他们要吃一个有肉的菜，得两三块钱一份呢，都长了快一百倍了。这是谁干的？这是市场经济的恶果吗？当然最近房改，我这套房子买下来还是挺划算的，七折八扣没花我什么钱，但我这退休金可太少了。幸亏有我女儿女婿在美国可以接济。凌启蒙说。旁边他的夫人，烟火专家蓝琳说，老头子，别跑了题，人家让你谈潘岳呢，潘岳不是你最骄傲的学生吗？

我们在凌启蒙家宽大的客厅中间吃火锅，热气腾腾的火锅让笔者心里也暖洋洋的，私下认为真是此行不虚，此行不虚啊。围坐在火锅旁的除了凌老夫妇和我，还有潘岳过去的两个同班同学，张小力和黄大华。张小力在上海电影片厂任导演，黄大华在西安电影制片厂任导演，两个人都在四十岁左右。潘岳那会儿什么模样……凌启蒙闭目想了一会儿，我一下都想不起来了。他在学生中间似乎很不起眼儿，他好像很瘦，而且不爱说话。对不对，小力和大华？对，凌老师您说得对，两个应声虫说。他那会儿可瘦了，张小力说，但他好像并不怎么内向和不起眼儿，相反他还很调皮捣蛋呢。有一次，您给了他一个不及格，在您转身往黑板上写字的当口儿，他还往您身上扔鸡蛋呢。

有这回事？凌启蒙老先生两眼放光，打中了我没有？没有，张小力说，但那鸡蛋清顺着黑板向下流，您没法在黑板上写字儿了，您当时十分生气呢，您怒吼了：是谁干的？是谁干的？结果没有一个人吱声，于是您更伤心了，因为居然没有一个人正义地指出这是谁干的，谁也不想当叛徒和奸细，您火了，就夹起公文包走了。

有这回事？凌老两眼露出了甜蜜的回忆之光，看来这潘岳那会儿就别出心裁呢。他这天不怕地不怕的性格，后来用到电影上，能没有大出息吗？这个鸡蛋扔得好啊！

不对，凌老师，黄小华沉默了半天，我记得确实有扔鸡蛋这回事儿，但却不是潘岳干的，而是倪力干的，倪力那时候是班上最调皮的学生了，他就爱跟老师您过不去，听说几年前您退了休，不再当系主任，他才当上了副主任，他做梦都想着天天向黑板上扔鸡蛋呢。

是倪力干的？张小力也有些疑惑了，毕竟，快二十年过去了，真是大江东去，浪淘尽好多东西，弹指一挥间，白驹过隙，忽悠悠山中无历日，世上已千年啊，这事儿还真的想不确切了。

笔者有些着急了，这么重要的细节，无法确定是不是潘岳干的，笔者可是心急如焚呢，那么，这事儿到底是谁干的？

张小力和黄大华两个人互相对望着，说不出话来。忽然张小力说，不过那时候潘岳很用功，这一点我倒记得很清楚。他有一次把他在文革厂从八一电影制片厂剪片室偷出来的许多剪下来的资产阶级生活方式——比如接吻的镜头胶片，都粘了起来，变成了一盘新拷贝，1980 年在电影学院放映室放了一次，那可真是让人开了眼啊！电影上的人拥抱、打滚、奔跑、在卧室中嬉戏、接吻，可真是热火朝天啊，看得我们的眼都直了。尤其是接吻镜头，一个接一个，看得我们目不暇接，脸红心又跳，哎哟哟，那些镜头让我们在百花齐放的年代，增添了好多乐趣，不过，为此学校还处分了潘岳呢。

唉？有这回事？凌启蒙目光都湿润了，潘岳他干过这个？他可真是个有心人，比他爸强多了，他真的干过这个？

我对这件事也有印象呢凌老，黄大华激动地咳嗽了起来，一块涮肉看来卡住他那急速吞咽的喉咙了。确实有这回事，当时他是通过欺骗手段，骗取了放映室老林头的信任，使得他打开了放映室的大门。他要自己亲自放映，他谎称全班同学要学习毕业班（张小力插话：那时候有毕业班吗？1981 年才有第一届班吧？）学生的作品，不对，小力你说错了，77 级不是 1980 年毕业吗？我记得好像就是这么回事，他谎称要学习毕业班的作品，就放映他那部由他剪辑出的“文革”十年中被剪下来的各种镜头组合的怪片，也叫大荟萃、一锅煮，着实让大家开了眼。片子放了没几分钟，老林头就急了，但你猜潘岳干了什么？

他干了什么，这个鬼家伙？凌启蒙老先生赞许地、两眼湿润得朦胧地问。他把老林头给锁在放映室外面了，黄大华说，他一个人待在放映室中放那部电影，老林头根本就进不来，这时候可是一传十、十传百，一下子几乎全院的几百个学生全都来了，都挤到放映室看禁忌片大展放呢，老林头只好去把院长叫来了。院长脸色阴沉，和大家一起看完了潘岳的杰作，一言不发又脸色阴沉着走了呢。

所以差点儿把他给开除了呢。就是因为他背了这么个处分，分配他只好去了青年电影制片厂，张小力说，凌老您当时坚决不同意处分他，您认为这是拨乱反正的工作之一呢，当时您不光是系主任，您也是我们班主任呢，正是在您的鼎力相助下，院领导才没有开除潘岳，留校察看了呢。

有这回事？凌老用纸巾擦了一下眼睛，这小潘岳可真可爱啊，那部片子后来的命运如何？

还在他爸爸手上呢，笔者插了一句，但又立即感到懊悔了，怎么会在他爸爸手上？凌老问我，笔者摇了摇头，张小力说：他爸当时找院长说话了，那拷贝由院长没收了，他爸又从院长手中没收回去，说是要销毁掉。那部拷贝还在他爸手上吗？现在这部拷贝可以卖个大价钱呢。我听说悉尼一座大学的电影系资料馆，一直想购买潘岳亲手剪接的这部拷贝，要出一百万美元，这可是天价啊，他爸一定给卖掉了，那老头儿现在可爱钱了，不是靠写他儿子潘岳的回忆录，挣了一大笔钱吗？

那时候他好像挺喜欢表演系的一个女孩，就是在 20 世纪 80 年代挺走红的王艾艾，他喜欢她喜欢得不得了。他偷偷给她写情书，有一封信他没写好，揉成一团扔掉了，结果被倪力拾到了，然后倪力这家伙最坏了，他知道潘岳永远在写着无法发出的情书，于是他把那封信弄平整了，亲自跑到表演系王艾艾宿舍，把那封情书交给了她。

噢，有这回事？凌老饶有兴味地问，他们之间有结果吗？

没什么结果，人家王艾艾早就名花有主了，当时有一个部长的儿子疯狂追求王艾艾，天天坐着他爸的老红旗车蹲在校园门口，等着王艾艾出来去幽会呢。后来王艾艾主演了几部喜剧片和爱情片，在毕业后几年红了好一阵子，前几年已经彻底息影了，因为她丈夫，也就是当时那个部长的儿子，现在都已当上一个省的副省长了，她现在在民政部的红十字协会管慈善捐款，最近长江发大水，我老看见她带着款项出现在惊涛骇浪中，这回可不是她演《大江东去》那会儿，这回可是真的了。当时在学校的时候，我记得王艾艾跑到了我们宿舍，也不进来，就对屋里的潘岳说：你给我写的信，为什么不写完呢？为什么还要弄得皱巴巴的？我还给你了。她把信递了进来，潘岳丈二和尚摸不着头，想了半天，看见倪力一脸坏笑，就怒不可遏地追打起倪力来了。

张小力说：不对，我记得情况是这样的，王艾艾在收到了潘岳的情书之后，就答应做他的女朋友了。

噢？有这回事？凌启蒙老先生眼光都湿润了，那么他们后来怎么样了呢？他们又是怎么分手的？凌启蒙的太太说：你怎么什么都不知道啊？太奇怪了，你怎么什么都要问个究竟？

王艾艾和潘岳有一个秘密的约定，就是在校园大食堂后面的草地里埋一个废旧的铝饭盒，然后他们就用那个铝饭盒做通信用的信箱，互相写信呢，这个饭盒又是倪力发现的。因为经常刚一吃完饭，潘岳就没事似的装做到处溜达，就溜到食堂后面，看看左右没有人，就三下两下把那个饭盒从地下挖出来，看看左右无人，就放进去新写的情书或是取走王艾艾写给他的情书。然后把那个饭盒再埋进去，这事儿就让倪力给发现了，他就跟踪了过去，起获了那个饭盒，发现了宝葫芦里的秘密，后来他就把他们俩的信都偷出来，在全班传看，我也是传看了他们火辣辣的情书，才知道这是怎么回事的。

噢？有这回事？怎么个火辣辣法？潘岳和王艾艾在信中怎么说？凌启蒙老先生脸上挂满了笑意，十分好奇地问。

反正尽是哥哥、妹妹之类的称呼，弄得大家笑死人。结果不知是谁泄露了风声，他们的饭盒秘密通信就结束了，而且他们还结束了他们的情感关系，王艾艾还恨上了潘岳，从此不理他了，就在去年潘岳死后，我还读到王艾艾写潘岳的一篇文章，说他上大学时就居心不良，心计很多，置一些同学——可能主要指她自己，于难堪之地，她倾向于将潘岳看成是一个杀人凶犯，可见潘岳当年伤过她的心，于是她就转而投入了那个高干子弟的怀抱了，张大力说。

这也算是弃暗投明了吧？现在她当着副省长的太太，又当红十字会的亲善大使，多风光啊，她要嫁给了潘岳，岂不是也落一个人头落地的下场？黄小华说，不不，你这叫庸俗社会学，凌启蒙老先生严肃地说，潘岳也是叫夏百灵害的，他太爱他了，我了解他，他可是一个宁为玉碎，不为瓦全的男人，当他知道夏百灵要离开他，他一定要把她给杀了，他就是这么一个性格，对不对？（张小力和黄大华都点头说：对，凌老您说得对呀！）但这孩子可傻了，他这样做也毁了他自己的电影事业，从而使整个事件蒙上了一层悲剧的阴影。影视圈的男男女女之间是非恩怨很多，尤其是情场上是很难当真的，有些导演，就更看重自己的艺术生命嘛，你说他后来杀了人，总是不对的吧？我记得，学校给了他那次处分后，他就变得沉默寡言了，张小力说，他开始将精力都用在了学习上。他是非常害怕自己被学校开除的，他看来是决定做一个把锋芒藏起来的人了。

你这么一说我倒想起来了，凌启蒙老先生望着天花板，置沸腾的火锅于不顾，就是在我和他谈完一次话之后，他就一下子懂事了许多呢，我主要给他讲了红卫兵和上山下乡那一代知青的事儿，我说这两代人中的大部分人注定要为时代所抛弃，要给毁掉了，就因为他们在一种青春燃烧的激情下，沿着一条错误的道路走去了，当然这也是没办法的事，是时代和历史造就的。而现在，我对潘岳说，正是打好基础的时候，你才二十岁，正是好年华啊！你看你的同班同学，有的都三十好几的人了，已经虚度了好多年华，这不又开始读书了吗？不要在学校扮演一个调皮捣蛋和教育体系过不去的角色，要扮演一个忍辱负重，坚忍如龟的角色，因为从长远看，我们处在一个将迅速变化的时代的开始，你只有把握好现在，你才会有力量把握将来啊。我和他谈完这番话以后，他一下子就像变了一个人，他变得用功了，这一点我现在都想起来了。

他们的回忆与谈论看来是十分热烈的，如同火锅的沸腾，尽管大家都说了许多话，但是菜也没有少吃呢，笔者当然更是手忙脚乱了，一方面要忙于把握小录音机的开关，该暂停的暂停，该启动的启动，要一句不拉地把这次谈话都记录下来，同时，由于凌老的妻子准备的火锅材料非常丰富，有肥牛、薄羊肉卷儿、鲜鱼、鲤鱼、鸡肉、猪脑、猪肝、猪心、鸭掌、鸭舌、鸭心、黄喉、百叶（分白百叶与黑百叶）、鹿肉、兔头、狗肉、花、菠菜、白菜、荠菜、冻豆腐、红薯块、红薯粉、毛血旺、大葱、细粉丝、凉粉、西红柿、小白菜、芹菜、芯里美萝卜、胡萝卜、螃蟹、虾（大虾、小虾）、羊蛋、羊腰、羊尾、羊排、糖蒜、白蒜、香菜、洋葱、西兰花、腐竹、金针菇、圆蘑菇、鲑鱼籽酱、竹笋、海鱼、墨鱼、黄豆芽、豆苗、土豆片、南瓜片等六十余种，着实让笔者目不暇接、眼花缭乱、丢东落西、顾此失彼、欣喜若狂而又力不能及，不过，凌老的夫人，烟火专家蓝琳用的都是小盘，一眨眼，就已有四十多个盘子被我等吃空了。

我听你们这么谈论潘岳，觉得他越来越模糊不清了，就像烟火中的人，烟云缭绕，一点儿真实感与可感性都没有。你们都在众说纷纭，没有可靠的确实说法，就是潘岳在那时候到底是一个什么样的人？烟火专家，白发苍苍的老太太蓝琳这么问。

大家都愣住了，看来由于时间隔得太久，要想对潘岳那时候的形象和表现下个定语还挺难的，大家都沉默。过了好一会儿，凌启蒙声调有些变音（吃了不少辣椒）地说：潘岳那时候实际上并不怎么起眼，是一个非常普通，而且谁也看不出他会有那么大出息的人，对不对？对，对对，凌老师您说得对，我们都没有料到他后来会有那么大的机会，和其他几个导演用十几年的时间让全世界都来关注中国电影了呢，那会儿他好像有很深的自卑感，自从追求王艾艾受挫后，他就变得更加内向了，天天只知道看书、看片子，一年看几百部电影，四年一千部电影，我总是碰见他，一问他他就回答说看片子去了。你说得不对，黄大华说，他这个人十分敏感的，但他似乎有一个独立的内心世界，这个内心世界还多少有些封闭，他好像很少向人敞开过。不知为什么，进入三四年级以后，他就变得更加沉默寡言了。我还记得有一年夏天特别热，有一天我们都坐到篮球场上的空地上去聊天，到很晚的时候才回宿舍睡觉，他就一直不说话，听大家讲话，等大家人都快走光了，他忽然对我说，你看天上的星星，怎么那么多，那么密，它们又隐藏着多少秘密还没有揭开呢？由此可见，他关心的事情还是十分广大和遥远的，他的内心世界是十分丰富和封闭的，那会儿我们谁会去关心头顶的星星啊，它们关我们屁事！不过，时间就像苔藓，日子长了，它就一层层覆盖住一些记忆，让它变得更加的模糊不清、暧昧不明，谁也说不清它的原貌的，要去发现青苔下面那被覆盖的那一部分清理起来是十分困难的，我们对您的工作充满了怀疑呢，黄大华对笔者说，你还是把这只螃蟹吃掉吧，它在火锅中煮得都发红了。你要把潘岳看成一只在沸水中翻滚的螃蟹才行啊！

3

证词一

（采访实录　叙述人：原电影学院院长　彭庆文）

潘岳同志是我们学院的好学生啊，前几年建院40周年，院里搞了一个院庆，他还回来专门看我了，那时候他可是如日中天啊，已经在全世界最主要的一些A级电影节都拿到大奖了，他还忘不了老师，我是很感动的。你最想了解的就是潘岳同志的求学时代，对不对？我应该算是比较了解他的，我是搞电影理论出身，潘岳同志的导演技术、摄影技术，甚至是他的整个电影语言，对二十世纪八九十年代的世界影坛，都是有贡献的，要说起来，潘岳同志可是我们一手培养起来的。他刚一进校门，当时院里有人兴风作浪，搞什么清查“走后门”问题，把潘岳也列为清查对象了，说我和他父亲潘向前是老朋友，专门照顾他进了电影学院，这种说法是不恰当的，完全是子虚乌有！当然，我虽然十分生气，但是从策略上，我还是想了一些办法，比如叫潘岳又重新考了一次，也就是说，专门进行了一次重新地命题，叫被怀疑为“走后门”的学生再来检验一下，有句俗话叫是骡子是马，一定要遛一遛，这潘岳同志一遛，我们就都看出来了，这是一匹好马啊！这是一匹千里马啊！因为他考了第一名。但马上又有话传出来，说院里有人泄露了题目，实际上潘岳他们在考前就已经知道考题了，这纯属捏造，真是你干什么就有人反对什么。那次考试，我们还是刷掉了一个人嘛，就是那个叫戚志纲的，他现在都已经当上中国石油化工进出口总公司的高级管理人员了，他当时确实是一个文化部副部长写了条子，派了秘书来院里游说了，因此就把他刷掉了，算是平息了一次骚动，这叫潘岳同志也虚惊了一场，从那以后，我就格外注意潘岳同志了，我和他父亲是老朋友，我知道他父亲“文革”中被打倒，下放到安徽十几年，那几年刚好是他童年成长关键的几年，全靠他自己自学成的才。他拍的一些照片，现在看也是一流的啊！我就经常问当时他的系主任凌启蒙教授，叫他把潘岳的平日表现都汇报给我，凌启蒙教授就经常给我汇报他平时的情况，还是很不错的，潘岳同学当时十分老实、内向，为此还受到了一些人的欺负，就是那些志大才疏的家伙，现在，他们没一个成了大气候的，昔日顽童今何在？一个人也不在，只剩下了潘岳，当然潘岳也不在了，但他是另一种不在，人虽然已经不在了，但生命之树常青啊！呜呜呜——（他哭了起来），我很怀念他，我们学校培养出这样的在世界范围内有影响的只有几个人，他不到四十岁就撒手西去，真的很让我伤心，不过他拍毕业作品的时候还是给我惹了麻烦，当时每个毕业生都还有一点经费，可以用胶片来拍毕业作品，现在的毕业生可就没有那么幸运了，因为现在可没有那么多钱和胶片来供毕业生拍作品了，能用录像带拍就已经不错了，电影这玩意儿完全是十分奢侈的艺术，是艺术、梦幻、技术、金钱完美结合的东西，那时候潘岳拍了一个中国家庭的纪录片，只有30分钟，讲述了北京某个胡同里有一个残疾人的生活，用的是黑白胶片，结果不知怎么当时英国驻中国大使馆的一个文化参赞帮了他的忙，也算是纯粹多事，那部叫作《人啊、人！》的纪录片在英国伯明翰的一个电视节上获了独立制片的纪录片大奖，要请他去英国领奖，这事儿被一些人揪住了，刚好又碰上了“清除精神污染”运动，差一点儿把潘岳分配到偏僻的广西电影制片厂去，为此我还差一点儿也下了台呢，这部叫《人啊、人！》的纪录片，记录了一个中国人，一个普通的残疾人的现实生存，拍摄技术无可挑剔，朴实无华，在当时就因为与外国文化交流不通畅，“文革”流毒没有肃清干净，有人又想找我们和潘岳的麻烦，当然那只算是小风小浪了。一个人不经历一些风浪，能成熟起来吗？我看不行。潘岳同志，还是经历得起风浪的，他是个天才，又加上他戒骄戒躁和后天的勤奋，他就成功了。他短暂的一生，胜过别人活好几辈子啊，所以从这一点上看，“有的人活着，但他已经死了！有的人死了，可他还活着”。用在他身上是一点都不过分的……

证词二

（录音实况　被采访人：中国红十字协会民间捐款委员会主任　王艾艾女士）

你刚才提到有一种说法说我和潘岳在电影学院念书时曾经相爱过，我可以十分负责任地告诉你，我们从来也没有过那种关系，我跟他在大学时代的交往都不算多呢，而且，说实话我一直都不太喜欢他的电影，尤其是他在20世纪80年代后期拍摄的电影《新愚公移山》和《黄太阳》，就是以揭露民族创疤为特色，向西方人献媚的，才获得了那么多的外国电影节的奖，当时我就给电影局的领导写信指出这一点，后来他被禁拍两年电影，算是吸取了一点教训。那些奖，我们不获也无所谓，西方一直就是西方中心论，他们什么时候真正关心我们的民族艺术了？我觉得就没有。就说这次长江发了几十年不遇的特大洪灾，西方的支持与支援就不多，有一种说法是西方捐款要求全程监督，落实到人，而我们做不到，这完全是造谣，他们就是不太情愿支援我们。主要的捐款全都是来自国内，来自全国人民啊！有的小孩，连爸妈给他们的零花钱都捐出来了，你要是看到那笨拙的汇款单上的字体和稚嫩的简短留言，你肯定会感动得落泪，你就没有兴趣再去写什么潘岳的传记了，你就会投身到火热的抗洪前线去采访那些抗洪的官兵和人民群众，你就会写出一部热气腾腾、感人肺腑的报告文学来。什么？你说你更想写一本关于四川境内滥砍滥伐的报告文学？要弘扬主旋律嘛！我看最近各大电影厂都在拍摄为新中国成立五十周年献礼的主旋律电影，就是非常不错的，我们要学会用民族艺术和民族头脑来思考和表现，具体说到潘岳，尤其是上大学时的情况，我主要是向你澄清这个事实，当然如果他当时是暗恋我，我就不知道了，但我想不会，我在上大学时是比较内向的，不太与同校的同学交往，潘岳就不同了，他是非常活跃的，好像他什么人都认识，走在校园里，老看见他和各种人打招呼，有一次我还看见当时的彭院长和他在校门口耳语呢。我们只是有几次看电影资料片，才坐到了一起，说过几次话，那时候我已经有男朋友了，那是大学三年级的事儿了，我那时的男朋友就是我现在的丈夫，你看，我们一好好了 20 年，现在这种感情已经比较少见了。像潘岳，他就是一个罪犯，不过他的社会角色是一个导演而已，我记得在电影学院念书时，我们在电影资料馆碰见，刚好在放“黑泽明电影周”，每天 2—3 部，像《姿三四郎》《美好的星期天》《丑闻》《罗生门》《七武士》《活人的记录》《坏蛋睡的最香》《天堂与地狱》《红胡须》之类，他好像对每一部都横加批判，而我刚好是最崇拜也最喜欢黑泽明的电影呢，前一段时间他去世了，我很悲伤，我收藏了黑泽明先生全套的电影录像带，我经常看他的东西，他属于那种作家电影，他自编自导了 30 多部电影，还编剧了 20 多部，一生都在求学，黑泽明才是东方电影的大师级人物，与他相比，潘岳就太小气了，潘岳像一颗耀眼的彗星，一闪而过，黑泽明像一个巨人，越来越高大了。我喜欢黑泽明的原因是我一直在思考为什么我们中国不能出现这样一个代表民族电影水平的大导演？谢晋老不错，可我以为还欠些火候，你知道我是学电影表演出身的，20 世纪 80 年代我演过一些喜剧片、生活片和古典片，后来丈夫工作忙，又在外地当干部，我就决定息影了，跟丈夫在全国几个地方转了一个圈儿，又回到北京了。我们从上学时代就很好，感情就像一棵树，得两个人一块儿栽树，一块儿浇水，共同培育才行。我要再拍电影，对我丈夫的事业就有很大影响，于是我就决定息影了。当然说这些和潘岳都没有关系，你主要是因为潘岳才来的，而我见你主要就是为了向你澄清一下，上学时他从来也没有追求过我，所谓靠一个饭盒做信箱传递信件纯粹是无稽之谈。潘岳和夏百灵的绯闻都已经够多的了，还要再扯进一些无关的人，有些人是别有用心的，你还年轻，千万别上他们的当，信谣传谣，没有什么好结果，不过听过你是“新生代”作家中的翘楚？那我可要请你帮忙了。我们红十字协会的工作，感人事迹非常多，完全可以够你写一部催人泪下的长篇小说呢，中国需要帮助的人太多了。最后我向你提供一个可靠的消息，当时用一个饭盒和潘岳通信的是我们班一个叫吴雪莹的女孩，她当时爱上潘岳了……

证词三

（电话录音　被采访人：吴雪莹女士　香港某电视台艺员）

哦，你说到潘岳，我很怀念他，也为他的死很伤心，我们过去是同学，也是好朋友，他是一个很好的人，也是一位电影天才。是的，我上大学的时候曾经暗恋他，化名王艾艾给他写过情书，实际上我当时比较自卑，我怕他不喜欢我，而王艾艾和我住在同一个宿舍，她又丰满又漂亮，我觉得用她的名字比较好。你认为这是一出恶作剧？不不，绝对不是恶作剧，我是真的喜欢上了他，而且还应该算是单方面的恋爱，怎么说呢，大陆应该叫单相思吧，你看我来香港几年已经把大陆词汇忘了不少了，我喜欢他身上那种忧郁的气质，我是广东人，父母都是华侨，文化大革命他们都被整死了，所以我从小心灵就有创伤，考上电影学院，又一个人离开广东的大伯家，我也好忧郁的，所以，一看到潘岳，他人瘦瘦的，眼睛又大，那时候他那么年轻，才二十岁，额头上就有好几道抬头纹了，那可是一种很酷的、很成熟的标志咧，因此我当时就暗恋上了他，把他当成了我的忧郁的王子，我心中的一匹黑马王子，我就暗恋上了他，可暗恋上了他，他又不知道，我该怎么办？我很着急，想来想去，就想出了一个，用王艾艾的名义，和他通信，在饭堂后面一块地里的饭盒里交换情书的办法，他居然同意了呢。当然，当我后来发现他见到王艾艾时，用一种十分热烈的眼光看她，我的内心好嫉妒好嫉妒哦，本来是我爱上了他，而只是假冒了别人的名义，他怎么就真的喜欢上了王艾艾？我可生气了，我难过极了，于是我就又写信告诉他，我其实不是王艾艾，我是王艾艾身边的另一个女孩，后来我发现潘岳看人的目光就变得狐疑了，因为他首先发现王艾艾对他很冷漠，那么写信人会是谁呢？我们班上二十几个人，女孩子也就那么十几个，他就一个个地看，一个个地猜，我看到他摸不着后脑勺的样子，又开心得直想笑呢！这是我关于大学时代最美好的回忆了。我在暗处，他在明处，这样他就不知道我是谁了，我也就不会受到伤害了。爱情这东西，是一把双刃剑咧，你要是一不注意，它就会把你弄伤，所以从那个时候起，我就决定不要做一个伤心的女人。因为爱情这东西，男人女人，总有一个占主动，一个占被动。爱情它又是一个跷跷板，不是你在上面，就是他在上面，上上下下不会有平衡的时候的。所以在爱情中，一定要采取主动，才不会受伤。我其实是好脆弱的，这一点，从大学时就看出来了。女人一定要掌握主动的，就是在做爱的时候，我都是采取女上位，这样女性就能控制局面，能和男性一起达到高潮。我最近在《亚洲艺员》杂志上专门写文章，介绍我的观点了。当时对潘岳，我就采取了躲在暗处的办法，让他在明处，我好看看他的表现，他的表现好好玩哪！他一会儿像白马王子狩猎归来，一会儿又像偷了女孩内衣的大男孩心中七上八下，一会儿又像热锅上的蚂蚁急得直转圈圈。可他就是不知道是谁给他写的信。有时候，他还躲在暗处，看是谁会把信放进那个埋在土里的饭盒里，我早就料到这一点了，我买通了看门的老大爷，叫他给我往那个饭盒里放鸡毛信，他躲在暗处看见了，就更加不知道是怎么回事了，认为是有人在和他开玩笑，他从此伤心地再也不去拿饭盒里的情书了，我让他受到了伤害，我真的很对不起他，我后来也好后悔，要是我再勇敢一点，再暴露一点点，我们就不是现在这样了，我就会嫁给他，给他做老婆，生个宝宝，夏百灵的角色，也就都由我来演了，我也不会在前几年，跑到香港来做电视剧演员，在这里做艺员好累人的，工作很忙的，而且报酬也不算高。我好不容易置下了两处房产，香港金融受震荡，亚洲什么金融危机，我的房产也就缩水一半，连一千万港币也不值了，我哭了好几次了，这没有用，只能怪我当时没有向潘岳说出真情，有时候怕受伤，也就选男人就像选股票一样，一定要看准啊！所以我一直想念他，怀念我们用饭盒通信的年代……

4

一份电子邮件

（发自好莱坞梦幻工厂电影制作公司　发件人　辜乾坤）

……亲爱的朋友，你发来的言辞极其恳切的传真我收到了，而我也刚刚从爱尔兰海滩和英国回到好莱坞，因为，我作为斯皮尔伯格导演的新片《拯救大兵瑞恩》的摄影师，参与了他的这部 1998 年的新作的拍摄工作。这对我来说是一次极其艰苦、紧张同时又充满了创造性和挑战性的拍摄经历。这部电影我听说大陆已决定引进，于 1998

年底前在全国放映，到时候你会看到，我上午才把剪辑后的电影样片看完，我认为这部电影将会给世界一个新鲜和无比震撼人心的刺激，因为，这部长达2小时45分钟的电影，开头27分钟和结尾30分钟，一共有近一个小时的时间里观众将处于一种十分激动紧张的情绪中，这部电影的开头和结尾各有两场残酷的战争场面，震撼人心，这也是我到好莱坞闯荡参与拍摄的第四部电影。在此之前，我参与了吴宇森导演的新作《变脸》，和另外一部描写20世纪50年代美国好莱坞在麦卡锡主义的压制下，一些有正义感的美国演员进行反抗的电影拍摄，还参与过中国台湾电影导演李安拍摄的反映美国620世纪0年代大动荡与性解放时代的一个小镇上几个美国家庭的故事的《冰风暴》，这些你恐怕都是知道的，我在好莱坞已混了三年多了，这几年大陆、台湾和香港的不少导演、演员和摄影师，都来到好莱坞谋求发展了，像吴宇森、徐克、周润发、成龙、李连杰等，形成了一股不小的黄色面孔的潮流，我也是这股潮流中的一朵小浪花。

这次在爱尔兰的一个海滩拍摄《拯救大兵瑞恩》，我着实学到了不少东西，当你看到这部电影的时候，你绝对会为这部电影所揭示出的战争那非常残酷和逼真的画面给惊呆的，由于诺曼府登陆点于近几十年末已被开发成了一个十分壮观的旅游景点，它的面貌已经大为改变，所以斯皮尔伯格经过几个星期的努力，选中了爱尔兰的一个海滩，来充当奥马哈海滩，并且在这个海滩上，由美工师汤姆·桑德斯负责搭起了当年登陆诺曼府海滩的场景，包括水边的暗桩和悬崖上的碉堡与战壕，使它能够十分逼真地再现当年诺曼府登陆的壮观场面。我作为这次登陆战的摄影师之一，拍到了许多我永生难忘的镜头，仿佛身临第二次世界大战的真实环境中，一共有十几台摄影机全方位、多角度地进行拍摄，将这一场在全片中占有重要位置的战争场面拍摄完成了。我最大的感受就是，电影这门靠金钱、梦幻和技术完美结合的艺术，到今天已经越来越技术至上了，它几乎可以用镜头传达出战争中全方位的动感与场景，是非常逼真的，画面上的断头与断手、生与死都是在一刹那间就实现了的。当这一场面拍摄完毕后，像我这个不太容易当真的人，都把海滩上装死尸尚未站起来的人看成是真的尸体而恍若真的来到了战场上一样了呢。我由衷地感叹，美国真牛啊，他们光电影技术都已经到了全真模拟一次战争的地步，更不要提别的了，这也是我来美国的非常真实的感受之一吧。斯皮尔伯格这家伙真是一个美国梦的最佳阐释者，他通过这部《拯救大兵瑞恩》，把美国的人本主义宣扬得十分彻底，美国电影界在这一点上为美国文化在世界各国长驱直入起到了关键性的作用，比如近几年他们拍摄的《与狼共舞》《阿甘正传》《断锁怒潮》和这部《拯救大兵瑞恩》，将一种十分抽象的美国精神影像化、人性化，从而最佳地达到了输出美国梦的目的。美国在这一点上是十分狡猾的，好莱坞正是靠制造了这些大量的神话，换来了大笔的金钱，这也是美国人很狡猾的地方之一呢。

也许一开始我谈斯皮尔伯格太多了些，那么，我就不谈论他了吧，这个犹太人着实是一个点石成金的家伙，这也是美国制度的产物。接下来我想说一说自己这几年在美国好莱坞闯荡的一些经历与心得。好莱坞算是个什么呢？是一个装潢考究的粪池吗？是一个芝麻开门之后藏满宝藏的山洞吗？是梦幻疯长的热带雨林吗？是明星灿烂的钻石之国吗？是灰姑娘变仙女、老鼠变成大象的神话仙境吗？是一块诱人的大蛋糕吗？是令人垂涎欲滴的大姑娘和性感十足的半老徐娘吗？是一个藏污纳垢之地吗？是世界娱乐文化的风暴眼吗？是美国神话的影像制造地吗？可能都是，又可能都不是吧。咱们中国与老美相比，虽然已经有了几十年的改革开放，但在各方面，与美国还有至少三四十年的差距，电影技术也有很大距离，最重要的是在美国电影就是一项工业，一种梦幻工业，它是投资并能带来巨额回报的。但在大陆，我不知道这几年的情况怎么样了，但前几年，国家出钱拍的一些电影，很少有不赔钱的，但是因为是国家的钱，所以不会有任何一个人对此负责，电影当然有宣传的功能，教化的功能，但在一个完备的商业时代中，电影也是一种为大众需要的商品而已。也许，现在全世界都面临着好莱坞的“侵略”与冲击。像欧洲正在抵制好莱坞电影，但我觉得一个资本的时代里，资本能创造出一个个神话，它就可以长驱直入，把弱势文明的大门撞开。其实，我们完全不必要为这种好莱坞在全球肆虐的情况感到恐慌，因为人类已经进入到了一个全球文明共享的时代，这个时代是地球上的人有权享用到人类文明的各种成果，只要它是好的、先进的，意识形态已是一个次要问题了，不说电影，像国际互联网上的信息共享，是任何一个国家的政府、宣传部和司法系统都无法控制的，这是人类解放的前兆。你看，我又扯远了，说了这么多的题外话。

我刚来好莱坞的时候，是一边在加州大学学习，一边在给一些导演当摄影。由于我担任了潘岳在国际上有重要影响的几部电影的摄影师，这边有不少制作公司，制片人和导演还是认我的，但我初来乍到，也必须拿出绝活来，美国是一个凭真本领的地方，我这几年就是靠着自己的摸爬滚打，算是走出了一条路，成了斯皮尔伯格的梦幻工厂电影公司的受聘摄影师，是很不容易的。在好莱坞，我最大的感受还不是他们的技术装备太好了，而是好莱坞的明星都给宠坏了。几乎每一个大明星都有各自的毛病，他们的毛病简直让人无法忍受，好几次我都快发疯了，想扔了摄像机走人，但导演有时候脾气比我还好，我也就算了。这些大明星，在电影上都人五人六的，实际上在生活中，大多数都是疯子、不正常和纸醉金迷的。也许他们就是上帝的宠儿，上帝让他们可以撒娇和随地大小便，他们受到特许，就可以胡作非为了。我不提一些大家熟悉的明星的名字，有一个大明星，只要化妆师化妆得比他的年龄年轻不了二十岁，这个老家伙就暴跳如雷，都恨不得把剧组的人都骂个遍，每一个镜头，每一次特写停在他脸上要多长，得由他说了算，导演都没屁可放。有两个法国大牌明星，今天你坐了私人飞机来拍外景，明天另一个保准是坐了私人飞机来的，而且还是他自己亲自驾驶，你今天开法拉利跑车来，明天另一个绝对要坐劳斯莱斯来，今天你带来了宠物狗，明天他就能带来他的宠物大象，幸亏没有带来狮子，否则剧组的人包括我可就倒霉了。不过这两个家伙虽然互相斗气，但他们对导演和我们剧组的人，倒还是比较客气的，毕竟他们是欧洲人，比美国佬的鄙俗和简单粗暴要多不少绅士风度，但也着实让人开了眼。明星全都是被宠坏了的大孩子，他们要任性的时候你一点办法没有。比如还有一个女明星，她每天只拍一个小时，过了这一个小时，她一分钟都不多拍，立即开车走人。在这里，导演对大牌电影明星都是好商量，因为一些大牌明星光酬金就是一两千万美元，占一部电影投资的四分之一或三分之一还多。不过，这是电影的体制问题，这种情况会长期存在，因为，明星们本人就是造梦者，同时他们又是这些美梦的主人公，他们当然得像梦一样地生活了。

我就是在受尽刺激与折磨的情况下一步步地提高了我自己的声望和地位的。我现在已变成了酬金与一些美国本土较好的摄影师一样高的摄影师了，但大陆是我的根，我想再过几年，等大陆的电影市场放开了，我回去好好努力，我觉得中国也许完全可以制造出一个东方好莱坞的神话的，美国人你不要牛逼得太高兴了！

说到潘岳，由于我和他是同级不同班的同学，我对他是十分了解的，我觉得你打算为他写一部传记的这个愿望是好的，但你的目的并不一定能够达到。因为他已经死了。死去的人，你写有关他的文字，都是一种虚幻的追忆，会与他本人越来越远。就像在现实生活中，人对于人其实只是一种表面一样，对于一个已经死去的人，任何一本传记都无法进入他真实的世界，充其量是一种皮毛。像潘岳这样复杂的人，我想你这么年轻，刚三十岁，你是体验不出他的全部痛苦、全部的生命秘密和生活经历的。

在我看来，潘岳是一个非常矛盾和复杂的生命个体，他的悲剧体现了东方和西方、忠诚和背叛、爱情与仇恨、梦幻和现实、电影与生活、个人与民族、家庭与自我的各种对立、融合和矛盾的转化，你要把潘岳的这种复杂性写出来几乎是不可能的，而如果你要写出了他的这种复杂性，那么他实际上也是不存在的，因为他已经变成了一个斑驳陆离的怪物了。

我记忆中的潘岳是一个思想者。在我们认识的十几年间，他和我说的话应该算是很多的了。他给我说得最多的东西，都是他的电影要装戴的东西，比如他有一个观点，就是每一部电影要用一句话来概括出来，比如，“这是一部有关忠诚和背叛的电影”，或者，“这是一部有关民族生存与挣扎的电影”，或者，“这是一部对美的渴望，追求与毁灭的电影”，或者，“这是一部关于男人和女人的关系的电影”，总之他觉得一部好电影，用一句话就可以画龙点睛，直中要害了。

我们在电影学院一起念书的日子里，我印象最深的就是他是一个爱读书的人。除了几乎每天都要看一部电影资料片以外，他还读了大量的电影哲学、电影社会学、电影方法学、电影企业学、电影史学、电影文化学、电影类型学、电影叙事学、电影符号学、电影解构学、电影经济学、电影政治学、电影阐释学、电影修辞学、电影生命学、电影政策学等各个方面的理论书。我仅仅罗列出上述这些名称就能把人吓一跳了，因为实际上电影就是电影而已，它什么时候被什么样的鸟人弄出来了这么多学问？要叫一般人吓都要吓死了，早就离这些东西远远的了，可潘岳不，他一下子将上述这些有关电影的书都读了个透，手不释卷，所以他才变成了一个思想型的导演。我记得他还读了大量电影大师的传记呢，像安东尼奥尼、费里尼、帕索里尼、戈达尔、特吕弗、法斯宾德、英格玛、伯格曼、波兰斯基、科波拉、布努艾尔、阿伦·雷乃、黑泽明、大岛渚、沟口健二、卓别林、爱森斯坦、希区柯克、让·雷诺阿等几十个二十世纪电影大师的传记呢，所以，他拿这些大师当榜样，怎么会自己不成功呢？怎么会自己不变成一个大师呢？所以他也成了20世纪天才导演之一了。在他生前，他的好朋友中，美国导演奥立佛·斯通、昆丁·塔伦蒂诺，日本导演今村昌平、北野武，台湾导演侯孝贤，香港导演王家卫都和他保持热线联系呢。

有关潘岳，要说的可能太多了，我反而有些欲说还休。他已经死了，死人能复活吗？不能，他的死让我的心痛了好久好久，我应该算是他最好的合作者和朋友之一了，我到好莱坞来闯荡，也是受了他的鼓励呢。他认为我如果想在艺术上和技术上再进一步，就非常有必要在美国学习几年。没想到我来了没几年，他就已经不在了。他的死一定是他突然决定的，他这个人是一个计划性很强的人，他总是把未来几年的事都提前安排好，计划好了，但自杀这件事，一定是他从来没有想过，也无法计划的，因此他一定有些措手不及，他的死对于我来说，对于中国电影的事业来说，都是一个巨大的损失，我认为他死于人的情欲的冲动，这种人类的原始力量是有着巨大的破坏作用的，它可以把一个乃至几个活生生的生命完全毁掉。从这种意义上讲，潘岳又是一个唯美主义者，一个唯美主义者才会想到自杀，以自杀来抗议各种有缺陷和不完美的事物与境遇，他一生都在追求美，因此他就死在美的壮怀渴烈中了。写到这里，我不禁流下了热泪，我写不下去了，这份电子邮件就写到这里，我的心情很难过……

第五章　屏风：三个故事

《屏风》（中篇小说）

潘岳　著

一、汐（《河流》之一）

那种时候是在夜晚才来临的，就像因为月球的吸引而泛起的潮汐，就像一条河，它在夜空中的月光下闪闪发亮，像一条银色的带子，在大地上蜿蜒而去，隐入另一种黑暗，那是一种身体的潮汐，一种生命的呼吸，我在这种呼吸中渐渐地变得丰盈了。

有一天早晨，醒来的时候我发现我遗精了，这是1972年的某一天深夜，正是我体内的潮汐聚涌之时，那种乳白色半透明的液体濡湿了我的内裤，我用指头拈起一些，打亮灯，在台灯下仔细观赏。这类似鱼卵的东西果真是从我体内排出的吗？我有些不信，我觉得生命是一种奇怪的东西，男人的身体也很奇怪，它可以由小棒棒中的孔洞排出鱼卵样的液体，那么女孩子呢？她们身体中间的孔洞好像是要每月排出血的，我的内心骤然间一阵跳动，仿佛一群鸽子从一片沙地上悠然起飞。

我总是做一个梦，梦见我和一群狼在月光下行走，远处，那黝黑的大山的另一边，可以传来昼夜不停地潮汐拍打岩石的声音。我在狼群中行走，那么我是一个狼孩吗？当在梦中我对自己发出诘问时，我总是一下子就惊醒了，心砰砰乱跳，我赶紧去照镜子，发现自己还没有变成一个狼孩，我的脸上并没有长出我恐惧已极的长毛，我的双臂还没有变成狼的蹄爪，我的目光还没有变成凶残贪婪，可以嚼食骨头的狼的目光。我暂时安心了，但我想总有一天，最终我醒来的时候发现我已变成了一个狼孩，我躺在月光下，狼的首领向月亮发出凄厉、悠长和阴森的长嗥，它们都围着我，绿色的眼睛在夜空中闪闪发光，像一群围绕着我飞舞的萤火虫。这种恐惧是由来已久的，它就像潮汐一样定期在我的身体中发生。

我的身体在迅速地变化着，如同一条河流，它从远方流来，一种奇怪的液体开始流通我的身体。腿间长出了一些不好看的黄毛，是我过去不曾注意的。腋下和乳头下有一些蠕动的硬块，是我不曾注意的，因为它们在出现了几个月后，又神秘地消失了。当我的手掠过两腿之间，那里会有一丝异样的悸动，如同一阵风拂过，草丛中被惊扰的一条蛇就会昂起头来一样。我用手握住它，如同握住了一块暖玉，我让手运动一会儿，在一阵电光石火的快感当中，我的那里又喷射出了鱼卵样的液体，我又被退潮样的潮水裹挟而去了。这种快感是罪恶的，这是一种隐秘的罪感，是上天不知道的偷吃禁果，我迟早要受到惩罚，变成狼孩的。顷刻之间我被一种罪恶感拉入了一个黝黑的深渊。

二、沐（《河流》之二）

当我从幻想的河流中探出头来，望见周围的景观时，我的心立即阴暗了下来。我看见了我父亲，他是一个屠夫，也是一个酒鬼，他的身上总是充满了酒气和血迹，我父亲在屠宰场工作，他回到家中，除了殴打我母亲以外，不干别的，我母亲性格懦弱，胆小怕事，就在我发现我身体的小棒棒可以在我用手抚弄下流出甜蜜的液体的日子，我母亲终于自杀了。

她是上吊死的。我和同班同学刘薇一起放学回家，她的家住在我家隔壁，我刚走到家门口时发现有很多人围在那里在看着什么，在向我家院子里看。我家住在平房，院子里还架了葡萄藤。我看见有那么多人围在我家门口，我就有一种十分不好的预兆，他们都是一些大人们，他们看见我来了，都不说话。我从他们中间走过去的时候他们都不说话，只是目不转睛地看着我，目光随着我的走动而移动着。

我看见我母亲死了。她是上吊死的，房子里弥漫着一种奇异的沉默，我父亲也站在一边，看来是他把她从房梁中间的绳索上取下来的。他看上去愤怒要多于悲痛，因为他肯定觉得我母亲的死对他的羞辱要大于对他的精神打击。我了解我父亲的，我父亲对身边的人说：“你们都先出去吧。”他们就都出去了。

他对我说：“你妈她不愿意要我们了，她自杀了，她临死前还把所有的钱和粮票，都烧掉了，为的是叫我们日子不好过。”他用手指了指屋角，那里有一堆纸的灰烬，“她可真够狠毒的。”我听到这句话，一下子哭了。我对母亲的感情是很深的，但母亲选择了自杀这一方式，实际上在她死那一刹那，也永远地抛弃了我，她内心深处实际上对我也是冷漠的，所以我明白了这一点，我就哭了。

我首先想到的就是把这件事告诉刘薇。我总是希望她能知道我所有的事，甚至包括我体内可以排出液体，我也想把这个告诉她，在适当的时候，我走出了家门，仿佛是奇迹般地，她就站在她家门口，仿佛她知道我一定会从家里走出来去找她一样，她的眼睛里已经预先贮存了泪水，“我妈死了。”我告诉她，“我知道。”她说，“我已经知道了，你该怎么办？”

我不知道我该怎么办，我清楚地听到了体内河流的涌动和澎湃，我这时候一定非常软的，因为我一下子哭了，她慌忙走到我跟前，用手绢帮我擦去眼泪，“别哭了，别哭了。”这时，她母亲突然从她家走出来，“回来，薇薇，快回来！他们家死人了，不关我们的事，快回来！”她凶神恶煞般地叫嚷着。我看了刘薇一眼，我示意她回去，我知道我母亲为围墙的事和她母亲吵了好几次架，刘薇的妈妈到处骂我们家一家人都是猪，骂我父亲是个杀猪的，骂我母亲是一头母猪，而我，则是一头肮脏的小猪。

三、夏天的意象（《在穿越季节之中》之一）

最初的意象是在一个深红色的夏天，那一年我浑身笼罩在一种玻璃一样澄澈的寒冷之中，当时我居住在一座巨大的古堡里，古堡里堆积着无数腐烂的词语和细节，蛛网横陈，我脸色苍白，不停地咯血，沿着青苔密布的台阶上升，在沉重的铁门哗然一声打开之时，我的目光捕获了一个永恒的印象：一个睁着两只有些慌张和好奇的大眼的女孩子，她的年龄不超过十八岁，她的臂上搭着一只死去的红鸟，她和我猝然地相遇。我们先是一怔，然后，有无数只蝙蝠幽暗地从我的耳朵里飞出。

在另一个更为幽深的秋季，树叶金黄，正在与泥土构成庄严的凋谢二重奏。我，一个面色忧郁的人，行走在阳光像冰块一样碎裂的山脉的山谷中，寻找着一个身影，这使我内心弥漫着苍茫，我到达了一个古老的村落，这个村落似乎从亘古就在这里的，一些亲密的幽绿的塔松静静地围着这个孤岛一样的村落，另一种语序和语言笼罩在其上。在我走近这个神秘的村子的时候，先是一群浑身没有一根白毛的黑山羊走了出来。用它们深邃的眼睛看着我。接着，一群老人走出来了，他们巨大的身影和背后奇特的傍晚红色天幕构成了一幅古朴、悠远的风景画。

我上前询问他们一个名字。这个名字叫汐，有水的质感与光芒，穿透了人类的夜晚，这是一个女人的名字，这些老年人惆然地看着我，看得出来他们听不懂我的话，从我所带的地图上得知，他们是厄鲁特人——蒙古人的一支，他们用鱼和鸟一样的语言向我诉说他们看见的历史，然而我听不懂。最后，一位身披黑纱的老女人手一指，四个年轻人从毡房里抬出一条红色毛毯裹着的尸体。

红色毛毯在夕阳的烧灼下耀眼异常，像一片刀锋猛然地切入了我的眼帘。他们打开了地毯。里面躺着一位面容安详、宁静的少女。她美丽异常，眼睛像清水中的黑石子儿一样凝视天空。她一动不动，在我的手触及她身体的一刹那我体内的潮水都哗地退去了，我知道我无法进入另一种美丽少女之死了。少女之死是水中的死亡，是空气中永远漂泊的一片羽毛，是一缕残留在我们被淹死的梦边的一缕头发。

"没有人能看得见草的生长，就像没有人能看见少女的死亡。"那个巫婆一样的老女人最后突然用汉语这样对我说。之后，他们全部起立，缓缓地后退，和那些黑山羊一起，隐入了再也不会有人看见它们生长和衰败的村落里了。

四、红色棺木（《在穿越季节之中》之二）

很久很久以来，我作为故事的配角一直都连续不断在一个梦中出现：一口红色的棺材从一眼泉水中缓缓升起，一个我无比珍爱让我又永远无法接近的红衣女孩躺在棺材里，一束看不见的丝线拉着它缓缓地升向天空，在升起的短暂停留期间，我和她进行了短暂的对视，之后，这具棺材和一大片白色的羽毛一起，悄悄地升入了天空，在一刹那间，我的眼睛陷入了一片永远的黑暗。

我知道我生下来的命运就是寻找，寻找是我的主题。在穿越不断凋落的季节之中，我并不留意生命存在的每一个细节，我因此而疲惫、而倦意、而干渴，一个灵动的少女身影总是在我的眼前晃动。我的形象就是一个倚靠在棕榈树上的面色忧郁的少年，随着漂流岛不停地向前，向前，寻找着一种只能属于我的语言和语序。

在我所居住的这座经年已久的古堡里，我已经等待好久了，但一直没有人的脚步声惊飞我耳中的蝙蝠群。在我和这个十七岁的女孩猝然相遇的时刻，我脸上的肌肉不规则地抖动了几天，接下来，我示意她可以坐在我的石凳上。

你见过一束兰草吗？就是从不拒绝露珠的那种。我的幻想沿着兰草给丢失了。我要找回它。那个女孩子有些胆怯地说。她穿着一件白色并缀有许多小小的碎花的裙子。

你已经找了它很久了吗？我问，我的鼻子闻到了一种奇异的墓地上的新鲜气息。

是的，我一直在寻找兰草，寻找一匹汗血马，拥有它们我才会和光在一起。我是一个盲人。

我这才看出来她的确是一个盲人。我慨叹于这一双美丽的大眼睛的关闭。

那么，我走了，既然你没有看见，我走了，我终究会找到的。女孩站起来，沿着布满青苔的台阶，缓缓上升而去。

五、花园（《诗人的回廊》之一）

诗人是打着哈欠在一束光芒中醒来的，这时他听到有一种低低的声音掠过花朵。他跳下喷水池边的石桌，突然注目于一朵花蕊之中的颜色。

“沙漏把我的幻想给流逝了。”他自言自语，吹了口气，一颗闪着蜻蜓翅膀的色泽的露珠掉了下来，他抬起头。用一个旧瓶底，看那颗发绿了的太阳，说：“我要向太阳告密。”

诗人的回廊是四方形的，在每一条回廊的尽头，都有一扇门，通向一间屋子。屋门的柱子上也都挂有一个鹦鹉笼子，花园被回廊围在当中，喷水池又被花朵围在中央，一些纠缠的丝线一样的石板路在其中穿梭，从任何一条路都可以走到想去的任何地方。

诗人饿了，他在吃花叶。他一边嚼，一边嚼，一边跟踪一只甲壳虫。甲壳虫爬进一块土坷垃，他找不着了。他站起来，看见太阳光像水一样洒向每一朵花和每一片叶子，空气中弥漫着金黄色的香味。这是在早晨。

他开始在花园之中穿梭了。他看见有许多诗句都在花的叶片上闪烁，“我的脚落在空谷／像花朵般倏然开放。”他吟出一句，感到很兴奋，挥手赶走了一群蜜蜂。“我看见一匹黑马飘进梦的水底。”他又想了一句。“我看见孩子们正在被夏天的浓荫所完成。”他笑了，现在在他把脚停在一只石凳上，他感到许多词语在眼前飞舞。有的蓦然进入花朵内部，有的又被开放的花朵泄露出来，花粉和词语的味道蜂拥而来，把他熏了一个跟头。

“我是采花大盗。”他说，他折下一朵红玫瑰。“我能握住每一缕凋谢的感伤。”他端详着花朵，叹气了。

这个时候，风一下子扫过来，很轻，很慢。花朵都向他簇拥过来，更多的词语在花朵之上的阳光和空气中飞舞。他有些害怕，在花海之中悄悄地坐下，只露出一颗脑袋，诧异地朝四下探望，一边用手快速地抓住向他靠近的词语，装进一只黑匣子里。

六、炼金（《诗人的回廊》之二）

“我要逃跑。”诗人想，“可是我没有金子。没有金子就不能跑出这个世界。”他苦恼极了，顺手抓起一块砖，把旧瓶底砸进泥土。“我再不用你来看太阳、看人看物了！”

钟声在河边那棵老桑树上被敲响了。诗人的眉头皱成一个倒“八”字，心中有一条蚯蚓爬。

“对了，我要炼金！我自己炼，不就有金子了吗？”他又兴奋了，左右瞧了瞧，他看见花朵们有的睡着了，有的在倾听钟声和鸟鸣，没人注意他。他像一股风跑进了回廊里。

一抬头，廊柱上挂着的鹦鹉说：“我要逃跑！”诗人看着它：“可是你没有金子呀？”他很疑惑。“可是你没有金子！可是你没有金子！”鹦鹉大声学他。“对，我没有金子。我要炼金。”诗人走进了第一间屋子，先用手测量了一下放在屋子正中的那只大花瓶的线条，然后，墙上的自鸣钟响了，有一只啄木鸟咕咕叫着一伸一探。“我要拿词语炼金。”他想，他取出一叠方格纸，把那个大花瓶支起来，就把纸点着了。

他取出黑匣子，把装着的词语都倒进去，他看见枯黄的词语和许多花瓣一起在瓷瓶中飞舞，一股花粉气冲天而起，他打了三个喷嚏。

屋外的鹦鹉也学他。他又气又笑，走到回廊里，一眼望去，看见更多的花朵在阳光之海里绽放，更多的词语在花海上空飞舞，他取出一个捕蝶网，就冲到花园里了。

他又把捕到的词语放进瓷瓶里烧。他看见一句诗在瓷瓶之中的火苗中升腾："黄昏一场雨，把我的爱情淋湿了。"他说，"不好，这一句一点儿也不好。"

门被敲响了。他很惶惑，来不及把炼金工具藏起来，门又开了，"你好你好你你好。"三个古怪的小机器人举着三只小瓶子，冲进来了。

"呀，好漂亮的机器人，你们是找我的吗？"

"你是诗人吗？"机器人头上的小灯一明一灭。

"是的。"他皱了皱眉，"我在炼金呢，没有金子我就不能逃跑。"

"我们给你送来了空气、水和玻璃。"机器人把三个瓶子交给他，"你把它放进你的炼金炉，你就会炼出金子了。"

"太好了！"诗人兴奋起来。他接过三个瓶子，走到大瓷瓶跟前，就把这三种东西都倒进去了。机器人说了声，"再见。"就都出门走了。他追上去打开门，发现它们已经不见了，他突然感到好惆怅。

瓷瓶里的火一闪一闪，一会儿变蓝，一会儿变红，还"滋滋"作响。很久很久，一阵风吹来，火"叭"地灭了，瓷瓶也裂成两半，摔碎了。

诗人忐忑不安，倾身向前。呀！好大一块金砖。金砖上有几行字："我听见我的生命像琴弦／在土地和天空之间被风所弹奏"，"秋天的手指通过冬天触摸春天"。"狗的叫声很黑"。他想了半天，弄不懂什么意思。用水浇着金砖上，"滋啦"一阵白气上升，温度凉下来了，他一看，那些诗句也没了。

"乌拉！"他说，眼睛里放出了光芒，"这下我可以逃走了。"

他兴奋地拿起金砖，“逃走吧。”

七、女孩（《诗人的回廊》之三）

诗人一脚跨出房门，跑得太急了，一头撞在廊柱上，鹦鹉笼子从上面摔下来，鹦鹉钻出了笼子：“我要逃跑，哇！我要逃跑。”它一跳一跳，振翅隐进天空了。

他头晕眼花：“我的金砖！”他在地上摸，摸了好久，终于摸到了，心头落了一阵雨。把鬼鬼祟祟地探出脑袋，向长长的回廊望去。啊呀，不好，有一个人！有一个穿白裙子的女孩子，也正在探头探脑地望他。然后，女孩就跑开了，她的脚步声啪啪啪啪响起来，诗人在后头追：“居然有人跑到我的回廊里。”他们绕了三圈，最后，在喷水池的台阶上，诗人一手抱着金砖，一手把女孩抓住了。

女孩咯咯娇笑：“放开我！我痒痒！”诗人松了手，“你是谁？”女孩长得很漂亮，睫毛上挂满幻想，“我叫十七岁。我坐一块木头顺河漂流，结果就到这里来了。你干吗那么凶？我闻到花香了，就来了嘛。”叫“十七岁”的女孩噘起嘴，怪好看的。

诗人笑了：“我正想逃跑呢。你看我炼的金子。”

女孩走到花枝旁：“干吗要逃跑呢？这里这么好，你干吗要跑？”

他们俩都看见无数只白鸽和红鸟从天而降，每一只鸟的翅膀上都闪闪发光，顷刻间落满了诗人的回廊和屋顶，一时间，所有的鸟都在鸣叫，叫声像海浪一样汹涌澎湃。而且，花园里所有开放的花朵都纷纷闭合了。

“发生了什么事儿？”诗人很害怕，拉起女孩就跑，跑进了朝南的一间屋子里，屋子里到处都是镜子，他们一进去，每一面镜子中都映照出一个鬼鬼祟祟的男人和一个纯白的女孩子。

女孩的大眼睛一闪，墙上面挂着的花篮就掉下来了，里面装满了白蘑菇。她笑了，打开窗户，诗人和她看见残阳如血，所有的鸟儿又振翅飞起，向太阳方向奔去了。

他说："噢，十七岁，你曾经梦见过水晶和琥珀里封有的秘密吗？"

女孩一偏头，"你是说那句关于黑夜和死亡的一句诗？"

诗人抱抱头："我等待一个人教我穿墙术。这个世界上到处都充满着物质，什么水泥、钢材、硬质塑料。你看，我头上刚撞的一个包。"诗人委屈地摸摸头。

"我来给你包扎吧。"女孩取出一根牙签，在诗人脑袋上的包上刺了一下。"不疼了，"诗人高兴地说，"现在，十七岁，我要你藏到镜子里去。"

"好啊。"女孩浅笑轻颦，一闪就走进了镜子，"来来，你来抓我。"

诗人一把抓去。扑了个空。但每一面镜子里都闪着女孩的身影，抓了好久，诗人气喘吁吁、汗流如雨。他把金砖放在地上，说："不抓了。你出来吧。"

女孩又出来了，也坐下来。他们两个相互拥吻了。好热烈，蝉声大片大片涌进来，在墙上和镜子上凝成好多露珠。

八、淋（《河流》之三）

我开始在大雨中狂奔，每当这座小城市上空飘飘洒洒地下起了雨，我就会在大雨中飞奔，让雨淋湿我，让雨水进入我的身体，和我体内的河流汇成一体，我猜想某一天我体内的河流要寻找出口，它会一下子全部从我的身体里涌出来。因此，我总是要被大雨淋个湿透，而一旦我父亲看见我这样，他总要打我。他的手很大，像一把砍刀一样挥过半空，砍到我的身上，让我的身体有一种钝钝的疼痛。

我的内心中积郁了很多东西要倾诉，我想告诉刘薇，因为我实际上一直是喜欢她的。每一次在班上，当有人从我身上闻到了一个屠夫家庭应有的血腥气时，都对我避之不及，刘薇则总是和我站在一起大声说话，她带给了我自信，因此我渐渐地喜欢上了她，可最近，我感觉到她在避着我，她在躲着我了。但我需要和她说话。告诉她我想和她一起上学，一起走路，但她似乎总是在躲着我。

在更多的时间里，我有我自己的秘密和世界。我的秘密就是我的身体在那个阶段的加速生长，自从母亲死后，这种生长似乎停顿了一下，又继续生长了。比如我的喉结在滑动，我嘴唇上的黄毛在变黑了，我两腿之间的小腹上像食蜜的蚂蚁一样渐渐地聚上了一片倒三角形的黑毛，以及我体内有一条真正的河流，它的汇聚和涌动正像我身体的生长和变化。

这条河是醒着的，它的支流遍布我身体的各个部位，然后在我身体的中央，在我的胸部汇聚起来，然后从上至下流去，在小腹形成了一面巨大的瀑布，一泻几百米高。后来那些水流又继续涌动，它们像水渗入沙地一样，在我的腿部、脚部消失、渗透，又以雨的方式淋湿我的身体，然后重新在我的手臂、胸部汇聚。我体内有这样一个云、雨、河的自然大循环，这也是我独有的秘密，没有一个人能够分享我的这个秘密。

我希望能够和刘薇分享这个秘密，但我弄不明白，她为什么老躲着我呢？这是从什么时候开始发生的呢？与我妈妈的自杀有关系吗？我想和她谈一谈，有一天我堵住了她，在她快到家门口的时候，我从一个街角走出来，堵住了她，你为什么最近不理我？我问她，她看着我，不说话，想绕开去，但我抓住了她的胳膊，你说，你为什么不和我说话？我看着她，她挣扎着，她说，因为我妈说是你害死了你妈妈，是你不听话，和你爸爸一起气死了你妈妈。我再也不会理你了，你是一个害死自己妈妈的人，我害怕你，你放开我！她挣脱了我，飞快地跑了。

原来是这么回事，我明白了，这都是她妈妈干的，刘薇总是要听她妈妈的，而她妈妈和我妈妈过去总要吵架，要为各种事情吵架，两个泼妇站在街上互相对骂几乎已经成了一道风景，她们会为墙上一家人的花盆摔到了另一家而大吵，为一家的鸡到另一家的窗里下了蛋而争吵，为了各种风言风语而争吵，两个女人吵起来是天翻地覆，因此，刘薇的妈妈恨我们全家，刘薇的爸爸是个戴着眼镜的会计，因此刘薇的妈妈总觉得她要高人一等，她近几年经常骂我们家一家人都是猪，这种侮辱在我妈死后，它的力量显示出来了，而刘薇，我生活中唯一的亮点，也被她母亲夺去了，我在大雨中狂奔，我想我一定要报复，我心中的火焰那飘飘洒洒的雨水是浇不灭的。

九、涓（《河流》之四）

渐渐地，我发现我周围的孩子们都用一种异样的眼光在看着我，我走过去，他们总是在那里窃窃私语，用一种像鱼一样说话的声音说话。我明白了，刘薇的妈妈的说法已经传遍了这些人的耳朵，就是我妈妈是我害死的，他们说的坏话像一条涓涓的小河，在每一个人的嘴上流过，这条河是坏话之河，肮脏的、充满了假话和污泥的河，这条河是我讨厌的。

我感到奇怪的是，我母亲的死使我父亲的脾气有了改变，他似乎变得通情达理一些了。他似乎意识到自己过去犯了一些错误，我妈妈的死最终还是唤起了他内心的一些内疚，他可能意识到在这个世界上，他只有我这一个亲人了。因而有一段时间，他再也不酗酒了，对我显出了一种出奇的耐心。但这样并不能完全让我和他之间的隔膜消失，我和他之间已经有一条巨大的鸿沟了。我奇怪的是我和他一直没有什么亲近感，即使母亲死后，他的表现突然像雨后初晴的天空，也不能化解我对他的防备。他每天回家，就自己清洗身上的屠宰场的气味，现在他怕他身上的气味会惊动我母亲的灵魂，他说她既然是在这间屋子里上吊的，那么这间屋子也就是我母亲永远的居所了。

我肯定看不见我母亲的灵魂，也许她能看见我，但我是看不见她的，我知道即使有灵魂，她也不会害我的，她会很好地和我们和平共处。但我对她的死是不理解的。是的，我父亲酗酒，然后就是爱揍她，但我后来把我父亲揍我母亲理解为他爱她，那是他表达他对她的爱的一种方式。而且我听到母亲被揍时的惨叫中还有一种甜蜜和满足的喜悦呢。她也许是喜欢被他揍的，但她为什么要自杀？而且自杀时还烧掉了家里所有的现金和粮票？她真的是恨我父亲的吗？这一点，我再也无从知晓了。

当我看见在别人的嘴上流动的那条诋毁我家的那条涓涓小河时，我体验到的肯定不只是愤怒。而且，刘薇真的再也不理我了，她躲着我，她再也没和我说过一句话，我给她写过一封信，在下课时交给了她，我向她解释和说明一切，但她看都不看，就把它撕了。

于是我决定行动了。有一天我逃学了，我知道这一天刘薇的妈妈会去医院打吊针，她得了一种奇怪的病，需要每周打一次吊针，她们家这时候没有人，我翻进了她家的院墙，用刀子撬开窗玻璃，进了她家屋里。我把能砸的全砸了，包括有刘薇的照片在内的相框，我砸得非常开心。我体会到了我母亲焚烧钱和粮票的快乐，后来，我还在她家客厅的地毯上拉了一泡屎，那屎是螺旋状上升，分外美丽妖娆。但是正是这个时候，刘薇的父母走进来了，他们看见了我和我的杰作，发出了一声尖叫。

我因入室打砸，被公安局拘留，并被判关进少管所一年。我在1972年体验到了坐囚车远去的滋味。

十、冬天的灰烬（《在穿越季节之中》之三）

我行走在冬天的灰烬里。多少年以来我都生活在这个城市，这个一到冬天大雪就会覆盖整个城市达五个月之久的人的聚集地。我面色忧郁，衣着简朴，关于童年的唯一记忆大概就剩下我倚着一棵挂满了冰凌的老榆树，神情苍茫地观察世界的情形了。

在冬天，世界更多的时候是孩子们的，我看见许多孩子们肩上都蹲着黑乌鸦，在屋舍和雪堆之间穿梭，互相以雪块掷击。在大街上，人们常走过的地方，会出现一条条冰道，这些冰道贯穿整座城市的每一条小巷、马路，连通了所有的居住区。孩子们坐在安有钢筋的木爬犁上，用两只钢筋撑子使劲地撑地滑行，在这些雪道上追逐、嬉戏。一些巨大的雪花飘了下来，掩埋了所有关于这一切的场景。但最终还是有一些东西像冰雪融化后的石头一样显现了出来。

记得在做了一个和女人交合的春梦之后不久，所有有关时间的背景全部都换成了冬天。在这个冬天里，我喜欢上了一个长着紫葡萄一样美的眼睛的小女孩，她的年龄不超过十三岁，她喜欢在冬天穿一件橘红色的滑雪衫，像火苗一样飘扬在这一片洁白的冰雪世界里。我整个冬天都像一条黑色的幽灵一样跟随着她。我总是躲在树后，探出脑袋来寻找她，在那个冬天，每当她的身影像火焰一样在我的眼睛里出现，我都会幡然了悟了生命这个字眼的鲜活的意义。

她有一段时间常常坐在一只爬犁上，与一些男孩子们玩追逐的游戏。她总是被人捉住，因为她是女孩子，却总是追不上别人。尽管她在拼命地划着，我躲在不断变换的树背后，观察着这一场角逐中的变化，气恼无比，因为我不能容忍我最喜欢的、水葡萄一样晶莹的女孩子，处在一种弱小的、无援无助的境地。但我胆怯得没有一点儿勇气出来帮她。一直到有一天，她在一片追逐的笑语中，用力撑划着大爬犁。那爬犁像脱缰的野马一样冲过街角，与此同时，一匹野牛一样的大卡车轰然驶过，一声明亮的惊叫刺破了所有的寂静，世界猛地停顿了下来，一股殷红的云团从街角那边升起，直冲天空，所有的声音刹那间都静了下来，人们都张着嘴巴，等待着一个惊人的闪电消息，我从一株古老的榆树背后探出头来，我再也没能看到那束照亮我生命的火苗了，人的生命其实就是一股风，这是我最深的关于人生的印象。

在古堡中国不信任周围的世界，不信任自己而居住经年已久的我，目送那个怀抱死鸟的沿着爬满青苔的阶梯缕缕上升的女孩子，那扇朱红色铁门再次被打开。一束强烈的阳光像水一样涌了进来，之后，那个怀抱红色死鸟的女孩子消失了，那个盲眼的女孩，到处寻找兰草的孤独的女孩子，再一次从我的记忆中消失。

在她走出的一刹那，我清晰地回忆起多年以前，那个在冬天洁白的冰雪大地上像火苗一样鲜艳的女孩，那个倏忽间生命灰飞烟灭的女孩，我听到了一丝不规则的声音在我的心脏边响起，一些血从我的鼻子里流出，有很多蝙蝠再次从我的耳朵里飞出。

十一、春天的鞭影（《在穿越季节之中》之四）

接下来的景象是春天，燕子像皮鞭的影子一样迅疾地掠过大地，花朵不断地在大地之上开放，放出一阵阵五彩夺目的迷香。每一株树上都有嫩绿的手臂伸出，在风中抖动。我手里拄着一根拐杖，行走在花的迷香和大地的中央。我思索和回忆了整整一个冬天，我下定决心离开古堡浪游的时候，春天已经席卷了整个世界，鸟鸣像雨水一样不断地从空中滴落，一些红鸟飞动的身影不断地掠过我的眼帘。我知道我的寻找开始了。

在踏上征程的时候，那个十三岁女孩和十七岁寻找兰草的女孩子的影像交替出现，以至于我不断地在我经过的花朵内部看到她们艳丽无比的面孔。这面孔在阳光的辉耀下一闪而逝，快得像蜻蜓点水。我不停地走啊，在春天里我行走，我叹息，我不断地咯血、咳嗽，像一株病态的草一样在风中倾斜。

有时候，我坐在一条木船上，木船低低地掠过开满荷花的水面，一些水鬼的语言在水面逸出，我和水面上孤独的我的影子相遇，心中骤然落下一阵南方的雨。有时候，在无边的大漠之上我疲惫已极，我像一头山羊一样倚着一棵古怪的胡杨纵声高唱，没有一朵云陪我，我行走在青翠的山谷中，我的足音像花朵一样倏然开放。我的目光执着而又疲惫，总是被无数幻象所包围，一些蝴蝶和蜜蜂总是萦绕着我的记忆，我的回忆深处总是散发出浓厚的青草味儿。我在跋涉的过程中，穿烂了许多双草鞋，我总是喜欢睡在水边，倾听水的声音悄悄地塑造出一个女孩来。

十二、月光下的城堡（《诗人的回廊》之四）

黑夜降临了。诗人打了一个哈欠，从一棵榆树上跳了下来，女孩也在花丛中，打着哈欠站起来。

“我刚才梦见一个城堡。”诗人说，“城堡上飘挂着许多旗，旗上写着字。很多人的影子在城墙上延长了。”

女孩的笑靥里盛满了倦意。“我想家了，你送我回家吧。”

“可我没有麦地啊，要是有，你沿着一束麦子就可以走回去了。这是我一个自杀的朋友教我的方法。我也忽然想家了。”诗人一下子变得愁眉苦脸了。

“咱们就去你梦见的那个城堡吧。我要去那里找到一把木梳子。”

诗人表示同意。他们俩打开门，立刻，黑夜像水一样漫进来。月光像雾，把原野上的一切都罩住了。油菜味儿很淡。他们走在土路上，不时地打断蟋蟀的交谈。他们走了半小时，就接近了一座古堡。

“真有这样一座古堡啊。”诗人惊讶了，拉着女孩子，看着黝黑的古堡。古堡的大门开着，猫头鹰的叫声一起一伏，他们俩悄悄进去，里面没有一个人，房间很错杂，又凌乱，像一座迷宫，从每一间屋子都可以通向另外九个屋子。当你选择错了之后，以后的每一间屋子都通向八间屋子、七间、六间，直到进入一个死胡同，然后，再往回走，但他们老是走错。

“完了。”诗人拉着女孩说，“我们走不出去了。也没见什么你的鬼木梳。”

女孩沉默了。她仔细地回忆着很久以前的一个老人告诉她的秘密。“关键是火。”她想起来了，可这些屋子里除了玻璃和门，什么也没有呀。

“该死的古堡。”诗人说。他从口袋中取出一个小本，大声地念着：“土地、流浪、麦子、纯粹、声音、河流、村庄、学习、进步、美妙、玻璃……”但还是没有动静。他生气了，把本子装进口袋。他忽然想起来一个童话《卖火柴的小女孩》，灵机一动，取出一盒火柴，说：“咱们一起幻想吧。”

十三、玻璃之火（《诗人的回廊》之五）

女孩的眼睛一亮："有了有了！"一把夺过火柴，走到窗户跟前，划着了一根，去烧玻璃窗。诗人吃惊地看着玻璃变成了汁水，慢慢流了下来。"好啦，我们出去吧。"诗人托住女孩的腰，把她放到窗台上，手感到很温存，他有些害羞，说："快下去。"他们又来到了另一间屋子，屋子的墙上竖着长满了小草，一摇一飘。他们俩都感到饿了，就吃了些小草，继续前进。

他们把所有的玻璃窗都点着了，玻璃的火焰哗吻作响，在火焰之中，他们看见了金鱼群和牦牛群在缓缓向前，有一个白发老太太手捻念珠，说着什么，他们看见了天空伸出一条闪闪发亮的手臂，一直伸进河流，一些小动物沿着这条光的手臂向天空飞升而去。他们看见有人在大地上挖掘，在山洞中掏砸，在河流中捕捞。许多张脸在晃动，许多个背梁上的汗水闪闪发光。

"他们都是诗人。真正的诗人。"诗人说。

"那你呢？"女孩狡黠地问他，"我只是一个语言烹调师。"

这时候，在窗台上，她找到了一把木梳，"你看，我找到了！我可以拿着它回家了。"她笑了，很高兴，也很伤感。

诗人把木梳举起来，向前一指，有一扇门开了。他们终于走出了古堡。现在，他们又发现他们还是在那个回廊里，而且，天也亮了。

"奇怪。"诗人说，"我们是怎么回来的？"他从口袋中掏出一个纸条，上面写着："最后的季节将被一匹马带走。"女孩看着他："我要回家了。"诗人挥了挥手，说："拿着这块金子吧，走在路上要用。"

女孩眼睛红红的，说："我爱你。可是我想家了。再见吧，金子留给你，将来有用。"说罢，她跳进一朵花的内部，不见了。

诗人感到很惆怅。“我是一棵孤独的棕榈，长在语言的回廊里。”他作了一句诗。

现在，阳光穿透了诗人的回廊，把他的影子越拉越长，这影子穿过花园，与许多雕像的阴影相连。“我最终是一个孤单的行者。”

在随着一串肥皂泡上升的过程中，他最后说，“也许我永远都是孤独的！”

十四、湫（《河流》之五）

我比过去都更加清楚地听到了我体内河流的涌动。在少管所中，我变得更为封闭了，而且，我的大脑中开始出现了幻象，我爱看《三国演义》的连环画，我会看见有一个身穿铠甲的将军，骑一匹白马向我跑来，他会把我带走，沿着一条河顺流而下，远远地带走。每当我在干活非常劳累的情况下，这个白马将军就会从远处骑马而来，我就会从心中产生一种欣慰之情，因为，他就是来把我带走的。

在少管所，我们这些“少年犯”们要干很累很重的活儿，要打很多砖坯，把它们运到不远处的一个窑洞中去烧。火红的砖带着火焰的颜色，就是从那里烧出来的。我们一间房中住着九个孩子，最大的只有十五岁。我进来的第一天，就是他把我饱揍了一顿，让我躺到马桶边上睡了一夜。第三天我就在吃午饭时用勺子把他的左眼给戳瞎了。为此我被单独关了半个月。等我再次放出来的时候，全所的少年犯们都知道我的厉害了。他们都听说了我的威名，他们没有一个人再敢侵犯我了。

在这家少管所中，还有一些女孩子，她们也和我们关在一起，但她们都住在北侧的平房里。我们外出劳动的时候在一起。有一个脸色很白的女孩子引起了我的注意。她叫程瑾，听说，她爸爸要强暴她的时候，她差点儿把她爸给杀了，结果她也给关进来了。在少管所关着的人，全部都是心灵有阴影的人。程瑾不说话，她似乎有很重的心事，有一次外出干活，她总是要落到后面，然后就是我出来帮她干。可她从不向我说一句感激的话，她只是感激地看我一眼，就又埋头做她的事了。这年夏天，我们都被带到大田里割麦子，一望无际的麦田麦浪滚滚，好漂亮，我们唱着歌割麦子，后来，程瑾就在麦田里晕倒了。

她被送到了医院，经过检查，她怀孕了。她来到这里已经半年了，会是谁干的呢？肯定是少管所的人。和她一起住的人中间，同室的女孩子全部守口如瓶，没有一个人向所里汇报，会是谁呢？

我在想，会是谁干的呢？在管教所，我看到了人性中非常真实的美与恶，丑与美，它们在我幼小的心灵中激起的浪花是无比巨大的，我想我会解开这个谜的。我注意观察，发现有一个年轻的看守所的副队长，他似乎对她格外注意。某一天，我注意到傍晚以后，他又出现在院子里。我躲了起来，没有进牢房，而是跟踪他，我发现他爬到了程瑾她们住的房子的房顶上，在房顶拴了一根绳子，他从这根绳子上溜下去的。我看着他溜了下去，然后，过了一会儿，我割断了那绳子。

我报告了少管所的所长，事情真相大白了，因为在女囚室中，没有绳子，他是爬不出来的。我胜利了。半年以后，我被提前放了出来，我自由了。

十五、漩（《河流》之六）

当我回到我家的那个小镇时，我的生活正在向更坏的情况发展，已经是冬天了，我发现我父亲又变成了一个酒鬼。家里头已乱得一塌糊涂。学校因为我被少管所管制过，他们不打算再叫我入学了，或者告诉我第二年秋天新生入学时才会考虑我的问题，我闲着在家了。然后有一天，我父亲没有回来，第二天上午，有人告诉我，在街角发现了他的尸体，他喝醉了倒在地上没人管，早已被冻僵了。

现在，仿佛全世界只剩下了我一个人。我的母亲死了，我的父亲也死了。刘薇已被她妈妈送回河南老家，因为传说那里的教育环境更好，我再也见不到她了。我倒可以经常看到刘薇的妈妈，她比过去更加恶毒，她现在开始到处说我实际上就是一个害人精，是我害死了我的爸爸妈妈。我被一种无法承受的孤独和痛苦所包围着，我快要疯了，我的幻觉中，那个白马将军又再度出现，在幻象中我这时被人绑在一根木桩上，我的周围全是各种敌人，他们看守严密，森严壁垒，而白马将军则杀入重围，他是来救我的，他要把我救出来，他会把我放到他的马上，带着我一同离开。

由于父亲去世了，我得到的照顾是顶替父亲，在屠宰场上班。在屠宰场各种各样的粗壮的男人中间，我，一个不足十六岁的孩子，在搬动一扇扇巨大的猪肉块。而且，每天我都可以听到杀猪时猪们的嚎叫，那是它们生命结束时的最后挣扎，这时我不禁用手握住了刀锋，让刀刃将我自己的手心割烂，血一下子就涌了出来。在屠宰场，我不想和任何人说话，因为我无法和他们任何一个人进行交流，我越来越孤独，我谁也不想理，我就想沉浸到我自己的世界中去，我更喜欢我的白马将军，我想他最终有一天会把我带走的，我最终将离开所有的人，和白马将军一同远走高飞。

但是我仍旧受着刘薇母亲的中伤与诅咒，她对别人说她经常听见我们家里闹鬼，我爸和我妈的鬼魂在半夜里会在院子里出现，然后发出各种怪声，他们吵架、砸东西，还在院子里一起追打我，说是我害死了他们俩，我是一个真正的害人精。这个说法在她的传播下，几乎传遍了整座城市，我已经没有任何维护的机会了。

当我在白天都看到了白马将军骑马向我奔来的时候，我明白他这下真的要把我带走了。但我要办一件事，我倒觉得我父母亲的死都与刘薇的母亲的诅咒有关。我用屠宰场的刀，在一天夜里杀了她，就在她家，就杀了她一个人。因为我确信这一天夜里白马将军会把我带走，所以干完了这件事，我一下子解脱了。我杀了刘薇的母亲时，看见了白马将军正骑马杀入重围，飞快地向我奔来。

十六、绿色火焰（《在穿越季节之中》之五）

几乎所有关于夏天的记忆和感觉全是运动的、热烈的、燃烧的。夏天里所有的植物在风中飘扬，都被我看成是一束束摇摆着的绿色火焰。在亲眼看见了大山深处古厄鲁特少女灰飞烟灭的死亡之灿烂面容，她不是我要找的那个女孩，那个女孩只应该在一片火焰的奔突中猛然冲出。显现，或是在一面金黄的树叶背后倏然而遁。

夏天深沉而又忧郁，我行走的身影被每一片浓荫所组合。在一个没有蝉声的傍晚，我到达了一座城市的著名的火葬场，手里拿着一束蓝色的草花。

我被人所牵引，走进巨大的停尸房，我立刻被死亡的大军那整齐的队伍给震撼了。我惊怖于这世界上人的生命的消逝之快之猛。我想起来很久以前的一个冬天，我所获得的关于生命的印象：人的生命就像是一股风，现在，当一阵风将夺走了人生命中的像枯枝败叶一样多的细节之后，剩下就是大水过后裸露在沙滩上的石头一样的人的身体了。

殡仪工拉开每一个冰柜，掀开塑料布，叫我去辨认那裸体的女性尸体。我回忆起我所寻找的那个女孩应该是可以在乳房上布满露珠的，因此每当我看到那些皮肤干燥，似乎被男人和孩子的嘴唇粗暴地吮吸过的塌瘪的乳房时，我就摇了摇头。而每当我目睹到这些女人成熟的尸体时，她们身上所顽强盘踞的其他男人的气味排斥着我，我要找的女孩子是没有被任何一股男人的污水污染的女孩，她是纯洁的，她的隐秘之处，那沼泽地和青草地交相辉映的那里，景象奇峻的两腿之间，应该是任何一个男子还未曾到达的。

在匆匆济览了火葬场内死去的女人的大军之后，我走出了火葬场，这时候，伴随着夏天喧嚣的蝉声猛然涌出的是一辆正要推进停尸房的尸车。我拉开床单，一个女孩子熟睡的面庞“像湿漉漉的花瓣一样依然映现”。但她仍是一个小孩子，她还没有长大，她不是我要找的那个人，我把手中的那束草花放在她的怀里，对她的母亲——一位被泪水浸湿的女人说：“她应该回到天使的翅膀下的。”之后我像孩子一样走了，我就这样离开了有绿色火焰的夏天。

十七、金杯（《在穿越季节之中》之六）

秋天和一场暴雨一同降临了，我伫立于窗前，观看一年中季节的凋谢。黄色的树叶在风中飘落，发出无可奈何的声响。在穿越不断凋谢的季节时我已变得苍老了。面对秋野，面对大地之上蒸腾的雾气，我再次回忆起走出古堡寻找的使命，但我恐怕永远也找不到她了。

因此当一个白发老人出现在我身边时我并没有察觉。他举起一只手臂，说：你要寻找的东西在那座小山的顶上，我沿着他的手指所指引的方向看去，一面小山横在我的眼前。

我最终在一个澄明的秋天登上了一座山顶，周围一片空虚，只有各种层次的绿色做背景 。我并没有看到人，我看到的是一具殷红的棺材，棺材里放着一只金杯。一个指令指示我应该躺进去，此时我已不惧怕死神的面容，我躺进了棺材，用我的嘴唇轻轻地吻了吻金杯，立刻，金杯变成了泥的碎块了。而这时，一个穿白纱的女孩突然出现在棺材边，与此同时，天空中仿佛有几条丝线在拉着棺材缕缕上升。我坐起身，眼看着我慢慢高过女孩的头顶，在与她对视的一刹那，我悟透了寻找与爱情。是的，爱情像蜂鸣一样一下子盛满了我的心。但棺材上升得很快，在棺中，我从棺材中探出身子，用手抓住了一把羽毛一样的阳光，我感到我全身的血迅猛地流着。是的，我完成了我的寻找，在升入天空的最后一刻，我听到了她大声喊："等着我！我们会在花朵内相聚，并在它的血液里一起去睡眠！"

十八、汇合（尾声）

在《河流》中，主人公"我"最后被送进了精神病院，因为他对法官说他看见了一个白马将军，他要把他带走，带到三国魏晋时代去打仗，所以法官最终让精神病院的人把他带走了。他在精神病院中生活得很安静，而且，最擅长的则是用白纸叠纸马，"我"叠了很多很多的纸马，到现在加起来已经有几千匹了。他对每一个人都说他的白马将军要最终将他带走。没有一个人信他。有一天，他真的从精神病院消失了，留下了一纸箱的白色纸马。他真的被白马将军带走了吗？或者他本人变成了白马将军，骑着一匹纸马远去？

在《穿越季节之中》的结尾，"我"坐在一口棺材里升入天空，但"我"看见了自己要找的女孩，后来，"我"又乘坐棺木落到了一条河上，顺河漂流几天后，在一个村口停了下来，因为"我"看见了那个少女，她正在村口的河边用皂角在青石板上洗衣服呢。他从棺木里跳出来，跳上了岸，“我”和她四目相对，两个人确信他们已经互相找了好多年，他们就在那个地方住下来，一起生儿育女，过得十分美满。多年以后，他们又先后死了，他们的子女把他们葬在一起，几年后，他们坟边的桃花盛开，异常绚丽。那是他们一起变成了桃花的汁液。

在《诗人的回廊》中，诗人最终又变成了一个孤独的人。她喜欢的女孩去了南方的一个经济开放城市，变成了一家歌舞厅的女招待。好多年后她又回到那座古堡，看见诗人仍在古堡中写诗，她告诉了他自己成长的细节。他因忍受不了他钟爱的女人已不再纯洁，于这年春天在这座城市的一条郊区铁路上卧轨自杀，死的时候带了一本《现代汉语词典》，和那个女孩的一张照片，列车过去，他的生命飞入了天空，手中握着的一枚鲜红的苹果，带着从他身上溅出的血珠子，在路基上向前流了好远，没有人最终看见。

1984 年春天写于北京

笔者将潘岳这部写于 1984 年初的小说《屏风》看了两遍，终于明白这还是一篇不错的现代派小说呢。尤其在 1984 年，出现这样的小说，不发表才是正常的，笔者不由得承认了一种说法，那就是“潘岳摆弄文字的水平，绝不在你们这些人之下！”笔者十分遗憾，潘岳应该照写作的路子干下去，再干几年，就会成文坛一个大腕了，可惜他忽然停了笔，但笔者想，这笔账应该算到倪力头上去，是他打走了潘岳写小说的热情，从而使潘岳以后的文字牢牢地陷定在了剧本大纲，分镜头剧本、完成台本、书信和日记体裁的文字中了。

而笔者清晰地记得，1985 年中国小说发生了不少变化，出现了一些叫“先锋派”的作家，他们在小说叙述方式和语言上进行了大胆探索，潘岳其实完全可以也在这一文学流派中混上一把交椅。当然，文坛上“城头变幻大王旗”久矣，先锋派也硕果仅存了那么几个，笔者作为“新人类”派作家，已然粉墨登场了，这也是笔者信心十足写作这部研究死人心灵史的小说的动力呢。

仔细研读潘岳的这篇小说，笔者明白了他实际上写了三个故事，像中国屏风那样，是一幅三折画，三折画各呈 90 度折角连在一起，每面屏风上都有一个故事，这就是潘岳的小说结构。其中，《河流》写的是一个少年的可怕的成长经历，他最终以毁灭告终了。而《在穿越时空季节之中》，则是寻找，是对爱的寻求。《诗人的回廊》，则是潘岳对诗人命运的形象化的思考，主题是逃跑。三个部分分别讲述了毁灭、追寻与逃离，构成了好看的屏风上的图画。笔者也算是一个舞文弄墨之徒，一个年轻的老写手，但当笔者发现 1984 年潘岳就有这样深的文学功底，竟吓得好长时间不知道该怎么往下写了呢。

可是在当时，潘岳为什么要写这样一篇小说呢？笔者苦苦思索，不得其解。其时他已经从学校毕业，分配到了青年电影制片厂当导演，厂里让他参加一部反映公共汽车售票员生活的青年题材影片的拍摄，他忽然托病在家。这篇小说就是他托病在家的产物，她一定反映了潘岳当时的心境，从中也许可以解读出潘岳心灵深处那不可告人的隐秘呢。但直到现在，笔者还是有些束手无策，不知道潘岳到底为什么要写这篇小说，莫非他想以这篇小说为蓝本，拍一部成长题材的电影？看来这也是不可能的，因为他后来参与拍摄的电影，题材都是巨大的，换句话说，都与国家、民族、时代、历史记忆相关，所以，笔者只能把这篇小说看成是潘岳解闷时玩耍的小把戏，不可当真了。

第六章　不是风，而是我，我要掏出你的心

1

潘岳从电影学院毕业后的一段时间，似乎有一段“平台期”。这是他在黑暗中求索的时期，是黎明前的黑暗，这一段时间他肯定在寻找成功的突破口。尤其是他是如何结了婚，又如何离了婚的？笔者调查这一段时间，发现资料并不多。但潘岳的前妻，服装设计师白冰媚女士的一本散文集，帮了笔者的大忙，白冰媚是潘岳的第一位妻子，她过去是中日友好医院的一名护士，却天生丽质，喜欢舞文弄墨，1984 年初，潘岳突患阑尾炎，住进了中日友好医院（有关这一事实，笔者向潘小云打电话咨询，得到了证实），结果在那里就认识了护士白冰媚。而且，白冰媚肯定给他看了她写的文章，他还大为肯定了，两个人自那时起便开始来往了，一年以后，白冰媚就嫁给了潘岳，她也很快从医院离开了，去服装学院学习服装设计。他们前后的婚姻持续了四年，而当夏百灵出现在潘岳的生活中时，白冰媚就黯然退场了。

这期间，三个人的心灵纠葛要复杂、生动和绚丽得多。白冰媚在和潘岳恩爱情浓时，出版了她的一本散文集《不是风，而是我》，其中有不少篇章，记录了她和潘岳热恋的情景，就是现在读起来，也非常感人呢。但当潘岳和夏百灵的恋情已大白天下之后，白冰媚愤怒又写了一本《我所认识的潘岳》，行文已是充满了怨妇的怒气和伤情，不忍卒读了，正是在这部书中，白冰媚把潘岳描写成了一个性冷淡，一个死精子提供者，因为他在 4 年的时间里都不能使她的子宫发芽。她在书中还写到，要是他们有了孩子，潘岳离开她的可能性就不存在了。

对这本书，笔者认为它主观性太强，不可过于重视，但她在和潘岳恩爱时出版的散文集《不是风，而是我》，则是潘岳和她早期生活的一部分写照。从中可以看出，潘岳和白冰媚还是过了一段美好的生活的。笔者记得英国大作家劳伦斯的太太，在劳伦斯去世后写过一本薄薄的回忆录，叫《不是我，而是风》，写得凄美哀婉，那么白冰媚这本《不是风，而是我》，则算是写得“清新爽洁，不紧绷”了（一种护肤品的电视广告语），如此清新秀丽的文字，在今天这样一个欲望横流的文坛上，也是很难寻的咧！这本书由百花文艺出版社 1986 年 10 月首版，印量 24000 册，共收入八十余篇，其中第一辑《我的心下了一场雨》，大体记录的可能就是她和潘岳相识相恋的情况，笔者在声明版权归属的情况后，特摘录六篇散文如下：

我们相约在那棵大槐树下

那是一棵很老的古槐树，大约有几百年的历史了吧。我在这座城市上小学的时候，每次放学都能看见它，现在，它真的已经老了，它的枝叶就像一把被风雨摧残的伞骨，已经有些支离破碎了，很难再布下一片浓荫。

但我们，我和他，第一次不就是约在这棵古老的槐树下的吗?

它就长在元大都遗址旁边的一条小道上，和它并肩生长的，都已是一些年轻的杨树和柳树了，它们几年前还是一些小树苗，现在已经亭亭如盖了。

他是在出院的时候给我留下了一封信，一封情书的，他把它交给我的时候，我似乎就明白了那会是一封什么样的信，我的脸一下子就红了。

我读了他的那封信，我没有想到，专业是导演的他，文字水平也是那么高呢，我心潮澎湃，我还从来没有收到过这么火热的情书，看到过那么多火热的话，我的心砰砰乱跳，我禁不住想再见到他了。

在医院里，他是多么的调皮啊，不好好吃药，不好好输液，一不留神，他就溜到隔壁病房和别人下棋了。我训斥了他，他那一刻像个做了错事的孩子，脸色涨红，十分羞愧，我那时候，心里想笑，可我却又不得不板起脸来，那一刻，他明白我的心吗?

他不明白，因为其实我已经渐渐地喜欢上了他。喜欢上了他活泼的性格，深沉的表情和具有磁性的嗓音。

我想，我可能要和他发生一些什么了。爱情它有时候的来临是令人猝不及防的，有时候却又来得自然而然。

他只住了几天医院，只做了一个小手术，但当他离开了病房，我再走进那间我所熟悉的病室，我看不见他，内心就一下子惆怅了。

我给他回了一封信。因为少女的娇羞，也因为我天生的内向，我没有说太多，我想看看他着急的模样，我没有在信中明确答复他。

他果然着急了，他要立即见我，就约在了那棵二十几年来，我一直熟悉的大槐树下。

大槐树啊！你是岁月的见证，也是我们爱的誓言的见证呢。那天，我有意迟到了半个小时，远远地看到了那棵虬枝举天的大槐树，和大槐树下急得转来转去的他，我就扑哧一声笑了。

我知道，大槐树也知道，他是喜欢我的。槐树上的知了在疯狂地叫着，我走近他，他却变得拘谨了，我们沉默了，好久都说不出话。

还是他先说的第一句话："吃了吗？"

我笑了，我想，你这个人还真的挺有意思，我说："我还没有吃饭呢。"

他想不到我会这样回答他，立刻有些着急了起来："那，咱们赶紧去吃饭吧！"

他还记得那天我们一起吃了些什么吗？他后来说记不得了，但我都记得，我们吃了好多春卷，春卷有各种各样的馅，好吃极了，此外我们还喝了紫米粥。

大槐树做证，在后来，我们总是相约在树下，然后一起走向不远处繁华的街市，它是目送我们走远的。如果它是一个老人，那么它就是月下老人了，我们就是在它的眼睛底下，一天天熟悉起来。

而且，我还猜想，在它的眼中，我们手拉手一起走向远处，那夕阳沉落的余晖铺在我们的身上，那种傍晚的景色，一定是无比美好的。

这棵大槐树是我们爱的凭证与坐标，我们由这里出发，一起走向更深的爱的浓荫里了。

大槐树啊，每年的几个特别的日子，我们仍旧相约在你的树荫下，让你带给我们清凉和浓浓的祝福。

春天里我被爱情撞了一下肩膀

在这年的春天里，我被爱情撞了一下肩膀。

你会问我：疼不疼?

我告诉你，怎么会疼呢?那是一种非常幸福的感觉，因为从此以后，我的心里多了一个人，那个他，我从此以后要时时刻刻惦念他，也被他从此惦念了。

春天里，风拂过柳树下，也拂过我的脸，仿佛有孩童的小手，划过我细嫩的面容，那种感觉是十分清爽的，正是在这样的季节，我又被爱情撞了一下肩膀。

爱，是可遇不可求的，爱情就像是一个醉汉在走路，一不留神，它就把你撞了一下，于是，你也像喝醉了一样，沉浸在一种醉意融融之中，沉醉在一种透明的快乐里。

很多人都说，爱是一种缘分，过去我不相信，现在，我有些相信了。因为世界那么大，怎么就你们两个人相识了，怎么也就你们两个人心灵里碰撞出了火花?

看来，爱，是存在的，缘分也是存在的，在这个春天里，我迎来了我的爱，迎来了我的缘分。不经意地，我一下子迎来了一个我过去梦想中的王子。

他带给了我很多新鲜的东西，他可以激发我生命中的很多能量和激情，这是我爱他的原因和理由。

他让我体验到了一种爱，一种深深的、无所不至的密不透风的爱，爱像一面网，一下子就把我给罩住了，在这个小风拂面的春天。

他让我觉得我的生命又有了一层更多的意义，那就是，学会用爱自己的方式来看他人。过去，在这一点上，我的意识和感觉是并不明确的，我每天都忙忙碌碌，机械地生活。在医院里，他们——那些病号们，都叫我冷面天使，现在，他们叫我春风大使了，他们说我现在总是笑着。也难怪，每当我想起他，想起我的生命中有个他，我就禁不住地要会心地笑。他改变了我的形貌了。

他还带给了我自信，使我觉得我是天底下最美丽的女人。

他还带给了我希望，使我觉得，如果我和他生活在一起，我会感到非常幸福的。

他还一次又一次地给我带来了惊喜，他用各种小礼物哄我，在一些日子，在节日、假日、纪念日里，给我献上他的礼物、他的心。

他给我带来了祝愿，让我在这个春天里觉得，所有的星星都仿佛在为我而闪烁，所有的花在为我而开。我们沉浸在上帝为我们准备的花园里，安心地休息。

他还一次又一次地给我带来了热吻，带来了直流电和交流电。天底下没有比接吻更美好的事了，这种唇与舌的交流让我们浑身颤抖，沉浸在暖洋洋的爱之间中。

吻是我的营养，在这个春天，我需要加强这种营养，用此滋养我心中的爱。

他给我带来了力量。过去，我是柔弱的，现在，我变得坚强了。过去，我总是在工作中怕看到那些痛人的血和伤口，现在，我不再怕了，因为，这年春天里我被爱情撞了一下肩膀。

要我给你说出爱的感受是不可能的。谁能用语言去精确地描述一场细雨、一场暴雨或大风呢？爱就是细语绵纷，淫雨霏霏，大雨滂沱，雷电交加，地动山摇。它是它们的全部。

日子像一匹马，它在向前跑，我看见春天它也在生长，树叶在变得更绿，那种绿加深了，所有的枝条都在变得茂盛。

和日子向前飞奔的还有我们。我们在一起飞奔，谁也不曾将谁落下。

我们跑得一样快，因为我们心中有爱。

你心中有爱，你就想在春天里乱跑。

我警告你：春天里不要一个人乱跑。

假如是两个人跑，两个相爱的人一起跑，那种情形就会很好了。

在我们的跑动中，在我们的相互不停地凝视中，在我们的接吻并停住的瞬间，世界在加深着变化，那是因为，春天正在过去，夏天的浓荫正在繁密地到来。

结婚是天底下最美妙的事

当香山的红叶红了的时候，我们的爱情也熟透了，我们结婚了。

那种感觉对于我，是十分复杂的。我不再是一个无忧无虑的少女了，我有了一个家，我对这个家既有些欢喜，又有些畏惧呢，因为从此以后，我就要和他锅碗瓢盆地生活在一起了。

他不是一个生活能力很强的人，我们一开始过家庭生活，有很多的磕磕碰碰呢。比如我爱吃甜的，他就爱吃咸的，我爱吃清淡的，他爱吃辣的，凡事好像总和我作对。

我对各种事儿是十分上心的，我是一个很细心的人，可我发现他却有一点五迷三道，丢三落四，有一回还把门钥匙弄丢了，直到我下班，他才进了门。

但却另有一种甜蜜，包围着我们。那是一种暖暖的感觉，我常常在想，为什么不是别人而是我嫁给了他？是谁安排了这一切？一定是有一个长着胡子的老头儿吧？是圣诞老人，小天使佛，还是上帝本人？

他老和我开玩笑，说当初见我第一面的时候，感到屁股一疼，他一回头，看见一个有一对翅膀的光屁股娃娃飞快地飞走了，原来，是爱之天使丘比特射了他一箭，在我一进治疗室的那一刻。

我想起来了，那时候我的另一个女同事正在给他打针呢，我一进门，刚好听见他“哎哟”了一声，他抬起头，看见了我，嘿嘿地笑了。

结婚以后，他也常对我这样笑，他的笑容中有一种十分朴实的东西，让我觉得可信，可靠和可爱。

很多人都说，婚姻是一双鞋，只有那些穿它的人，才知道它适合不适合。

我觉得我们是天下最好的一对儿了。这双鞋我穿上后，一开始有些嫌大嫌小，嫌软嫌硬，慢慢地，我就习惯了，我觉得它很适合我。

我仿佛是躺在一条安全驶向对岸的大船上，这艘大船就是我们的婚姻，即使是婚后，他的浪漫气质也丝毫没有变，他会在我的生日、我们的结婚纪念日，和一些其他的节日，送给我非常喜欢的礼物。有一次我过生日，他请一个画家按我的照片，专门为我画了一幅很大的画像，他把那幅画像送给我的时候，我又惊又喜，一下子呆住了。“那是我吗？”我都有些不相信，一股爱的潮水一下子就从我的胸口涌上来了。

现在，那幅我的大画像就挂在我们的卧室中，我看见它，心中就荡漾起柔情蜜意。

他总是会这样出其不意地让我高兴。有时候我们吵了一架后，我不理他了，他一转身手上就多了一朵花，玫瑰或者是百合，他把花拿到我鼻子下面叫我闻，我刚才还板着脸，现在扑哧一下笑了。

我们总是在家庭晚餐中营造出一种非常和美的气氛，我做好了饭，他会点上几根红蜡烛，然后把灯关了，用录音机放一段小曲，我们就在那种温馨的气氛中吃完了晚饭，那种家的感觉非常浓烈。

我最喜欢的事就是早晨醒来的时候，发现自己埋在他的怀里，他睡得比我还香，鼻息里轻柔地呼吸出一丝甜美的气息。

窗外，天光已经亮了。新的一天又要开始了。这一天又是平和、美好的一天。因为，我总拥有着他的怀抱。

我能想到最美好的事，就是我们俩一起慢慢变老，老得路都走得不稳当，互相搀扶着，一起走在一条落满了叶子的小路上。

我们的头发已经白了，我们互相也不说话，但那种一同走过很多艰难困苦的彼此支撑与信任，会让我们一起走下去，一直到天之涯、海之角。

但我们还没有那么快变老，我们还年轻，当我被他拥抱在怀里，我就有一种强烈的归属感，我就是属于这个怀抱的，我就是属于他的，我就是属于我们这条爱的小舟的，亲爱的，只有我们俩，是这条舟上的舵手。和自己相爱的人结婚是天底下最美妙的事了！

那一间看得见风景的木屋

什么样的女人有最美的容颜？一个技艺上乘的化妆师，能让一个女人美到极致吗？

我觉得不能，一个女人的美，在于她内心所获得的那种欣悦，是来自她深爱的男人，于是她便由里到外都焕发出一种光辉了。

过去我没有觉得我有多么漂亮，一些同事、一些喜欢我的人赞赏我长得漂亮，我听了，心里很高兴，但对这一点，并没有从内心里感觉到。

和他结了婚以后，我感觉到了。他使我的生命从内到外散发出了一种光亮，一种女性全部的柔情与美，这一次，我感到我是美丽的，而这美丽，全因为他的激发。

有一种说法，说好的女人是一所好的学校，那么，一个好男人，不也是一所好的学校吗？一个好女人能塑造一个好男人，一个好男人，同样也可以塑造出一个好女人。我，就被他塑造得更美好了。

我的心里由内向外透露着一种喜悦！现在，我想拥有一间属于我们俩的木屋，我们就生活在里面。而且，打开窗户，就能看见一些参差的风景，和大地的旗语。

有时候他去拍电影外出了，我就一个人趴在窗户上想他，屋内四壁上的绘画都很沉默，太阳正红着脸，向西天的沼泽地沉落。一些青苔，像头发一样悬垂在我的木屋上，它们的叶片上爬满了我感觉中的露珠。

我们的木屋应该坐落在一片背阴的山坡上吧？四周都是寂静、诚实而又正直的树木，像他一样站满了山坡，在树下，山坡上，到处都生长着喧哗地开放着的小花。

这是一幅多么美好的画卷哟！

那应该是傍晚了，西边的天空中涂满了阳光的橘红、玫瑰红、草莓红交替变化的云层，这种瞬息万变的阳光也涂满了安静的山坡，还涂满了我的木屋，和从窗户中探出头盼他回家的雕像般的我。

在我等他的时候，似乎有音乐在我的耳朵边响起来了，那是黄昏中的音乐，一个感觉到自己是美丽女人的心灵中的音乐，一个在爱中沉醉的恋人的音乐，那是云的手势和蘑菇群的音乐。

此刻，我就这样被定格在那样一帧充满了凝重的感伤气氛的风景里了。

谁有我此刻这样和谐、这样静谧而又这样美好呢？

他还没有回来，他总是要到那些贫瘠的大山里去，他要到那些大河边，用镜头去构筑他的梦。屋里就我一个人，我在等他回来。

我把屋子里的东西都摆好，擦净桌椅，让它们发亮，扫出那些岁月中积累的灰尘，我想象着他就要回来了。甚至还带着一群人，他的摄制组，他的那一群快活的织梦人。

日子就这么绵密地过去了不少，我感到我被一种枯黄色的温暖的光亮照射着。我承认我是一个沉浸在婚姻美满的幸福和幻想中的女人，比如我就总是想象自己在我们共同的木屋里等他回家。

男人总是要离开家，去远行一段时间的，他也许属于更为阔大的东西，但他同时又属于我。在想念他的甜蜜中，我看见阳光就像一群嗡嗡鸣叫的蜜蜂，绕着生长爱情的草地盘旋。

燕子的呢喃重新在空中磕碰着光线，我的手指抚摸着挂满蛛丝的往事，该忘记的，都随着那只风筝，被放飞到蓝天的深处了。

季节的车轮碾过了我们的露珠闪烁的日子，但压不碎由小贝壳编织而成的彩虹。总是有土地苏醒的故事，总是有那农夫播种机耕的声音从远处传来。

在我想念他的时候，一切并不总是静谧的。

我想象自己安静地坐在椅子里，听任阳光的红色手臂在木屋里伸展。一只红色鸟穿越窗户，从打开的门那里飞走了。我知道待他回来，这木屋连同那残留的阳光，和我们会构成一帧新的风景。

我等待着，一个因他而变得美丽的女人，坐在一间看得见风景的木屋里。

两个人一起守望的麦田

为了恪守一种爱而守在麦田里，是值得的。

什么东西都有收获的季节，在这个季节里要守望好又一年的收成。

为了保持一种姿态，站在岁月的田野上，是幸福的。那些欢快的麦穗在微风中满足地摇摆，并垂下它们沉重的饱满的头颅。鸟的痕迹在天空中划过，面对这种美景，我从来不会无动于衷。

守望着麦田，而且是两个人一起守望的麦田，两个人一起看护着庄稼。我们站在那里，是为了驱散那些馋嘴贪食的小鸟吗？是为了警告冒失的风和雨吗？

其实我和他并不是并肩站在一起的。我站在一垅地的这一头，他站在另一边。我戴着一顶褪色的斗笠，他穿着一件蓑衣。我的衣裳是一件鲜艳的布，我的左手举起来，拿着一面小旗子，我要用这样的姿势，站到浓荫覆盖夏天的时候。

我远远地看着他，他也远远地看着我。没有小鸟来的时候，我们会通过风来传递我们的话，我听见他说：你累吗？他用风的声音问我，我知道他是爱我的，他又问我：你困吗？于是他又用雨的手指抚摸我了。

我不回答他，我只是对他笑，因为他和我一样，看见那些欢乐的麦子，它们会告诉他我对他的感情，因为，这麦田是我们的。

这麦田是我们俩的，麦子也是我们种的，一天天。我们看着它们发芽破土，青翠茂盛，抽穗成熟。

也许我这一生，就是为了守护我和他的这一片麦田了。在这片麦地里，生长着我们共同的梦境、幻想、美、爱、家庭、亲情的全部，谁也不能来打扰我们，除非他也愿意做个稻草人，和我们一起站在麦地的垅上。当然，我们是不需要一个帮手的。

因为这是属于我和他的麦田，别的人，都是多余的，无论男人和女人，要进入我们的麦田，也许都有些不怀好意呢。

我最喜欢的事，就是要你站在麦地的另一头，通过风和我说话。

肩并肩有时候也许是一种错觉，就连幸福，有时候也是一种错觉呢。

我想把我们的决定，我们的梦交给岁月来锤炼。岁月是一棵大树，一棵果树，也许是一棵樱桃树，樱桃好吃树难栽。因此，当我们的誓言都变成了红樱桃的时候，我们才能品尝到我们共同培育的成果。

我甚至想将我的目光都交给你，让你染上七种颜色。

我知道你是爱我的，虽然真爱也许只是一种过程，但过程就是人生，人的生命，从生到死，难道不是一个过程吗？只有把握好这个过程，才会在过程中让生命时刻饱满并开出绚丽的花朵。

我们都是热爱收获的人，我和他对生活、生命和爱情都抱有着认真的探究态度。就在去年夏天，我还像一朵洁净的小花，开在医院的草地里。他是一只受伤的老鹰，落到了我身边，但现在，我们在一起守望麦田了。

我望着他，戴着斗笠、穿着蓑衣的样子，觉得非常亲切。也许有时候，只有距离才产生美，才会使人亲近，才会使人相厮相守。

也许鹰的翅膀是为了丈量天空，他要不停地飞过长空，他不能总是和我站在麦田边上，这个时候，我想他可以飞走的。男人也许总是喜欢浮泊、不安定、冒险和远游。年轻的男子总是喜欢起伏着厄运的大海，而不是一望无际的平原。

男人是水手，他们也许并不愿意一直站在麦田边守望。

我是有些担心的，但我想，我会让他走的，只要他还能再回来，还能给我带回来一条载满了童话的蓝帆船。

每一个女人都是花，都有自己的季节，而我的季节，我的盛开与收获，都应该属于他的，我们是麦田里的两个守望者。

冬天我会在哪一个梦里醒来

我做了一个梦，梦见青铜一样颜色的水，流过了他的头发，而我却被风围困住了手臂，风中有一把手铐似的。蘑菇和鸟都在天上飞，掠过一大片周密的火焰。

这时候许多人都抬起头，倾听闪闪发光的冰块破碎的声音。那声音来自他的胸膛，也来自蕨草的根部。我又一次一下子就走进了一滴雨，看见水珠和水珠演变着晶亮的游戏。鸟在叫，但奇特的是，鸟的叫声都很绿。我已经厌倦于在日光灯和河砾烟尘之间穿梭，在一朵花蕊中把手指合拢，我困了，我是在花朵的中央睡觉了。

我就喜欢在睡梦中变成一个画匠，临摹他，临摹他的笑，临摹他湖水一样幽深的眼睛，和目光中荡漾着的温情的波疚。临摹他和风一起搭伴行走的影子，临摹他身体的弧线。在我们共同守望的麦田边上，我们的收获已变成了金黄的麦粒，向世界呈现着幽深的光。

每一个女人都将由一个男子来完成她，我被你完成了，这个过程清亮，激越而又美丽。我们也曾同样疑惧和惶恐，但一旦沉入美梦，我们就一起生长出了一双翅膀。

在梦中，你牵着我的手，在一间布满了镜子的房间里来回走动。我看见裸体的我分裂，又聚合，我被你牵进一片森林，听见阳光和树荫在密谋，我进入了一只蜗牛，又从一株通心草穿越而出了。

一切都变成倒影了，我看见河流冲刷着血红的云，看见遥远的厮杀声变成了一群鱼，一些女人的肢体与野藤和蛇纠缠在一起，向天空延伸，我看见岩石裂开，史前时代的螺号在水面低低地回荡，经幡飘扬，雪山之冠反射一片冷光，我突然被一只陶罐所包围，身陷于一种被浸湿的沉默中。

空气中弥漫着火焰和花粉的味道，我从一朵浪花的中心醒来，打了个哈欠，探出了头，看见了一艘帆船，和冰山相撞的一刹那。

我找不见他了。

所有的蜻蜓穿越密集的阳光。泥土和黄昏之相浸透了。

我把我和孩子们的笑声剪贴，和树木的枝叶一起伸进天空。

我找不见他了。

我看见一个女人穿着一条红裙子走近了我，风和她一起旋转，有一只红马鹿隐现在竹篱和麦田之间，水停止了流动，有一种苦艾的味道被我闻到了。我惧怕季节的阴冷从我们体内穿过。树叶从来都是这样飘落的。

我有点累了，我要睡觉了。可有哪一颗种子会在我的鞋子里发芽？

冬天的身影慢慢地走过来把我罩住。天冷了，他会看见。在雪花的飘落中，一些蜡烛的火苗飘摇的是我的歌，和我们从田里收割的玉米颗粒金黄的幻想。

我仍旧在做梦，我沿着水泥一样发亮的水溯源而上。肩上背着干粮，沙滩和沙滩连续被我的脚所亲吻，森林被我所丈量。冰块在水底下潜流，蜻蜓突然停在一条被镜子遗失的拐杖上，很多松鼠都乘坐一条船向下游而去，河边羚羊肃立，一种声音被我松开的手释放。

我在梦中穿行，又跟着梦的影子飞跑，我在梦的叠加下奔逃，我却又逃不出这梦的追踪，我累了。

但我看不见他了，这一回，我在哪一个梦中把他丢了呢？

笔者从潘岳的前妻在几年前出版的散文集《不是风，而是我》中摘录了上述描写她和潘岳从恋爱到结婚的散文，从中可以看出，她和潘岳的感情一度还非常好呢。没想到几年以后，也就是 1988 年，他们俩就离婚了呢。感情上的事情可真的是说不准啊，笔者由白冰媚的这些柔情似水的文章，马上联想到他们后来为了离婚，大打出手，闹得不可开交，联想到潘岳的结局，再回过头来看《不是风，而是我》，是当真有些恍若隔世，真的是有些接受不了如此巨大的反差，于是笔者也有些泪雨涟涟了呢，尤其是在翻阅潘岳日记，涉及到他和白冰媚的关系那一段，其中的对比十分明显，这爱情中爱与恨的转化也太剧烈了些。潘岳并不是经常记日记，他时断时续，有时候半年写不了一篇，有时候又一连写好多篇。进入 20 世纪 90 年代以后，他基本上不写日记了，于是笔者认定潘岳的妹妹潘小云暂借给笔者的潘岳生前留下的几册日记，涉及他和白冰媚的婚姻的段落，最有史料价值。笔者从中选了一部分，以飨读者：

1986 年 11 月 1 日　阴

今天冰媚收到了她在百花社出的散文集《不是风，而是我》的样书，对于妻子能出书，我却并没有一种十分喜悦的感觉。结婚两年多，感觉似乎越来越不好了。今天就因为给哪些朋友送书的事吵了一架，她打算送很多人，而我不同意，我不希望涉及我们生活的文字在熟人间被广泛了解。

也许我应该反对她出版这本书的，但那可能吗？她是一个十分固执的女人。

1986 年 12 月 7 日

今年北京的第一场雪，就那么飘飘忽忽地下起来了，一下下了一天，到早晨我出去散步，发现路上的积雪要超过 10 厘米，天气冷得风能吹掉人的脸。

想想今年的情况，我对自己是非常满意的，我的《新愚公移山》，获得了意想不到的成功。在样片室看完剪出来的样片时，我就有一种隐隐的感觉，就是这部片子会成功，看来，它获很多大奖是极其可能的。

但就在这个节骨眼上，我和冰媚的关系却有些恶化了。也是因为这部电影，因为在这部电影中的一段镜头：我和夏百灵在电影中被埋在了大山隧道中，大山塌方了，我们在洞中的激情戏，拍电影应是常有的戏，可冰媚却接受不了这个，她一开始是不理我，一个月不和我说话，我都不知道到底是因为什么，后来她拿到了自己出版的书，才将原因告诉了我，我向她解释了，她说她理智上可以理解，但感情上就是不能接受，因为不管是电影中的角色，还是别的，她认定我和夏百灵裸体拥抱了。就这一点，她怎么也无法接受。

实际上在拍那一场的时候，我的下半身都没裸，而且光也很暗，现场只有摄影师和一个副导演在场。真没想到这会叫老婆的醋坛子翻了。

想想我们恋爱的时候，和婚后一年的时间里，每一天过得多好啊，但现在，这一切好像消失了，那种感觉像是水渗入了沙地，再也看不见了。

1986年12月31日　小雪

我感到了寒冷，一种彻头彻尾的寒冷。因为为了明年角逐奥斯卡最佳外语片奖的原因，夏百灵和我通了一个小时的电话，当我把电话挂断的时候，冰媚像个母豹子一样扑上来，她用一根木棍把我打昏了。

我醒过来的时候，发现自己被她捆在了床上。我的手和脚，分别被她用绳子固定在床的四个角，我的脸上流着血，那是从头上流下来的。我的喉咙也疼，眼睛也疼，好像浑身都疼。她看我醒过来了，狰狞地冲着我笑。

我明白她发了狂。女人因为吃醋而发了狂，是非常可怕的。她穿上了她白衣的工作服，手中还端着一个托盘。她狞笑着对我说："醒过来了？哟，脸上还有血呢，我来给你擦一擦……"她把托盘放在了床上，从里面拿出一个小棉球，蘸了些酒精，把我头上的伤口擦了擦，几年前在医院里她为我做过同样的事，但现在感觉却完全不同，酒精刺激了我的伤口和皮肤，疼得要命。

"好乖乖，你承认不承认和夏白灵有一腿？说！你承认不承认？"她冲我叫起来。

我冷冷地冲她摇了摇头，我让她把我放开，她继续狞笑着，"你要不承认，今天我就要给你动手术了，把你的心挖出来，看看是不是已经变了颜色，然后再放进去。要是变了颜色呢，我就把它扔掉！"

我这一刻真的感到害怕了。她现在发了狂，也许真的什么事都干得出来。但我的身体中却有另一个倔强的声音在响：任你把我千刀万剐，我就是什么也不承认！本来我也没有做错什么！

我盯着她看，我对她说：冰媚，你放开我，你怎么能把你丈夫这样呢？快放开我，有话好好说，你这样干我没法和你说话。

“什么？你还嘴硬，你和夏百灵那个婊子就是有一手！今天你必须承认，不然我就要把你的心掏出来！”她一下子号陶大哭了起来。忽然，她又镇定了下来，把头发向后一甩，厉声问我：“你招不招？”

我微笑着向她摇了摇头，真像过去电影上受国民党或日本兵拷打的共产党员那样。

她怔住了，然后，她真的动手了，她戴上了胶皮手套，从盘子里取出了一把锋利无比的手术刀，然后，她看着我。我仍旧没有说话，这一刻我倒真想看一看她能对我，她的丈夫怎么做。

她把小刀放在了我的左胸上，从左至右，轻轻地划了一下，我感觉到我的皮肤裂开了，但并不疼。我看着她做这个，我看着我的血从皮肤下面渗出来。她还没有掏我的心，她用蘸了酒精的棉球擦去了那些流出来的血，酒精让我的伤口一阵阵抽搐。疼极了。我尖叫了起来。

她狞笑了起来，“你让我的心也是这么疼的。你承认吧，快承认吧，你承认了我就不再……”我摇了摇头。她凄然地一笑，“那我就要真的掏出你的心来看看了。”

然后她取出了一柄更大的刀，用酒精棉在我左胸向下的地方擦了半天，她把刀放在那儿，打算挖我的心了。

这下我真的害怕了。在她要动手的一刹那，我大叫一声：“我招！我招！我和夏百灵是有一腿，你快点放开我……”她一听，手中的刀掉在地上，她又号陶大哭起来。她已完全失去理智了。这个女人太可怕了，我想到今天，我们之间的一切应该全完了。她一边哭一边给我解开绳子，“你要是早承认，我也就不会这样了……”她哭得像个泪人似的，她解开了我，我赶紧穿好了衣服，趁她埋头大哭之际，逃出了家门。

1987 年 1 月 1 日　元旦　小雪

这一天是新年中的第一天，但我的心情却非常沉重，因为我昨天逃出了家门，我躲到了妹妹家里，我要静下心来想一想究竟该怎么办。

我有一点弄不明白，我怎么过去一点儿也看不出来白冰媚是一个这么偏执、激烈的女人，我真的是看走了眼。

我很担心夏百灵的处境，我给她挂了好几次电话，可她都不在。我猜想白冰媚一定去找她了。也不知她把夏百灵怎么样了，我非常着急。

窗外仍旧落着雪。我只给小云和妹夫说我和白冰媚吵架了，别的什么也没说，我要把这件事理出个头绪来。

1987 年 1 月 2 日　晴

夏百灵终于和我联系上了，她给小云打电话，问我在不在，我当然在了，在电话中她告诉我，她和男朋友从街上回电影学院时，在院门口碰见了白冰媚，白冰媚冲上来就给了她两个大耳光，还揪她的头发，骂她。夏百灵的男友把她拉开了，并叫来了警察，把她带走了。

我给夏百灵说了情况，叫她当心些。她在电话那一头沉默了。过了一会儿，她说：“潘导，真没想到，你会娶一个这样的女人。你要怎么办呢？”

我告诉她，我还没想好，我要想清楚再说，并嘱咐她当心点儿。她笑了，“不要紧，我不怕她，下次再见到她，我要先给她来两个耳光，她打我打了个猝不及防。”停了一下，她又说：“潘导，她不会真把你……”我愣了一下，我说：“你也不用为我担心。”我想，白冰媚一下子把我们之间的东西全毁了，我们之间可能已经完了。想到这一点我非常寒心。

1987 年 1 月 3 日　晴

外面的雪已经停了。到处都是白皑皑的一片，正所谓白茫茫一片大地真干净，我还没有想出一个很好的办法。但我已经有离婚的想法了。

和小云及妹夫谈了我在 12 月 31 日在家中发生的事情，小云赞成我离婚，她说：“我一开始就觉得这个女的不怎么样，酸溜溜的，总是有些风骚，可你非要娶她，女人看女人，一看一个准，男人看女人，一看一个晕，我看，完全可以告到法庭去，让法院判算了，你也别回去了。娶了这么一个老婆，我真替你惋惜啊！”

我说，这也不能完全怪她。两个人之间出了问题，一定是与两个人都有关，两个人相处，就只是两个人的事。近两年我拍片子忙，总是不着家，日子久了，她可能就生出疑心病了。小云说，那你也不能替她着想，她都差一点儿把你的心给掏出来了呢。

我有一种很心痛的感觉，我在想，为什么我们一开始好好的，怎么慢慢地变成了这种样子呢？什么是爱情？婚姻与爱的关系是怎么样的？为什么我会爱上她？她又为什么会那样对待我？

也许爱就是占有。我在操作镜头的时候，虚构一个故事，已经越来越得心应手，但应付自己的家庭，却陷入了僵局，这是为什么？我知道她是爱我的，要不，她也不会那么失常，几乎想用刀子挖我的心。爱到了极点才会有恨，她就是这样的，看来她的占有欲是极强的，她就像一条章鱼，一点一点地，把我给抓在手心里了。

也许我并不能完全适应婚姻生活，结婚还不到两年，就出现了这么严重的问题，说明我们之间完了。我已不可能在她身边睡着了，也许某一天她就会突发臆想，用刀把我扎死了。

但她会理解我吗？如果我和她做一次详谈，好好地谈一下呢？我们之间的婚姻，还有救吗？我有些犹豫，毕竟，我们才结婚时间不长啊！

重要的是要冷静下来，我和她都要冷静下来……

1987年1月7日　阴

今天和白冰媚好好地谈了一次。是她来找我们，已经过去一周了，看上去她完全平静了。我告诉她是她错了，我和夏百灵之间什么也没有，她睁大眼睛看着我，似乎有些信了。“我见过她的男朋友，比你帅多了。”她忽然幸灾乐祸地对我说，“我相信你说的话，跟我回家吧。”

我摇了摇头，停了一会，我说，我在想我们之间分开的事，因为，也许我们在一起并不合适。

她看着我。她没有扑上来打我，她睁大眼睛看着我，眼睛里流出了眼泪，“跟我回去吧。我再也不会那样了。你要不回去，今天我就要自杀了。我说的是真的。你回了家，我就会慢慢变好，我想生个孩子，我们会好的，我只是醋意大发罢了。求求你，和我回去吧……”

我又跟她回家了。我想我的性格中有一种软弱的东西，我见不得别人求我，为我流眼泪，我一瞬间被她感动了，我想起了我们在一起时的好日子，我的心软了。

1987年1月18日　晴

一日夫妻百日恩，这句话是有道理的。自从上次她一反常态和我动了真刀，现在，她比过去什么时候都好了。刚好已近年关，几部片子都已完了。我正着手准备《黄太阳》的拍摄前期工作，明年，我就三十岁了，三十而立，我一定要让自己在电影界牢牢地立住，必须要拍一部更好的。

她现在平和多了，有时候我还在想，半个多月前的那一幕，究竟是怎么一回事？现在怎么看，也不像要动刀子的人啊。她现在可温柔了。

1987年2月2日

新年的气氛十分浓烈。

这几天，夏百灵给我打电话，说她和男友的关系似乎不太好了。当白冰媚打了她两个耳光那天之后，她说她的男朋友待她，态度有了一些微妙的变化，他似乎对她也有了一些疑心。但夏百灵和他相处已经有一年了，两个人的感情应该比较深了。在爱中，怀疑和不信任是最可怕的敌人，当怀疑和不信任出现在两个人身边时，你就要注意了，这是我对她说的话。

挂断电话，我又仔细地想着这件事，忽然，我觉得我和夏百灵似乎靠近了一些，过去，即使是在选她当女主角的时候，我也从未对她有过一点感觉，但现在，我似乎对她有些留意了。

白冰媚和我这么一闹，倒加强了我和夏百灵的那种意识。她是一个非常有潜力的演员，也许我可以把她塑造成亚洲一流明星。下一部电影我仍要她出演女主角，不管怎么样，她的外形条件和表演艺术水平，都和我要拍的片子中的女主角相符合。或者说，也许我已经形成了一种意识，夏百灵可以由我来塑造成各种女人？农村妇女、女八路、女店主、妓女、女工……这些角色她都可以演。她的戏路很宽，她才二十岁出头，是一个非常可塑的人，她又非常聪颖，我有什么想法，给她一说，她马上就能了悟。她的领悟力是绝佳的。但她也有缺陷，就是靠现场发挥，不喜欢背过多的台词，她总是喜欢改动编剧的台词，以适应她自己对角色的体会，有时候，她有点儿太调皮，有时又有点儿懒，不愿意再拍一条，我得向她苦口婆心，等到我真板起脸，她又怕了……她现在在做什么？此时此刻？我忽然想给她打电话，谈一谈明年的新戏，但是，我又没法打。还是白天再和她联系吧。她一见我就说，你老婆欠我两耳光，这个债是要还的。我一笑了之，但也许她真的会打她呢。她是长江边上长大的，但却又有些北方女孩子的泼辣爽利，这可能跟她父亲是个南下干部有关，他父亲是个东北人，那么《黄太阳》的男主角选谁呢？选林海安是最合适的。他的外形最适合我心目中的男主角形象了。夏百灵的男朋友好像是一个芭蕾舞演员，他的体形应该很好。我今天怪了，怎么写 了这么多关于夏百灵的事……

1987年3月27日

春天的气息已经越来越浓了，我去陕西的黄河流域，选了外景刚回来。

最近报纸上登了一些关于我和夏百灵关系的猜测，尽是一些小报在弄。

我感到白冰媚的目光看我又有些异样。

1987年3月29日　晴天

夏百灵来电话，说她心情不好，不想参加拍摄《黄太阳》了。

我要找她好好谈一谈。

冰媚医院她们科出了事故，把手术钳子缝到病人肚子里了。当然那是医生干的，不是她干的，但她精神也有些恍惚。

1987年3月30日　多云

我和夏百灵约好在一家川菜馆见面。

原来她母亲去世了，她的男朋友也要和她分手，因为他向她求婚了，她不想这么早结婚，因此他就要分手，她问我："我该怎么办？"

我也不知道她该怎么办。

我呢？我该怎么办？

1987年4月1日　愚人节

对于冰媚的热情，我还剩下多少？恐怕没有多少了，感情这东西是经不起折腾的，折腾一下就会有所损害，然后再也回不到原来的状态里去了，这就是我的体会。

婚姻是一种十分脆弱的东西，它就像两个人握住一个瓷杯，谁的手一松，它就会掉到地上摔个粉碎。

我感到我和白冰媚在一起过得很压抑，但又有一种责任促使我和她继续生活下去，我很痛苦。

生活中那种平庸和琐碎的东西在折磨着我，它像一座石磨，慢慢地将我的一切都碾成粉末。但我性格中总有软弱的成分，面对电影，我可以充分地展开想象，发挥才能，可面对像墓穴一样的家庭，我却了无生气。

仔细回想起来，我和白冰媚是如何一步步走到今天的？是一种什么样的东西在耗损着我们？为什么爱情的变化那么琢磨不定？

我现在已经不爱她了，主要是出于一种责任，想到这一点，这对我的打击是很大的，很大很大。就像一声霹雳雷。我们曾经有过好时候，好时候现在哪里去了呢？

1987年4月3日　阴

她似乎感觉到我内心的温度计向冰点的下降，她感觉到了。

她似乎并没有对我们的生活产生绝望感，我已经有了。这是一种感觉，一种体验，这是没有办法的事。

她似乎在争取我，每一次做爱，她都比我疯狂，她更喜欢女上位，她说这样她会主动一些，她能够控制自己一些，也能够控制我，从而一起达到性高潮，我躺在那里一动不动，她在我上面像骑马一样飞奔，我像一个死人，在她达到第三次性高潮时，我才可能因为惯性的原因射精，我被她强奸着吗？不不，我是自愿被她这样的。

我为什么竟有如此恶劣的想法？我无法接受我自己现在的面目，生活中到底有一些什么东西在改变着我们，也毁坏着我们？这些也都是我要思考的内容。

我发现我在日记里很少谈到电影。日记记的都是我对自己私生活的感受，其实每天，每时每刻我都在想着电影，电影是我的生命，是我的另一种生命形态，它是实现我生命意义最宝贵的方法。

什么都可以没有，但没有电影，对我来说是不行的。

这是梦想，支持我的生命存在之梦的唯一方式。

1987 年 4 月 13 日　晴

白冰媚偷看了我的日记。她去找夏百灵，在她的宿舍里堵住了她，她把她捅伤了，用的是一把手术刀，十分锋利的手术刀。

动作为什么要这么大？

1987 年 4 月 14 日

我让她拿刀子捅我，她不干，她哭了。可这又有什么用？把一切搅得这么乱，她到底想干什么？

我告诉她，我决定和她离婚，因为我们建立婚姻的一切现今都已不存在了。

这下她比我还镇定，她说她不同意。

那么，咱们法院见吧，我对她说。

1987 年 5 月 1 日

和夏百灵从外景地回来。和她的男朋友打了一架，我感觉好像有一种莫名其妙的力量在把我和夏百灵推到一起去。

有一些意识是需要外界来强化的，比如我过去从来没有对夏百灵有过那种感觉和想法，但经白冰媚和夏百灵的男朋友这么一闹，相反，倒使我们之间有了一种涡轮般的向心力呢。

现在不用想那么多，拍《黄太阳》要紧，这是今年的重头戏。

离婚是绝对要离的。两个月后开庭，我不用做太多准备。

1987 年 8 月 28 日

《黄太阳》基本上算完了。我累坏了，快虚脱了。

昨天法院开庭了，白冰媚坚决不离，她一口咬定夏百灵是第三者插足。

法院可能不会判离。

1987 年 8 月 30 日

果然，法院宣布不判离婚，再给半年时间考虑一下。那个女法官疯了！她说要保护妇女的权益。

1987 年 9 月 13 日

我请了一位律师和白冰媚谈了一次，坚决离婚，并拟好了一份协议。

她同意在协议上签字了。我离婚了。

这一段时间，从去年到今年都感到很累。一是《新愚公移山》和《黄太阳》几乎耗尽了我的思想和情感，二是和白冰媚的冷战与热战。现在，硝烟过去了，我只是感到劳累，我只想休息。

我已经渐渐地爱上了夏百灵。是因为她是我一手塑造的吗？是因为外力强行把我们拉在一起的吗？是因为人的情感需要不断地转移吗？是因为，我们更适合吗？

以后不记日记了。我不习惯在本子上倾诉，还是通过电影镜头更好。再见了，日记本！

笔者所摘录的上述日记片段，是从潘岳生前留下来的 1984—1987 年四年间断断续续写下来的日记的一小部分，内容主要涉及他和白冰媚婚姻失败的一部分情况。实际上，据我所知，他们在近一年的婚姻消耗战中，也是费尽了心血呢，这对于潘岳来说是一场严重的消耗战。笔者遗憾的是，可能是由于受白冰媚偷看他日记的潜在影响，潘岳再也没记过日记了，就像倪力打击了他的写作情绪，使得他再也没有写小说了一样，白冰媚偷看他的日记，又直接导致了他对日记的疏离，从此以后，潘岳留下的文字，除了一些分镜头剧本的修改，就是于 20 世纪 90 年代中期出版的一本导演手记了。潘岳的第一次婚姻，到底对潘岳有着多大的影响，在他的心灵深处，又有着什么样的创伤？他对情感和婚姻的看法有了什么样的改变，这一切，已很难从文字中追根溯源了，但我想，潘岳内心受到的震动与创痛，仍是巨大的，这加速了他由现实生活向电影世界的逃逸与投入，也决定了他未来情感生活的方向，最终，他因为惧怕再次走入婚姻，却又想拥有爱情，在一种双重煎熬下走向了毁灭。

笔者阅读完了白冰媚所著的《不是风，而是我》的散文集和潘岳的日记，体会到了情感的火与冰的两极，及它们的互相转化，感受到了在四年间潘岳和白冰媚的感情曲线的起伏，多少有些感慨万千呢，你想想看，一对当初那么好的恋人，因为感情好的原因又结了婚，却又由于种种原因离了婚，这期间的煎熬与折磨会是多么巨大啊！潘岳和白冰媚都是对生活极认真的人，也正因为如此，他们之间却以失败和反目成仇来告终，也许因为这件事，两个人都比过去更加成熟了，但成熟，又何尝不是一种毁灭和丢失呢？

笔者相信，潘岳后来在电影事业上的进一步成功，与他的这第一次婚姻的失败有着极大的关系，由是看之，这第一次婚姻失败对造就一个大师级导演还是一件好事呢。这也许还算是一个坏事变好事的例子吧。当然，对于当事人潘岳和白冰媚来说，绝对是十分痛楚的。没有比爱的破灭与毁坏更具人心的撕裂感的了。从这一点上说，笔者似乎还更同情白冰媚一些，这件事的发生使两个人都有了更大的变化：白冰媚离开医院，去服装学院学习三年后，成了一位服装设计师，这几年风头正健，而潘岳，和白冰媚离婚后，正式拉开了和夏百灵恋爱的帷幕，好戏还在后头呢，笔者合上《不是风，而是我》和潘岳的日记，兴奋地想。

第七章　爱情的数量和质量

1

当潘岳告别了他的第一次婚姻之后，他和夏百灵的恋情很快就进入白热化的状态了。有关这一段的情况，笔者手头材料庞杂，甚至无从下手选用，毕竟众说纷纭，众声喧哗，莫辨真伪。笔者后来灵机一动，决心找到两个当事人，即夏百灵的前男友，芭蕾舞演员欧阳小石和潘岳的前妻白冰媚，让他们来陈述当时情况，提供只鳞片爪，朋友们从中自会有所了悟。

找到欧阳小石颇为不易，因为十年前他还在一家久负盛名的交响乐团担任芭蕾舞演员，因和夏百灵恋情的冲突中“犯了错误”——他雇人要打残潘岳，没打残潘岳事情败露后，潘岳没有起诉他，但交响乐团却将他解雇了，因此这么多年来谁也不知道欧阳小石跑到哪里去了，何况倏忽间一晃就是十年，白驹过隙，白云苍狗，世事人非，早已漫漶一片了，笔者费了不少工夫，却因最近俄罗斯莫斯科大剧院芭蕾舞团来华演出的机会，承蒙协办此次活动的《购物导报》的老朋友张毅的帮助，找到了欧阳小石，你知道为啥我能找到他？因为他也是这次活动的中方监制哩，张毅是这次演出的宣传推广人员，他在送我票的时候还送了我一张节目单，笔者一下子就从名单上看到在监制这一栏中的欧阳小石了，不禁喜上眉梢，这可真叫“踏破铁鞋无觅处，得来全不费功夫”啊。在张毅的撮合下，笔者终于见到了欧阳小石。

一见之下，笔者多少还有些吃惊呢！因为欧阳小石毕竟已经三十大几的人了，却长得依旧俊美异常，有一个男子魔鬼身材，这身材在岁月的无情打磨下竟然丝毫未受损失，着实让人吃惊，笔者不禁为自己还未年满三十，却已抬头纹、鱼尾纹满脸而自惭形秽了呢。

这次会面是在亚运村正北十二公里的一个叫“公爵小区”的大型居住小区中进行的。因为近两年来，欧阳小石都在这个“高尚”居住区的附属中学担任舞蹈教师，这是一所私立学校，但教师全是从北京城里最有名的“北海中学”聘用的，北海中学位于紫禁城故宫的后面，新中国成立以来它收的学生中，有很多都是高干子弟，王子公孙们，所以是非常出名的，因而师资力量自然也是非常强大的，进入 20 世纪 90 年代，市场经济让任何人也无法端着架子了，看不见企业家有“五十九岁现象吗”？快退休时大捞一笔，然后锒铛入狱，玩完了算，一辈子一世功名毁于一旦，全在于几十年担任国企大主管，报酬太少。因此无论北海中学还是西山中学的高级教师，用知识挣钱的观念看来是深入人心了，有些人是退休了在这个“高尚”居住区返聘的，有的则是挂羊头卖狗肉，每周坐车来这里上两节课就溜了，不过，总的来说，私立学校的硬件是一流的，笔者驱车来到由一大片连排别墅和高级公寓构成的“公爵小区”附属中学的操场上，不禁为它的现代、干净和整洁的环境弄得目瞪口呆，而欧阳小石，则从舞蹈室中出来，他身着蓝白相间的练功服，有着一个十分扎眼的男子魔鬼身材，正向笔者迎来。

他把笔者带入了舞蹈教室，笔者看见一帮子“高尚人士”的子弟们正在弯腰劈叉，活蹦乱跳，不禁又为自己已年近三十，连老婆都没娶上遑论再生下个宝宝的状态惶恐呢，进了休息室，欧阳小石换了便装，便和笔者进行了一次亲切会谈。

“找到你可不容易了，”笔者说，“你就像是隐居了一样，一点儿消息都没有了。”

“看了俄罗斯莫斯科大剧院的这次访华演出了吗？”他给笔者倒了一杯水。

“看了。一场《胡桃夹子》，一场《天鹅湖》，我都看了呢。”

“我在其中还顶替他们，演了一场呢。”他这么一说，把笔者吓了一跳，继而笔者又感到有些愤怒了，毕竟所有的观众可都是冲着俄罗斯芭蕾去的啊。你演了一个什么角色？笔者问他，“《胡桃夹子》中的鼠王，当时扮演鼠王的那个俄罗斯演员突然病了，没有办法上场，情急之下，由我来演了一场呢。”

笔者立即想起了在舞台上翻云覆雨的那个“鼠王”，平心而论，他跳得还真不错呢，这么多年，看来他的技艺一直没有丢。相反倒有些炉火纯青了。笔者忽然想起来此行的真正目的，就不想在其他枝节上“停留得太久太久，以免感情顺着水漂走”。就向他再次提出了电话中已告知的要求，也就是说，笔者竟残酷地要他回忆十年前和夏百灵情变一事的过程，一提到这个，笔者看到他鼻子一酸，眼圈一下子红了，立即明白他实际上对夏百灵的感情很深，不过笔者的潜意识中又流过一句话：婊子无情，戏子无义，这欧阳小石也当过戏子、演员，他的这番表演——鼻子酸、眼睛红——是真是假？但笔者的下意识又痛骂自己过于鄙俗卑琐，把什么人都往坏处想，慌忙之中把录音机都碰倒了，这在笔者混饭吃的七年记者生涯中还是头一回呢。下面就是笔者和欧阳小石的录音谈话。可惜的是，笔者的居所在笔者看了《胡桃夹子》之后，也闹起了鼠患，有一只凶恶的鼠王，带着它的几个兵将，把笔者单身多年收到的各种情书、笔者解剖自己阴暗的性心理的日记、笔者的女崇拜者们的照片、笔者单恋时代写的一本手抄本诗集，连同笔者历年来采访的许多中外大名人的以后笔者打算拍卖养老的录音带，咬了个一塌糊涂，这盘和欧阳小石的谈话录音带，也有些“断裂”了，笔者做了不少修补和剪贴，因而有些地方是跳跃式的（下面笔者将注明），还请读者原谅，但笔者为其他的文字材料被鼠王和它的兵将所毁，着实恼怒异常，情急之下托关系弄来了市场上已不卖的“邱氏鼠药”，撒在房间里，一下子将七只老鼠诱死了，看来这鼠患，也许与欧阳小石扮演的“鼠王”一角，也许还有什么关系呢，但这一桩神秘事件，笔者已是无从察觉了。

2

“夏百灵和我在一起那会儿，她还是一个处女呢。”一开始欧阳小石就开宗明义，把笔者吓了一跳，“她那时是一个单纯的女孩子，我就是因为喜欢上了她的这种气质，才陷入了一场深深地影响了我的生活的情感旋涡，后来她就开始在潘岳的电影里扮演女特务、空中小姐、女村姑、丫鬟、歌星、妓女等，就越来越复杂了，你要知道，演员演一个什么角色，她就会用全部身心去拥抱这个角色，熟悉和发现这个角色，因而夏百灵就越来越复杂了。当然她认识我那会儿是不是个处女并不重要，我特别强调这一点是因为当时我们都是初恋，她是处女，我还是处男呢，你知道初恋的感觉，炽热、激烈、微暗却又有些飘摇，我们当时都处在那种感觉和状态中，当潘岳决定起用夏百灵担任他执导的影片《新愚公移山》中的女主角时，我就预感我们之间快不行了，当时她还在电影学院表演系念书，快毕业了。潘岳当时在三个女演员中取舍不下，非常荒诞地玩了一出游戏：盲人摸象，就是说，叫人把她们三个人的眼睛都蒙上，然后在二十米开外走向墙上挂的一幅大象的素描，谁摸中大象鼻子就让谁来演，结果，夏百灵一下子就摸中了，另外两个女演员只摸中了大象肚子和大象的后腿，你说这件事是不是太荒唐了？这也太……（以下一段磁带经笔者查证，被老鼠啃掉了，笔者回忆起来，这一段好像是欧阳小石大骂潘岳喜欢搞封建迷信，做事有些神神鬼鬼的话）……不过，潘岳的前妻起了很坏的作用，她一下子把矛盾给激化了，她总是疑神疑鬼，因此在拍《黄太阳》期间，她好像接受了一家小报的采访，把同样担任了《黄太阳》主角的夏百灵硬是说成是潘岳的情人，当时这是 1987 年，社会上对情人这个词还比较敏感，不像现在这个词都有些臭大街的意思了，这恐怕对夏百灵的意识也是一个暗示，当潘岳、白冰媚、夏百灵和我四个人都浮出水面，成了媒介关注的焦点的时候，我们之间的关系重组，就是不可避免的了。于是我就和夏百灵谈了一次，我专门去了一趟他们《黄太阳》剧组在陕西省境内的一段黄河边上外景地，和她谈了一次，我们分手了。”

“你们是怎么谈的？当时的情况是怎么样的？潘岳对你是什么态度？”笔者在录音机里真是兴致勃勃。

“我们谈得很平和，在此之前，我和她吵了几架，我看了小报上的文章，希望她回答我她和潘岳的关系是什么关系，她一听就非常生气，她说：我不回答你这个问题。有时候她的脾气是非常犟的，这一回，她主动回答了，她说她仔细地考虑了，决定和我分手，因为我，以及别的人的议论，加强了她对潘岳的意识，她说她已爱上了潘岳，我一听这话，就觉得再也没什么可说的了。三年多的感情也就这样在她这一句话面前碰得粉碎，我就回来了，我同意和她分手了。”

“你回来以后，接受了这个现实吗？”

“当然还是接受了，但我对她的感情没有变化，我太爱她了，要知道，我和她可是初恋啊，那时候我已在芭蕾舞团工作了，她每周都在我那里待两天，我们平时做爱非常美满，她的身体……（以下大约有十分钟的磁带都被老鼠们啃坏了，笔者十分气恼，因为这一段是欧阳小石甜蜜的回忆，他和夏百灵做爱时候的美满的细节的，他描述了夏百灵的身体以及她身体上的标记——左腋下有一个长毛的红痦子，这个红痦子还会分泌出一种发甜的液体，而欧阳小石最喜欢舔这个带毛的红痦子了；还描述了夏百灵做爱到达高潮时的各种表现，真是绘声绘色，令笔者有些脸红呢，刚巧被老鼠都啃掉了，笔者也就不便如实照录，也免了本书成了一本黄书，倒也算歪打正着呢）……我们的确有一段非常美好的时光，我十分怀念和她在一起时单纯、美好、热烈而又宁静的时光，但感情是会变化的，尤其是当外力来临，如同某一列呼啸而来的火车冲过来，它必然会使空气震荡一样，有其他人进入我们的关系，我们之间的空气也就会震荡起来，我们也就渐渐地不行了。……”

“那你觉得，夏百灵离开你，有没有傍着导演潘岳，向她的大牌明星的目标顺利前进的目的性呢？”

“平心而论，夏百灵没有那么俗气，她的确是欣赏潘岳的才气的，潘岳这个人有些怪，也有些复杂，而夏百灵也许就喜欢那种复杂和深沉的男人，她后来肯定是爱上潘岳了。潘岳到底爱不爱夏百灵，我不知道，但潘岳更爱他的电影，这一点我是知道的，他是一个电影狂，夏百灵也许只是他生活中的另一个支柱而已。当然，要没有他，夏百灵绝对成不了国际影星，这一点是肯定的。现在让我来评价他们，尤其是评论我的初恋的恋人夏百灵，对于我已有一些恍若隔世的味道了，我好像在回忆和评价和我不相干的一个人。你说这是不是很奇怪，要知道，当时失去她我可真的像是发疯了一样啊，我那一段时间精神几乎都要崩溃了，我反复在想着一个问题。”

“你在想着一个什么样的问题？”

“结局。就是这件事得有一个结局，而且这个结局一定得惨烈才行，因为我预感我们几个人中必定有死有伤，因为我有夺妻之恨——虽然夏百灵那时候还不是我老婆，可我也把她当未婚妻看待的啊，我就整天沉浸在一种结局的想象中。”

“你都想象了一些什么样的结局？”

“就是我该杀谁的问题，我当时感到我必须要杀一个人，这口气才能出了，可杀谁呢？杀夏百灵，我实际上是不情愿的，杀掉他们两个，对我来说我也必死，不是在搏斗中被打死，就是后来被抓起来枪毙，反正我必死无疑了。后来我决定只杀潘岳，这样留下一个夏百灵，即使我因杀人被枪毙了，那么空留她一个人在世界上，那她就要多难受有多难受，毕竟爱她的人和她爱的人都死光光了，她活着还不跟死了一样吗？”

“你为什么后来又没有杀死？”

“因为我突然看到一篇文章，这篇文章促使我思考了一些问题。”

“什么文章有这么大的作用？”笔者惊喜地问。

“是一篇关于侦探小说作家乔治·西默农的文章，我是偶然在一份小报上读到这则消息的，这篇文章说，乔治·西默农最近到处夸口说自己睡了一万个女人。因此在欧洲文艺界引起了极大的轰动，有人还给他算了一下，说他五十年不间断地与女人做爱，每天一个女人，大致能达到或超过这个数目，但一个男人实际上是不可能有这么大能耐的，如果说他睡了一千个女人还差不多。但乔治·西默农就是一口咬定他和一万个女人做爱了。”

“可这和你打消去杀掉潘岳然后独自让夏百灵孤零零留在世界上难受的念头有什么关系呢？”笔者在录音磁带上傻乎乎地问，事后笔者不禁十分后悔，为自己的低智商感到惭愧呢。

“有关系，乔治·西默农是向意大利著名导演费里尼说这番活的，而费里尼作为电影导演，他就经常和美女发生各种绯闻，在西默农踌躇满志地说完这句话的时候，费里尼说，数量有时候并不重要，关键在于质量，费里尼接着指出，他的一位同行，另一个电影艺术大师英格玛·伯格曼每拍一部电影，都要和新女主角发生一段恋情，这是重质量而非数量的代表，乔治·西默农随即承认自己睡过的一万个女人中，有八千个都是巴黎街头的妓女。”

“可这篇文章对你的启发在哪里呢？”笔者真的当时有些愚钝呢。

“伯格曼每拍一部电影，都要和他电影中的新女主角发生恋情，这就是关键，我突然想，也许我实际上没必要这么认真，对于潘岳来说，也许夏百灵不过只是他生命中一朵小浪花而已，而我要为此付出生命代价，是否过于认真了呢？电影界中男男女女的变幻组合快得像闪电，没有特别认真坚实的情感关系的，于是我打消了杀掉潘岳的念头，毕竟这是一种鱼死网破的事啊，但我一口气没出，我还是雇了一个民工，把潘岳打了一顿。”

“你雇了一个民工？”

“对，我雇了一个民工，我到劳务市场找了个河南民工，我让他吃饱了饭，然后拿出几张潘岳的照片，说他只要把这个人腿打断，我就给他一万元钱，这个民工乐坏了，他刚被一家建筑工地辞退，正愁没事儿干呢，他拿了我预付的一千块钱，我把他领到了潘岳他们家附近，详细给他讲了潘岳的作息时间，告诉他早晨潘岳一般都要跑跑步，这时候下手最好。于是这个民工就按我的部署行动了。但没想到结果却大出意料。”

“怎么个大出意料法？”

“结果这个民工让潘岳揍了个半死，打得这个民工屁滚尿流，而且还招出了我掏钱请他打残潘岳的情况，不过，那一次潘岳也受了伤，毕竟是防不胜防，一大早他刚一出门要去跑步，突然斜刺里冲出一个人，见他就打，那种感觉是十分恐怖的，我真没料到潘岳竟然把民工给打残了。真没料到。他知道了我雇人打他后，当即告诉了芭蕾舞剧团和公安机关。他还真害怕我杀掉他呢。”

“说起来，您还是 20 世纪 80 年代改革开放大潮中较早使用雇用打手和杀手的先驱呢。”笔者有些喜不自禁，“近几年雇人杀人的事就多了，副市长雇人杀正市长，副局长设圈套陷害正局长，被抛弃的女人雇人杀掉前夫，企业竞争中对于雇人杀掉竞争对手，在报纸上常见到。都已经不足为奇了。请问您当时是如何想出雇人打潘岳这一招的？”

欧阳小石一听，反倒有些腼腆了，“在那个年月，商业气息也已越来越浓了，什么都是要钱的，付费才会有人干啊，这是常识，没什么的。关键是潘岳反倒把民工给打残了，这一点真的是出乎我的意料。”

“你后来被开除公职，这对您是否太严厉了一些？”

“毕竟，公安机关已将我拘留了，如果潘岳起诉我，我肯定会被判上几年刑的，但他好像能理解我，一个失去心爱女人的心情，没有置我于死地。剧团认为我有损剧团形象，毕竟这件事儿在文艺界闹得沸沸扬扬，媒体一炒我也待不下去了，我就走了。”

“离开专业剧团，你后悔吗？”（现在听上去，笔者当时的采访可谓拙劣至极，像最蹩脚的电视节目主持人一样，尽问一些傻问题，就像电视节目主持人在问一个刚获得金牌的运动员，‘请问你争金牌的一瞬间，是不是想到了祖国和人民？’一类特别蠢的话，毕竟，这几年笔者的新闻业务水平是大有提高了呢。）

“这没什么可想的，我不可能跳一辈子的舞，而且其实男人跳舞，当专业舞蹈演员是最没有出息的事儿了。舞蹈演员就是吃青春饭，一过了这个年龄，就肯定什么舞也跳不动了。我庆幸我离开了那个芭蕾舞团，你看他们现在的日子不是挺难过的吗？政府现在天天为几百万下岗工人和几千万无业游民的出路发愁呢，根本顾不上芭蕾舞。没有饿死，就谢天谢地了。”

“这些年，你都干了些什么？”

“这十年我走穴、做生意、合伙开公司、做辅导员，什么都干了。还结了婚，又离了婚，现在我在这个公爵小区私立中学担任舞蹈老师，不用去提那么多了。”（录音带里传出了打哈欠的声音）。

“现在来看夏百灵和潘岳的事，你怎么评价？”

显然这是一个难题，笔者如此问欧阳小石，多少还显得有些残酷呢，欧阳小石沉吟了一会儿，“他们的事与我没有关系，那是他们之间的结局。

原来我一直想着这事儿应该有个结局，我原来以为十年前就会有一个结局，生与死、肉与血的结局，没想到这个结局过了十年才出现，这个我真的是始料未及的。这当然是一个悲剧事件，潘岳一下子就由著名导演变成了一个杀人凶犯，这一点让我震惊了好久，十年过去了，坦率地讲，我对夏百灵的感情已经变淡了好多，世界上没有不变的东西，感情它也会变质、褪色，但在我心目中，夏百灵始终是一个好姑娘，因为她把她最清纯、质朴的年月给了我，实际上是潘岳一手导演了夏百灵的死，潘岳既是一个创造者，同时他又是一个毁灭者，是他毁了夏百灵。”

“为什么这么说呢？”

“因为我了解夏百灵，她主演的每一部电影我都看过了，我发现她完全在实现着潘岳的梦，一部又一部电影，都是潘岳的梦，他需要一个道具来完成，而这个道具就是夏百灵。实际上我知道夏百灵是一个依赖性很强的女人，尽管她已成了国际知名影星，尽管她随便为一家企业做一次电视广告就可以拿到上百万元的酬金，但这些对她都不重要，她只想有一个家，对了，她只想有一个家，她想生儿育女，做个小母亲，她后来实际上对电影已经感到厌烦了，她只想有个家。”

“噢？她只想有个家？”笔者对这种说法顿时来了兴趣，“她怎么想有一个家了？”

“没有一个女人不想有一个家，对于电影明星来说也是这样。夏百灵对电影有些腻烦了，因为电影是梦幻艺术，一个女人总是生活在梦幻之中，那她非崩溃不可，所以，后来她不想再生活在潘岳的电影里了，她想要她自己的生活，家庭生活，她和潘岳结婚，因为他们已同居许多年了，但潘岳是一个电影狂人，对于他来讲，没有什么比电影相对于他更重要的东西了，女人也一样，家庭生活也是这样，所以当夏百灵发现无法和潘岳建立她梦寐以求的家庭，她就决定离开潘岳。因为实际上一直有人在追她，于是短时间就发生了她和芝加哥第二国民银行的中国代理刘志松要结婚的消息，当这个消息被证实以后，潘岳就决定和夏百灵共赴黄泉了，于是他就杀了夏百灵，然后自杀了。”

“您是怎么得出这个结论的？我弄不明白的是，既然潘岳非常爱夏百灵，宁愿杀了她以求永远地占有，但却不和她结婚，这个道理能讲得通吗？”笔者喋喋不休地问。

“我是根据当时报纸披露的情况推测的，尽管后来在两个人死后，媒体采访刘志松，刘志松这家伙完全否认了有这回事，但我敢肯定，夏百灵一定是要和刘志松结婚的。当夏百灵看到对潘岳无望时，她就加速地倒向另一方，即刘志松，而这时潘岳才感到了失去夏百灵的巨大痛苦和情感的煎熬，他这才体会到了失去夏百灵给他带来的创伤，他无法接受这个结局，于是他决定杀死夏百灵，然后自杀，他后来果真这样做了，因此他永远地占有了夏百灵，和她死在了一起，从而排开了其他所有的男人和女人，他们生活中的男人和女人，包括我，也包括刘志松。刘志松是一个滑头，当他发现夏百灵已死，他就决定不再往这个屎坑里跳，他就公开说他从来也没有追求过夏百灵，他与夏百灵一点儿关系也没有，这是多么世态炎凉啊！”

“问您最后一个问题，对夏百灵，你内心之中有着一种什么样的感情？”

欧阳小石低下头，他搓了搓他那双修长的手，“有着很深的感情，毕竟，我们在一起时，都是初恋，我们之间共享了最美好的一些时光，即使她后来变化了，但我们曾有过一段真正的感情。”说到这儿，欧阳小石的眼睛里都含着泪花呢。“她的死使她本来和我极其遥远的关系，反而拉近了一些。

我不知道她在被潘岳杀死的一刹那，会不会想到我，想到十年前她清纯美丽的模样，想到和我在一起时纯美的感情，但我想在潘岳杀死她的那一刻，她永远地离开了潘岳的情感世界。尽管潘岳达到了永远占有她的目的，可实际上，他用他的行动，却推开了夏百灵。”

欧阳小石回答完笔者，陷入了一种沉默。这种沉默是一种去尽铅华，从沧桑惊变中探出头来的静默，在和夏百灵分开后，欧阳小石走了一条另外的路，结婚、生子、离婚，他似乎懂得了人生更多的滋味，多少有些大彻大悟和心灰意懒了，人也平静和归于质朴了。笔者向他表示了感谢，就起身告辞了。

3

笔者决定和潘岳的前妻白冰媚取得联系，不联系不知道，一联系吓一跳，原来白冰媚如今已是一家时装公司的大老板，成立了一个以服装生产为主，以房地产、餐饮、娱乐为辅的实业集团，她这个集团就叫作“白氏集团”，她任董事长，她的弟弟担任总经理，是一家活脱脱的家庭企业。而且，白氏集团已经盖起了一幢大楼，楼高十数层，笔者多次打电话联系，才和白冰媚直接通上了话，当笔者向她表明了真实企图之后，她一口就拒绝了，她认为她应该保持沉默，“前两年潘岳刚死，有多少人往他身上泼脏水啊！现在又有人要干这种事儿了！”

对于她的惊叹，笔者内心里认为她多少还有些虚伪呢，因为孰不知，就是她在潘岳刚死就抛出了一本印数达 48 万册的描述潘岳和她的生活的书，在这本书中最要紧的是她把潘岳描写成了一个性无能和性冷淡。因此，她认为笔者进行再调查是又在向潘岳泼冷水，实在是冤枉了小人则个！她可真是数典忘宗了，忘了就是她泼的第一盆脏水呢，笔者先在这里抄录一段她写的回忆录如下：

……潘岳的身体不太好，他像林彪一样，怕风、怕阳光。而且，他后来得了一种奇怪的病，这种病真是羞于启齿，那就是他每一次和我过性生活，做爱，射精之后，他会因射完精，我体内的液体和他的精液多发生反应，他会严重过敏，身上立即就会出现麻疹，这种麻疹十分讨厌，马上他的身上就这儿红一片、那儿紫一片，他用手去挠，越挠越痒，越痒越挠，难受得五爪抓心。后来我立即叫他服用阿司咪唑，第二天基本上就会好了。所以，在我和他结婚一年后，我们越来越少地过性生活了。他后来越来越萎缩，基本上就属于性无能了。因为他实际上根本就没办法再勃起。我们躺在一起，有时候我流露出要和他亲热的目光，他就吓得直哆嗦，我用手一摸，简直让我害羞和恼怒至极！读者完全可以想象我和他生活在一起会有多么痛苦了。但是，我认为他会好起来，我就找了不少专家，对他的这个精液和我体内的液体发生反应导致他过敏性阳痿的病例进行会诊，专家们用了不少办法也无济于事，所以，和他结婚一年后，就因为这个问题，他就再也没和我过性生活了。我一直猜想也许这是他的精神问题造成的。后来，当夏百灵出现后，我才确信了这一点，原来他和我才有这个毛病！和别的女人，比如和他一手培养起来的夏百灵，他就没有这个毛病！这让我肺都气炸了，我实在没法和他生活在一起了，我要离婚！……

笔者实在不太好继续引用、摘录白冰媚的回忆录了，这个文字泼辣的女人真是把她和潘岳的婚姻生活中的各种细节都抖搂了出来，读起来，比近日满大街卖的美国独立检察官斯塔尔有关克林顿和莱温斯基私情的报告也差不了多少，是那种颇具实证主义的照相写实主义佳作，笔者唯恐此书因涉“黄”引“黄”，无法出版，故只好作罢。不过，笔者又灵机一动，心想倘若潘岳生前能吃上 1998 年后风靡全球的壮阳药物“伟哥”，恐怕他就会举而又坚、坚而又硬、硬而又挺、挺而又久了吧？不过，笔者也还有一个疑问，那就是，如果果真像白冰媚的回忆录中所说，潘岳的精液和她身体内的阴液发生一种反应导致潘岳过敏，频发麻疹，那么，只要潘岳戴上避孕套，那种透明的男人专用的小袜子，不是一切就完事大吉了吗？还用什么专家会诊？还用什么民间偏方？由此，笔者推断出这是白冰媚恶毒诽谤潘岳的漏洞百出的一个编造呢，当然，有关此一情节，笔者决定向白冰媚当面求教，以证实之，当白冰媚拒绝了笔者的访问，笔者反而增添了不少勇气呢，经笔者再三恳求，白冰媚终于答应了和笔者见上一面。

按照预先的时间约定，笔者来到了位于望京开发区的白氏集团大厦，在门口，秘书小姐问我：“您找谁？”笔者说已和白董事长约好了，她就向里面打个电话，然后用愉快的腔调对笔者说“您请进去吧。”笔者欣然进入，但在二楼，又有一位秘书小姐坐镇办公，问我：“您是找白董事长吗？”笔者说是，她向内也打了一个电话，说：“您可以进去了。”笔者于是又闯过了一道关卡，当笔者再进一个套房，第三个笑容可掬的女秘书问我：“您请先坐，是找白总的吗？”笔者已有些不耐烦了，她又向里屋打了个电话，然后对笔者说：“对不起，白总她有急事，刚出去了，回头再跟您约。”

看来白冰媚董事长对笔者来了一个下马威或欲擒故纵呢，她知道来者不善，善者不来。笔者也不是一盏省油的灯，毕竟，笔者在首都新闻界和文学界都混了七年了，什么大官、大款和大腕没见过啊？因此想先调教一下笔者，笔者一开始有些生气，但想到上面这一点，也就立即释然了，同时想到笔者肩负的使命，心想千万不能和女人一般见识，“一洗了之”，一气之下再也不来了，果然，第二天她的秘书又约了一次，这下笔者再闯三关，直接来到了白董事长的办公室。

4

白冰媚坐在一张巨大的老板桌后面，她办公桌上的小国旗在迎风飘扬。由于给客人提供的沙发在屋子右侧的一角，所以笔者坐上去时，顿时有一种拘谨感呢。你道为何？因为她的老板桌离笔者十分遥远，这距离再加上几乎占了房子一半的长度的老板桌，这使得笔者感到坐在沙发上像是即将接受审判的犯人，或是觐见女王的臣子，总之就是那种感觉，而令笔者大为惊奇听是白董事长桌子上的五星红旗，在屋内没有风的情况下，它竟然像迎着七级风，飘扬得飒飒作响呢。

见到笔者惊奇的目光落在了她桌子上的红旗上，她友好地解释道，“啊，这个旗子，它下面有自动风，原理和广场上的国旗一样，风是从旗杆中吹上来的。”继而她脸色一沉，“你来想和我聊聊潘岳，我真的不想回忆那段痛苦的往事，你为什么要调查潘岳之死这件事呢？我看过不少你写的报道，比如写东方广场那篇文章，还是暗示了不少存在的问题的，所以我才最终决定和你聊一聊。”

由于笔者和白冰媚相距约有十米远，这实际距离和心理距离一时还难以彻底消失，笔者观察白冰媚，觉得她虽然已是奔四十岁的女人了，却意气风发，面皮白净，保养得十分好，看上去像刚到三十岁的女人。笔者私下里认为，女人是一茬一茬的，一茬老了，又有新一茬长起来，老的不能看也不能要了，可新人却辈出呢！所以一度笔者曾因为失恋而想不开，好久才悟出了这个道理，从此打开了人生的又一扇窗户，进入了人生的又一个境界，那就是“天涯何处无芳草”“处处闻啼鸟”“那人在灯火阑珊处”的境界哩。笔者感到白冰媚漂亮的白净脸蛋上还凝结着一层威仪，这是当董事长当的呢。笔者估计白冰媚后来的性生活，尤其是近期的性生活过得不错，要不怎么会如此意气风发？这一点，略通各种邪门歪道的笔者还是可以看出来的。早在上初中时，笔者就从一些坏男孩那里学到了仅从女孩走路的样子就可以看出她是不是处女的招数了。

“我主要是想了解一下你得知潘岳和夏百灵的恋情暴露以后的反应，以及离婚的全过程。”笔者在仔细观察了她一番后，开宗明义、单刀直入了。“而且，我看了您写的散文集《不是风，而是我》和回忆您和潘岳恋情的回忆录，文笔十分优美。”

在笔者如此的铺垫下，白冰媚的表情似乎一下子舒展了，她肯定对我称赞她的“文笔十分优美”这句话十分在意，并因此受到了极大的鼓舞，“啊，那几本书，不值一提，不过，发行量在当时还是蛮大的，说到潘岳，客观地讲，我们还是有一段美好的时光的，爱情这东西就会像受惊的兔子一样离你而去。我们好的时候可是非常好的，几乎每一天，每时每刻无不想着、思念着对方。你知道，潘岳和我结婚那会儿，名气还很小呢，我爱他是爱他这个人，不像夏百灵，就想利用他是一个导演，想借机成名。当然她的目的是达到了，却让潘岳走上了毁灭的道路。不瞒你说，过了这好几年，现在我才可以用一种平常心来看待他，来看待我们之间的这一段感情，对他的死，我的心里总是有一种痛挥之不去呢。”白冰媚说到这儿，眼圈儿都有些红了，笔者一下子觉得这白冰媚也许算得上是个敢爱敢恨的女人呢。

“您刚才说爱情需要好好把握，你觉得和潘岳当时没有把握对吗？”

“当然有我的问题，要是现在想起来，我觉得我吃醋还是吃得过分了。我一听说夏百灵和他沾上了，一下子火冒三丈，没有控制好自己，醋意大发，和他闹了几回，结果一下子反而把他给推到夏百灵那里去了，我完全变成了一种反作用力，把他向相反的方向给推过去了。所以说，这里面有我没有把握好的一面。”

“如果把握好了，潘岳仍会留在你身边吗？”

“当然会！他这个人实际上有些自卑感，脾气却又非常犟，而我和他来硬的，显然是适得其反了。要是我当时晓之以理，动之以情，潘岳也就不会真的上了夏百灵的当，落了个命丧黄泉。有些女人，天生就是害人精，像夏百灵，你看她长的那张狐狸脸，就是为了来害男人才来到这个世界上的。我对夏百灵是恨透了，是她让我体验到一种仇恨，让我知道了什么是真正的恨，所以，我直到现在都不能原谅她，即使她已经死了。”

“潘岳他自卑吗？他的脾气又是怎么个倔的？”

“他内心深处有一种自卑，这可能和他小时候的成长环境有关系，因为他爸妈在‘文革’期间被下放了，所以他在同龄人的孩子中间抬不起头，正因为他有自卑感，所以他才显得特别的倔，什么事儿你要向东，他非要向西，你要让他回到你身边，他非要离你远走高飞不可。你要说他电影拍得臭，他非要拍出好电影不可。我和他结婚后那一段日子里，就常说他的想法臭。他总喜欢给我讲他的电影构思，我总是要打击他，他表面上不说，可实际上心里都渐渐的产生了一种自卑和自傲的倔强劲儿。他后来拍出了好电影，与我不断从言语上刺激他有很大关系呢。”

“潘岳和夏百灵的事儿被你知道后，他一开始有什么反应？”

“我痛骂了他一顿，那是我们第一次吵架吵得那么凶，结果他跪在我面前请求我原谅他的行为。”

“他跪在了你的面前？”

“对，他跪在我的面前，我没有把握好，照旧不理他，而是回娘家去了。后来他就跑到剧组去了，夏百灵在那儿，当然乘机给他安慰，他这个人有时候心又软，就一点一点被俘虏过去了。”

“我看了他和你发生争吵后的一些日记，在那些日记中，记载了你曾经用剪刀和绳索，来威吓他。”

白冰媚的脸上闪过了一些尴尬，“……是，我当时实在是受不了了。能比丈夫的不忠对一个女人的刺激更大的吗？所以当时我实在是控制不了自己了，我想和他一块儿死算了，或者，用剪刀一下子剪掉他的生殖器——那个惹祸的祸根，这才能了却我的心头恨，可我又觉得那样伤害了潘岳，我宁愿伤害我自己也不愿伤害潘岳，也许我从精神上给了他很多压力，但我无法也不可能在肉体上摧残他。毕竟，我们在当时还是相爱的。”

“于是您就决定和夏百灵发生冲突了？当时您是不是想动用暴力手段？”

“我当时真的是气疯了，也急疯了，我想收住潘岳的心，几乎想不择手段了，我想过用硫酸毁了她的容，这样她就再也不能演戏了。作为女人，她就彻底毁了，我还想雇用杀手把她打残了。你看现在社会上有不少人雇用杀手催款要钱解决私人恩怨，我前几年就动过这个念头了。可后来我只是和夏百灵打了一架，看到她那个样子，心一下子软了，也就算了，我明白当感情失去的时候，你用什么办法都是无济于事的。”

“你当时是怎么见的夏百灵？”

“我就堵上了她的门口，那时候她还租房住呢，住在一个很小的房子里。我带着一把匕首，堵住了她，扬言要毁她的容，要了她的命，但她一下子哭了，说了一席话，把我给打动了，我大彻大悟，从此就从这件事情中慢慢脱身而出了。”

“她都说了些什么？”

“她说，姐姐这事不能怪我，怪的是我和他都产生了感情，他也爱我我也爱他，他的心在我这儿我的心也给了他，我们一点没办法，我也不想伤害你，可是情由天定，我也不还手，因为我确实伤害了你，你要打要杀都行，只是我确实爱他爱到了骨子里，你把我杀了，我的鬼魂也要天天陪着他。姐姐你就动手吧！”

“您动手了吗？”

“没有，就在那一瞬间，我好像一下子明白了感情的所有内容，我明白了爱是不能强求的。如果他们真的相爱，我也许应该成全他们才对，而且，我那时候明白，当一个人已经不爱你了的时候，你也就不必要去在乎他了。我就是这样决定从这件事情中退场的。我主动地在离婚协议上签了字，我想我还有我自己的生活，我还有自己很大的一段路要走，退一步海阔天空，我就选择了退一步，到今天来看，我认为我的选择是正确的。”

“那您再次组建家庭了吗？”

“这完全是一个私人问题，不过我可以回答你，还没有，不过，我有一个非常爱我的男朋友，我们正在考虑结婚的事儿。”

“您对潘岳的电影如何评价？”

“我并不懂电影，我觉得他的电影拍得挺好看的，仅此而已，他的每一部电影都很好看，都有非常打动人的地方，难道这还不够吗？一个电影导演，能让那么多人喜欢和关注，他又能有投资商所不断看好，在中国没有几个像他这样的导演。他成功了。可惜他离真正的成功还差一点儿，再给他二十年时间，兴许他就可以成为世界级大师了。真的很可惜，他为什么会栽在感情纠葛上呢？所以，我说，虽然我也是一个女性，我觉得有些女人真的很害人，他是让夏百灵害了。”

“那能不能这样说，也是夏百灵成就了潘岳的电影？要是没有夏百灵做主角，潘岳的电影会这么成功吗？”

“也可以这么说，他们互相成全了，也死在一块儿了。他们用他们的死，把我们所有的人都给推开了，他们是一对真正的冤家。”

“后来，您是怎样走上一条成功的道路的？”

“我觉得一个女人无论如何应该自立，应该有自己的一份事业和一份天地。我是一个很坚强的人，和潘岳离婚以后，我反而获得了一种力量。也许我本来就是一个好强的女人，我树立了自己的目标，一步步地走了下来，我成功了，我也有一种价值的全面实现感。”

“假如潘岳当时没有和您离婚，您会是一个什么样的人？”

“这个假如是没有意义的，你知道，不过我想也许我就甘心做一个贤妻良母了。做贤妻良母也没什么不好，因为每一个女人都有可能成为贤妻良母，这是女人的天性。”

“你觉得你了解潘岳吗？”

“我后来也一直想这个问题，我真的了解他吗？我觉得我并不了解他，就像他实际上也并不真正了解我一样，他是一个人格十分复杂的人，是一个不好把握的人，他就像一个迷宫，一个熔岩山洞，和他在一起生活是要冒险的，要冒各种险，当然他是一个非常优秀的人，正因为他优秀，所以最终他才毁灭于自己的优秀，这很令人痛心，但也许是他的命中注定。”

“您很相信命运。”

“不完全，但感情这东西是命定的，因为你根本不知道它什么时候来，又什么时候飞走了。所以要相信缘分，缘至则聚，缘尽则散，天下没有不散的筵席，重要的在于你活得要像你自己。”

“您觉得现在活得很像自己？”

“不知道，也许越来越不像自己了？我说不清楚，总之，人生之中有些事情不是我们可以选择的，总是有一种外力帮你做了选择。您觉得可以了吗？我已经回答了你无数个问题，我已经很疲惫了，因为只要提到潘岳，我就会精神紧张，他是我生命中永远的痛，我并不想回到过去，虽然过去的记忆中有欢乐也有伤痛，我们要向前看，我马上还要去谈一笔生意，我打算在郊区搞一个服装城，所以我不能回答你更多的问题了。”白冰媚冲笔者一笑，然后按动了桌上的一个按钮，一个小姐走了进来，“把这位客人送到礼品部，请那边安排一下。”然后，她站起身，走到笔者跟前，和笔者握了手，先走了。

笔者则被秘书小姐领到了礼品部。到了那儿，才知道笔者因为算是白冰媚董事长的客人，可以在礼品部的柜台间挑选一套成衣，这不禁令笔者有一种额外的惊喜，心中暗想真是不虚此行啊，不仅采访了素来“难以接近”的白冰媚，还可以有一套衣服拿，真是一箭双雕啊，于是笔者挑了一套银灰色西装，心花怒放地离开了那里。

这次和白冰媚短时间的见面，笔者对白冰媚的印象十分好，笔者发现，白冰媚浑身上下都散发着一种成熟女人与成功女人的魅力，身体与精神气质都已达成熟之化境，使得好奇心颇强的笔者对她如今的个人生活也十分感兴趣。笔者后来多方打探，得知她的新男友是某部机关的一个司长，大权在握又前途光明，着实是很妙的一对儿。生活就像一个大菜篮子，每个人都可以从这个菜篮中拾到你要的菜呢。潘岳和夏百灵的秘密正在被笔者一点点地靠近了。

5

但是和白冰媚的见面并没有使笔者获得她最应该向笔者提供的内容。笔者于是在一次睡梦中进入了白冰媚的梦，这才进一步地了解到了这个女人。大家知道，梦是现实的反映，梦也是一个人记忆深处各种残余物的活动，笔者在进入一个人的梦境之后，才可以把她全部揭示出来。这只需笔者屏气凝神，躺在床上做梦，并进入他人的梦，就可以了。于是笔者很快就进入了白冰媚的梦。

她的梦是支离破碎的，就好像一块彩色的玻璃被打碎后，全部铺在了阳光下的地上。它的各种折射光是非常复杂的。她的梦中还回到了她的少女时代，那是一个穿裙子的年代，在她的梦中，也还出现了她和潘岳第一次约会的一棵大槐树，那株大槐树亭亭如益，枝叶十分茂密，她还梦见了潘岳第一次吻她的那一刻，他们吻完了之后潘岳问：你尝到了什么味儿？

什么味？是……西红柿拌白糖味儿！

你再尝尝……于是潘岳又吻了她！这一回呢？

是……炒青菜味儿！

他们一下子笑起来，于是他们在半空中开始飞了，这仿佛是一段感情生活的粉红色时期，是她和潘岳最好的时期，笔者进入她的梦之后，就被她发现了，在这个梦中，最终笔者对她进行了催眠术，她开始讲述了：

爱是存在的吗？是可能的吗？为什么潘岳要离开我？是他离开的我而不是我离开的他，这一点很重要。是他遗弃了我之后跟夏百灵那个小婊子走了，他人走了也带走了他的心。男人的心飞走了，你是一点办法也没有的，飞了就飞了。他被那个小婊子给勾跑了，潘岳你为什么总喜欢生活在梦中？你不知道现实和电影是不一样的吗？你抛弃了我而夏百灵她同样也会抛弃你，她后来抛弃了你，你就把她杀了？你也是一个现实主义者吗？你现在这样辩解，可当初你为什么为了有新的爱情就丢掉旧的。你喜欢她什么？喜欢她的小屁股吗？她的小屁股就这么迷人？她的两腿之间的那两个洞你进去了就再也出不来了是不是？里面有磁铁把你给吸住了？把你的小鸟给吸住了？把你的身体都给吸住了？我是熟悉你的小鸟的，可它也飞走了和你一样坏，我恨不得把你杀了。

我真的动了杀机，我当时真的想用剪刀把你的膛，把那个小骚货的膛都给打开，我要看一看你们的心脏的颜色，我恨不得拿尖椒把它炒了吃下去。我体验到了一种仇恨，这种恨是你们带给我的。我几乎没有了自尊心，一个女人最重要的不是她的处女膜，不是贞操，而是自尊心。处女膜和贞操要失去了，现在做手术还可以再造一片处女膜。但自尊心被伤害了却很难修复，我有一种深深的受辱感，在这一场情感的搏斗中我彻底被打败了，我败得很惨。一个我爱的男人离我而去，投入了另一个女人的怀抱，这事情就这么简单，我被遗弃了。我当真像是掉进了一个冰窖里，浑身上下发冷，我还想过把你们都干掉，然后自己自杀。所以，当潘岳杀了夏百灵又自杀以后，我对来采访我的媒体保持了沉默。

因为，沉默是金。也为我真正地体会到了当爱背叛和离开一个人时，这个人会有多么绝望。他可能会干出什么，我的自尊心被伤害了以后，我反而有一种想要重新站立起来的愿望。小的时候，别人就告诉我，说："你在哪里跌倒了，就在哪里爬起来。"我就想让自己再爬起来，我爬起来了。当然，我用了很多年。可我实际上，仍然恨潘岳。因为，他实际上最爱的人是夏百灵，他爱她，爱到把她给杀了，然后同归于尽的地步。他让他们两个人的死，来推开了我们所有的人。他这一招是十分狠毒的，他把我也远远地推开了，他靠着和那个骚货一起死，从而永远地在一起了，他们再也不会分开了。因为，他们没有同日生，但却同日死了。我就非常痛恨和在意这一点，因为一度我甚至要原谅他了，毕竟我对他也有爱，一日夫妻百日恩。这恩断义绝我可很难做到，但这下子他让我恩断义绝了。

人的情感生活失败是会给这个人造成阴影的，尤其是一个女人。这阴影将会像一只可恶的蝙蝠那样一直跟着你，你赶都赶不走，我走出这个阴影花了很多年。但这个阴影仍然跟着我，只是它现在离我比较远了而已，好长时间我都无法重新开始去爱，去爱一个人而义无反故。去将自己的一切都交给他，我没有这个勇气，因为我已经失败了一次。女人是最惧怕失败的，女人的心被伤了以后就再也好不了了。但我还是遇见了一个人，这是一个成熟的男人。他比我大十岁他像一个真正的男人那样成熟，他有他的事业，他的性能力也不错。在和他上床之前我有好多年都没有性生活了，真的是这样。自从潘岳离开了我，我对性生活一点兴趣都没有了，而且有一段时间我的例假都不来了。我甚至提前进入了更年期，医生给我开了药才把例假又给我弄了回来。你看这事儿对我的影响有多大，后来我遇上了他。那是在一个商务俱乐部的嘉年华会上认识的，我情绪低落，因为来的人大多都光彩照人。他们都成双入对，只有我形单影支。这时他出现了，他风度翩翩，主动和我搭话。他觉得我不快活，我是不快活！我不快活已经好多年了！我见他第一印象觉得有一种亲近感，我对他很有好感。他是一个司长，他是一个经济官员，我们那天聊了很多，当晚会结束的时候，我发现我的心情好多了。这全是他带给我的，他还用一种松香型的香水，在我的印象中现在的官员很少用香水的，但他用了。是那种香味吸引了我，使我对他产生了好感。我们接触渐渐频繁了起来，直到有一天我们做了爱。那天我们都小心翼翼，他结过一次婚，又离了，还有一个孩子和他前妻过。他干第一次的时候，因为紧张早泄了；第二次他很厉害，我有了性高潮。我的性高潮的兴奋点不在人们通常说的阴蒂部位，也不在阴道壁，而在阴道的深处，很深很深的地方，连我也说不清那里有多深。我在事隔多年以后，又一次体验到了性高潮而流下了幸福的眼泪。后来，我们相处得很融洽，他帮了我很多忙。我的事业做得这么大没有他不行，他关系多，他给了我信心，也给了我自尊，使我对自己又有了希望。可以说是他重新改变了我的生活，我为此而感到幸福。幸福是一种感觉，感觉你仿佛在燃烧，感觉到你浑身都有一种力量，这力量可以让你飞，这种飞的感觉就像现在有些人吸了大麻或别的什么东西那样那种感觉：如果一个人能飞那当然是好的，可实际上谁也飞不起来。没有人可以不借外力飞起来，而幸福这种东西却可以让你有一种飞的感觉，这就是他带给我的。

但是，潘岳留给我生命的印痕是非常深重的，他像一道闪电一样刺入了我的生命。他几乎毁掉了我，让我找不到自己，但又最后成全了我、塑造了我，我最终还是为他的死感到惋惜。如果当时他没有杀夏百灵，也许我们还可以重归于好。有一句话叫作：好马不吃回头草。可关键看这草值得不值得你重新掉过头去吃，潘岳是一株好草，肯定是值得吃的。我如果能和他在一起，我就再也不会冒傻气，也不会再干傻事了。我会好好待他，不会让他再离开我，我相信我成熟了。

我真正了解男人了，可这时潘岳已离我十分遥远了，远得到了天堂。我根本就看不见他，也许等我死了到天堂之后我还能够找见他和他说说话。可如果夏百灵仍旧在他身边我就不会去找他，感情这东西是强烈地排他的，有她没我，有我没她，走到哪里都一样！也许我永远也改变不了，也许我天生就是一个急脾气、一个醋罐子，但我一点儿办法也没有，这就是我的个性，这才叫命中注定呢！我那一段时间整天为自己的想象力过于丰富而深受折磨，我可以想象潘岳和夏百灵做爱的各种细节，我无法接受夏百灵在潘岳的身下呻吟、号叫、快乐得战抖，尤如肉体在放电一样的感觉。嫉妒是一条毒蛇，它缠住你脖子的时候，可以让你完全窒息，让你感觉不到氧气空气在哪儿！

有人说潘岳的电影是专门拍给外国人看的；是一种猎奇和想象中的西方人视线中的中国；是野蛮的落后，但又充满了异域风情的；可我觉得他的电影在20世纪80年代和90年代分成截然不同的两种风格，他在90年代完全把他80年代的形象给改变了，你说是不是？我不懂……我不太懂这个，但爱是不可能的，它就像稀薄的空气。我们抓不到它，也感觉不到它，可我们人人都渴望爱。人人都说我爱你，总之，潘岳他是一个个性非常复杂的人，他分不清戏如人生还是人生如戏，他搞不明白这个。你知道中国的影视圈那些乱七八糟的情况，他也不能幸免。他就毁于影视圈的风气，这样风气就是爱情的背离与游戏。每个人都要跟你搞一搞再和他也搞一搞，后来大家全都搞坏了，说到底潘岳已经离我越来越远了。他就是用他的死把我一把给推开了，从此他永远和那个小骚货变成了一个神话。一个只有他们两个人的神话，他把我推得远远的再也不想和我，和我们任何人发生任何关系。这么多年过去了，我似乎对他仍有些爱恨交加，你说我把他放下了可我还没有。你说我没有把他放下，实际上我确实已经把他放下了，我还把他给抛到九霄云外去了，这个鬼家伙！我有我自己的生活，我过得不错，我干吗要和你说这些，你是外人也许还是一个小人！因为在今天没有人会真正关心别人的事，除非他能从这件事中捞到好处。说，你能从中捞到什么好处？是谁指使你干的？这完全是一个阴谋，有人讲过：好像是最近窦唯对王菲提过，他和王菲的感情是一个阴谋。那么……那么，我和潘岳的感情也是一个阴谋！是一个阴谋！你可能就是一个阴谋的执行者，你是一个判官？你是一个刺客？你是一个特务？你想让我招供，可我是一个受害者，潘岳的受害者、岁月的受害者。你看我眼角的皱纹，岁月它摧残我，而我们都是潘岳电影的受害者，我们需要他的电影吗？我看我们并不需要他的电影！他把中国人都害了！不过，没有多少人看他的电影，他后来走进了一个死胡同，没有人帮他，也没有人救他。如果有人能帮帮他，能救他就好了。他在梦幻和现实之间找不到感觉、找不到途径。他疯了，他以为他要抓住爱情，实际上只有我才是真心爱他的呀！而夏百灵从来也没有真正地爱过他，当然，还有一种说法是他们两个人互相利用。可是，他们真的爱对方吗？我看未必，只有我是真正爱他的。我恨不得把他吃了，让他消化在我体内，成为我的营养，成为我的血脉，甚至成为我们的雌雄双体。你说这个想法酷毙了吧！我要把他吃了！可现在没这个机会了，他已经死了，永远地离开我们了。我也无法和他有什么联系，他是一个心毒手狠的人，他居然杀人！我想吃掉他，只是一个想法，可他是一个实践者。他只要想到了就敢去干，他什么都敢干，谁也拦不住他，我也不能！我很爱他，我把他放在我心中一个十分重要的位置，每一个人的心房里都有好几个房间用来放心上人，用来放各种秘密的东西，我也有几间心房，可以放些珍贵的东西或是些杂物。我把他放在了我心中一个十分隐秘的地方，谁也看不见只有我能看见，只有我一个人能看见。我要结婚了，一个女人的生命中不会有太多令你难忘的人，我对潘岳就是这样。他在我的生命中出现过，他后来又离开了我。我们的生命中都留下了隐痛，这隐痛是消除不了的，也许多年以后我仍旧能够体会到一种爱他的心情，那是因为我对他的爱永不磨灭。

即使他已经死了……死了死了……

第八章　灵与肉的狂迷

1

潘岳生前留下的文字中，除了已发现的那篇叫作《屏风》的手稿以及一部分日记，（均由笔者引用过了）剩下的就是他和夏百灵的通信了。这一批信件因而显得十分宝贵。他们两个人在一起生活以后，这些信件被他们放到了一个扎着一条红丝带的木箱中秘不示人，只是在潘岳凶案发生之后，才由急于觅得线索的刑侦人员起获，承蒙公安局笔者老同学的帮助，笔者借到了这批信件。这批信件信封大小不一，从邮戳上看，跨度竟达好几年，有的信写于他们刚认识不久，有的信写于他们热恋之中，有的则写于两个人的短暂分别，这些信件使笔者相信他们只要有短暂的分别就互相写信，这倒是一个好习惯呢。笔者过去曾在他们房间中留下的一台 IBM 牌子的黑色电脑中搜寻存档的电子邮件，却没有发现一封他们之间的私人邮件，由此看出他们对手工书写的痴迷和坚信。但在这批信件中，使笔者啼笑皆非的竟是一封伪造的信。这封信笔者之所以称之是伪造的，那是因为它完全模仿才两岁的夏百灵给比她大八岁的潘岳写第一封信时的口气，现在照实录入如下：

小岳子哥哥：

我是小百灵，你不认识我，但我认识你。因为，你是个调皮鬼，听说你把我们家的猫给吃了！

你为什么要吃猫呢？猫是抓老鼠的，它的肚子里已经有好多只老鼠了，你吃了猫，那你也吃了它肚子里的老鼠，多恶心呀！

你这个大坏蛋！我妈妈说大坏蛋就是人人都恨的人，可我想让你领着我去捉小鸟。我两岁了，我喜欢小鸟，从来没有人带我去捉过小鸟。但大人又说你爱尿床，可为什么？为什么你要把尿尿在床上告诉我？好多事我都不太懂，我太小啦！

我和你认识了，我的玩具鸭子不会被你骗走吧？

小百灵

1969年6月5日

这封字迹拙劣地模仿婴儿的信件毫无疑问是近年写的，因为它用的是碳素墨水，这是近十几年才广泛使用的一种普遍墨水。当然仅凭此一点是无法完全判定这封信是伪造的，但一个两岁的小丫头是不可能向一个已经十岁的小男孩写信的，这完全是一个常识问题。笔者猜测这封信的造伪者就是潘岳或是夏百灵，只有他们两个人有造伪的动机、时间和精力。这封内容上是开玩笑的信背后透露出了一个信息，那就是他们想让他们相识的历史提前到他们的婴幼儿时代。只有这样，他们的感情才获得了一种更为名正言顺和坚不可摧的效果。面对这厚厚一摞信件，笔者一时倒有些手忙脚乱呢，看完了这第一封信后，笔者决定不按时间的顺序看下去了。而是像商检人员那样进行抽检，即随机从信件中抽出一封，看看他们到底都写了一些什么，笔者于是从中间的部位一下子抽出两封信来。

亲爱的：

我的宝贝儿，一离开你我就格外想你，这回去外景地选景并不顺利，我们选 中的地方原以为会下雪，可等了一个月也没有下来。这使我很焦急，这样的话拍摄进度将要受到极大的影响，但我坚信雪会下来，后来我们用化肥代替雪铺在了背景中的房屋和石路上，可看上去太假，总有那么一股子虚假气息，用塑料泡沫造的假雪也不行，必须要用真的，你知道我做事认真，我要精益求精，所以我们都在那里等着一场雪下来，然后就把你接来。

我还是老样子，经常工作到晚上三四点，我只要睡五个小时就够了。可最近的睡眠质量不太好，似乎总是在做梦，梦见了我变成了一条卫生棉钻到你肚子里去了，就是你的小肚子里面，其实待在里面挺舒服的，我一直不想出来，看来我一直想重新待在女人的子宫或那潮湿的通道里，在那黑暗但却温暖的地方，我可以感觉到你身体的波动，你的呼吸和起伏，我不想出来但你还是把我给取出来了，你把我扔到了抽水马桶里还按了出水阀，想把我冲到下水道里去，可我就是不想下去，我就和马桶里激烈的水流一同在马桶里旋转我就是不下去，我还想回到你体内那个潮湿的温暖的被一片茂密的灌木丛覆盖的地方，但你想把我冲到下水道里去，我就不得不顽强地在马桶中的水流里转，我转呀转，就是不下去……这个梦是不是很可怕？

看来我是想你了，想你的声音、气息和体温，可这场雪如果下不来我们一下子也见不了面，我很着急。

你的　潘岳

11 月 4 日

潘潘：

我看了你的信怎么觉得你做的这个梦我在报纸上见过，我查了一下，啊，才发现你这个大骗子抄袭的是英国王了查尔斯和他的情人卡米拉通电话的内容。这次通话被记录下来了，他们的通话显得既亲密又下流，查尔斯王子想的也是变成一根丹碧丝棉条，钻到卡米拉的那个地方永远都不出来，卡米拉说我会把你扔到抽水马桶里去，查尔斯又说，那我就和水流一起旋转，就是不被水冲下去。你这个骗人鬼，你是在抄袭人家的想象力，幸亏被我发现了，下流胚！为什么不学些好的？我近来在读《枕草子》，这还是你推荐给我的，这本书好极了，我喜欢它的情致，古代中国也有这种情致，即那种对自然风物的关爱和细致描绘，怎么现在都没有了呢？此外我就常读那个剧本，我在想是更多地用动作表现内心还是用眼睛表现好？

有人从香港来找我拍广告，拍一种化妆品的广告，是幸乾坤介绍来的，幸乾坤还在洛杉矶呢，他在好莱坞混得并不容易，这事儿就要和你商量一下，我不管你那里下不下雪我都要去找你啦，你马上就要变成一根丹碧丝棉条了，你这个下流鬼。

百灵

11 月 8 日

这封火辣辣的信叫笔者触目惊心呢，这是笔者继窥探了潘岳的日记之后，再一次接触到他的私生活的核心，那种心情可真的是既惊又喜，一种自我道德批判使笔者实在不忍再偷看下去。但为了向他们的内心的真实靠近，明知山有虎，那就偏向虎山行吧，笔者面红耳赤之下继续抽检。这一些信件中，潘岳用的信纸全都是随手抄来的纸片，有空白的点菜单（在餐厅里拿的），有发票和杂志上撕下来的空白处，还有废烟盒和一张尼康相机的产品说明书的背面，总之潘岳是随手抓起一张纸就写，而夏百灵的信则全部是用一种带漂亮花卉图案的信笺纸写的，那些漂亮的花卉图案不一，隐隐地流露在纸上，又不喧宾夺主，信笺至今仍透露出一丝丝一缕缕的香气，连笔者也不顾有变态之嫌，将又蠢又大的鼻子凑上去嗅了个不停呢。

亲爱的：

你在外面要照顾好你自己，因为你是一个工作狂，每一次剧组出去都是你一个人在折腾大家，让大家的生活节律和你一样，每天只能睡四五个小时，所以你要照顾好你自己，我不喜欢你变瘦了，因为你本来就瘦，再瘦就不成样子了。你每一次感冒都要拖上一个月才会好，要是每天冲一包板蓝根冲剂，会预防的。还有一到冬天你的脚后跟的皮肤要裂，不知道摄制组的队医带了凡士林没有，平时洗完脚抹一点，会软化你的脚上的硬皮，这样就不会裂开了。你必须要照办，宝贝儿。吻你的鼻子。

百灵又及

看得出夏百灵对潘岳的关爱的确是十分细微的。由于这些信件写于不同的时期，但却又放在一起，在笔者的随机抽检中无法判断出这些信都是在一个什么样的情景与关系中写下的，只能由笔者进行猜了。以下两封信都未发出，是他们在一次电影节期间的通信。

小岳子：打电话找不到你的人，你在干什么？我只好写信了。你喜欢在床上躺着读东西，现在，你一定又是躺在床上的吧？这次参加戛纳电影节，有很多人都在问你为什么没有来参赛？因为你根本就没有提出参赛，他们都问我你的新电影是不是没有通过，还在修改所以没有办法参赛？你有两年没有在一些A级的电影节上露面，所以那些媒体非常关心你，想知道这是为什么，我想你还是应该拍历史题材。你的《汉武帝》的进展情况怎么样？本子写出来了吗？李洋是一个不错的写手，他的专业就是古代文学，他会把这个本子写好，可我的角色是什么呢？我还是想演《镜花缘》。这次的开幕式十分热闹。首映的是一部西班牙的电影，特别不错，但这是一部同性恋电影。在戛纳这次我似乎十分疲劳，亲爱的我的觉总是睡不够，整天都很困。你呢？吻你，我的大宝贝儿。

百灵于戛纳金棕榈大酒店

百灵：

我近来处在调整期，前一段时间我一直关注伊朗电影，你知道他们的限制比我们多多了，伊斯兰国家的电影戒律不知道比我们要多多少，但就是在这样的环境中，他们拍出了《樱桃的滋味》，拍出了《气球》和《橄榄树下的情人》，那个阿巴斯似乎很喜欢用孩子的视角来看一切。电影总是民族的，然后电影才是世界的？但最近我发现日本电影越来越有看头了。他们近两年每年都会有十几个年轻导演的作品让我耳目一新。十几个呢，这个数字相当大了。看到这些人的片子，我才明白，黑泽明时代已经彻底过去了。黑泽明的方法有一些和我20世纪80年代的拍片方法有些近。那就是都从自己民族的经验中寻找资源，运用国际资本，对自己的民族进行思考。今天再来看他的《红胡子》，我就觉得他的人道主义情结表现得太重、太刻意了。他最好的片子仍是《罗生门》。

所以我想，20 世纪 90 年代的中国已经是一个消费社会了。一部耗资巨大的电影甚至可以简化成一个电脑游戏程序。在商业时代，重思考，尤其是反思的特点，将有所淡化和退隐，而相反娱乐功能和视觉冲击一起，将会强化。但中国还没有真正好的娱乐片生产机制，而且盗版太厉害了。这两年刚刚在美国上演的新片，国内就有盗版光盘了。我买到了我的七八部电影的光盘，全是盗版的，所以在这种情况下民族电影要只立足于国内票房，很可能仍是一败涂地。我对你的应该走国际化的路线是赞同的，因为国内观众几乎已很少去影院了。这个数字降到了这些年来的最低点，相反，美国人仍是去影院看电影的，即使很快就有录像带上市，他们也爱去影院看，所以，我也在调整期。

我其实很想拍出一部全新的集科幻与武侠于一体的电影。在不同的时空之中，你身着古装在自由穿行。可我一直没有想好。也许，可以把《镜花缘》拍成一部武侠科幻片？现在的电影特技太厉害了。这个片子我们很多特技可以在香港和日本做。在美国成本还要高一些，不过我没想好，我还在忙着手头的这部电影。我一直想拍出一部主题与主人公特别孤独的电影，我要让你觉得这孤独的气息儿令人窒息。后期快完了，这是一部有意思的东西，你回来了我们一块儿仔细看。

前两年我的精神压力特别大，但现在一下子很轻松，我现在迷上电脑游戏了，每天都要玩好几个游戏，游戏是人的本性，电影是一个美妙梦想的游戏，不过，电影实际上仍跟性有关，因为电影满足了几乎所有人的性幻想，你看，每一部影中都有漂亮的男人和女人，他们在银幕中表演，也满足了所有观众的性想象，因为他们都把自己移情为银幕上的男女主角，所以，性的满足已是人类生活中的核心部分。

我这么说你肯定不见得同意，这次回来可别丢三落四，让祥子（笔者按：祥子是潘岳剧组的制片主任，是夏百灵的表弟）帮你把资料先通过航空寄回来。上次你忘了，参加完奥斯卡的颁奖会后，你让酒店服务员把咱们要的资料通过海运寄了回来，结果那些东西过了两个月，也就是说咱们人都回来了两个月，东西才到。不过，我不希望你操太多心，人操太多的心老得快，像我的脑袋上你看又多了好几根白头发，脸上又多了不少细细的皱纹呢。

只要和你一分开，我就加倍地想你。想你的力量比大海的汹涌要开阔得多。这就是我对你的感情。此外我还想像一条毛毯，一条结实、温暖、宽大的毛毯一样覆盖你，我的心是一支箭，你跑到哪里我就跟到哪里。你是我永远的靶子，我用各种方式射你，我知道你都很喜欢，对不对？我从下面射些液体涂在你的大腿上，你也喜欢，对不对？不行了，我不能再写了，因为我开始对你进行性幻想了，老天爷，也许我真的有些下流呢……

笔者合上这封信，感到也有些茫然无序。看来用抽检的形式来阅读潘岳和夏百灵的信件仍不是一个好办法，笔者无法将他们的生活的重要内容历时性地展现出来，只能弄出一些彩色玻璃片似的东西，不能抽检出其重点，笔者调整了一下思路，先是按住心，将他们的信件（一共八十余封）全部看完了。从中筛选出了一些笔者认为写得最有趣、最隐秘、也最能体现两个人的情感与性格的信件，录在下面奇文共赏之。下面这两封信可是笔者选出来的，它们写于夏百灵的一次回家探亲，但其文字与内容的惊世骇俗，着实让笔者这样一个自诩为“见过太多世面”已越来越缺乏想象力和激情的人都脸红心又跳呢。

2

那是两封写于他们进入狂乱的爱情旋涡之中的通信，他们在一起热烈地做了一回爱后各自离开了爱之巢，然后就按捺不住内心的激情写下了这两封信。我们说激情是可靠的，它完全是火焰本身，当你不加控制的时候，它完全可以烧死你。所幸的是笔者虽然一直有激情，但却一直没有被它烧死，而潘岳和夏百灵则被这种激情给烧死了。

亲爱的：

我刚刚离开了房间，一出门感到太阳光铺在我身上暖洋洋的就开始想你，我想你的那个温暖的肉棒棒留在我体内的感觉仍留在我的体内一样它会永远留在那里吗？我喜欢它张牙舞爪的样子，你干我的时候就像在打钻，你像个多么好的打井工人，你在我身上打钻，而我用双腿盘住你的腰使你看上去像是一架永动机。你的身体是完美的你把我弄得欲仙欲死，为什么我们不能一直像那样干下去躺在那里一直不动直到天崩地裂，亲爱的，我喜欢你抚摸我，你的抚摸那么温柔而我的皮肤，我浑身的皮肤就像一个饥饿的孩子，我要吃掉你的手。我过去常常想的一个问题是，假如突然之间，就像一个叫诺查丹玛斯说的大劫难来临的时候，我正在哪里我该干什么我应该以什么样的姿态去死，过去我一直没有想清楚现在我想清楚了，我有了答案了。那就是让你的温暖的肉棒棒深入到我的体内我像一个小熊抱住一棵树那样抱着你，我在大劫难来临的时候就想这样和你一块儿死，最好当高潮来临的时候也是我们一起死的时候，片刻之间电光石火一闪，我们就完了，消失了，消失在一阵强光之中，或者被熔岩彻底变成了一股白烟，那样也是美的，生命的美就是那样消失才是好的。

和你在一起是那么的好！我把你的身体看成了一座山。在这座山上有奇异的景色，还有一只不听话的鸟儿，我很奇怪它暴涨的样子并不难看，而它松懈的时候显得那么无精打采的样子才难看呢，你的这只鸟，这个肉棒棒昂首挺立的样子十分可爱！它似乎还长了一只眼睛，在它昂扬挺立的时候还睁着那只眼睛呢。它是你身上最有趣的东西，我喜欢它。就在早晨来临，第一缕阳光从窗外射进来，我们躺在那张铺了白床单的大床上，你还在睡梦中，而我已经醒了，我们美好的身体裸着，在柔软的被子下面，有一部分露在外面，刚好被那早晨的一部分阳光覆盖。那是它从外面的窗户上射进来，我的内心之中响起着一阵阵十分美妙的音乐。那音乐让我感激这个早晨，让我相信以后我们还会有好多这样的好日子，每一天都像这一天一样，我为了想看看你，我把被子掀开来，我看看你躺在那里，睡着的姿势像个天使，你的身体是那么的匀称，而你的小棒棒，它昂然挺立，像个哨兵一样在护卫着你，这一刻让我惊讶，也让我喜欢。因为你睡着了，而我和你的小哨兵却一直守护着你！

仔细想想这一切是如何发生的呢？我为什么会喜欢上你的直到深深地爱上了你？这一过程过于复杂了吗？你是用你成熟的男性魅力征服了我吗？我仔细地想着，我想告诉你你的身上有一种气味迷倒了我，那种气味只有你才有，就像某种雄性动物一样，你身上的那种气味和雄性动物的气味是一样的，这是一种对女人充满了诱惑的气味儿，我一闻到这个气味我就晕了，乖乖地做了你的俘虏做了你的爱的奴隶。但我知道，这种气味同样也是危险的，因为它对我发生了作用使我狂迷，它也会对别的女人发生作用，使别的女人狂迷，这一点让我害怕，让我嫉妒，让我难受，所以我把这个秘密都告诉你，就为的是让你更好地、专一地永远地来爱我。

我还是喜欢你和我第一次做爱时小心翼翼地那个样子，你对待我的身体就像是对待一个装满了宝物的中国盒子，你脱掉我的每一件衣物就像打开一个盒子中的盒子，你充满了欣喜与好奇，就好像还有更美妙的秘密在等着你，直到我的身体完全在你面前呈现了，你轻轻地吻着我，像流水流淌过我的每一寸肌肤，而你还不知道直到那时候我的身体还没被男人碰过呢。那是很重要的，我十分在意这一点，我要把我的处女身献给我要嫁的那个男人，我和男朋友处了那么多年我都没让他动我就因为我一直不能肯定他是不是我要嫁的那个人（笔者想，难道夏百灵做了处女膜修复术？），当你像一头野兽那样散发着让我着迷的野兽一样的气味儿来找我的时候，我一下子就觉得你就是那个我可以把我给你的人。

在这一点上也许我对不起我的男朋友，他这几年对我一直也很好，可他不成熟爱冲动像一个大男孩而不是一个男人，他一直想要我的身体我不给他，我碰到了你就把我给你了我喜欢这样。

我忘不了你使我流出了处女血时的那种既喜又忧的表情，因为你没有想到我还是一个处女因为像我这么漂亮的女孩子又有男朋友诱惑那么多也没有失身，你对此既满意又有些担心，你担心也许我们会陷入一种爱的狂迷，因为你将是我生命中的第一个男人一个真正的男人我已无法将你割除，那一刻既带着一些痛楚但又有一种欢欣。我有点儿疼，那里有一小片薄膜被你给捅破了，过去它中间还有一个小洞洞供我每月流血用，现在你把它捅破了你这个罪犯我要咬你把你咬得满身都是牙印，可我只要你抚摸我不许你咬我。你是一个离过婚的男人你懂女人但我却一点儿经验都没有，我的经验也许要从你这里开始了。像所有都要经历这一道的女人一样，一开始我下面的肌肉有些紧张，但后来我松弛了，我像一块草地那样待在那儿让你滋润我，实际上你确实滋润我了，因为我感到我下面是那么湿，它就像润滑油一样让你狂烈地、顺利地撞我，把我撞成了一堆软软的棉花。

我确实尝到了性的乐趣，我过去害怕它觉得它是洪水猛兽而且低级下流，可现在是你像点火药一样点着了一个火药桶，我的身体要炸了我想你我一离开你就想你，走在街上待在房间里无论在哪儿，无论和任何人在说话可我想的都是你，因为我已经不折不扣地爱上了你，我要做你的小奴隶，而你则是我的大奴隶，我是你的埃塞俄比亚女奴，而你则是我的黄种印第安奴隶，我们谁也跑不了了。

和你在一起太美好了，尤其是和你一起沐浴的时候，当水花四溅，像露珠一样凝在我们的皮肤上时，我们抱在一起就像是亚当和夏娃本身，他们刚刚从伊甸园里吃了禁果跑出来，跑到了深山里的一条山泉中嬉戏的样子就是我们的样子，你说呢？我们是那么有激情，在喷头下在浴缸里我们像两头海豚，我们太美好了，因为我和你之间没有一点儿障碍没有一点儿为难全是爱全是爱！我可能在心中一直盼望着一个丰富的男人一个充满了才情和激情的男人征服我我也同时去征服他，那么现在我们之间的情况就是这样……

……我不知道该怎样表达我全部的感情，我说了你是我的印第安仆人而我是你的埃塞俄比亚女奴只有这一点是改变不了的永远都不

你的小蛋糕

于××月×日深夜3点

我的小甜饼：

这个称呼简直太妥帖了，因为我就是一个贪吃的人，我想把你当

小甜饼吃。你的浑身像抹了蜜，着了火，让我从头到脚来爱你，一口把你吞了。不不，我得慢慢品尝，我要像吃意大利甜点那样一点点地把你吃了，你这块小甜饼只能由我一个人吃，好不好？我每天咬一口，天天吃不够，我总是吃不完你，就这么一路吃下去，直到永远。

你和身体简直就是整个的世界！是所有的东西。你的身体吸引我就像一头美丽的母牛吸引着水蛭，如果我是一条水蛭，就让我在你的血管里钻来钻去，然后在你的大腿内侧钻出来。过去女人来月经，部落祭司都要将水蛭放到女人的腿间去吸血，我可不忍心看到你流这么多的血，而我更愿意做一件件你的内衣，贴紧你的身体，这样我就离不开你了，因为你的所有的内衣都是我变得。我想变做棉条的事就算了，因为这个专利是查尔斯王子的，就让他变成棉条待在卡米拉的子宫里吧。

我一看不见你就发疯地想你，你说我过着双重的生活：幻想的和现实的，也许你是对的，但我觉得我好像更像过着一种沉迷于想象的甜蜜的生活，而你的出现，你在我生活中的出现就像一道雨后的彩虹，它那美丽的弯曲改变了我。你让我激发出了生命中的核能，让我总想待在你甜蜜而又湿润的那里，那是一个充满了欢乐和危险的地域，是深渊和海草繁茂的危险水域，是尖叫的鸟群飞走的地方。你和你的身体激发了我的想象力，我要为你度身度做一个个电影之梦，我要塑造你把你塑造成一个美神，轻灵飞跃的美神，我当然能够完成这一切，你激发的不仅仅是我的创造力，还有爱的核动力，让我驾驶着这爱的核潜艇，带着你一起沉入那幽深的无边无际的海底吧。

我好多次注视着你的身体，它像一架完美的乐器，是一把睡着的提琴、一把醒着的长号、一架钢琴但不是自动的，没有我来演奏你就不响，你就不会有动静，你像一匹马在寻找一个骑手那样等着一个人，那个骑手就是我！你像静静地躺在那里等待乐手的乐器那样等着一个人、一个陌生的乐手，那个乐手就是我！现在我对于你也不是陌生的了，我对你很熟悉了，而你真的是一匹漂亮的小母马，一件无与伦比的美妙的乐器，我像骑手一样骑你，像乐手一样演奏你，我们奏出了一个激越美妙的曲子，奏出了充满了激情的歌。

无数次我凝视你的身体时大脑里就像掠过了一千架轰炸机，我的大脑被震动了，它轰轰作响，一片鸣叫，那是因为我被你彻底征服了。你的胸脯上像两枚永远新鲜的红樱桃，我最爱吃了。这新鲜的小东西含在我嘴里的口感非常好，没有比它更美妙的了，像夏日的冰激凌。冬日的梅花，它旁边浅褐色的乳晕，它像日全食，把月亮都给吞没了，我愿意做一个永远采摘你身体上的樱桃的人！

至于你的身体，侧卧在那里就像一抹远山，见山跑死马我用皮鞭将马儿抽打拼命奔向你，你的腰部的曲线之美让我想起各式花瓶，而你身上真正的花朵，褐色、粉红色的花朵，它就藏在你的两腿之间，你紧紧地夹着它、守护着它不让我发现，但我发现它了，我把它采摘了。我像个蒙古人冲进一片苏州花园那样也把你安静的小花园给摧毁了。在我之前居然还没有人采摘过那朵花，这让我又惊又喜因而我占据了你的整个花园。

当我凝视着你的那朵花时，我觉得它其实并不像一朵花，它更像海底的某种生物，懒洋洋又充满了期待和戒备地待在那里，被你坚实的臀部和腿守护得非常之好，它像一种软体动物，说它美丽也许它看上去还有些丑陋，像是一道缝隙，在火山爆发之前它一动不动，但高潮的火山爆发之后，它涌流出的将是灼热而又无尽的岩浆，这些都是你身体上的宝藏，我发现了它然后我就又占有了它，我还要品尝它，守护它。

没有哪一对恋人能像我们那样疯，这时候我已经不像是一个男人了，我向你身体的深渊下沉时，我只是一粒小石子儿，我愿意变做一小颗麦粒儿，让你衔着我迎着朝霞飞。我们像两条蛇，不，像两条美丽的龙那样纠缠在一起的时候可真好，这完全是我们的世界，感官的迷醉让我欲仙欲死，我们假如能死在一起该有多好，我不想在以后的日子里留下你一个人孤独地离去。

你说的要做我的埃塞俄比亚女奴，而我何尝又不是你的奴隶和长工？当然现在还不是你的长工，因为我们才刚刚开始，我愿意做你的情感的长工，只是我需要一些时间，时间将检验出我会是一个非常好的长工。没有哪个长工有我这么棒，你信不信？只是我的前妻有虐待狂倾向，她喜欢让我的身体流血，她喜欢捆着我绑着我，她喜欢女人位这样她的心理上才有优势她只想占有我征服我，这使我害怕。你打算做我的印第安仆人或者是埃塞俄比亚女奴就让我放心了，因为你不会虐待我对不对？你不会打着爱的名义用小刀割破我的身体，把我的皮肤上涂上蜂蜜让蚂蚁来咬我对不对？你不会捆着我让我像个被缚的奴隶那样被主人鞭打对不对？所以，我放心了，我们谁也不会是施虐狂，而我们却都是爱的受虐狂，这下好了，我们可以好好接受爱了。

我必须告诉你写这封信我有些语无伦次，仿佛有一条语言的河流闪闪发光，它从远处、从太阳那里一直流进我的大脑，所有的想象力和词句都在一齐闪烁，这几乎是同时闪现，但是却又纷至沓来，绵绵不断，我只要捕捉住我大脑中涌现的词语的百分之一，我就感到满足了，所以我的小甜饼、我的小乖乖、我的大蜜糖你不要怕，你什么都不要怕，尤其是我向你倾诉的时候。

你将从此以后变成一片阴影，藏在我的身后，和我的身体重合，你还是一整座玫瑰园，带刺的玫瑰如此茂盛，把我全部包围了，我怕我自己会跌倒，这样我浑身都将被玫瑰之刺扎疼，而我的脸将要被所有的玫瑰包围。你还是我的喜鹊，带着长长的尾巴冲进我的生活，告诉我一个又一个好消息，你是我梦中的各种水果，苹果、梨子、香蕉、草莓、水蜜桃、山竹、菠萝、西瓜、白兰瓜、李子、杏子和山楂，我一伸手就能摘下来吃了。你是我的救生圈，如果我掉到了海里只有你会救我对不对，你托着我我也托着你然后我们慢慢向那看不见的海岸线不停地游过去。你是我的蜡烛和手电筒，你照的地方我才敢去，我才可以去。你是我的小城堡，我宁愿被你这一座城堡包围，这是一座迷宫，一座没有门的建筑，进来了就永远也出不去了。倘若我是一艘沉海的潜艇，那么你也是一个减压舱，你甚至已经是我每一年的节日，每一个月的节日，每一天的节日。你什么都是，是黎明本身，是北方的大地，是特洛依，也是深深地藏在我的掌纹里的小石子儿，你让我钻心地疼。如果你是手镯，那么你还会变成一副手铐，你还是一把剪刀，可以剪去我的所有多余的话，如果你是空气，我就是那个呼吸空气的人！

我想我因为你都快要疯狂了，我找不到更为恰当的词句来形容你，只能让所有的形容词、所有的词句都来吧！都来吧！

……

我怕一种火焰把我们烧死，这火焰就是情欲的火焰，我担心它到达顶点后怎么办，当肉体的欢愉到达到了顶点，任何一种松弛我们都是承受不了的。我怕这种火焰，可一见到你现在这火就烧得更猛烈了。

……全是爱，我的眼前全是你，我们什么时候才能一下子就对接成功你中有我我中有你不分开，全是你全是你全是爱。

你的淘气鬼　×××日

看了他们热情澎湃的纯属私人和私密性质的信件，笔者真的有些脸红耳赤呢，笔者过去也交过女友，也如火如荼地意乱情迷地做过爱，可把这一切都文字化，连笔者这种写字圣手也是从来没想过呢。不瞒你说，笔者的不少作品也有性描写，但那完全凭想象，一点儿也没有敢描摹自己的体验，但毫无疑问，做爱是生命的狂欢，男女之间的性爱交流是十分热烈和甜美之事，在潘岳和夏百灵这两个如火情人之间有这种肉体的狂迷，才说明他们爱得深入、爱得彻底呢。

3

在另外一些信件中，潘岳经常向夏百灵谈到他自己的电影，谈到他对他自己的电影构想的设计，但他除了谈到这些，似乎很少触及他和夏百灵情感的结果。1996 年中夏百灵的一封信却谈到了这个问题。这是一封罕见的用白纸写的信，是 A4 纸型，显然是一张复印机用的纸，这种纸一般用来复印公文和打字文件最为适宜，看惯了夏百灵用各种颜色的充满了温馨和暧昧情调的信笺写信，一看到这种愣头愣脑的信笺，笔者还愣了一下呢。

潘岳：

我昨天很想和你认真地谈一谈，谈一谈我们的未来，我们该怎么办，我们在一起已经好几年了，你看，你看我已经二十六岁了，我想结婚，我想有个家有孩子而你是孩子他爸，这个要求不过分吧？我一直等你向我求婚可你什么也不说当然你一直说你爱我，我也知道你非常爱我你一直是这样，我也能感受到这一切，可你为什么不向我求婚？

如果你向我求婚我会怎么样你也许从来没想过。可一个女人最在意的就是爱她的人什么时候向她求婚，她很在乎这个时刻这个时刻对于我来说却迟迟不来。

我昨天就想和你谈可你太忙，你要和电影局的局长一起吃饭你还要和日本的一个投资方见面，你太忙了，我也就先回去了，我很郁闷，因为，因为我想给你做老婆，我要和你结婚，我只能用这种形式来告诉你，我只能给你写信。

我想好了，要么我们结婚要么我们就分手吧，我这次是十分认真的我必须要一个结果，我要一个结果你给不给我这个结果呢？

吻你

你的可怜的小百灵

× 月 × 日

看来夏百灵将了潘岳一军。她首次在他们的关系中提到了分手——这是恋人间最为严重的词了。笔者从夏百灵写这封信时所用的 4A 文件纸以及她那比平时简洁、严肃的语调中，看出了夏百灵深思熟虑后的决心，她是迫不及待地要一个结果了。而潘岳呢，则实际上如夏百灵所想的有了一个答复：

我最最亲爱的：

我实际上早已买好了一枚订婚钻戒，我正准备在最近的某一个好日子来向你求婚我的最亲密的爱人，我必须向你求婚因为我们想的一样。我虽然结过一次婚，并从内心深处害怕婚姻但和你在一起我毁灭了都愿意，这是真的只是我最近太忙了又要参加电影节又要为我的下一部电影的前期准备忙碌，所以，我忘了这件事，我忘了向你求婚这件事，但是，我今天告诉你，我非你不娶因为我不想和你分开，你很快就会得到一个订婚钻戒了，而且，最近我的一个朋友在世都百货搞了一个世界著名结婚钻戒展览，我要和你一起去看一看，那都是一些最有名的结婚钻戒，每一颗都藏有一个美妙动人的爱情故事，每一颗钻戒都有一百年以上的历史，它们应该都美极了，我带你去看那个钻戒的心思，你应该明白就是有一天我也会给你买上一颗、献上一颗、戴上一颗同样美妙绝伦的结婚钻戒，这样你就有两个钻戒了，你本来就应该得到这个，这是我要对你做的承诺，相信我，我们会过得很好，会越来越好。

永远爱你的潘岳

×月×日

那么，潘岳是否真的给了夏百灵一颗订婚钻戒呢？带着这个疑问，笔者进行了考证，经过仔细搜索，笔者从一本台湾远流出版公司出版的、潘岳的副导演兼策划的杨北明所著的回忆录中，找到了有关这一细节的说明：

9月29日，潘岳和夏百灵在王府饭店二楼宴会厅举行了订婚仪式。那天是一个好日子，北京酷热无比的天气突然凉了下来，头一天下了一场雨，这雨把暑气一下子给驱散得一干二净，所以早晨醒来的时候我感到这是一个无比美好的日子，天晴气爽，天高云淡，而相恋好几年的潘岳和夏百灵终于要订婚了。上午10点钟，我把车停在了王府饭店停车场，发现潘岳的那辆车已经在那儿了，我走进大堂，立即为大堂中金碧辉煌的灯光所吸引，而且还传来了阵阵大堂喷泉的流水声。我沿旋转步行梯向上走，可以一眼向下看透三层，王府饭店的确豪华气派，玲珑剔透，典雅庄重。

我到宴会厅时那里已经有一百多人来了，全是潘岳和夏百灵的亲朋好友。潘岳的父亲、哥哥和妹妹都来了，他母亲半身不遂，所以没来。我看到的全是熟面孔。很多人是共事多年的剧组成员，我们为潘岳和夏百灵能够以订婚的形式再度公开确认关系而感到高兴。当然，潘岳没有请记者来，现在娱乐记者、简称“娱记”的一些家伙实在太讨厌了。倒是有一些港台媒体的记者听到风声赶来了，但被坚决地拦在了门外。

整个订婚仪式简单短暂，由司仪宣布订婚仪式开始，潘岳身穿一套白西装，胸前扎着一条黑色蝴蝶结，夏百灵身穿一件大红色的旗袍，两个人走到了一起，彼此看着对方的目光之中充满了情意，那简直是水乳交融的一刻，潘岳托起夏百灵的手，小心翼翼地一点点地把一枚镶有蓝色宝石的戒指，戴在了夏百灵的左手上。大家报以热烈的掌声。然后，潘夏的亲属发言，祝贺他们订婚，并希望他们早一天步入婚姻的殿堂。夏百灵的眼睛看上去泪光涟涟，她像不敢相信自己的眼睛似的看着自己的左手上那枚美丽的比蓝天更蓝的戒指，幸福地哭了……

杨北明的传记有关潘、夏订婚这一细节，所记述的内容就是这些。后来杨北明因车祸，被截去了一条腿，他便未再在潘岳的剧组中担任职务了。而订婚之后的夏百灵，显然要快活得多，有信为证，这封信写于他们订婚之后的第二天，潘岳就去美国参加美国电影学会洛杉矶国际电影节了：

亲爱的：

你走得太早太匆忙，我还没有怎么睡醒而头一天我们又睡得太晚，所以我发现有一些小东西忘了装进你的旅行箱，像一些维生素、治感冒的药，还有一瓶凡士林。因为你的脚又开裂了，一到天凉下来空气变得干燥你的脚后跟的皮就要开裂，这可怎么办，你叫大勇去洛杉矶的中国城买一瓶，而且你又爱吃辣椒，无饭不辣，也可以叫大勇去买一些。我非常喜欢你送我的这枚订婚戒指，我晚上睡觉的时候梦见它变大了，它变得好大好大，而且我似乎还骑在了上面，在天上飞，我不知道我要飞到哪里去，但总是在天上飞。

我最近对拍戏有一种厌倦感，我不想再拍戏了。可能你会觉得我这是一句傻话，可是真的，我很想生孩子，每一个女人都想为她爱的男人生孩子，我也一样，我想给你生好几个孩子，假如他们能围着我转该有多好，可我们的名气都太大了，可能停不下来了。但我心里既然这么想，也许我就演不好你要拍的下一部电影了。

女人终归是女人，女人总要有一个可靠的肩膀靠一靠，我就想靠在你的肩膀上但你却在洛杉矶。如果你在那里脚气犯了，抹一点达克宁霜，这个我倒是没忘装进你的行李里。

吻你

百灵　× 月 × 日夜

笔者按，这是一封他们之间写得比较平实和琐细的一封书信，它没有寄出，是发传真传到洛杉矶的。由于两地时差的原因，他们并不是每一天都要通电话，因此就把写好的信来发传真，从这封信可以看出，夏百灵竟然萌生了息影或者暂停演艺生涯，转而和潘岳生孩子，进入一种纯粹家庭生活的状态。但这对潘岳来说似乎早了一些。笔者揣摩，这一时期的潘岳正是事业大腾飞之时，他对婚姻并不是太感兴趣，虽然笔者找不到任何证据可以说明他内心的真实想法，但没有证据，就说明了当时潘岳并不想过早和夏百灵进入婚姻状态的，也许订婚，只是潘岳为了缓和两个人的紧张的亲密关系，但面对夏百灵的步步紧逼，潘岳又该怎么办呢？

潘岳和夏百灵于订婚一年以后，正式结了婚，但结婚不到半年，两个人却又陷入了十分难受的境地，他们——主要是夏百灵，却突然地提出了离婚。然后就发生了本文最开始提到的悲剧性的结果，潘岳杀死了夏百灵然后自杀身亡。但他们之间的书信到这里就没有了，笔者找不到他们是如何一步步走向婚姻的线索。在订婚到结婚的一年多的时间里，潘岳的内心到底是怎么想的？夏百灵为什么要逼着他结婚？她是如何成功地把潘岳套上了婚姻的枷锁可自己却又想打开它？这时的文字资料就少之又少了，笔者多方搜索，也是没有多大的收获，因为很奇怪的，自此之后他们之间就再也没有写过信，只留下了不少便条，这些便条有的还可以看出他们生活中的点滴，有的就像是一个谜，但谜底却不见了。笔者试录了一些，与读者诸君共赏共猜之。

4

这些小字条大都没有注明日期，约有几十条，而且全部都叠好放在一个锦盒里，笔者只好采取抽签摸奖的办法，从中抽出一些条目来赏读。这里插上一句，笔者不久前参加了凤凰卫视的一个嘉年华会，会议是在北京怡生园国际会议中心举办的，到场的大都是文艺界大腕小腕，还有一班从南北两地几十家时装模特儿公司请来的一班明星模特儿助阵，十分热闹，而在潘岳最后两部电影中担任主角的倪淑琪小姐——她如今已跃升大牌明星行列，才二十一岁，就已经在北京郊区购置了一栋别墅，新近传出王家卫（香港导演）、吴宇森（目前在好莱坞）的新片都请她做女主角了，——用她纤纤素手，为笔者从一个可以旋转的大圆球中抽出一张纸条，为笔者抽了一台 25 英寸的大电视呢，而且颁奖则由该台男主持、笔者校友窦文涛亲自授予，笔者十分激动，几乎抱不住那沉重的箱子，差一点儿再掉到地上。其间有人小声告诉倪淑琪笔者正在“为潘岳写传”，倪淑琪略带戒备地看了我一眼，继而眼圈儿一红，和笔者谈了半天她对潘夏之死的唏嘘感叹。笔者认为她对潘岳的感激之情是真的，因为没有潘岳，哪里会有她倪淑琪！

笔者把这纷乱的思绪再拉回来，由抽奖的圆球状箱子联想到了潘、夏贮存字条的锦盒，竟费了这么多口舌，笔者随手一抽，见手上的纸条上是这么写的：

小豹子：

我和大夫约好了时间，我先去把那颗坏牙给拔掉，你今天要做的是打电话叫人来把要干洗的衣服全部取走，另外冯大真的那个本子我看了，没有感觉，你知道国际电影节上练的全是“真、善、美”一路的东西，此外就是历史题材的大片，写家庭戏，西方表现家庭中的丑恶和变态已很多了。所以这个本子我读了感觉不好。就这些，你不用来医院陪我，晚上见！

你的宝贝　百灵

显然这是夏百灵和潘岳订婚后继续同居在一起时的某一天，夏百灵早起后去医院看牙，给潘岳留下的一张字条。这张纸条中出现的冯大真笔者也认识，原来是山西一家煤矿上的宣传干事，后来辞去工作来北京卖字为生，主要为电视台做策划和晚会脚本撰稿，看来他有时候还客串一把，写写电影剧本呢。从这张字条看，他写的这个本子是个当代城市题材的家庭戏，没有被可能要在该剧中担任角色的夏百灵先看中。这张纸条还透露了如下信息：如果想在国际电影节上获得大奖、拔得头筹、凯旋而归、得胜还朝，在题材上必须表现真、善、美的东西，再不就是历史题材的古装巨片、大片。这是夏百灵的感觉，想必也是潘岳的感受吧。一张字条包含了这么多的信息，笔者也是情不自禁得有些抓耳挠腮呢。

百灵：

我又做噩梦了，我梦见我在大街上碰见了一个坏人，他居然在大街上强奸一个女的，我就和他搏斗了起来，但这家伙很壮，也很厉害，我都有些打不过他，周围竟然没有一个人帮我，他们都远远地看着我们在搏斗。歹徒把我摔倒在地，他和我都在抢着他手中的一把匕首，但后来还是他的劲儿大，那匕首一点点地给捅到我的胸膛里了。可是奇怪的是我一点儿也不疼，我后来把捅进我胸膛的那把刀给拔了出来，这一下子把歹徒给惊呆了。我一把又扎进了他的肚子，他死了，我站了起来，周围围观的人竟然一哄而散，他们全吓跑了。

醒来后你在熟睡，我很想把梦讲给你听，但我知道早晨是你睡得最香的时候，我就写下来给你看。我去河北看外景，大勇他们选好了地点，我去几天就回来，你好好地休息吧。

潘岳

这张便条看来得由心理医生来分析了。笔者为了解开潘岳的这个梦，临时抱佛脚，把大学时代未曾吃透的弗洛伊德精神分析理论、莱格的心理学等又翻了一个遍，还看了周公解梦，也没有找到进入他的这个梦的捷径。

刚好在一次聚会上碰见了一个女同学的男友，他是北京精神病院——安定医院的曾医师，这是一个十分年轻的医师，听了笔者的陈述，他先痛斥了弗洛伊德理论，认为那都是无法被科学实验界定的“理论”，继而认为潘岳是一个“亚孤独症”患者。“所谓亚孤独症，是孤独症的一种轻症表现，患者不同于真正孤独症的那种陷入极其自我的症状，而是在潜意识中认定自己孤独的状态。潘岳就是这种症候，而且，潘岳看来还不是十分容易信任人的人，他一定疑心病也很大。”

这张纸条还引出了一个小故事，潘岳去河北一个县城去看外景时，竟然遇到了车祸，差一点儿就死了。那是为了躲避迎面开过来的一辆大卡车才导致的翻车事件。潘岳乘坐的是一辆北京“切诺基”越野吉普，但就这越野车也仍有翻车之虞。没料到潘岳等几个人从翻倒的车子中钻出来，他看了一下四周，大叫了一声好，竟然选定翻车处作为他的当时所拍的电影场地，而舍弃了原来大勇他们看中的一个地盘，这也许才叫踏破铁鞋无觅处，得来只费翻车功吧。

老潘：

要买的件儿还有水龙头（三个）、门把手、开关门板、床头灯、三通、塑料垫圈儿、洗衣机专用水龙头、微波炉餐具、起子、桐油，你再去比较一下大理石（白色）和花岗岩，感觉哪一种铺到厨房，和洗手间更合适。你要去怡和、大钟寺、北四环、玉泉营和马甸桥几个家装市场，比较一下地板和主要家装材料的价格。咱们别让装修队给蒙了。王丽萍她就被蒙了一半儿的钱，少说也白花了七八万。

百灵

写这张纸条的时候显见他们已经结了婚，而且夏百灵出资还买了一套复式结构的房子。这套房子一共有 207 平方米，楼下三室一厅，楼上也是三室一小厅，布局十分合理，在亚运村向北十余公里处的一条河边的一个花园小区中，这时候已经是 1997 年的事儿了。这套房子在潘夏事件之后，就一直空着，它刚刚装修完，主人还没有入住，就已经归西，因此显得十分落落寡合。装修这套房子花了几个月的时间，为此夏百灵和她母亲经常盯在那里。这张纸条中谈到的王丽萍也是电影圈中一个名演员，花八十余万买了一套复式结构的房子，装修又花了三十余万。据说被装修队多收了好几万。

但从文字材料上看，潘岳对装修房子的事并不热心，有下一个条子为证：

百灵：

房子的事我不管，最好叫我少管一些。你看，我就不是这块料。买回来的水龙头，都不太合适。人一心不能多用，我是不行的，包给装修队，就由他们慢慢装，让你妈多盯着就是了。过去不少人物都是无法一心二用的。我近来读了几十本叫《华裔学志》的杂志，其中刊登的大都是清末民国时代的文化大师们的事，比如章太炎，他出外连家门也记不得，回家时让车夫拉着满城转，就是不知道自己家在哪儿。还有像王国维，从来都不管钱的，工资都交给夫人管。我的意思是装修房子的事我很头疼，我也不懂，你只管装好了。

潘岳

果然，夏百灵后来就自己做主装修好了这套房子。但一些“娱记”们听说了他们买房的事儿，就跑到他们装修房子的地方，偷拍了不少夏百灵盯着装修队在家中装修的照片，还登在了《明星》杂志上。而且还有一家杂志拍错了房间，把另一套一个农民暴发户的小别墅当成了他们的房子，拍成了照片，刊登了出来，对于这件事，有夏百灵的一个条子为例：

老公：

这《娱乐界》杂志太讨厌了。最近一期杂志刊登了咱们买房装修房子的事儿，可他们拍的不是咱家，而是旁边一幢农民暴发户的小别墅，把他的房子当成咱们的房子了。最可气的是那个娱乐记者写的文章，你看他怎么写的："……没想到潘岳和夏百灵的品位如此之差，他们把自己的复式别墅式公寓装修成了一个农家小院，墙上挂了不少干玉米、红辣椒做装饰，窗台上摆了一些南瓜，据说在阳台上还种了一畦韭菜，因为它们绿油油的比麦苗还好看，在他家中，到处都是门，楼上楼下还安装了旋转滑梯，这样潘岳和夏百灵就可以天天像孩子一样从上滑到下玩儿了……"你说他们这不是诽谤和损坏他人名誉吗？不管你同意不同意，我是要和这个《娱乐圈》打官司的。他们太恶劣了。

百灵

由于引出了一场夏百灵起诉《娱乐圈》杂志，索赔一百万的新闻，关于这条新闻，在1997年各报都炒过，《娱乐圈》杂志公开道歉，并又派了一个记者去悄悄拍了一组他们正在装修的真实的房子，在杂志上予以了更正，但夏百灵依旧不依不饶。但结局是双方庭下和解，《娱乐圈》杂志赔了一笔钱，夏百灵撤诉了事。有关这一事件，传说颇多，一是关于夏百灵为何撤诉的，是因为这《娱乐圈》杂志有很硬的后台，它的主编杭聪聪女士是国内某政坛要人的女儿，所以官司要打赢是很难的，故夏百灵也就见好就收了。二是关于夏百灵到底拿了多少赔偿的问题，双方都讳莫如深，一说 50 万元，还有一说是 20 万元。笔者猜测肯定比 100 万元要少得多，但装修这套房子的钱，那笔赔偿款绝对是够了。

笔者抽出来的最后一张纸条上只有几句话：

潘岳：

咱们分居吧。我忍受不了你，你也忍受不了我了。咱们先分开都冷静一段时间，从今天起，我就不回来了，电话联系吧。

百灵　即日

这张纸条可能是在潘、夏事件爆发前的最后一张文字凭证了。他们分居了。后来，发生了潘夏血案，笔者拿到这张纸条，手都有些轻微地颤抖呢，仿佛漂流在一马平川的平静的大河之上，突然一下子连人带船跌入了万丈瀑布。于是笔者对潘、夏之间的书信、便条的抽检也就告一段落了。

第九章　盛名天下

我们知道潘岳短短的一生中一共留下了十二部电影，还和夏百灵一起参演了一部话剧《白雪公主与白马王子》。在第三章中笔者介绍了 20 世纪 80 年代的六部，整个 80 年代，他参与拍摄了《中午的黎明》《大国仪仗兵》《新愚公移山》《黄太阳》《轮回》和《西厢记》，这几部电影为他打下了坚实的基础，但好戏显然还在后头，20 世纪 90 年代他才在世界电影史上真正有了一席之地呢。现在看来，即使他在三十九岁的年龄上死了，他也“因这些电影而不朽”（某评论家语）了呢。

《百年槐树》

编剧：贾亦真
导演：潘岳
主要演员：张武、夏百灵、马明亮、韩石水、梁国庆

故事梗概

故事发生在中国北方一座中等城市。一个大户人家一天生下了一个男孩，成为这一天的大事。大户人家看来是一家商户，经营丝绸和粮棉，宅子很大。这一天是1890年春天的一天，整个大宅子都十分兴奋，因为这家大宅子的主人的四个老婆，只有三老婆生的这个孩子是个儿子。“韩家有后了！韩家有后了！”有人在宅子里奔走相告。这一天韩老爷特地在院子里种下了一棵槐树，来纪念这一天。

他们给这个孩子起名叫韩善存，并在他稍大一点的时候请私塾先生给他教书，念四书五经。但这时，家道因南方的丝绸业不景气，渐渐衰落了。1900年，韩善存十岁那一年，他的父亲从北京做生意逃回来，那一年八国联军攻入北京，他父亲的商号也被烧光了。韩老爷回乡后一病不起，“国将不国，天朝要亡了！”他父亲在这一年郁郁而死。几年后，韩家更加衰败，韩善存的父亲的大老婆也死了，二姨太和四姨太跟别人跑了，剩下韩善存的母亲一个人守着一个小商店让韩善存继续念书。又过了几年，韩善存在他二十岁这一年来到了北京。这是1910年的北京，清政府摇摇欲坠，废除科举制使韩善存没了前途。他在北京的会馆中认识了革命党人并参加了革命党。

袁世凯复辟后，革命党派他暗杀袁世凯。时机成熟他正准备刺杀袁世凯时，袁世凯在一片讨伐中死了。他来到了北大念书。当时的北大是蔡元培当校长，兼容并包。辜鸿铭、鲁迅、胡适、陈独秀并存共容，韩善存与浙江一书香门第的女儿何秀琬自由恋爱，并结了婚。后来两人都在师大任教。几年后，韩善存和何秀琬加入了共产党。

1927年蒋介石“四·一二”大屠杀之中，何秀琬在上海被枪杀，共产党在城市中走向了地下。韩善存心灰意懒，不再参与政治，这时，韩善存的孩子韩启祥也八岁了。十年以后，十八岁的韩启祥参加了北方抗日组织，去打仗了。家中还有另外两个弟弟。后来他们都走上了不同的道路，二弟参加了国民党，后来就死在长沙会战。三弟赴欧美留学。

1949 年，中华人民共和国成立。“三反五反”运动中地主的儿子韩善存被揪了出来，由于大儿子抗日有战功，被放过了。很快，韩善存在 1957 年的“反右运动”中被打成右派，下放湖北劳动，此时他已六十七岁了。这时，韩家第三代人又渐渐长大了。韩善存的大儿子韩启祥和妻子、小学教师童美在“文革”中遭批斗，双双自杀身亡。留下了儿子只有十八岁。1978 年，韩善存的“右派”帽子被摘掉，他的大儿子韩启祥也平反了，孙子韩天成插队后返回北京，考上了北京大学，这一天韩天成都接近三十岁了。韩家第四代韩小华也已四岁了。韩天成十年间仕途顺利，但在 1990 年的整肃“官倒”中，因腐败问题被判死刑，被枪毙了。

1992 年春，百岁老人韩善存坐在轮椅上，由十八岁的重孙子韩小华推着来到了院子里，韩善存摸着那棵和他年龄相同的百年老槐树，老泪纵横。收音机里传来邓小平南行的消息，新的年代又来临了。

此片在 1992 年拍摄完毕，获了以下奖项：

1992 年第十一届香港电影金像奖十大华语片之一

1993 年第六十五届美国奥斯卡金像奖最佳外语片奖

1992 年第十五届大众电影百花奖最佳男主角奖

1993 年美国影评人协会最佳外语片大奖

……

评论摘要：

进入 20 世纪 90 年代，“冷战”时代的结束使得东西方的交流和沟通变得十分迫切和重要，这时候反映中国大陆百年风云变幻的《百年槐树》，以个人和家庭的命运，折射出一百年来发生在中国大陆上的历史剧变以及对人的个体心灵的影响，描绘出了一百年来中国的历史动荡和变革，是一部史诗性的巨片。

该片时间跨度很长，分别表现了辛亥革命、军阀混战、抗日运动、国共内战、中华人民共和国成立、反右运动、“大跃进”、“文化大革命”、上山下乡、改革开放等历史大事记，展现了不同的人物在这些历史运动的旋涡中的不同命运，是一部百年中国史诗。

也有评论认为，这部片子是一部拍给西方人看的电影。它只把 20 世纪各种外部的力量变化作为背景，忽视了历史发展的真正动力，不是一部用马克思主义唯物史观拍出的电影，应该予以批评。

从该片的拍摄技法上看，它运用了大量的纪录片作为补充材料，增加了影片的真实性。片中男主角的扮演者张武给人留下了深刻印象，因而荣获了百花奖最佳男主角奖，因为他演的是一个从二十岁到一百岁的老人的大跨度，由于化妆师的化妆和他本人的精彩表演，成功地将历史的变化与烙印体现在了他的个体生命的成长中。

西方主要媒体普遍认为，这部电影是改革开放、政治清明年代中国导演审视与发掘本民族历史的最好“解说词”，为西方人了解中国人的基本观念，近现代史的动荡与中国人的感情提供了一条捷径，他们深感中国人渴求生活的生命力和动荡历史造成的个人心灵与家庭的创伤。

此片规模宏大，但历史和历史上的主要人物在本片中只是陪衬，以推动个人家庭的历史命运前进。本片通过一个家庭五代人的不同遭遇，表达了历史深处的忧虑。

有评论认为夏百灵在此剧中抢眼的角色并不成功，她分别扮演了韩家第二代和第三代人的妻子，即分别扮演了何秀琬和童美，但因其对历史题材的把握缺乏力度而失之肤浅。

评论家对年仅三十三岁的潘岳在如此年轻的情况下能把握这么大的题材，如此大的表现力，给予了盛赞，很多评论认为他已经具备了电影大师的素质，前途无量。

而在《纽约时报》上有关第六十五届奥斯卡金像奖的新闻版块上，潘岳有一个自述，部分地表达了他的创作理念。

导演自述（摘要）

全球化、世界经济一体化与文化的多元共存、共享和相互交流沟通已是今天全人类面临的处境与现实。身处人类群体中之庞大民族——中华民族之一分子，我有责任向世界讲述中国人的历史，近代以来中国人的心灵史和创痛史，以此进行文化理解、交流与沟通。

今天的艺术家、电影导演当然应该既有全球眼光，也应该有自己的准确出发点的，这两点是并行不悖的。

当然，因为我还太年轻，所以对这种大历史跨度的电影，把握仍不算十分成熟。但作为第一部获奥斯卡最佳外语片的中国电影，我深感欣慰和自豪，我感谢西方观众看懂了并认同了乃至赞许了我的电影，对我的电影的认同也是对我身后的经历遭劫而九死一生的民族国家的赞许。

中国人有自己沉重的历史记忆，中国人也有自己对美和美好生活的热切渴望，我的电影仍将继续表现这些。

为拍这部电影，我的体重减少了 5 公斤，因而我变得更瘦了，但导演是一个指挥者，他把过去变成了永恒，把生活变成了美梦和甜蜜，我热爱这个工作。

中国电影自 20 世纪 80 年代以来似乎在世界影坛上异军突起，获各大电影节的各种奖项，对不少中国导演来说已不是高不可攀。但正如今天欧洲电影在面对好莱坞强势电影文化的冲击下纷纷自卫，中国电影也有一个在民族性和世界性、后意识形态化与商业娱乐工业的调适性。我本人也处在一种探索的焦虑当中。

有人说我是作家电影，我想我还不是，在这方面，黑泽明、法斯宾德、布努艾尔都是佼佼者，有人说我看上去还显得更像是一个机会主义者，而且，我也愿意更自由地做一个机会主义者。机会主义是一个自由艺术家展开自由创作的信条，这当然是我自己的看法，重要的是通过电影，不断重新确立民族的个体心灵史，是我最感挑战也最感兴趣的事。

《民间音乐》

编剧：管龙

导演：潘岳
主演：夏百灵　杜枫　张武　常葵

故事梗概

这是一部反映北方民间风俗生活和抗日战争时期的电影。在中国北方的农村，二十世纪三十年代末、四十年代初的样子，有一个村子里有一家人专门生产各种民间常用的乐器——唢呐、笛子、二胡、锣、鼓、埙等，这家店的老板是个年轻人，叫锁子，也是一个吹唢呐的高手。他人高马大，年轻力壮，但又心灵手巧。有一天，县城盐号的李掌柜娶了本村最漂亮的女孩子香玉。过去锁子一直暗恋香玉，给她做了一些漂亮的木梳木碗，还常常给她吹笛子，带她下河游泳。香玉有时候就在锁子的乐器铺玩儿，看他带着几个伙计在铺子里制作各种民间乐器，十分新奇，锁子除了经营祖传的这家乐器店，还和手下伙计一起组织了一个民间音乐演奏队，专门为红白喜事演奏，吹吹打打。

香玉要嫁给县城的“私盐贩子”李掌柜的消息传到了锁子的耳朵里，锁子非常伤心，他去找香玉，结果被香玉的势利眼的父亲和哥哥推出门外，晚上锁子溜到香玉的房外，为她吹了一曲幽然的埙曲，房间里香玉流着眼泪没有出门。

第二天，李掌柜家请人吹吹打打来接香玉进县城。因为婚礼要在那儿举行。走到路上一片芦苇荡边上，忽然芦苇荡里响起了欢快无比的唢呐声，那是锁子在吹唢呐，香玉借口要尿尿，就钻进了芦苇荡。在芦苇荡里，锁子正等着她，两个人摇着一艘木船私奔了。但他们后来还是被抓住了。锁子被收了监，关在了县城的大牢里，香玉还是被李掌柜娶做了第三房太太。

很快，和日本人打仗打败了的国民党兵退到了县城，李掌柜和国民党败兵发生冲突，被抓走了。大牢里的囚犯也被放了出来，锁子出了大牢，头一件事就是找到了香玉，两个人把李掌柜的私盐店也给卖了，开了一个榨香油的作坊，锁子仍旧开他的民间乐器店。

但很快，日本人占领了镇子，逼迫村民们修炮楼和公路，把锁子也抓去了，有一天趁看管的汉奸不备，锁子逃跑了。

他这一跑，就拉了不少过去乐器店和香油坊的伙计，成立了一个游击队，自造了土枪土炮，在大芦苇荡子里划着小船，与鬼子兵周旋，鬼子们几次三番派兵扫荡，仍旧抓不住他们，后来，有一个汉奸出了主意，他们抓住了香油坊中的香玉，拿她做诱饵，诱出锁子来投降，但锁子没有上这个当，他派人夜间进镇营救香玉，也没有成功，还死了两个人。

鬼子决定来一次对芦苇荡的大扫荡，他们紧急从别处调来了十几艘快艇，并配合大部队，开始围剿锁子的游击队。

锁子得到了这个消息，用香油坊特制的香油，趁天黑将芦苇荡里所有的芦苇都拿香油涂了。天亮了，鬼子大部队进了芦苇荡，由汽艇在前面开路，很多木船在后，对锁子的游击队进行围剿。锁子带着他的几十个兄弟隐蔽在芦苇荡中，伺机开火，打死了一些鬼子兵，然后他们边打边退，诱敌深入。

鬼子们发现了他们，越发来劲了，他们的大木船上绑着香玉，劝降不成，也开火了。

后来，锁子命人点起了火，一边继续开枪一边吹起了唢呐。他手下的人每人都吹起了手中的民间乐器，一边奋勇还击，在一场熊熊大火中，凄凉或欢快的音乐声中，鬼子兵和锁子的游击队在大芦苇荡中同归于尽，自此，大芦苇荡子再也不存在了，以后这里变成了一面干干净净的湖泊。但锁子、香玉，和他们手拿民间乐器和土枪土铳的游击队员们的英灵，也化入了这片清净的湖中。

本片一经上演，首先在欧洲就引起了巨大的轰动。先后获过如下主要奖项：

1993 年意大利威尼斯国际电影节金狮奖

1993 年第十六届大众电影百花奖　最佳故事片奖　最佳男主角奖

1993 年美国电影金球奖最佳外语片提名

1993 年法国戛纳四十六届国际电影节　最佳摄影、最佳服装道具、最佳女主角奖

1993 年第十二届香港电影金像奖　最佳摄影奖

评论摘要：

本片是潘岳在 20 世纪 90 年代拍摄的取材于中国现代史的又一部轰动性影片，显示了导演潘岳驾驭大题材的卓越的才能。这部电影仍旧采用了大量的民族特性符号，从大的历史环境上看，涉及了作为第二次世界大战局部战争的中国抗日战争，揭示了战争的残酷和非人道，从艺术视觉和听觉上，潘岳展示了中国各种民间乐器的制造与功能，从它们独特的声音上强烈地吸引了西方人的耳朵，使当代西方人感受到了中国民间乐器的复杂和美妙。

同时，潘岳在小的环境中，营造出了一个特定的封闭型的空间，比如

在一个中国北方的小镇及其周围广大的乡村，一个大芦苇荡，一座既能生产食用香油，也能制作燃烧芦苇用的燃烧清油的香油坊，这些中国特有的视觉环境强烈地打上了中国电影的烙印。

有评论认为这部电影的结局过于惨烈，中国民间的游击队和日本侵略兵同归于尽于芦苇荡，是否太过简单？但电影评论家龚元认为，导演的意念准确地传达出了抗日战争中，中国民间抗日力量的弱小，与日本正规军的力量是不能抗衡的，正因为如此，才设计出了同归于尽的大结局，以显示抗日战争的惨烈和悲壮。

也有评论对这部电影的结尾的旁白作了特别的评析。电影评论家王斌认为，这部电影是一部象征主义色彩颇浓的电影，他抽样分析了本片所采用的民族符号：唢呐等民间乐器、香油坊、土枪土铳、芦苇荡等，与之对应的是日本侵略兵的狼狗、燃烧弹、机关枪和汽艇，显示出20世纪自清代末年以来灾难深重的中华民族与外敌侵略者之间的不平衡的力量对比，喻示了中国现代化的艰难处境，结尾的大芦荡烧掉之后，抗日战争也结束了，这里的大沼泽大芦苇荡从此消失，变成了一面宁静的湖泊，显示了导演是一个强烈的和平主义者。

也有评论对潘岳的《百年槐树》和《民间音乐》的后历史主义倾向进行了分析，他认为这两部电影凝结了导演潘岳对中国近现代史的考察与思想。认为潘岳的历史观有清晰的地方，也有朦胧之处，显然潘岳受了美国学者黄仁宇的“大历史观”的影响，即强调从大历史角度来看中国历史，有其不合适之处。

对该片的摄影，大多数评论的评价都非常高，认为拍得非常干净、优美，镜头语言成熟并充满了诗意，担任该片摄影的周宁是刚刚从纽约大学摄影系毕业的学生，第一部电影就拍出了如此的水平，令人赞叹，他所获的奖项也是理所当然。

而担任该片女主角的夏百灵，评价却相当不一致，有人认为她在这部电影中的表演平平，毫无出彩的地方，竟然能获得法国戛纳国际电影节的最佳女主角奖，着实让人不可理解，但对男主角杜枫的表演，好评如潮，杜枫原籍山东，从北京电影学院毕业时间并不算久，被潘岳发掘出来，首次担任这部电影的主角即显现了他的表演才能，荣获大众电影百花奖最佳男主角奖，众望所归。

而导演潘岳自己对这部电影却很少发言，并多次拒绝媒体的采访，有关《民间音乐》，他只说了一句话："抗日战争中中国军民死亡人数在三千五百万人以上，抵得上西方一个小国家的人口了，这么大一个历史事件，我用一部电影做一个注解，不过只是一个开始罢了。"

有消息说导演潘岳的亲戚，也就是他的爷爷奶奶辈的人有不少死于抗日战争烽火，其中还有人是南京大屠杀的幸存者，说潘岳将借此片雄风拍摄一部日军侵华战争中幸存中国人的口述实录档案纪录片，计划拍 100 集数百小时，潘岳在回答记者有关此一问题的提问是不置可否。

笔者是相当喜欢这部《民间音乐》呢，尤其是它的画面的美丽生动，那随风飘荡的大芦苇荡子，在夕阳光和晨光中显现出美好的姿态，那飞舞的野鸭和水鸟，以及各种千奇百怪的中国民间乐器，还有热气腾腾的香油作坊当真是让人大开眼界呢，而且，锁子和香玉的爱情淳朴简单而又热烈火辣，两个二十几岁的年轻男女能够在那样一个战乱年代爱得那么壮烈真挚，不能同生但却同死的爱情，让笔者泪雨涟涟呢。什么叫中国风格、中国风景与中国气派？潘岳的这部《民间音乐》就是明证。因此每当笔者听到有人评论潘岳“以国人之奇技淫巧和封建落后的一面向西方人献媚”的说法，笔者就气不打一处来，恨不得立即撕裂了那王八羔子的嘴呢，在中国，不干事则已，只要有人干点儿事，就有人往你眼睛里撒胡椒面，这种局面看来还没个完呢。

《我在那年夏天》

编剧：潘岳
导演：潘岳
主演：夏百灵　潘岳　倪淑琪　李雨

故事梗概

这是潘岳自编、自导并且还在其中自己演了一个角色的电影，有很浓的自传性特点。

故事发生在“文化大革命”刚开始不久，片中主人公梁小兵时年十四岁，他父母亲都被造反派打倒，并被下放到外地劳动。梁小兵一个人在一座大院子里寂寞难耐，就常常在内部小礼堂帮助一个老放映员放映电影，梁小兵的父亲就是电影导演，因此梁小兵从小特别喜欢看电影，在帮助老放映员放电影的时候，他偷偷地把剪下来不宜放映的外国电影的一些片段都收了起来。

他有一天偶然打碎了一个瓶子，于是就用那瓶子底来看一切，发现一切都已经改变了模样，他于是找来了各种颜色的瓶子底，用它来观察世界，这是他发现世界改变颜色的新奇的一天。那年夏天电影厂在进行武斗，有一个年轻的导演不堪污辱，从楼上跳下来自杀了。梁小兵有一次路过一幢楼，看见有一个小姑娘隔着窗户看他。那个几岁的小姑娘就是自杀的导演的女儿。梁小兵就带她一块儿出来玩儿。

梁小兵有一天意外地发现了一座久已不用的大摄影棚的一间小屋里有很多电影胶片，那全是“文革”中武斗收起来的，他带着那个叫甄小红的女孩就自己修好了一台旧放映机，在大摄影棚里把一些废胶片的片段放映了，看到了很多在那个年代无法看到的电影情节。并且，他们俩仿照电影上接吻的镜头，还一起演练了初吻。

梁小兵在父母都不在身边，电影厂已经陷入瘫痪的情况下，反而自得其乐，他偷出了父亲锁在一个大木箱子里的照相机，开始到处照相，给甄小红拍了很多照片。而且，他对花花草草、鸟兽虫鱼、打雷闪电都兴趣盎然，都用那一架照相机去捕捉，后来他又找出一架肩扛式摄像机，开始拍摄他看到的一切。在“文革”一片混乱中从学校里出来，非常难得地享受了一种自由。

就在那年夏天，他看见和经历了很多事情，有一天那个老放映员不慎在放一部纪录片时，将毛泽东的头像放反了，于是立即被揪斗，在批斗时心脏病突发死了。

梁小兵被人推荐，担任了电影院的放映员，这一年夏天，甄小红也随母亲去了南方，他的初恋也被带走了。

梁小兵似乎一下子懂了好多事，他一边担任放映员，放各种电影，一边经心剪辑他拍摄的一切，画面上，花鸟虫鱼和甄小红的各种动作、笑容杂乱地拼在一起，却又十分有序。他觉得这一年夏天他有了初吻和初恋，见到过死亡，而且学会了用镜头去看世间的一切，还学会了在野外挖野菜、捉野兔、青蛙来和卧病在床的奶奶一起承担生活的重担……

镜头很快就回到了20世纪90年代，梁小兵从海外归来，和已是他妻子的甄小红又来到了电影制片厂，发现四周已是高楼林立，电影厂的各种建筑正在被拆掉，推土机正在推掉一幢幢残破的曾留有他少年记忆的房子，在轰隆隆的响声中，那座巨大的摄影棚也倒了。因为电影厂这块地已卖给了房地产开发商，电影厂的新厂址已迁到郊区去了。

成年梁小兵和成年甄小红已是夫妻了，他们拉着手走在残砖断瓦中，忽然，梁小兵似乎发现了什么，他从地上捡起了一个旧瓶子底，然后他又像小时候那样用眼睛透过瓶底去看世界，他拉着成年甄小红一起用瓶底来看正在消失的电影厂，他们一下子又看到了过去动乱年代所有的细节，甄小红在窗内怯怯地向外看；梁小兵和她笨拙地试着接吻；他追拍她的各种镜头，刹那间仿佛时光全部再现……

导演自述

在拍了几部被评论者认为题材十分沉重的电影之后，我想改变一下路子，拍一部较为“轻”一些的电影，于是我就拍了这部《我在那年夏天》。

这是一部成长题材的电影，我把它的背景放在了中国特殊的“文化大革命”的背景下，显示在那个动乱的年代，一个少年成长中的另一番情景，那是一个混沌初开、不谙世事却渐渐长大成人的过程。

我想这部电影应该算是一幅水彩画，一篇散文诗风格的东西。

有人说我多少有些美化了那个残酷的、血雨腥风的动乱年代，但实际上，在那个年代成长起来的少年，如本片的主人公，已然承受了“文革”带给他们的创痛，他们需要自己去面对这一切了，在诗意的少年目光中，却又隐约透出了特定时代的风雨飘摇。

严格地说，这是一部半自传式的电影，我动用了我自己不少童年和少年时代的生命经验，比如电影厂这个环境，比如这个少年角色的形成，都与我自己有关。

但成长是一个伟大的母题，成长的话题是说不完了。一个少年在一个夏天中经历了家庭变故、初恋初吻、亲睹死亡，并且第一次与梦幻般的艺术世界相遇，这一切都发生在20世纪60年代中某一年的夏天，这个夏天让片中少年主人公初尝人生的千滋百味。

评论概述：

这部电影在1994年一经上映，争议很大。有人觉得潘岳为什么要拍一部与意大利电影《天堂电影院》在情节上有十分相似的地方的电影？有人激烈地批评潘岳美化了那个血雨腥风的年代，认为在那个年代中小男孩不可能有这样的自由，而说好的人也大有人在，有人惊呼这是一部“诗化历史的美丽的成长题材的电影”，潘岳发扬了他一贯注重摄影镜头语言的天才，将一个少年在一年夏天里遭遇的一切，以及这一切在他内心之中引发的波动表现得诗意盎然，却又隐约透露出大动荡年代的风云变幻。这部电影在1994年的德国柏林电影节上获得了银熊奖，并获1994年洛杉矶影评人协会最佳摄影奖、法国戛纳四十七届国际电影节最佳技术大奖等，仍旧是所向披靡、凯歌高奏，一向偏爱潘岳的笔者也十分喜欢这部电影，它拍出了特定年代一个少年的特殊的成长，的确把历史诗化，用少年的目光注解了一个动乱的年代。“文革”题材对不少电影人来说还是一个不好碰的题材，一则单纯变成了血泪斑斑的控诉也并不好，二则因为才过去20年，对这一段历史的清理与发掘尚有许多当事人，所以艺术家触及“文革”不是投鼠忌器就是心有余力不足，刚好像潘岳，童年、少年时光就是在“文革”中度过的，由他来拍这样一部有自传色彩的电影是再妙不过了。

影片中小梁小兵和小甄小红的扮演者是两个中学生，而成年梁小兵和成年甄小红的扮演者则是潘岳和夏百灵，而这时，在戏外他们的感情也已经是如火如荼了呢，假戏真做，手牵着手，银幕上的他们和银幕下的他们竟已同样是缠绵绯则、柔情蜜意、双宿双飞了呢。

1995年，潘岳更是迈出了大胆的一步，匪夷所思地拍出了一部新派武侠片，从而把武侠片提高到了一个全新的高度了呢。这部电影叫《华山论剑》，在1995年一经上演，的确举座皆惊。而且，他动用了大陆、香港和台湾的大批大牌明星，几乎让他们人人都扮演了角色，有趣的是笔者从事后的宣传报道中解到，这些两岸三地的明星为了能与潘岳合作，甚至连剧本都没看就答应了，潘岳在拍摄这部片子的时候，每个演员都不知道自己要演什么角色，只管在现场拍就是了，到了剪出了样片，他们才发现自己在电影中扮演的到底是谁。

故事梗概

影片一开始是在一间小屋中，一个小男孩正在剪窗花，他的妈妈在一旁用纺车织布，一边和这男孩子说话。突然间，有一只大手从窗外捅破窗纸伸了进来，一把揪住了小孩子的衣领，一下子就给提走了。

把这个小男孩带走的人是一个穿黄衫的老人，是武林高手，三十年一次的华山论剑的擂主、得胜者，他恐年月无多，就四下寻觅有慧根的孩子，准备将自己一生的武艺都传授给他，于是他看中了这个男孩子，并把他带到了东北的长白山深林中，悉心调教传授，一转眼，二十几年过去了，黄衫客已几乎将武艺都传给了那个男孩，他也长大成人了，黄衫客给他起了一个名字叫铁牛。眼见又一次华山论剑将要到了，在他们住处附近，忽然有一群大内高手包围了他们，一番恶战之后，黄衫客死了，铁牛则逃出了山林。

他遵照师傅的遗言，一路向华山而去，路上碰到各种新奇的事，也使他渐渐懂了世事。他的绝技是无声琴，即他只要弹起他的无声琴，不发出任何声响，已然可以令敌人耳迷心乱，七窍流血而死。

后来他认识了一个姑娘，并和她有了恋情，两个人一路向华山赶去。……

故事的结尾是铁牛是明朝皇室的子嗣，是一些反清复明人士隐藏于民间的一枚定时炸弹，而不少武林高手、各门各派和清廷高手，也在围追堵截他。在华山之上，一番论剑之后，他发现他爱上的这个姑娘竟是清廷公主，两个人在华山上都被道明了身世，一个是明朝遗子，复明的大任在肩而他也方才醒悟，另一个是奉文王之命捉拿反清逆子，一番爱与江山的争执，两个人双双跳入华山之绝壁深渊。

评论摘要：

这部电影的故事情节丝毫没有出新出奇之处，但摄影和影片的结构却是十分新颖的。它大量运用了高速摄影镜头，通过影片主人公的旁白，一段段地讲述出了武林中人之间的恩怨，男女之间的情感，以及历史朝代的仇恨，并将这几组关系一节节拼起来，在叙述上并没有完全按照叙述的时间进行线性叙述，而是忽而倒叙，忽而插叙，忽而又进行跳跃叙述，并将影片一步一步地推向结局。影片长达两个小时，但却丝毫不给人以冗长之感。

对于大多数观众和影评家来说，这都被冠之以武侠片名目的电影似乎与香港惯常的武侠片一点关系都没有，只是服装、道具和景物，与一般的武侠片一样。但它的摄影和旁白，却是影片的主要特点。高手与高手相遇，不见打杀争斗，一个人已经死了。而有时候一连十分钟的刀光剑影的打杀，竟没有一个人受伤。因为运用了大量高科技手段，使得这部片子拍得十分玄妙和神秘，主人公的台词十分简洁，旁白作为叙述的线索，将全片穿在了一起，多位大牌明星在本片的表演中都十分卖力，因而也给本片增色不少。

这部影片首获巴西圣保罗国际电影节技术大奖、最佳导演奖、全美影评人协会最佳摄影奖、法国“巴黎竞塞画报”十大热点电影之一、香港十大华语片奖等。

而持批评该片的评论家认为，除了影片的结构和摄影以外，这部武侠片没有什么更新的艺术追求，因而在 1995 年的法国戛纳第四十八届国际电影节上铩羽而归，而戛纳电影节一向以突出强调多元文化和电影的艺术性而著称，并向以商业性成功为主的美国奥斯卡电影奖分庭抗礼的。电影评论家对夏百灵在影片中的表演评价很低，认为她的表演已到了穷途末路，即使潘岳再包装，让她穿上古装，也没有用。对于这一点，笔者却有不同意见。笔者认为夏百灵穿上古装之后可真的是美丽绝伦呢。正是因为演了这部《华山论剑》，意大利著名电影导演准备拍摄一部叫作《慈禧太后》的电影，想请夏百灵扮演慈禧太后呢。而笔者听说美国导演波兰斯基想拍一部有关江青生平的电影，也想请她出山，但都被她拒绝了。

本片的票房仅北京、上海和广州的票房累计已过千万元，在日本尤其受到欢迎，主要的投资都是从日本市场上收回来的。在东南亚的票房成绩也相当不错，因为观众们喜欢其中出现的大批的华语大牌明星。

导演潘岳对他自己的这部片子评论一般，他觉得他拍这部片子只是玩儿了一票，因为看到每年尤其是香港有那么多部的武侠片出来，手有些痒。就也拍了一部《华山论剑》，按说“华山论剑”已是由金庸的武侠小说引出来，几乎成了一个武侠片中争取武林盟主的代名词，所以他也来论了一回剑，玩一玩，没想到竟获得了意外的成功。

而更有美国哥伦比亚大学的比较文化学博士郭香华（女，中国台湾人）撰文认为这是一部具有解构主义风格的电影，在影片结构上比好莱坞的调皮捣蛋的坏孩子昆汀·塔伦蒂诺走得还要远，在艺术理念上解构了以往香港武侠片中“华山论剑”这么一个武林争强好胜的至尊象征，并且动用了大批一流华语片演员演绎了这么一个故事，是影坛上不多见的解构主义电影。

《底片》

编剧：吴顶新
导演：潘岳
主演：夏百灵　杜枫　胡丽蓉

故事梗概

袁劲松是一家时尚类杂志社的记者，一个偶然的机会，他拍摄到了他住处对面楼上一个杀人案件的情景，并将照片洗出来后寄给了公安机关。

他喜欢上了才来杂志社不久的打字员孟叶，但后来他发现杂志社主编江长航对孟叶垂涎已久，他有一天跟踪拍摄了江长航威逼孟叶诱奸过程的照片，但当他告诉孟叶他拍到了证据，希望孟叶告江长航强奸罪的时候，孟叶要走了照片证据，并且反而将证据提供给了江长航，江长航辞退了袁劲松。

另一条线索是女主人公邓梅要摆脱掉控制她的一个小犯罪团伙的控制，于是邓梅开始了她在城市中的逃亡，但她没有钱，于是她在一家迪厅里做DJ，同时和一个叫老黑的人联系贩一批大麻，她想得到一笔钱后立即远走他乡。

但在接头的地方，老黑的货被另一伙人截获了，他们没有交易成功，但要货方也在追她，她必须要找回那批大麻。

袁劲松心灰意懒，他从那家杂志社出来后，先后干了好几个工作，后来他都辞去了，有一天他关掉了寻呼机和手机，决定自己要像一棵树一样自由自在地在都市中生长，成了一个游荡在都市中的自由人，他甚至想象自己的头发上被筑成了鸟巢，而且他终日在护城河边晒太阳，找到了一种可以使他感到缓慢下来的生活。几个月后，又是一个偶然的机会，他目睹了一次银行抢劫案，并拍下了，这时他决定结束自己那像一棵树一样的生活，开始追寻抢劫凶犯了。

而邓梅则在一个场合找到了抢劫她的大麻的匪徒，一番恶战，他们夺回了大麻，邓梅拿到了一笔佣金，她决定在一个迪厅里最后做一次DJ。就在那天晚上，偶然在迪厅出现的袁劲松和兴之所至、在舞台上领舞的邓梅相遇，他预感到自己即将迎来一次爱情了。

邓梅似乎也很喜欢他，她希望他和她一起离开城市，到别的地方安心地生活。袁劲松告诉她他还要完成一件事再离开这里。

邓梅被她过去的保护人，犯罪团伙的大哥抓住了，他们要带她去俄罗斯搞军火走私，邓梅逃脱了，但却找不到袁劲松，她和袁劲松失去联系了。

原来袁劲松终于发现了抢劫银行的那个罪犯的汽车。他跟踪了他好几天，在一家商务酒店门口，他一直盯着罪犯，并向警方打了电话。警方赶来之前，那个罪犯突然要离开那里。袁劲松上前去假装借火，被罪犯察觉，开枪打死了袁劲松。而警方也赶到了，抓获了这个震惊全市的抢银行的罪犯。

邓梅从商场的电视新闻上看到了这个消息，她很伤心。后来她乘坐船只，从水路离开了这座城市。

评论摘要：

潘岳又拍出了一部城市题材的探索影片，这是大多数评论者所认同的，这部影片投资在一千万元人民币，1996 年上映之后很快收回了投资，在中国台湾、中国香港、日本和东南亚地区票房很好，在大陆票房一般。潘岳采用了双重线条的叙事结构，将两个影片主人公在都市中的命运交叉在了一起，是一部黑色幽默风格的探索电影。

评论认为潘岳仍具极大的创造力和艺术发展前途，这个不到四十岁的年轻导演在艺术上锐意进取，居然能够拍出如此实验风格的电影，令人惊喜。

与上两部电影《我在那年夏天》和《华山论剑》所招致的不少批评相比，这部电影虽然在艺术上走得更远，但却获得了一致叫好，就在于大多数人都认为潘岳拍出了城市的感觉、城市的气氛、城市的符号和节奏。

影片还嘲笑和滑稽模仿了不少欧美城市片的模式，用了不少欧美和港台这类电影的元素，比如一个男人和一个女人之间的爱情，毒品交易，犯罪团伙，城市五光十色的夜生活等。但潘岳显然不为这些一般城市电影的元素所束缚，他利用了这些元素，却又将更深的意念注入到了电影中，使这部《底片》获得了艺术和商业的双重成功。

有评论认为这部电影的主题是孤独，它探讨了人性当中的孤独的成分，以及孤独带给人们，尤其是城市年轻人的影响，是一部继承了正在衰亡的欧洲20世纪60年代以来实验电影精神的电影，探讨了人的存在及孤独的含义。

但也有评论认为这部电影既不是一部黑色幽默风格的电影，也不是一部所谓探讨人的孤独的“作家电影”，它就是一部披着实验电影外衣的城市爱情片，夹杂着一些侦破片、文艺片的元素和故事情节而已。

这部电影的摄影仍被一致叫好，评论者认为这是潘岳的电影屡次胜出的决定性因素，因为从题材上讲，城市题材的电影很难与欧美一争高低，而潘岳却做到了这一点。而且20世纪90年代以来，中国的城市化进程迅速加剧，不少发达城市出现了某些富裕国家的特征，而素以表现民族符号著称的潘岳能够拍出这样一部城市电影，的确值得庆贺。

该片荣获1996年德国柏林电影节银熊奖、1996年美国电影金球奖最佳外语片提名、意大利米兰电影协会年度最佳外语电影、中国电影金鸡奖最佳摄影奖、香港电影节金像奖最佳华语片大奖等。潘岳仍是获了一大批奖项。

笔者仍旧觉得这部电影是一部成功之作。想想看，从20世纪80年代初到1996年，潘岳已拍了十一部电影，像一棵树一样成长着，而且几乎每一部电影都是杰作，的确是一件相当不易的事。因而想到潘岳如今已不再在人间，真的是感到一种前所未有的凄凉呢。而他的生前最后一部电影《永恒》，刚刚完成了后期制作，还没有公映，就发生了“潘夏”事件，着实让人痛心。而《永恒》就像潘夏之死的预言一样，阐释了一个爱的永恒的故事。笔者当初没有赶上这部电影的放映，此时不仅看了这部电影的录像，而且意外地得到了一本关于这部电影的宣传手册，因此试与广大同好一同欣赏之。

《永恒》

题记：

结束　只是　永恒的开端

在咽气后的长眠里会是怎样的梦境，谁也无法预料

莎士比亚

——《哈姆雷特》第三章　第一场

序言

这是一部根据当红女作家田妞的畅销小说改编的超越时空的浪漫爱情故事。

制片人张灵泉拿到小说后就决定投资拍摄这部电影，等到潘岳有时间认真听他介绍这部小说，然后，他们合作了。

这是一个发生在死后世界的爱情故事，它正像该片的字幕第一句话那样：结束，只是永恒的开端。

我们大多数人不相信有往生与来世，超越生死被人视为不可能。但由于潘岳的介入，这个主题第一次实现了。

《永恒》这部电影是由潘岳自编、自导、自演、夏百灵主演的一部电影。《永恒》的魅力在于它是中国第一部大量运用高科技手段，尤其是3D电脑动画特效，逼真描绘出中西方传统观念中的极乐世界与地狱中的情景及视觉场景。

现在，这部将爱和生、死融为一体的人的生命中最重要的元素的故事片，以无与伦比的镜像，并以感人肺腑的演出，带给了观众一次全新的情感体验。

故事梗概

徐般若（潘岳饰）的妻子宁可欣（夏百灵饰）是一个国画家，她突然遭遇了车祸，一场意外毁掉了他们幸福的生活。

徐般若遭受了这个打击之后一蹶不振，他思念和妻子在一起的生活，并不断地沉入到幸福的回忆当中，终日酗酒，有一天不慎跌入河中淹死了。

天使花仙子蔷薇引领他在极乐世界和十八层地狱之间来回寻找，后来他在地狱中找到了正在遭受小鬼折磨的宁可欣。

原来，因为宁可欣的一次疏忽，造成了她父亲的意外死亡，所以她死后必须要被打入地狱。

而徐般若因为一直积善扬德，可以升入天堂的极乐世界当自由的弹琴牧羊人，他不甘心自己的爱妻身处地狱。

在蔷薇花仙子的引领下，徐般若来到了地狱，以解救有杀父嫌疑的正备受折磨的宁可欣。

于是，他们之间演绎出一场跨越生死的爱恋，涉及来世今生……

潘岳（饰徐般若）

在化妆师的精心修饰下，潘岳比实际年龄又大了十岁。这个美国奥斯卡金像奖近30年来亚洲唯一的最佳外语片大奖的获奖导演，担任了这部影片的主角，他是一个传奇般的天才人物，集编、导、演、摄影的诸多才能于一身，并能出神入化地在这几个角色之间转移，由他出任深情寻找妻子灵魂的徐般若一角，实在是最佳人选。

在《永恒》中，潘岳扮演的是一个为了真正的爱情穿越生死界，历经佛教传说中的十八层地狱终不悔的痴情男子。他说："每个人一生中都会有刻骨铭心的爱情，我拍这部电影，我演这个角色，就是为了放大每个人的这种情感。中国人过去都相信人有来世今生，我就想回答一个问题：人死了之后，是不是可以重新再活一次？"

潘岳自1983年以执导《中午的黎明》起家并崭露头角后，扶摇直上，短短十几年时间共拍摄了11部电影，成为中国影坛上屈指可数的几个国际级大导演，而他年仅三十八岁。他所导演的电影从深挖民族文化之根到弘扬人性之美，从剖析历史的真实到进行电影艺术的极端实验，潘岳正在走向大师级的大导演之路。本片是他探索生命的又一部力作。

夏百灵（饰宁可欣）

在潘岳的电影《新愚公移山》中第一次出任主角的夏百灵被认为是潘岳的黄金搭档，也是当前最受欢迎的女影星之一，这次由她出演在地狱中受煎熬的宁可欣一角，对她既是一个挑战，又是一次全新的登场。

由于她的银幕号召力和东方魅力，潘岳选择她在本片中担任主角非她莫属。

她也认为这次扮演死人的灵魂的角色对她是一个极大的挑战，这是她过去不曾体会过的，因此，她更有一种迎接挑战的信心。

而且，她说自己的母亲去世多年，她也相信缘是今生确定、来世还修的，她相信有一种爱情可以超越生死，人的生命的意义仍旧是爱，生命之中必须要有爱，“躯体会老死，而灵魂会永存。”她说。

在这部影片中，她扮演一个女国画家，这是一个创造美与毁灭美的角色，而她也正经历这种角色，所以，和潘岳演对手戏，于她是顺理成章。

“我母亲常说，人死后会有另一个天地，一个地狱和极乐世界分开的世界。积德行善者入天堂。”她说，“而我却在这部电影中下了地狱。这对我是一次灵魂的洗涤，我想这是我情感投入最大的一部电影。爱的力量是无穷的。”

陈嘉丽（饰蔷薇花仙子）

由香港当红影星陈嘉丽出演蔷薇花仙子，也是众望所归。陈嘉丽自十九岁参加选美比赛当选“港姐”之后，在香港影视界发展顺利，尤以演古装片著称，扮相特别好。

她扮演徐般若在极乐世界和十八层地狱中的引导者，很有说服力。不仅因为她的古装扮相迷人，还因为她从小受过正统的舞蹈训练，因而魅力四射，在地狱和天堂——极乐世界的穿梭中，像天使一样光芒四射。

为了拍摄这部死后的世界的电影，陈嘉丽专门和各种鬼神妖魔的模型单独过了好几天，以适应拍片中的心理，她完成了这个艰难的转折，成功扮演了这一角色，不仅成为片中主人公的引导者，也成了广大观众的天使般的引导者。

关于制作

《永恒》在神农架国家级自然保护区开镜，在长白山风景区封镜。总监制姚斯说："我们首先要达到出神入化的、类似仙境的自然的外景，而接下来的很多画面都是用电脑技术合成的，由自然外景加上大量的电脑设计，这种技法在中国电影之中并不多见。"

而内景则在京郊顺义区的一条河边搭建，其广阔宽大程度相当于北京首都机场即将落成的新航站楼，因此要拍摄天上人间和十八层地狱的景色，必须要有这样大型的摄影棚，才得以完成如此复杂的内景。

美术设计师杨惠珊和她的助手在和导演潘岳进行了充分的交流之后，设计出了潘岳心目中的天上人间极乐世界的造型：由潘岳扮演的徐般若在极乐世界中的云雾缭绕的一座瑶池中的一朵巨大的莲花中醒来，身边飞动的都是一些仙女和带着翅膀的小天使……而在十八层地狱中，美术设计师根据东方佛教中所说的十八层地狱的传说，设计出了一层层的实景，阴森可怖，险象环生，从而可以给人以极大的视觉刺激。

在拍摄这部影片时，导演潘岳异乎寻常地从宋代以来的大量国画中吸取了灵感，将国画大师们的画风风格抽取出来，塑造成《永恒》中独特的视觉刺激，营造出了天上的极乐世界的氛围，充分释放了想象力。中国国画总是花团锦簇、鸟翔鱼游、名山大川、风雨云月和星雪梅竹，因而在天上的仙境中，潘岳动用了中国传统文化中非常强烈的美学符号，营造出了东方人，尤其是中国人想象中的天上仙境。

而在十八层地狱中，则是没有色彩的，以黑色和白色两种基调调和而成，从而形成了天堂和地狱之间的巨大反差。

在制作上可与好莱坞媲美的本片，视觉刺激上将给你带来全新的感受：无论是天上仙境还是十八层地狱，你都从来没有到达过那里。

视觉效果

最先映入观众眼帘的是一只巨大的风筝，在风筝顶上站着潘岳扮演的徐般若，他在向天上仙境飞升，很快便进入了云端，这样就设计了徐般若死后升入天上仙境中的情景。潘岳在设计仙境时，几乎结合了东西方所有关于天堂的描绘，云朵、瑶池、莲花、观音、大天使、小天使、仙女……这些东西方想象和传说中的神话元素，佛教和基督教的一些想象，被潘岳巧妙地融于一体，显示了他开阔的想象力。

而经过电脑加工的历代中国国画大师的画风基调，配合神农架的神奇自然风光以及长白山的雄奇瑰丽朴素大气的外景，营造出该片十分独特的电影世界。

在这样瑰丽的背景下，本片演示了“真爱能超越生死的疆界”的真谛。

生死时空

多少年以来，中西方的哲学家、文学家、科学家和艺术家都对生死问题进行过观察和大量研究，虽然不少典籍与资料可以支持人在死后会有另一个世界存在，那个世界也分天堂和地狱，但却无法真正证实这样一个世界的真实。

但尽管如此，它仍旧激发了尤其是文学家、艺术家对此一问题的探索。而潘岳创造出的天上仙境和十八层地狱如此逼真而又耸人听闻，是艺术家在当代对人的身后世界的最佳的想象。

而本片在这个问题上仍是积极的，即描绘了人的来生，即在仙境和地狱中人们仍旧在为基本的生活理念，为了寻求爱而追寻着，并承受着生存困境所带来的煎熬。

笔者看完了这部影片，它的结尾当真是意味深长：在这部叫作《永恒》的电影的结尾，主人公徐般若从梦中醒来——原来他在仙境与十八层地狱中的追寻不过是一个梦，这时候晨光熹微，窗外透进了光亮，他的妻子宁可欣仍甜美地熟睡在他身边。徐般若眨着眼睛，仔细回想着自己在天上和地狱中的经历，他搂住了宁可欣，两个人在晨光中无比甜蜜地开始了接吻——原来这一切不过只是主人公的一个梦境。

而这部叫作《永恒》的片子已是潘岳和夏百灵合作的最后一部电影了。当这部片子刚刚完成了后期制作，还没有来得及上映和送展，潘夏危机就爆发了，笔者在想难道这部片子真的就像是一个预言，预言了潘岳和夏百灵从此进入了另一个世界再也不得归来？为什么偏偏是这部电影成了他的最后一部作品而不是别的？他为什么要拍这样一部探讨来世今生的影片？这些都是潘岳无法回答的了。而也许他们真的借此片进入了我们活人永远也无法知道的另一个世界，想到这里，笔者早已是泪流满面了。

第十章　媒体的追击

1

潘岳和夏百灵如日中天的时候就是在20世纪90年代上半期的这几年，当他的电影《百年槐树》荣获奥斯卡最佳外语片奖的时候，当真是令国内文化界举界狂欢呢。这奥斯卡外语片大奖每年也只有一部，是自大的美国佬为了拉拢安慰除美国之外的其他国家的电影人，特意设置的，得这个奖殊为不易，但潘岳却在三十出头就拿到了这个大奖，的确令人惊羡，莫非潘岳真的是一个电影天才？传媒于是又一番热炒。因此，当潘岳和夏百灵出现在南方某个中等城市的时候，发生了一件因观看他们而死了人的事件，也就不足为怪了。

那是1994年夏天，潘岳和夏百灵打算悄然回一趟夏百灵的安徽老家，那一年正是潘岳和夏百灵的关系已进入到“人戏不分的地步”（张武语），所以大报小报对他们的传言和关注十分紧密，香港的一些媒体还派了“狗仔队”，对他们进行紧急盯梢。做人难，做名人更难哪！笔者也算是一个在文学界小有斩获的人物，获得了一些小名小利，知道这名利二字的厉害，也知道一些是是非非和众口铄金的危险。这潘岳和夏百灵如日中天的情况下，他们的一举一动都是大众十分关心的，因此，潘岳和夏百灵一起回安徽夏百灵的老家，去面见夏百灵的父母，这个消息也不胫而走，他们刚刚抵达安徽省 ×× 市，立即就有成千上万的人围住了夏百灵父母家附近，要一睹潘、夏，尤其是夏百灵的风采呢，所以当潘岳和夏百灵从汽车里钻出来，虽然戴着墨镜，也不禁为这等阵势弄得心慌意乱了。

顿时有一班警察进行开道，潘岳和夏百灵方才得以向夏百灵家走过去，但人涌如潮，此时夏百灵不失大明星、大美人的气度，她向大家挥手致意，家乡父老们顿时报以热烈的掌声。正在这时，不远处的楼房上有人“哎哟”惊叫一声，从上面跌了下来，人群哗地一下子散开了，“有人从楼上掉下来了！”很多人在惊呼，一时大乱，警察二十几个人立即团团将潘岳和夏百灵围住，像屎壳郎滚粪球一般，护住潘岳和夏百灵走进屋子，屋外警笛大作，有一班警车开了过来，开始驱散众人，并将从楼上跌落下来的那个人送进了医院，但那个人却早已经摔死了。

第二天大报小报都报道了夏百灵省亲过程中有人因想一睹她的芳容，竟然从楼顶上掉下来摔死的特大新闻。死者叫王子胜，笔名钉子，竟然是夏百灵的崇拜者，据报道上中学时王子胜就喜欢上了夏百灵，那时候还不兴早恋——不像现在，幼儿园中已出现了娃娃恋，王子胜当时就常给夏百灵送自制的陶俑、弹弓、哨子、猴皮筋，还下河摸鱼、到郊外抓兔子给夏百灵，讨好夏百灵，此外，还给她写诗。要说起来，如此算起来，王子胜还是夏百灵的第一个追星族呢，后来王子胜渐渐疯了，他声称自己看见了幻象，也就是说，他经常看见有死人挂在房间里。这几天他在福利院的表现也非常异常，他总是挂在嘴上说，“她要回来了，她要回来了。”但当人们问他谁要回来时，他却诡秘地一笑，说："天仙女要回来了。"

对王子胜的疯人疯语，众人原本就不想理会，不成想夏百灵突然省亲回家，一下子让人觉得王子胜又成了一个通灵人物。而王子胜为了看得清楚些，就在离夏百灵父母家最近的一幢斜顶红砖楼房的烟囱旁，搭了一座木梯，以期登高望远，不期木梯滑倒，他也从上面跌落下来摔死了，酿成了一起悲剧事件。

因而，夏百灵和潘岳的省亲事件一下子具有了某种黯淡的色彩，他们只在夏百灵家待了一天，第二天下午就匆匆离去了，因为他们担心再待下去又不知会出现什么事儿——在夏百灵家周围，成百上千人经常聚拢着盼着夏百灵出来，附近的不少人家的阳台上，有外地、香港来的媒体记者，架起了"大炮"——长焦镜头相机，时时刻刻对准夏百灵的父母家，以搜捕可资利用的镜头，这一下子，夏百灵和潘岳当真是感受到了大众人物、大明星大导演大名人的压力了。加之又摔死了王子胜——也许他连夏百灵的影子还没看全呢，夏百灵和潘岳商议尽早离开，于是他们就离开了那里，夏百灵父母亲虽然见一趟女儿不容易，但每天屋外都有那么多人围着，这阵势他们也从来没见过，生怕什么时候他们按捺不住，一下子冲进来将他们的宝贝女儿撕成碎片了怎么办，所以泪雨涟涟地目送他们隐身于一辆白色面包车而去。

对王子胜，后来据报道夏百灵还有印象"……他长了一个大大的红鼻子，小时候总流鼻涕，看人目光呆呆的，总在傻笑，人很憨厚，诗写得很美。但你却觉得他会有潜在的暴力倾向……"

不管怎么样，在潘岳和夏百灵如日中天之际，有人为了一睹夏百灵的风采，从高处摔下来摔死这一条新闻已传遍了五湖四海，从而给潘岳和夏百灵神秘的生活上又蒙上了一层神秘的面纱。而王子胜的死，也就牢牢地像苔藓一样长在有关夏百灵的传说里了。

2

自从进入 20 世纪 90 年代以来，潘岳和夏百灵频频参选国外各种大大小小的电影节，尤其是几大著名的 A 级电影节，像法国戛纳电影节，德国柏林电影节、意大利威尼斯电影节、加拿大蒙特利尔电影节、日本东京国际电影节等，潘岳和夏百灵有时候是作为参选候选获奖人出现，有时候则是特邀评委，在全球明星大聚首的这类 A 级大型电影节上，当真是群星灿烂、明星荟萃、众星捧月，“星星呀你哪里知道我的心”呢？而潘岳和夏百灵的风采也竟一时是各国报刊的热点新闻。

先说潘岳，潘岳人很瘦，除去在获奖颁奖晚会和正式的晚宴上他一律穿黑礼服并扎蝴蝶结以外，其余场合，他大都穿中式衣服，比如像中山装，早些时候像清末民初的长衫，甚而也有时穿一穿长袍马褂，头戴瓜皮帽呢，对襟的襟子是常穿的，因而在视觉上扮相上也给了西方人很大的新鲜感，有关这一点，笔者采访了他的副导演、负责挑选演员的杨北明，这是一个壮实的小伙子，他爽快地证实了这一点，“这都是潘导的个人喜好。20 世纪 80 年代末那几年外出颁奖，他都穿西装。到 20 世纪 90 年代他反而以穿中式服装为主了，有人说他这叫巧妙的包装，像我们十分了解他的人都知道，他实在是喜欢这类衣服，尤其是这几年，他的着装在西方媒体上频频露面，竟然引起了西方很多大服装设计师的注意，并从中式服装上吸取了不少灵感呢。而且，这几年潘导开始搜集古旧家具，当年轻人以逛北京宜家家居那种北欧低地粗人用的简朴风格家具店为时髦时，潘岳早就盯上了中国古旧红木家具，他的房间里尽是这些东西，像红木吊扇屏风，他有七八种呢，还有各种雕镂木柜、方桌、太师椅、案几，把他那几间屋子填得满满的。我看要是精力充足，他保管又从瓷器入手，开始搜罗中国古旧瓷器了呢。为什么潘岳 20 世纪 90 年代以来反而迷上了中国传统中的不少东西呢？我也搞不大清楚。反正他睡觉都睡在他从山西乡间运来的一只龙凤床里，他和夏百灵平时都睡那张床，我记得有一次夏百灵还为此和他吵了一架，认为睡这种清朝做的床——上面都睡过死人了——她要总做噩梦的，但潘岳不为所动，结果后来夏百灵负气而走，我想他们之间分手的原因，与那只龙凤床有极大关系呢。”

杨副导演有关潘夏危机的原因的解说，笔者倒还是第一次听说呢，仔细想想，也并非没有道理。本来一男一女，如若想做或做了夫妻，必然天天睡在一张床上，倘若连睡的床都意见不一，感觉不同，势必要合久必分呢。在不同的床上颠鸾倒凤，激情云雨，感觉是大不相同呢，因此，潘岳和夏百灵因为一张龙凤床起纷争，继而分手也是可能的呢！

笔者在杨副导演——现在他已投靠了另一个大导演孟庭国手下当搜罗演员的副导演，参观了潘岳的部分藏品。这些藏品，潘岳都捐给了一家私人开的民俗博物馆。插一句，这杨副导演因手中有了挑选演员的权力，因此身边如花似玉的美女简直如过江之鲫，只要他那漂亮的女性化的彩色小手机一响，保管是一个女孩打来的，嗲声嗲气、柔声媚语地央求他托他以进入孟导的剧组，杨副导估计也借机雁过拔毛不少了呢。那个私人开的民俗博物馆就位于北京琉璃厂一带，这里如今已是一片凋零了。

潘岳的收藏以民间生活、艺术化小用品为主，像少见的剃头挑子、各种木梳、民间乐器（显然系拍摄电影《民间音乐》时所搜罗）、烟壶、大烟枪、水烟袋，各种包括银托子、勉铃儿之类的古代淫器、女红用具等，有三四百件之多，真的是琳琅满目。

笔者对银托子之类的古代淫器十分感兴趣，要伸手触摸，想试用一下，但遭到看守物品的一个老头的制止，而那勉铃——听说可以在女性体内发出好听声响并增加快感的东西，笔者更是眼睁睁看着它又尘封了。

潘岳和开这家博物馆的陆荣自小是朋友，陆荣因去美国参加一个文化活动，笔者无法追问其详，但无论如何，借助杨副导演了解了潘岳在近几年竟对中国文化小剩余物如此用心，也是探寻出的一条重要细节呢。

而夏百灵，则陡然是另一种生活风景了。夏百灵自成为国际级影星之后，吃穿用度已非昨日之功了，就凭她隔月去一次巴黎香榭丽舍大街和东京银座疯狂购物，每月坐飞机去洛杉矶找维达•沙宣——做一次头发，就可见夏百灵生活的层次了。当然这是笔者从小报上看到的传闻，实际上这个传说有两点不可信之处，一是如若她隔月各去法国巴黎香榭丽舍大街和日本东京银座两条著名大街购一次物，那么像潘岳这等为艺术献身的狂徒，一拍电影就封闭在一个小山村或小山沟达数月之久，显见是不可能的。再者，维达•沙宣是国际级的发型设计大师，他平时的足迹也是十分国际化的，几乎总是满世界乱跑，断不会一直待在洛杉矶他的依山而建的别墅里一动不动，所以，夏百灵每月去洛杉矶做一次头发的说法，因而也是不确切的。

但无论如何，夏百灵这几年常去巴黎香榭丽舍大街的名牌专卖店和东京银座购物，倒是真的了，而维达•沙宣给这个东方美人设计过头发，也是确定无疑的事。而且，夏百灵还做过伊夫•圣罗兰化妆品的东方形象代言人呢。由此可见，夏百灵的生活早已是国际化的了。

有关夏百灵在她如日中天时的生活情况，笔者找到了她的一位密友，形象设计师连蕊女士以及她在一些片子中的替身邝紫云小姐，她们在夏百灵爆红的那几年有较多深入接触，因而有第一手的绝佳资讯。

连蕊现在是一家台资公司在京分公司的首席形象设计师，找她进行形象设计的名角名媛富姐大婆很多，笔者只想了解夏百灵如日中天那一段时间的生活，而那几年她刚好是夏百灵的化妆师。“她并没有银幕上那么好看，她的脸太长，而且还偏瘦。她的脾气很坏，每一次我给她化妆，要是没碰上有人在一旁，她还好一些，只要旁边有人，如果要是有记者来采访，那她就来劲了，颐指气使，真的是拿足了大牌明星的架子，总是叫我弄弄这儿，画画那儿。”

“我听说维达•沙宣还追过夏百灵？”笔者必须要就这一点予以证实。

“那一段时间不少小报都热炒维达•沙宣追求夏百灵，确实有一段时间夏百灵经常坐飞机去美国洛杉矶找维达•沙宣做头发，有时候她还去巴黎找维达•沙宣做过头发呢，到底他们两个人是什么关系，谁也不知道。那一段时间潘岳很紧张，我看他是有些吃醋了，可后来报上登出来维达•沙宣和他的女友、一个饰物设计师在他们自家游泳池中的照片，谣言就不攻自破了。不过，请维达•沙宣做头发，一剪子下去夏百灵要付三千美元呢。夏百灵那会儿花钱可是大方着呢。”

而在《华山论剑》和《永恒》中担任夏百灵替身的邝紫云——她如今已到香港发展去了，这几年冉冉上升，被人称之为杨紫琼第二了呢，趁她来北京参加一台联欢晚会之际，笔者不失时机地在宾馆找到了她。邝紫云是浙江杭州人，从小练习武术，闪展腾挪，出手疾如闪电，见到笔者，先来了一个擒拿手，弄得笔者差一点就脱臼了。

“这是一个小小的警告呵。现在记者是十分讨厌的。上一回一个香港记者在北京酒吧被窦唯泼了一身咖啡的事儿你知道吧？有时候记者太讨厌了，整天要围着明星打探人家的私生活，不打断腿就不错了。所以，你要乱写我，可得当心点儿。”

但得知笔者是为夏百灵所来，邝紫云眼圈儿一红，看得出，这女子还是一个至情至性之人呢。“我崇拜她，因为她美丽，也因为她人好。我的身材是有些像她对不对？可在拍武侠片《华山论剑》中，那么危险的动作，她常常自己做，我虽然是她的替身，可经常我替不了她几个动作，原先我以为她是争强好胜，可有一次我偶然得知，她实际上是怕我受伤，因为那些动作对我也一样危险，为了我的报酬，她还和制片人大吵大闹过呢，她是个爽快人，真的是侠肝义胆，我比不上她，她这么年轻就死了，我非常心痛，潘岳和她真的是一对冤家……有一回钢丝断了，夏百灵横生生就从半空掉了下来，摔了个闷儿响，拉到医院一检查，脾脏出了很大问题。后来她的血液问题就大，血小板特别少，只有几万个，经常稍一碰就一身青紫，夏百灵不太会照顾自己，有什么好的她尽拿来让大家分享了，我很想念她。要没有她为我争取，我现在的片酬不会这么高，这演艺界可是一个弱肉强食的世界，尤其在香港。不过，她和潘岳两个人死到一块儿了，谁叫他们是一对冤家？我见过他们感情最好的时候，那一阵子媒体把他们炒得特别凶，一会儿说夏百灵和维达•沙宣了，一会儿又说潘岳和伊沙贝尔•阿佳妮了，真的是谣言满天飞，结果呢，他们两个人悄悄去厦门鼓浪屿度假去了，远离尘嚣，悠然自得，双宿双飞，情投意合。我见过他们在一起最好的时候，他们之间有那种真正的爱情，这种感情不是你我这类俗人能够了解到的。我们永远不会知道他们体验了什么样的狂迷、什么样的爱、什么样的激情，所以，他们死一块儿了。这又有什么不好？在这个没有爱情的年代，他们因为爱而死在了一块儿，又有什么不好？”

3

关于导演潘岳和作家之间的关系，总是众说纷纭。前前后后有不少作家和潘岳合作过，有一些还是笔者的朋友，有人骂他，也有人对潘岳礼赞有加，作家的毛病笔者十分了解，因为文无第一，武无第二，这作家圈子里的小是小非与笔墨官司上的大打出手，就是这帮子酸人鸟类的缩写。但潘岳和作家们合作，使作家的钱包不菲这一点，作家们大都无语可说，而当潘岳以《百年槐树》获得了奥斯卡最佳外语片奖之后，他每拍一部电影，得到两三千万元以上的投资，已是不在话下了。所以，他和作家合作，给作家写剧本的报酬相当不菲。

潘岳深知，电影这种影像文化，背后一定要有文学撑腰才会厚实，所以潘岳和作家的关系相当不错，经常和作家打成一片，定期约一帮子当红写手们去北京小铁塔夜总会看艳舞表演，因而不少作家手稿刚刚完成，即打印一份给潘岳过目的。而对潘岳的态度显然有两种，一种是因潘岳而名声大噪的，像贾亦真就是如此。贾亦真，三十五岁，原籍兰州，在此之前一直在北京通县住着当自由撰稿人，模仿这几年的先锋派作家和新生代作家的文风写了不少中短篇小说，算是混入了文人圈子，笔者在酒吧里经常碰见他和一些大胡子和小辫党男人在聊天。而他为潘岳编剧的《百年槐树》一炮走红以后，他又将剧本改写成长篇小说，和电影一起捆绑着卖，从而渐渐走红了，《百年槐树》在法国和美国的译本居然都创下了 10 万册以上的销量，可以说真的是借了潘岳的顺风船，因而，在谈到潘岳时，贾亦真甚至泪雨涟涟，说话还有些哽咽了呢。

“……好久不见你在写什么？……哦关于潘岳和夏百灵？是纪实文学还是传记？是小说？那就难写了。潘岳这人不错，我有今天全靠他，这你是知道的，这个时代影像文化太厉害了，我们谁也斗不过。互联网如今又像洪水猛兽一样来了，咱们更没的躲了，快歇菜了。所以，有机会瞅准了可要赶紧大捞上一把。我近来刚从法兰克福书展回来。为我的《百年槐树》的德文本和意大利文本在做宣传。想当初，法国、美国的出版商带着我做宣传，在我之前向订货商介绍新作的，你猜都是谁？是巴尔加斯•略萨、莫迪亚诺、米兰•昆德拉这些大腕啊，可轮到我上台了，大家一看我是个中国人，就一哄而散。我赶紧拿出一棵槐树的小模型，我说，大家别走，我这里有一棵树的模型，它是中国北方特有的一种树，它已经长了有一百年了。我这本《百年槐树》讲的就是中国一个大家族在这棵大树下五代人的历史。那些订货商一听，又都回来了，我的书就这么一点点推销出去了。当然当《百年槐树》获了奥斯卡外语片奖后，我的这本书销量大涨，这又是后话了。”

“但我听说你这本书是在电影展映之后才写成小说的，原来只是剧本。”

“谁说的？那是胡说，我一定要砸烂说这话的人的狗头。当然，这本书后来在欧美热销，也借了电影的光，而看了书的人又反过来去看电影，相辅相成了。如今《百年槐树》已译成瑞典文了，在国内的印数已到第十版五十万册了呢。”笔者接过第十版的大陆版《百年槐树》，见到环衬上已印着“诺贝尔文学奖候选作品”之类的字样，贾亦真看到笔者面露羡慕、嫉妒、狐疑和嘲讽相混杂的表情，连忙解释道，“不过是广泛提名，你知道，每年的诺贝尔文学奖广泛提名人有一二百人，我不过进入了这一二百人中间而已。”

“那也不错了，真的不错了，可喜可贺，可敬可畏！”笔者说。

“所以我近来把精力都放在写小说上了。作家和导演合作，只能给导演打工，弄好了，可以捆绑一下，大家都发一点财，弄不好就完了。我算好的，所以我赶紧刹车，见好就收。作家得靠写小说，而不是写剧本。像管龙，就是相反的例子，他不就给写残废了吗？”

贾亦真提到的管龙，就是潘岳在20世纪90年代另一部重要电影，获过意大利威尼斯国际电影节金狮奖的《民间音乐》的编剧。管龙是前几年势头特别好的作家，写了一些有强烈中华民族符号的作品，在他的一些小说中，像民间乐器、中国农作物、家庭人伦关系、榨油厂、悬棺、川江号子、变脸京剧都是他作品的背景，所以他正被文坛看好的时候，帮助潘岳改编了自己的中篇小说《民间音乐》，从此以后，管龙几乎放弃了文学写作，而且说到当代小说，他经常脸上露出讥讽之色。管龙是四川人，后来就长住北京，扎到影视圈儿里不出来了，因为过去在四川盆地里长大，没见过什么世面，所以三十出头才因为几部中篇小说“走出了盆地”，到了京华一进影视圈就迅速地溶化了。这影视圈向来是浮躁之地，他一沾上就完了。现在，几年下来，写电影、电视剧本倒挣了不少钱，管龙也走马灯地换了几打女朋友，夜夜笙歌纸醉金迷，把身子骨弄得几乎风一吹就要倒蛋，在文学界一下子消失了，在影视界除了《民间音乐》，他再也没出过什么好本子，眼见着奔四十岁了，这一段时间十分走霉运，刚买了一辆捷达王，倒车时不慎将一个即将去美国读书的优秀女小提琴家撞残了，赔了几十万，把他这几年的收入全搭进去了。

“所以我特别恨潘岳。要是没他，我安安静静地写小说，没招谁没惹谁，日子过得挺好，可自从给他改了本子，我一下子被影视圈的表象给迷住了，那么多红男绿女，人来人往，我就给掉进去了。不少导演都说和我合作，可我编了几部片子没成功，他们就再也不找我了，影视圈是个众口铄金的地方，这帮子屁导演一说我的本子写得不好，就真没人找我了。我又弄开了电视剧，可如今这电视剧特别商业化，我编剧的几个东西在交易会上都没卖出去，投资人直骂娘，都骂到我的头上来了，这真的让我生气，现在，连找我写电视剧的人都没了，我只好给电视台写写台本和晚会脚本之类。加上又出了车祸，我几乎身无分文了，女人也一个个离我而去，我今天这一切，要全怪潘岳，没有他，我哪会有今天？”

“是啊，没有他，你哪会有今天？你就还会是走不出四川盆地的一个穷小子，你多亏了潘岳呢。”笔者第一次不顾事先法定对当事人不加评判的约定，跳出来维护起潘岳来了。“你就什么也不是了，今天你至少体验了那么多东西，见了不少人与事，已经很不错了。”

“可我在文学上彻底垮了，老兄，如今是你们新生代和新新生代以及80后的天下喽，我已经完了。告诉你，我听说了贾亦真在外国推销他的书时拿出一棵槐树模型的故事。我就和出版商一起推销时，带着一批民间乐器，我站在台上，说，我这本书写的就是这些乐器，然后我就演奏起乐器来，结果你猜怎么着？这些订货商对我的书仍旧没兴趣，他们倒愿意纷纷收购我的民间乐器！我不成了一个乐器贩子了吗！我的书仍旧卖不掉，这对我的打击太大了，我一蹶不振了，凭什么贾亦真凭一棵假槐树就能卖得动他的《百年槐树》，而我凭几件真乐器却只能成个乐器贩子？我一直想不通。所以，都怪潘岳将我拉进了这影视圈。把我给毁了。因为电影从来也不是编剧的，它只能是导演的，它只是导演的。我作为一个编剧，是个小得非常小的角色，每一次开新闻发布会都没让我参加，我连个配角都不如。”

管龙犹自唉声叹气，这个大巴山的儿子如今在京城变成了一只泄了气的皮球，是我们都没想到的，而他把这一切都归罪到潘岳请他写了剧本，真是恶人先告状呢。与管龙相比，有的作家虽然写起了影视剧本，人家就干上了不撒手但却自得其乐，他却又对自己的文学才能不死心，什么都想要。

可到最后你就什么都得不到。

但无论如何，管龙确实是被影视圈毁掉的作家之一，他自制能力差，以为巴上名导演他就有肉吃，实际上他只能喝口汤，作家安身立命的只能是自己的作品，笔者在采访了管龙之后更加坚定了这个想法。管龙如今都成了管虫了，这一切当然不是潘岳的错，而是他自己把握不好。有的人擅长汇集很多人的才能成就他的事业，像潘岳，而有的人则把自己都玩没了，管龙就是相反的一个例子。

4

笔者在寻访期间，还不断碰到一些潘岳电影的研究者，他们都对潘岳的电影进行了评判和研究，笔者统计了一下，计先后采访了 12 位电影理论工作者，这其中有大学教授、报纸文艺版资深记者、电影评论类刊物编辑及自由影评人等，笔者试从中选了 4 个人对潘岳电影的不同议论，以飨读者，以正视听。

第一个被采访人　首都文化艺术大学　潘天美

（笔者按：潘天美，女，副教授，系中国社科院电影理论研究生毕业，她的口齿十分伶俐，在她任教的首都文化艺术大学特别受学生的欢迎，曾做过美国哈佛大学的访问学者，是中国女权主义理论 20 世纪 90 年代的代表人物，一度称戏称要除中国男人从男权主义意义上尽数阉割，所以笔者在一个下着小雨的日子采访她时还有些精神紧张，那可能被从精神上和肉体上进行双重阉割的想象折磨着笔者，笔者的裆部当真是一阵阵发紧呢，不料登门落座之后，潘天美副教授女士却和颜悦色，与她开讲座时的盛气凌人与举座皆惊大相径庭，而且在家中她还是一个花道操练者和玩具娃娃爱好者——她的屋子里大小娃娃比比皆是，笔者的裆部才略略松弛了，下面是采访录音片段：）

……关于潘岳的电影，我曾经上了一个学期的课，那门课就叫作《潘岳电影中的民俗文化符号》，从民俗学，文化人类学和视觉原理上进行了分析，你看，潘岳的这 12 部电影几乎每一部电影中的视觉效果都是非常强烈的，像《大国仪仗兵》中的中国军服、《新愚公移山》中的北方山地农村的景象，还有榨油坊、黄河、水车、纺车、民间乐器、各种冷兵器，这些具有强烈民俗文化符号的电影首先带给西方人的是一种极大的视觉审美陌生化效果，从而满足了西方观众的审美心理，潘岳就因此获得了西方强势文化的承认。对潘岳所获承认我们应该这样看，他的电影的确有媚西的倾向，但是中国文化复苏虽然处于上升期，但与西方相比仍是弱势的，所以，要想获得世界电影界的承认，潘岳走的是民族化电影的路子，因为电影就是西方人发明的，而人性又是共通的，潘岳特别注重电影中的人性的真、善、美这一面，在西方电影已是高科技电脑效果的天下，好莱坞商业模式的冲击下，潘岳走的是一条十分巧妙的道路，既取悦了国内的观众和政府——当然有时候政府宣传部门对他的电影也很挠头，又取悦了特别想看不同于美国好莱坞模式的电影的人，潘岳将这两点都做到了，他完全达到了一个双赢的效果。当然，如果有人说他是大师，我是不同意的，因为他比大师还差那么一大步，他的缺点是过于聪明了，因为他既知道中国观众和宣传部门的口味和底线是什么，也知道西方尤其是欧洲观众和电影节评委的口味是什么，他在国内有时候走走钢丝，在国外却常赢得满堂彩，因而，他获得了双赢，但是因为他太聪明了，他离大师总是差那么一点点，他在欧洲电影节，像法国戛纳、德国柏林、意大利威尼斯等老牌电影节上屡有斩获就是明证，但你说黑泽明是不是技高一筹？伯格曼呢？卓别林呢？让·雷诺啊呢？希区柯克呢？大岛渚呢？我觉得他们都比他强，因为他太聪明，当然你说这20年中国当代文化的发展的确也是风风雨雨，左和右、激进和保守、传统和西化的斗争十分复杂，能在这么复杂的文化格局中坚持了自己的艺术生命，保持了自己不断探索的艺术创造力，这本身就是一个奇迹，这的确是一个奇迹，而潘岳在这么年轻的情况下就获得了如此多的各大电影节的奖项，的确叫人吃惊呢。要是他能多活几年，哪怕再来十年，他就被当之无愧地戴上大师的帽子是完全有可能的，他只走了一半的路，而中国电影还在发展，这要寄希望于年轻人了，潘岳已经创造了一个神话，但这个神话正在离我们远去，已被正在逝去的20世纪90年代给带走了……

（下面因磁带损坏，很可惜，再也听不清了，只有一阵呜里哇啦像鸟语一样的声音）

第二个被采访人　《电影艺术》杂志编辑　影评家谢中先

（电话采访录音）

——请问你对潘岳的电影怎么看？

——潘岳是一个巨大的文化现象，一座迷宫，一团火焰，一种姿态，一种躯壳，一种精神，一个象征，一个箭头符号，一股水流，一次生育过程，一个行动本身。

——潘岳……是这么多东西，你到底怎么看他的电影？

——他已构筑了当代中国电影文化史的一部分，他完成了他的使命，对潘岳，我一向是热烈支持的。我多次写文章，击退了好几次各个方面对他的攻击与批评，帮他拔去身上的毒箭，帮助他治疗自己的伤口。

——你是说对他的攻击有好几波？

——一波是20世纪80年代末、90年代初那几年，批评者对他的《新愚公移山》《黄太阳》进行疯狂攻击，认为他暴露了我们民族落后愚昧的一面，认为他在拍“丑陋的中国人”，是数典忘宗之徒，我坚决予以了回击：1. 如果中国人不是丑陋的，那为什么不可以如此表现？2. 如果中国人是丑陋的，又为什么不可以如此表现？还是批评他的人本身对自己的文化与现实没有信心。

——那么第二次呢？

——第二次是20世纪90年代中期，他拍摄的《百年槐树》《民间音乐》和《我在那年夏天》又遭到了攻击，认为他错误地表现了中国历史中的片段，有历史虚无主义倾向。我操，我不得不骂粗话了，这三部电影涉及到了清末、民国、抗日战争、文化大革命，它们记录了中国人在历史劫难中的心灵史，传达出中国人渴求生活和生命的顽强生命力，竟被保守派攻击他是掘祖坟者，这太可笑了。

——后来又有人批评他吗？

——当然有！潘岳早已是中国当代文化中的一面旗帜，明枪暗箭太多了。这第三波攻击在他死后，立刻又沉渣泛起了，首先有人攻击他是个杀人犯，应该将他的电影全部封存，再也不许上演，另外，另一批人则对他的《华山论剑》《底片》和《永恒》这三部电影进行批评，认为他走火入魔，反而走入了西方早已没落的实验电影的死胡同，你看，他这三部片子分别从武侠片、城市片和言情片三个类型，探讨了终极问题，即孤独，人的孤独，却没人看出来，反而对他评价很低，借他的死抹杀他在电影史上的成就。我就奋起反击了。

——可以不可以给我提供您所写的评论的副本?

——完全可以。

——您觉得潘岳是杀人犯吗?

——从刑法上讲他当然是杀人凶犯，他用凶器剥夺了他人的生命。但这与他的电影是两回事儿，他就是一个杀人凶犯，他也是一个大电影导演。这不是一回事，在他死后，总有人把这两者放到一起来谈，这是不对的，这对潘岳不公平。

——你怎么评价他，用一句话?

——50 年内，中国再也不会出第二个潘岳了。

——那他是不是更像一颗流星，一下子就消失了呢?

——他已经是一颗恒星了。他的光芒永不逝去。他是一座高峰，如同最锋利的刀锋很难让人逾越。

——你在神话他吗?

——难道他不是一个神话吗?

——难道不会有人超越他吗?

——老兄，你想想，像你这等写手，不，全世界一百年来的作家谁超越了莎士比亚？又有谁超越了但丁？获诺贝尔文学奖的没有一个有他们伟大的。

——您的意见是潘岳描绘了、总结了、代表了一个时代?

——(未回答,电话断)

第三个采访人　中央戏剧学院讲师　路可见

(笔者按:路可见因陷入一场和一个女影星的绯闻,坚决拒绝了笔者的采访,但他发来了一份传真,因为笔者谎称十分需要收录他的研究文章进入笔者“正在编选的《潘岳纪念文集》”,故他将他写于数年前的一篇评论给笔者传了过来,但效果特别不好,有残漏之处……)

《全球化、东方主义与潘岳》路可见

全球化文化浪潮像全球化的国际经济浪潮一样,已经席卷了全球中的各个角落,“冷战”结束以后,后殖民主义与东方主义由西方一些中心主流话语的边缘中的一些学者提出,像伊斯兰背景的赛义德,再如福山的历史终结论。以及亨廷顿的几大文明冲突说,是国际目前流行的文化研究几大热点……(以下残缺约800余字,字迹模糊)

潘岳的电影的背景就是在全球化文化背景下的东方主义的实践者与创造者,面对潘岳频频的在国际上的获奖,我们必须要深究其深层的文化含义:为什么在“冷战”结束之后的20世纪90年代,潘岳的电影成了一个巨大的文化现象?他的电影仅仅是“东方奇观”的再现吗?如果……(以下约半页传真不清)

我们仍处于第三世界的文化处境当中，潘岳的电影也同样处在这样一个大的文化语境中，可以说，他巧妙地利用了伪民俗，改写了中国历史记忆的片段，一定程度上满足了西方对东方的窥视，这的确有着东方奇观的再现与表现，比喻与转喻、明喻、暗喻与借喻（以下有三行不清）……可以说他的电影解说了中国的孤独，如果说马尔克斯表达了整个拉丁美洲二百年来的孤独，那么在今天，在全球化浪潮中潘岳的电影表达了中国人的孤独与生命意识，因此必须把他放到全球化的文化浪潮中去观察……（以下模糊不清，全文完）

第四个被采访者 《电影文化报》记者 汪同

（一次私下聊天）

“你再别拿潘岳烦我了，对他我烦透了，真的不想聊他，过去我们还算是朋友，可他心眼太小，只能让人说好，不能让人说坏，所以我和他和不来，我们再没交往了。”

“因为什么事儿你们闹僵了？”

“我的脾气你又不是不知道。1987年，他的《黄太阳》在一个新闻发布会上遭到记者和评论家们的围攻和责难，我实在听不下去，就一下子站起来大骂了那些人一顿，说潘岳的电影就是好，你们谁再骂他，我敲掉谁的牙！结果没有一个人在现场找他的麻烦了，从那以后，潘岳和我就成了好朋友。”

“这不是挺好的吗，怎么后来又闹崩了呢？”

“一样的事儿，后来说他的好的人太多了，他的《百年槐树》《民间音乐》，两部电影一下子获得了轰动效果，人人都说他好，到1994年《我在那年夏天》又开新闻发布会和座谈会，这下好了，来的人全都成了歌颂派了，我后来实在听不下去了，呼的一下子站了起来，大喝一声，你们把肉麻极了的吹捧当成有趣的赞扬了，照我看，他这部《我在那年夏天》，太像一个意大利导演的《天堂电影院》了，我一点儿也没看出他有什么进步，这是他最糟糕的一部电影！大家一听，都呆住了，连潘岳的脸上的表情都像凝固了一样呢。后来，很简单，我们之间完了，他再也不理我了。”

“他心胸不会这么狭窄吧？潘岳不是这样的人，你肯定搞错了。”

“反正从那以后，他再也没和我联系过了。再有新片子开研讨会、发布会，也没找过我，有人就悄悄告诉我说我把他得罪了。一开始我还有些难过，毕竟也是五六年的老朋友了嘛，可后来我一想，你心胸这么狭窄，你要不理我了，我也就不再理你了。”

“从那以后，两个人再没说过话？”

“没有。”

“谁也没谅解谁？”

“他死了之后，我谅解他了。毕竟他也是一个有缺点的人，要不他怎么会拿刀杀夏百灵呢？但是，有一点我弄不明白，怎么人一阔脸就变？真的是良药苦口利于病，忠言逆耳利于行啊，他自从获了奥斯卡奖、戛纳奖、柏林金熊奖，他就不能听批评意见了？我才不信这个邪，对于他的电影，我总该表达真实的想法才对吧。”

“可他已经死了。一死泯恩仇吗。”

“其实我和他没仇没怨，不就是我几句话说得他下不来台吗？现在，他再也听不见了，可我得告诉你，没有任何一个人像我那样喜欢他的电影。他死了之后，他的每一部电影，我看了都不少于十遍呢。要是他没死……”

“要是他没死呢？”

“……嗨，人已经死了，还又能说些什么呢？”

5

而十几年来，潘岳和夏百灵一直是媒体关注和跟踪的焦点人物，尤其是20世纪90年代这几年，有关他们的报道可谓汗牛充栋，要把这些资料都搜集齐了，肯定非活活把笔者淹死不可。但是有一个有心人，就是潘岳的妹妹潘小云，给笔者提供了一本这十余年来国内外重要媒体刊发的有关潘岳和夏百灵的报道的剪报，也竟有厚厚的三大本呢！里面收录的文章，有英法俄日德意西葡等几十国文字，即使是中文，也有繁体和简体、普通语和粤语之分呢，当真是令笔者眼花缭乱、顾此失彼。好在潘小云对不少外报的重点报道进行了翻译，笔者也就可以省去不少气力，直接引用了。

《法兰西日报》　1987年×月×日

（本报讯）来自中国的导演潘岳获得了刚刚揭晓的第37届西柏林国际电影节的大奖“金熊奖”，而潘岳却只有二十七岁，这是西柏林电影节上获此大奖者年龄最轻的一个。从来未曾在国际影坛上引起注目的中国当代电影从今以后将被看好，因为在颁奖会上《新愚公移山》的导演潘岳说中国像他这样的导演有很多，该部电影沿用了智慧、坚韧和勤奋的中国人的一个传说作为框架；愚公在传说中曾经和他的好几代后人锲而不舍地挖掉了挡住了他家门口的一座大山。而《新愚公移山》讲的就是中国北方一个穷贫的山村里，有一个老人挖开了大山引进水源的故事。该片以深深的进取精神和艰难的求生存的勇气而充满了人性的光辉，并颂扬了一个民族伟大的生命力。

英国《泰晤士报》1988年×月×日

《“黄祸”与“中国龙”》

一个叫潘岳的中国电影导演连续两年在西柏林电影节上大出风头，这次他带来的电影叫《黄太阳》，获得了本届西柏林电影节的银熊奖，这样他的桌子上已经有两个熊摆在那里了。为什么欧洲电影节会如此厚爱一个中国电影导演？这是因为潘岳的背后有一个巨大的种族，这个黄皮肤种族与民族过去曾被称为“黄祸”而令欧洲人的内心之中埋藏着一种深深的畏惧，但这一次他们正在以一条龙的形象出现。至少从潘岳的电影上我们可以看到这个国家与民族坚强的生命力。这个地球上连续几千年未曾中断的文明仍旧会再度复兴吗？潘岳的电影预示了这样一种可能，因为你从潘岳的获奖影片《黄太阳》中首先可以感觉到的就是这个民族的自审与自信……

美国《华盛顿邮报》1989年×月×日

《他也许只是一颗飘逝的流星》

作者：马丁·科利斯

在今年的几大国际电影节上，我们看到的是呼声很高的中国导演潘岳的新片《轮回》失败的消息。这个年仅三十岁的导演据说在其国内遭受了批判，承受着前所未有的政治压力，因为有保守派官员认为他正在向西方展示贫穷和落后的一面。并对他施行了禁拍令。在这部叫《轮回》的电影中，我们看不到他的一点儿锐气和新贡献，所以它的惨败是必然的。中国的电影仍旧是一个被意识形态部门牢牢控制的领域，期待这样的体制下出现一个电影奇才完全是不可能的。也许潘岳仅仅是划过国际电影界，不，仅仅是两次青睐于他的西柏林上空的一颗小流星罢了……

《纽约时报》1993年×月×日

《一个人与一棵百年大树》

作者：玛丽·麦卡锡

这是令人惊异的，中国导演潘岳靠他的新作《百年槐树》摘走了今年的第65届奥斯卡最佳外语片奖，而评论普遍认为，《百年槐树》丝毫不比本年度的奥斯卡金像奖得主《辛德勒的名单》逊色，这部电影以史诗的气魄向我们展示了100年来中国动荡的历史以及在这动荡的历史中经历磨难却顽强生存的中国人的命运，向整个西方展示了另一个民族的全面记忆，对西方了解这个多灾多难的远东国家——它有着长城、故宫和皇帝兵马俑的古代骄傲的近现代史，是一个最好的视觉经历。

值得特别注意的是，这部电影并没有把西方对中国的历次入侵上升到一个极端民族主义的态度，导演已经具备了全球化和多元化的眼光，即弱势文明在强势文明面前肯定是要挨打的。而一度风传被禁拍的潘岳以这部电影的获奖，印证了该国领导人邓小平在去年的一次南方巡视之后，中国继续开放的姿态，也许中国永远不会向世界关上她的大门了。

……

《德国明镜》周刊

《东方奇观的胜利》

作者：西·伦茨

潘岳又一次让西方人大开眼界，他的新片《民间音乐》不仅向我们展示了东方古国——中国神奇的民俗文化，也向我们展示了这个民族的创痛记忆——日本在二十世纪三四十年代中八年的对中国的侵略，和这种侵略带给中国人的创伤记忆。导演潘岳十分巧妙地将引起观众极大视觉刺激与享受的中国民俗与风景，和历史叙事激情揉为一体，给我们讲述了一个惨痛的故事，而日本在该片反映的年代里边扮演着一个侵略者的角色，对于德国人来说，这部《民间音乐》提供了一个绝好的受伤害者、受侵略国家和民族的感受性标本，也可以让德国人反思。但潘岳并没有让历史创伤掩盖了一切，他用东方奇观获得了在西方的胜利——包括获得了一向十分挑剔的法国戛纳电影节的一些奖项和意大利威尼斯国际电影节的金狮奖。

日本《读卖新闻》1995年×月×日

《亚洲的方法》

作者：北野武一

亚洲的方法的体现者，在电影方面要首推黑泽明，其次可能算得上是潘岳了。我对他的过去的几部代表作，像《新愚公移山》、《黄太阳》、《百年槐树》和《民间音乐》这一类历史叙述型影片都评价很高，但他的新电影《我在那年夏天》还是让我惊呆了。

我多年以来一直有一个梦想，就是拍出一部有关成长的电影。没有什么东西比一个人的成长更为惊心动魄的了。这是一种十分私人化的电影叙述，而潘岳的《我在那年夏天》，使他由一个他者的角度进入到了自我的视线，他因而变成了一个作家型导演。

日本一直在说要脱亚入欧，但是亚洲人是有亚洲人自己的方式的，潘岳的电影是亚洲方式的最好体现，这对黑泽明之后的日本电影，也是一个极好的启示，日本电影，仍要找到一种亚洲的方法。

……

香港《明报》1996年×月×日

《潘岳，你好耶》

作者：南岛人

潘岳的新电影《华山论剑》把武侠片的风光都占尽，既因其将香港武侠片的模式都学到精髓，并将它们纷纷解构，这部电影看上去很美，分分钟好看，打斗又好，演员扮相也好，而夏百灵本来系北方妹脸相，她古装扮相也很好的，她把原来和黄少秋演对手戏的《西厢记》中的死扮相全抛光了，在那个电影中她的扮相死呆呆的，与张曼玉、胡慧中没法比了，更不要说和王祖贤了。但是潘岳一向肥水不流外人田，他和前妻离婚以后就一直和夏百灵拍拖，近期香港狗仔队拍到不少他们各自和其他人的亲密照片，来印证他们关系正在变冷。这个《华山论剑》，潘岳仍旧可以算是出手不凡，这个片子一出，我看香港产武打片就可以歇业了。大师手笔哇！而徐克、吴宇森、周润发都将去美国好莱坞发展，香港的电影前景并不是很妙，快完了，潘岳一枝独秀，每一部电影都过瘾，潘岳，你好耶！……

香港《亚洲周刊》1997年1月号

《潘岳三度入围奥斯卡》

作者：石伦寿

潘岳近十年来与国际几大A级电影节的缘分都是特别的好，德国柏林电影节、意大利威尼斯电影节、法国戛纳电影节、日本东京国际电影节、加拿大蒙特利尔电影节轮番将各项大奖授予了潘岳，直到《百年槐树》获得美国奥斯卡最佳外语片奖，潘岳的声誉日隆，似乎达到了他人生最辉煌的时刻。

但潘岳似乎仍旧有着无穷的创造力，显示出潘岳的巨大艺术生命力仍处在爆发期，他的新片《底片》再度入围美国奥斯卡电影金像奖今年的最佳外语片奖提名，和西班牙电影《牛》、伊朗电影《竹篮》以及希腊电影《埃利蒂斯的调色板》一决高下，被评论评为最有希望获得本年度最佳外语片大奖的影片。

这部叫作《底片》的电影是三十七岁的潘岳涉足城市题材的一次尝试，他走出了过去反思中国历史进行宏大构图和用民俗构造视觉奇观的路子，拍出了一部在不少人看来只有在北美、欧洲和日本才可以拍出的城市片。一个孤独的摄影记者，偶然拍取了一次凶杀与一次抢劫银行事件，由此他改变了自己的生活……正像这部叫作《底片》的片名所暗示的那样，潘岳用“底片”来比喻人的生存状态中的某种景象，这种景象中人的生命像底片一样，经过暗室处理，会有不同的光彩和真相……

美国《人物杂志》1997年第3期

《一个令人不安的护士，一头温和善良的鲨鱼》

作者：凯文·沃思

正如本文题目所强调的有趣的反差，近十年来中国最受瞩目的导演之一潘岳在不少国际电影节上夺得大奖，而刚刚闭幕的洛杉矶国际电影节授予了这个年仅三十八岁的导演以“终生成就奖”，这也是得到这个奖的最年轻的人了。潘岳自从十几年前投身他喜爱的电影事业以来，创造了一个又一个令人震惊的奇迹：整个西方都在通过他的电影去了解日益变化的中国，而且对此信以为之，在这种意义上讲，潘岳从文化上来看的确是一个令人不安的护士，一头善良温和的鲨鱼。美国好莱坞早已养成了自大的习惯，美国电影界也很少对本土之外的电影大加推举，他们只信奉好莱坞的无往不胜的原则：仪式、艺术与工业。电影早已是大众进行文化与情感、梦幻朝拜的仪式，它们是艺术品，但它已经完全工业化和商业化了。

当美国电影几乎占领了欧洲、亚洲开放电影市场的国家的百分之八十左右的市场的时候，潘岳的出现，以及近几年伊朗电影、日本电影和南美洲如巴西电影的异军突起，却更明显地突出了一个事实：文化的多元共生和好莱坞的泥沙俱下并行不悖，而且这些国家的导演的新电影保持了电影最本质和最本色的东西，潘岳正是其中的佼佼者。

……

美联社 1997 年 10 月 23 日电

中国最有活力、在国际上影响巨大的电影导演潘岳在昨天被发现他杀死妻子、著名影星夏百灵后自杀，尸体双双被发现于他们居住的寓所中。这一事件的原因尚不清楚，但据熟悉他们的人讲，多半系情杀。

潘岳的最新执导的影片《永恒》刚刚剪接完毕，预计下月在中国大陆和东南亚同时上映，但显然潘岳已看不到他的新电影的反映了。

对此一案件的详细报道随后发出。

香港《东方日报》1997 年 × 月 × 日

《悲剧血案　潘岳夏百灵惨死》

记者　吴贞如

几天前被发现双双死于居住所的潘岳、夏百灵死亡一案今天已有新说法，有知情人透露，夏百灵和潘岳的关系近来出现了危机，夏百灵移情别恋于其他男性，传闻一共有三个人，一个叫刘志松，系美国芝加哥第二国民银行的中国业务代表，三十六岁，另一个叫巨浪，二十二岁，系摇滚歌手，有吸毒史。而最有可能与夏百灵发生恋情的是和夏百灵一起主演了电影《黄太阳》的中国台湾籍电影明星林海安，一度有关他们的绯闻在 1988 年占据了本港的各大媒体娱乐版，但他们之间究竟因何而造成此种悲剧，原因尚在进一步调查中。

潘岳电影周回顾展海报（1998年11月4日）

一年多以前，潘岳和夏百灵双双死于他们的寓所，宣告了两个艺术家的死，也宣告了他们的艺术生涯的终止。

但他们留给我们的精神财富却是永久的，此次我们举办潘岳导演的十二部电影回顾展，既是对他和夏百灵的缅怀，同时也是对这十五年来的中国电影的检视。从某种程度上讲，潘岳的电影之路就是当代电影的一个缩影……

北京某地铁车站站口

“卖报卖报！卖报卖报！”

“陈佩斯跳楼了！刘晓庆的房产被查封了！”

“潘岳把夏百灵杀了！夏百灵又复活了！”

“卖报卖报！……”

《文化娱乐新闻》

警方找到新线索

（本报讯）警方日前在潘岳和夏百灵血案案发现场又发现另一女子的长发，和一支口红，警方正在进行检测，据悉警方不排除潘岳、夏百灵案有第三者在场的可能。

第十一章　花季少女与钉子情诗

1

造访夏百灵的父母和她的唯一的妹妹夏百祺是最近的事，显然，为求证潘岳和夏百灵之死而取得的材料，对于笔者来讲已经够多的了，但是面见当事人——死者的亲属，于笔者仍是一件极具挑战的事。夏百灵死后，她的父母也在安徽那座中等城市退了休，住在夏百灵生前在北京北郊一条安静的小河边购买的一套复式房子，笔者去那个叫作美林城市花园的“高尚住宅区”拜访过他们，再一次获得了不少意想不到的收获。

那是一套德式的红房子，美林城市花园属于典型的城郊住宅，大都是三层、四层，少数有五层高的，是仿造欧洲乡间别墅风格建造的，比如德式红房子、瑞士阿尔卑斯山的度假山庄、荷兰带风车的洼地区民居，都非常漂亮，而且以复式为主，比城区里普通的单元房要大两三倍，但比独立式的别墅又小一些——正好满足了白领和白领以上阶层的人士的需要，而这个阶层在中国，尤其是在发达的城市中人数已在迅速扩大呢。

笔者按响了一个爬满了青藤的红砖房的门铃，门开了，一个戴着眼镜的老人和一头斑点狗一同露了头，那个人就是夏百灵的父亲夏志远——一个退休的机械制造厂的工程师，而那只后来笔者得知是一条母狗的斑点狗，是夏百灵的妹妹夏百祺寄养在父母处的，它已经生了一窝共四只小斑点狗了。屋内各种大大小小的盆栽植物和花卉让笔者眼花缭乱，而且还有不小的混杂在一起的花香，其中尤其以一棵桂树——它放在阳台上——的香气熏得笔者不停地打着喷嚏，在笔者告诉夏工程师笔者有花粉过敏的毛病时，他手忙脚乱地拉上了阳台上的铝合金的落地窗。

笔者掏出录音机和笔记本，很想尽快进入到工作状态，但老夏似乎心思还在他的花上，尽数浇了水，一边向我介绍这叫泰国兰那叫虞美人，末了打开了一个中式的看样子造于清代的木柜，取出了一瓶威士忌，给笔者倒了一杯，原来，老夏是一个老酒鬼呢。

“一看到这些酒我就是想起我的宝贝女儿百灵，这些酒全是她给我弄来的，她知道我爱喝酒，每一次出国她都要给我带不少酒，你看，这几层全是葡萄酒，有法国波尔多产区和勃艮第产区的酒，也有阿尔萨斯产的白葡萄酒，这是德国莱茵高葡萄酒，这是西班牙雪莉葡萄酒，而意大利皮蒙和托斯卡纳葡萄酒也有好几瓶呢。我一直都无法面对女儿已经没了的这个现实，但这毕竟是现实，你说我们又有什么办法？”

笔者提到了潘岳和夏百灵遗留下来的一处房产的情况，老夏说：“这套房子我们和潘岳的妹妹打了一场官司，把它拿回来了。本来就是百灵的钱买的，潘岳又能挣几个钱？——你到底想知道些什么？”

“我想知道夏百灵是如何走上影星之路的，你们是怎样培养她的。”

“这说起来话就长了，百灵她母亲是一个剧团报幕员，但她自己天生体弱多病。我和她母亲 1962 年结婚，过了好几年才生下了夏百灵，百灵小时候真的是体弱多病，长得也像个丑小鸭，一点也不好看，我们都没有想到她后来会成为一个电影明星呢。”

“她小时候有没有什么特殊的禀赋和天分？比如表演才能？”

老夏逗了一会儿水族箱中的鱼，“有是有一些，但我看那八成算是一种毛病吧。”

“什么毛病？”

“她特别敏感，尤其是听觉好得出奇，她任何声音都能以放大常人几倍、几十倍的听力听到。”

“噢？”笔者顿时来了精神，“她都听到了一些什么？”

“比如很远的地方蜻蜓扇动翅膀，那声音都能吵得她皱起眉头来，相反我们常人听到的哗哗的下雨声，她却熟视无睹。有一天夜里她忽然来到我和她妈的卧室，说：爸爸，花开了。我到客厅里一看，海棠花全开了——她是在睡觉时听见那些花开的声音的。她小的时候，大概三四岁的样子的时候，就是听觉特别发达。那一阵子‘文革’中正在武斗，她可以在家里听到子弹击中了目标的声音。比方说，她坐在那里，突然——我们什么也没听到，她说，一颗子弹飞到一个人的脑子里了。那一段时间我也是保皇派呢，也参加了武斗。有一派要攻进我们厂子抓党委书记，我们就展开枪战，那会儿她母亲可吓坏了，叫她听那子弹会不会打到我的脑袋里，百灵就天天在家里侧耳聆听，然后告诉她妈：子弹没有打到我爸身上，都打到另一个年轻人身上了，都打出了十几个洞洞呢。你瞧，她的听觉就是这么好。”

“这也算是特异功能了呢，”笔者为这重要的线索兴奋不已，“要在今天，她还可以冒充大师骗钱了。”

“但后来她的这种听觉异常就消失了。‘文革’结束后，她得了哮喘，才上小学就得了哮喘，我和她妈都觉得这孩子多灾多难，然后就带着她去看了一个老中医。那个老中医开了一个方子吓了我们一跳。”

“为什么会吓一跳呢？”

“他这个方子上说，让我们百灵和一只老虎在一起生活一年，这哮喘就自然而然好了。否则，她活不过第二年夏天。”

“他八成是一个庸医吧？”

“我一开始也是这么想的，你说一个孩子怎么能和一头老虎在一起生活一年呢。说来话巧，刚好有个马戏班子到了我们那座城市，混不下去，要把带来的狮子、老虎、猴子等各种动物卖掉，市动物园买下了这些动物，我和动物园管理主任是老朋友，他同意把那只幼年小老虎放在我们家来养。然后，我们果然养了那只老虎，为此我特地做了一个大铁笼，就放在我家院子里，每天小百灵都进去和小老虎待几个小时，她和小老虎之间建立了深厚的感情呢，一年以后，她的哮喘果然好了。”

“这倒神了。夏百灵看来还真有不少异秉天赋呢。她的听觉后来是怎么不敏感的？”

“那是‘文革’武斗快结束的一天，有一个红卫兵从楼上跳了下去，自杀了。而百灵就听见了他的身体摔碎在水泥地上的声音，半夜里一下子坐了起来，说，我听见有一个人摔死了。第二天全城都知道死了这么一个人，但很奇怪，那天她头疼了一阵，从两个耳朵里流出了一些黄水之后，就和常人一样，再也听不到远处的各种声音了。”

“这倒也好，免得老是一惊一乍。那只老虎后来怎么样了？”

“后来又送回动物园了。没几年，老虎死了。而百灵自从哮喘病好了之后，就一天比一天漂亮，上初中就开始有男孩子追，到了高中，追她的人就更多了。但我们坚决不许她早恋，可有一个疯诗人，就是在我们家街对面的一个钉鞋的人叫王子胜，经常给她写诗，用弹子把诗封上蜡球，射进她的屋子里，起了一个笔名叫钉子，险一些骗得我们百灵失身呢。”

“有这回事？”笔者两眼精光大盛，只见老夏从里屋取出了一个鞋盒，里面放着一长排索尼公司生产的磁带，“这些都是那个叫钉子的家伙自写自己朗诵的诗，全是给夏百灵的，你自己听一听，他写得这么多，哪个少女比如像我们当年的小百灵不会动心呢？”

插入：王子胜（笔名钉子）献给夏百灵的诗朗诵录音带（一）

你是月亮女儿

你是月亮女儿
你不说话　你不是神
你居住的平原上不开花
星星缀满了你的前襟你不说话
你的身后大海汹涌

你的身后大海汹涌
头顶是天空
天空上面是蔚蓝和黑暗

歌声把我的身体锯得很深

歌声把我锯得很深
碗里头是血和水
而靠近你的是石磨
粮食吱吱作响，被碾碎
月亮女儿你望着谷包　不说话
你让我亮得很深

随后录音带里传出一阵咳嗽，诗人“钉子”来了一段旁白：“夏百灵，自从我在街东头的拐角看见了你，你就掉进了我的眼里，我手中的针头一下子就扎中了我的大拇指，（他是个年轻的钉鞋匠——笔者注）你知道吗，每一回你走过街角我手中的锥子就情不自禁地扎中我的拇指，这血是为你而流的呀！我的诗兴大发了，这灵感都是因你而来了呢！我把我献给你的诗都用红墨水写在白纸上，然后再朗诵一遍，制成录音带寄给你，我比你小几岁，高考落榜之后我就只好继承父业靠补鞋为生，但我为你，我心中圣洁的公主和仙女写诗的理想永远都不会动摇，你是我永远的诗神……”一阵咳嗽，又一首诗的声音响了起来：

询问

这一个夜晚你好吗
而我也停止了补鞋
你一定呼吸得很轻
比雨滴的破开更轻柔

你是在雨里走吗
把鞋弄开线了我一定给你补
这会儿我正在灯光下写诗
用每一个词来测量你
就像我用每一针来缝一双鞋
而你喜欢一个人在夜里待着
比月光还宁静
这会儿没有别人了
你一个人哼一首歌吧

要是你已经睡着了
就不要怕梦见鹰巢
是如何建筑在悬崖上
你总是在梦的结尾
回到你的少女时代
很多的叶子覆盖住你
你是其中最青嫩的一枝
你笑着探进半空
和灯光磕碰
直到让黑夜走近天明
你只管轻轻地生活着就是了
用不着害怕

不远处总有一个年轻的补鞋匠
内心里充满蜡烛
在想念中等待天亮
因为你所有的鞋我都会替你补

笔者年轻的时候也写了几年诗，拿自己当时的诗和这个叫钉子的补鞋匠诗人的诗一比，比他写得还差呢！不知是谁说的，“哪个男子不钟情，而又有哪一个女子不怀春”，所以夏百灵在情窦初开之际，被一个叫钉子的诗人的美妙情诗打动，也是理所当然的了。当钉子的朗诵录音带的第一盘寄给了夏百灵后，按夏百灵父母亲的说法，他们在城郊一条小河边进行了约会。

“百灵拿着家里的几双需要钉补的鞋，去那个钉鞋匠那里，回来的时候神色有些慌张，她当时不过十六岁，一举一动尽在我和她妈妈的掌握之中，果然，趁她不注意，我就从她的一双鞋里拨出了一个纸条，这纸条上写着补鞋匠约她明天约会的时间地点。我纳闷补鞋匠可以对她说，为什么要写一个纸条呢？后来我才知道他太害羞，根本无法向百灵开口，所以就写成了个纸条子，结果被我们得悉了。我和她妈第二天叫上了邻居家的壮小伙儿二宝、三宝，悄悄地跟着他们去了小河边。那一天小风吹着，可我很紧张，两个人一见面，我们躲在树后，看着他们交换礼物，说了一会儿话，这钉鞋匠就要抱我的小百灵，正在这时，我大喝一声‘抓流氓！’，立即从树丛中和她妈妈，还有二宝、三宝一起出动，拿获了要图谋不轨的钉鞋匠，把他暴打了一顿，而百灵则哭着跑回家了。从那以后，好长时间百灵都不和我们说话。你说难道我们伤害她了吗？我们这是在保护她啊！那个钉鞋匠，后来仍是不甘心，继续写诗，还给百灵寄这些录音带，都被我和她妈妈从中截获了，现在这些东西都送给你吧！”

插入：王子胜诗朗诵录音带（二）

如花的少女

如花的少女
你的兵器和暴力就是美丽
你沿着河流生长
你的话语清澈
如花的少女
把盐和火焰从我眼前分开

你让我的诗充满了水果的香气
如花的少女你把手伸进初冬的雪
和马车一起抵达阳光深处
如花的少女你唱着歌
樱桃温暖着你的手心

如花的少女用花瓣袭击我
你声东击西　用笑容砸昏了我的头
让我在蝴蝶里生病
牢记你　并且怀恨在心

作品 103号

开花的四月我多么忧伤
我的诗歌，我的兄弟，我的石匠
和我一同离开了采石场

我看见了你，站在夹竹桃下
你的头发披散成一块花帘
遮住了你全部青嫩的生命
看见你的同时
我还看见了血是最终的黎明

败退的黑夜、吞灭不了花园
在返回的路上，你身体中的光明
叫我向大风和你奔去
叫我像一株麦子
向父亲留下的鞋楦子深深地低头

你是被空气过滤的最后一枝玫瑰
你的脚步声包围着我
在小屋里我听你越走越近
夏天、井水和我的心灵一同沉睡
我手上的锥子上一道闪光

让你住在最高的山上

让花朵飘过你的头发吧
让你的掌心握满了风
让你住在最高的山上！
让你接近天使，头戴花环
让你听见鲸鱼的歌唱
所有的道路都指向你

最高的山上远离尘土
最高的山上接近了云
让你被金子一样的祝福覆盖
让我轻轻吹动花蕊
更多更美的话语在你的手指上碰响

山下的河水和山上的太阳
最美的姑娘和最英俊的补鞋匠
让你住在最高的山上
接近血液的大海
并被我的注视暖暖地包围

“那个诗人钉鞋匠不停地给夏百灵寄诗朗诵录音带，我和她妈妈就一一截获并封存起来，女孩子在十几岁的年龄上是最容易犯错误的时候，我们就仔细地引导百灵读好书，把高中阶段学业认真完成好。那个钉鞋匠，不，那个诗人后来到底还是疯了，他后来被他家的亲戚送到了精神病院，在精神病院里他老是觉得自己是一棵树，不吃也不喝，天天和院子里的树一起站在那儿，他说他正在变成一棵树，后来就死于一次事故——从房上掉下来了。那一天百灵刚好回家探亲。后来百灵考上了电影学院表演系，和比她小一岁的妹妹一同上北京念书了，她妹妹百祺就读于对外经贸大学，而我们百灵的生活也从此掀开了新的一页呢。不过，我可能给你说得太简单了，对百灵我并没有操太多的心。真正操心的是我的老伴，她的妈妈，这不，你看她去买菜回来了，早市上菜便宜，如果你想要了解百灵小时候的事儿，你还是去问她吧，百灵小时候多亏她的教育呢……”

2

夏百灵妈妈的陈述：

她刚出生的时候就特别安静，不爱哭也不爱闹，她是一个爱笑的女孩子，她喜欢笑，喜欢极了，只要你看她一眼，她就会冲着你笑。她小时候的那种笑我永远都记得，即使是我失去了她，永远失去了她，但她的那种纯洁无暇的笑仍旧留在我的脑子里。

除了爱笑，有一段时间她老盯着屋顶上垂挂下来的灯罩看。如果你要一直盯着那灯看，会把眼睛看成对眼的。有一阵子百灵的眼睛就变成对眼了，两丸黑眼珠子老往一块儿跑，我就用两根手指并起来，让她盯住这两根手指，我再把手指向两边分开，她的两个眼球也就分开了，我就这样校正了她的对眼。

那时候还看不出后来她会变得那么漂亮，她小时候可真的像个丑小鸭。我的工作特别忙，经常和剧团去外地演出。我在我们那个黄梅戏剧团里当报幕员，有时候也可以客串一些小角色，要说百灵小时候有什么表演天赋，我看她并不突出，她是个文文静静的女孩，很明亮，不爱哭也不爱闹，很乖，我没想到她后来会成了一个演员，一个大明星。

但有一点我是记得很清楚的，她的形象思维特别发达，她老盯着墙上的一些裂缝看，无论是墙上、桌面上的裂缝、水渍后留下的痕迹，她都可以把这些线条看成一张张人脸，那会儿她已经会说话了。她就把她的发现告诉我，她总是向我描述那一张张脸，这算是她形象思维发达的例证吗？

不过也不见得，后来我才知道好多孩子都有这个特点，他们都会把墙上不规则的裂缝看成是人的侧面素描。这一点儿也没有什么特别之处。但百灵后来渐渐地变得有些活泼了，她变得爱说、爱动。她父亲因为是学工科出身的工程师，所以不苟言笑，不爱说话，百灵的性格就渐渐有些像我了，我就让她去学舞蹈，拉小提琴，学弹钢琴。三岁的时候我送她去幼儿园，可她待了几天就再也不想去了，我在剧团上班，她就跟着我，天天看那些黄梅戏演员排练。

她小时候瞌睡特别多，只要困了她就会倒头睡了，她上了小学之后也仍是这样。有一次放学回家，我们在家中怎么等她都不见她回来，天黑了，我和她爸爸都急了，就沿着她回来的路上一路找了过去，结果在半道儿上一棵大槐树下发现了她，她蜷缩在槐树下早就睡着了。她爸把她抱起来她仍旧在睡着呢。第二天早上她醒了我们告诉她，她还不相信呢。所以她一直都爱睡觉，从小到大，每天都要睡 10 个小时以上。

她还有一个毛病就是爱尿床，一直到她上初一，她都尿床。刚上学那几年经常我都要晒被子，这事儿被她的同学知道了，就说她是一个“尿床精”，这事儿给了她不小的压力，我和她爸爸也想了很多办法，可总是治不好这个老病。一直到她上了初一，我打听到一个偏方，就是找一些黑狗肉来吃，她的尿床的毛病就会好。她爸还真找来了一块儿，黑毛黑皮，我把那黑狗肉煮了，告诉她吃了这黑狗肉以后就再也不会尿床了，她吃了以后，流了一天的鼻血，可能那狗肉的热性太大了，从那天以后，她再也没有尿床了。

也许她再也不尿床是心理作用的结果，因为一吃了黑狗肉她就不会尿床了的意念提醒了她，她就真的不尿了。但那块黑狗肉起了很大的作用呢。如果没有那块黑狗肉，也许她到现在还尿床呢！当然这是我的一种担心，尿床这毛病是小孩常有的，人大了就没有了，如果她成了明星之后还尿床，这要叫观众知道了会是多大的新闻呢。

她从小就喜欢小动物，所有的小动物都会和她成为好朋友，各种小动物，小到花金龟、纺织娘，大到老鼠、长颈鹿，她和它们有一种天然的亲近感，这一点连我也感到奇怪，为什么她一出门，头上总飞着一些蜻蜓和小燕子？为什么一些动物，像马和毛驴，见到她都会奇怪地叫几声？夏天她在家里，青蛙都会从池塘中跑出来，围满了我家的屋前屋后。这事儿想起来还怪怕人的。有一天早上我一开门，门口蹲了几百只青蛙，都蹲在那里仰脸看着我，一看是我不是她，才一哄而散了，这一下子可把我给吓呆了呢。

她连蚂蚁都不踩，不太爱吃肉，带她去动物园看大象，我们让她骑到大象身上，她死活都不上去，问她是为什么，她说：“那是因为我骑在人家身上。”你看，她有多懂事，多仁慈。对动物也像对人一样。就连老虎也和她关系不错。她小时候得过几年哮喘，我们都以为她会早夭，一个中医说让她和一只老虎在一起待一待就好了，动物园的领导和她爸熟，就破例弄了一只小老虎在我家养着，结果她和那只小老虎的关系特别好，一年多以后她和它分开，我看那小老虎的眼角也有泪珠呢。

当然这也许是我看花眼了，但百灵和小动物关系好是事实，我想如果把她一个人放到森林里去，也许她就会像一部动画片里的森林公主那样，背后跟着一大群狼虫虎豹出来呢，但我想百灵和鳄鱼处不好，她一看见鳄鱼就害怕，不知道为什么，一物降一物，百灵就怕鳄鱼。这么一说，我们百灵还真有不少不同于常人之处呢。

而潘岳就是一条鳄鱼，我看见他就不喜欢他，他人精瘦，细长细长，但就是有一种鳄鱼的气息，要不我们百灵怎么会死在他手里？谁都没想到他们会有这么一个结局，但是我想到了，我一开始感觉就不妙。因为百灵只会爱降伏她的人，而她最怕的动物是鳄鱼，那能降伏她的人自然就是鳄鱼一样的人，你说对不对？

第一次来例假把她吓坏了。幸亏是在家里，她正在跳自编的蒙古草原舞“草原小姐妹”，那是她十二岁那年夏天，她穿着一条白裙子，我坐在那里看着她跳，忽然，几条像细蚯蚓一样的血顺着腿流了下来，她自己先感觉到了，一看见是血，就哭了。我也吓了一跳，但马上我就明白了，我赶紧给她处理了。那天夜里我给她上了一堂女性生理课，我们娘儿俩都脱了衣服，我用自己的身体做示范，给她讲了女人身体的特征，并且拿出了早就做好的一条月经带，垫上卫生纸给她系上了。

后来她就一点点长大了，胸脯也越来越高，上初中的时候就越出落越漂亮，开始有男同学给她写情书了。这是一个女孩子，尤其是漂亮女孩子最危险的年龄，这种时候最容易出事儿，尤其不能让她单独和男孩子在一起，也不能和一群男孩子在一起，她们班上的同学吴小丽的男朋友，就是把吴小丽带到一群小哥们儿那儿，让他们把吴小丽给轮奸了。所以那段时间我特别担心她把握不住自己。

有一天夜里，我和她爸都睡了，她爸爸突然醒了，说：“你听，外面有什么动静？”我也坐了起来，听到院子里确实有声音。她爸胆子大，拿了根铁棍就悄悄出去了。过了一会儿她回来说，“是百灵，她在用小铁锹在夹竹桃树下挖坑呢，不知道她埋了什么东西在里面。”第二天早上，她爸铁青着脸问她埋了什么东西，她涨红着脸不说话，她爸一怒之下去挖开了，发现了一个小木盒，里面原来不过是一些已经凋谢的花瓣，和一张纸条，纸条上写了一句话：“我的白马王子你在哪里？”

因此，百灵有好几年都不太理她爸爸了，就因为她觉得她爸爸伤了她的自尊心，现在看来，她深夜挖坑埋的凋落的花瓣和一句祈愿的话，只是说明了她那颗小小的少女之心有一些萌动，那只是少女微妙的情愫罢了，但她认为她爸爸没有让她有自尊，好几年不和她爸爸说话呢。在这个事情上，我一方面觉得做父母应该在女儿处于危险的年龄时严加管教，另一方面，女儿的独立人格也正在形成，也要顾及她的自尊才是，这一点我又觉得她爸爸做得太粗暴了。

但上了高中，百灵又懂事一些了，她的身上渐渐有了一点高傲的气质，让那些喜欢她的男孩子望而生畏，有些敬而远之了。但这省了我们不少心。她的学习成绩中等偏上，要考上一所一般的大学，还是问题不大的，可这时她却越来越活跃，在学校里又是记者团团长，又是校广播台播音员，还是“青骑士”剧社的演员，经常排一些小话剧，在这个时候，我才发现，她真的是一个演员的胚子，她可以成为一个不错的演员。

每一个人都有她的命运，这是无法预料的。百灵就是红颜薄命。她那一阵子可真的是女大十八变，几个月后就更漂亮成熟一些，对她将来要做什么，我和她爸爸进行了争论，她父亲希望她考上一所医科大学去学医，而我觉得她最好去上艺术院校，因为现在看来她也许天生就是一个演员的胚子，我们后来决定听听她的意见，就和她谈了一次，她想了一想就说，我想当演员，当一个像嘉宝或费雯丽那样的伟大的演员。

她父亲沉默了，也许他并不希望女儿进入演艺圈子。别的不说，就光我们那个小小的黄梅戏团，就闹出多少风流事来，而且有点儿钱的、有点儿地位的人都想到剧团里来闻一闻腥臊。这是一个十分热闹然而又十分凄凉的行当，因为花无百日红，谁都不能保证她能永远红下去，一旦一个明星不行了，她必须要承受所有的诱惑和压力，我这时候才猛然意味到，一个女孩长得太漂亮了她的命运同样前途未卜呢。

就在她上高中那一年，家里发生了一件事。她还有一个妹妹叫百祺，她比百灵小一岁，但是无论天资还是长相都远远比不上百灵。和聪明、漂亮、惹人疼爱的百灵相比，她要忧郁、内向和孤僻一些。我和她爸爸可能不太注意，在她们俩懂事以后，对百灵的爱护多一些，加上百灵出落得越来越漂亮，受人注目，百祺内心就有些嫉妒，她平时又不爱说话，所以我们根本没有看出来，也没有想到会发生这样的事。

那件事的发生一点儿征兆也没有，当时百灵和百祺一起在浴室里洗澡，平日里她们姐妹就常在一起洗澡，在浴室里互相闹，可那天浴室里似乎很安静，过了一会儿，传来了一声尖叫，我和她爸爸都在家，听到了那一声尖叫，一开始还不在意，过了一会儿突然感到不妙，我一下子撞开了反插着的门闩，看见百祺呆立在那里，看见我进来，目光呆滞地对我说："我把百灵打了。"我一看，发现百灵的上半身全浸在浴缸的水里，早已一动不动了。她爸爸也进来了。我慌了神，都不知道该怎么办，还是她爸爸沉着，立即进行人工抢救。没多久，百灵吐了一大摊水，从昏死状态中又活了过来。后来她说她回忆不起当时发生了一些什么，而百祺也说她什么也不记得了。

我和她爸都觉得可能是百祺干的，她从小就嫉恨百灵，一定趁她不注意把她拖入了浴盆中。这是十分可怕的一幕：百灵躺在浴缸里，而正在冲淋浴的百祺用手将百灵的右脚一拉，百灵一下子没入浴缸，就呛住水昏死过去了。我和她爸商量着把百祺送进精神病院检查一下，但经过仔细考虑，还是算了，因为就在这一年，她们两个人一个考上了对外经贸大学，一个考上了北京电影学院，双双离开家了，去北京念书了。如果我们把百祺送进精神病院，不也毁掉了一个孩子吗？这事儿也只是猜测，我们只当什么也没有发生，而她们也已迎来了她们新的生活。

我还要说说那个笔名叫钉子的诗人，她家好几代都是鞋匠，可他却为百灵发了诗疯，在百灵上高一、高二那两年，他经常缠着百灵，后来连鞋也不钉了，对百灵进行围追堵截，所以我们只好叫邻居家男孩或是她同班男同学护送她回来。后来有一段百灵好像不怕“钉子”了，她可能觉得他并不会伤害她，就有时候和他走一段路。但她爸爸不放心，叫几个人把“钉子”吊打过一顿，还告诉了派出所，后来两个人的来往也不多了，那个“钉子”也疯了，前几年关进了福利院。

我印象最深的是她们姐妹俩坐上火车北上的那一天，雨特别大，姐妹两个都很兴奋，她们的爸爸陪她们一起去报到，在雨幕中火车带着她们清晰的脸消失了，在月台上我望着火车变成了一个黑点，知道我从此后已失去了女儿，她已经真正地长大了……

3

在以后的日子，笔者就经常听一听那个叫“钉子”的钉鞋匠诗人写的、献给夏百灵的朗诵诗，现在，钉子也死了，而夏百灵也魂归天国了。这不仅使笔者有恍若隔世之感。十年前的声音，那个年轻的钉鞋匠的朗诵的如此生动饱满，令笔者久久回味，感叹良久呢。试录几首与读者诸君共赏析：

赞美

这样的夜　那么开阔
连飞鸟都在消失
犹如暗云铺开在草原上
一些种子轻轻叩碰我的钉鞋铁掌

我的诗不是诗，是无边的歌
比辽远的海滩更为辽远
而一个少女叫我弯下身子
在今天拾起她脚边的海贝
那海贝上的波纹闪耀着她年轻的光泽

从鸟到高山，从雨水到穿过
我们生活的这座城市的道路
那样多的阳光都在跳跃
你明媚的香气叫我沉醉

而我的钉鞋摊，是诺亚方舟
这唯一的孤舟，如何在今夜介帆
成为大海上又一个梦和海岸

那彼岸生长着青葱的森林，鲜花和鹿
流水和篝火混合
而我在夜里倾听来自高空的赞美
那声音沉郁辉煌
像第一天，上帝用手在光上面张开

感激

是什么力量使你生长在人群中
这么美，这么鲜艳
不可抵挡地脱颖而出
像花朵一样摇动空气
摇动我的视线
是什么使你如此美丽
让我只能联想起水罐
飞鸟　梅花和香草
让我就像一双新鞋那样
只懂得去走明天的路
让我甚至想痛痛快快地

在大雨中哭上一场

你能使我充满鞋钉的内心

在你的照耀下变成青绿的麦苗

是什么力量使我面对你

就像面对一株最美的椰子树

你那么高

我看护的钉鞋摊

也在你的视线下存在

我只有感激　我钉鞋之余写下的文字

粒粒都重如燧石，轻如种子

所有受伤的人在黑夜里拉动麻绳

真是琴声如诉

笔者听到这里，再一次泪雨涟涟了呢，这是多么好的爱情诗，出自一个二十岁上下的小伙子的手，表达着他思念恋人的炽热情感，但是，到了后来，“钉子”写的诗中就渐渐地流露出一种占有的疯狂和非理性了，请看他的录音带中的最后两首诗的片段：

你你你

你，你，你

我的阴影，我的玫瑰，我的百灵鸟

我梦中的梨子，我的救生圈

我的蜡烛和手电筒

我的储物房，我的布围裙
我的心跳
我的呼吸，我的水井
在你那里有我永久的爱
和我每一天的节日

你的身影切割了我的光明
你，我的黎明，我的泉水
我的红辣椒，我的新鞋子
我永不穿它
我掌纹里的钉子
叫我钻心地疼痛
我的长翅膀的录音机
我的手镯　我的榆树林
我的小剪刀　剪去全部多余的线
我的钉鞋摊和思念都被你包围了

我的空气　我的电灯泡
我的木船我的河流让我为你
淹死在温柔的水草里吧

宣判

1

……

黄昏黯死了！我们在鼠疫来临之前洞穿了时间的耳膜
疯狂！一万只蝙蝠和蛆虫在交欢
血从钟乳石上渗出，细密如脑浆的蠕动
蚂蚁们纷纷爬向天空蚀食人类的幻想
狼奔突，在大地之上烙下洪流的蹄印
当所有的星星都凋谢成石竹花的时候
我，一个伟大的诗人钉鞋匠
悬居于蛛网之上，开始宣判
在世纪和世纪的交叉路口，你们将蒙受水母的恩惠
你们匍匐前行，企图重新铸造神像
你们在轮回之中被黑夜劫持
一部分人放牧一大群人
一大群人也永远地拒绝接受光
受难的故事已经疯长成苹果树
每年的杀戮季节
果实就熟透在处女的乳房上
等待被新郎们粗暴地抱进洞房

你们都是盲者，看不见鹿和蛇的影子

你们惧怕清醒而浸泡于酒浆

你们活着，你们又纷纷死去

你们用白纸购买爱情，谋杀所有的星光

你们互相询问着对方的死期

一个人掌握着另一个人，形成了食物的链条

在人人饱食的过程中和流沙一起抵消，灭亡

你们涉小而又喧嚣，像岁月深处的海浪

旋即被历史的肛门排泄

你们活着，只是为了在石碑上攀附

你们这些绵羊啊，多么驯服

把胯部——这世界中的最软弱部位

呈献给鹰和苍狼

你们在大地之上撕扯吧，杀戮吧，自恋吧

在最后一个冬季将被冰雪之棺统统埋葬

2

……

那个白发女巫用陶罐蒸煮启示血光熊熊而起弥漫天宇一千只乌鸦衔走了草的影子

从这条隧道可以抵达黑洞　天堂

地心　以及人心的宇宙
爆裂！一千只水蛭在洞蚀着我的心
那是骨折的春天　被强暴的水
那是精装的骷髅　走廊里的囚车
那是死亡的临盆　那是童贞的皮鞋
那是政客的梦游症　那是逃遁的石头
那是患痨痛的乳房
那是栽倒的楼群从火葬场上空走过
那是大沼泽地的回忆　井中的蝗虫群
那是在白纸上徘徊的母狼
那是冻结的夏天　那是突然伸出的手
撕扯出漫天的鸡毛和血
那是圆润的青蛙皮弹奏的苹果
那是茁壮的针管　狠狠扎进彩旗的臀部
那是枯草的月经　鸟的汁水
那是虾米梦见海洋
那是墙壁上的牙齿和嘴唇
那是自杀的眼睛　发锈的教堂
那是流脓的真理狗屎
那是床单的欺骗　石头之中的磷火
那是被膜拜的帽子　被人和狗争抢的椅子
那是老鼠和粮仓的婚姻　是异常的太平间

那是被抽筋的白昼　结扎的白昼

那是雨滴中的女孩　淤泥中的银币

那是黑夜里的铁轨的阵痛

那是一百万黄蜂从下水道涌出古堡

那是蠕动的蚂蟥　那是升起又落下的绞索

那是走进大广场的计划生育

那是歌唱的殉葬台那是被丢弃的处女膜那是女巫在风沙中的声音

女人啊　当你被黑夜浸湿的时候

我拿什么替你修复毁坏的新鞋

笔者听完“钉子”的最后一盘录音带，也吓得心惊肉跳呢，笔者虽然读过不少1986年出现的“新诗潮”运动中的诗人的大作，可与王子胜的诗比起来，有不少还差许多呢，而且这还是一个陷入疯狂爱情钉鞋匠的业余作品呢。真是天外有天，有眼不识泰山让人匪夷所思大跌眼镜啊。但这首叫《宣判》的诗中，已然没有了过去诗中的爱与美，出现了大量诸如蝙蝠、水蛭、蛆虫、鼠疫、谋杀、棺材、苍狼、骷髅、强暴、痨病、鸡毛、青蛙皮、沼泽、黄蜂、结扎、抽筋、绞索、蚂蟥之类可怕又可恼的字眼，很显然这时候的“钉子”已经不再是正常人了，他已经真的疯了，他看见了很多可怕的幻象，所以他最终走入精神病院。但这个“钉子”在夏百灵的成长中到底扮演着什么样的角色？笔者仍有些迷惑不解呢，而夏百灵的妹妹夏百祺给了笔者另一种答案。

4

夏百祺在一家中美合资生产各种清洗剂的“星条旗”公司中担任部门经理，在得知笔者的来意之后，她十分爽快地答应与笔者约见，并在北京三里屯一个酒吧里见了面，不巧那个酒吧那天夜里是同性恋聚会的日子，所以一对对男男和女女搭伴的情景下，突然出现了一男一女，显得颇不协调，因而我们又狼狈逃窜了，钻入另一家灯火昏暗的酒吧，旋即进入了正题，夏百祺一副公司白领打扮，她严谨得刻板的服装和表情让笔者还有些畏惧呢，笔者是随便惯了的人，见到贞女圣德模样的女人总是有些害怕，但夏百祺和我经过一番谈论之后，笔者才明白她是一个内心有过创伤的女人。

“是的，是我干的，那一次我差一点儿杀了她。你猜我为什么要那么干？”

“不知道”，笔者见夏百祺爽快地承认好多年前杀夏百灵的事实，真的心惊肉跳起来了。

“因为那天我们洗澡的时候，她在浴盆里放了好多蚂蟥，有好多蚂蟥。你想想看，我一躺进浴盆，身上突然爬上了很多条蚂蟥，这情景会有多么可怕，那些蚂蟥像软钉子一样往我的肉里钻，我的身上到处都是蚂蟥，我尖叫一声跳出了浴盆，一边用力拍打身体，蚂蟥都掉了出来，而夏百灵还笑嘻嘻地说她一点儿也不怕蚂蟥，就坐进了浴盆，这时，积怨已久的我用双手将她的腿向上一提，她一下子就陷进水里，不动了。我没想到这一招这么灵，我也呆住了。后来我妈我爸冲了进来……就是这样。”

“这太可怕了。”笔者喃喃地说。

“因为，因为她其实一点儿也不像她表面上给人的那种感觉，漂亮、明亮、善良、质朴、活泼，她实际上特别阴毒、凶狠、自私、风骚和无情。我是她妹妹，可她从小就欺负我，只要我父母不在场，她就说我傻、说我丑，说她和我走到一起就害臊，因为我长得太难看了，和她一点儿血缘关系都没有，我完全是从街上捡回来的野孩子。她从小就羞辱我。但在父母面前她总是装成一个懂事、听话和惹人爱的形象，每一次都是她做错了，但她却把所有的责任都推到了我头上，一开始我还向父母辩解，可他们根本不相信我，后来我就再也不辩解了，我决定有一天亲手来了断。我那天就了断了一下。”

“后来呢？”

“后来她再也不敢欺负我了。我父母也不敢再骂我了，我获得了独立的机会。而且，你知道吗？那个疯诗人王子胜，就是我姐姐害死他的。是她导致了他发疯。”

“噢？真的吗？”

“我姐姐自从来了例假以后，那种不少漂亮女人与生俱来的风骚劲儿就越来越强。她好像天生就懂得男女之间的情事似的，把她的男同学们折磨得够呛。你知道吗，连雄性动物都喜欢她呢。她一出门，各种各样的动物，像牛、马、毛驴、青蛙、飞鸟，都会闻到她身上散发出来的这种气味，就都跟着她跑。而有一天她在钉鞋匠王子胜的鞋摊上钉过一次鞋掌之后，就勾引了王子胜，王子胜开始给她写诗了。她常去那里撩拨他，逗他，好和他约会，但又从不赴约，把王子胜害得疯疯癫癫的，那时候她才上高中啊，你想想，这样的女人从小就是祸水。我父亲为此吊打过孤儿王子胜，但那个王子胜也是一个死脑袋，他迷上我姐了，有一天我姐又和他订了一个约会，却又拉着我一起去。那次是在公园后面的一片树林中，王子胜一出来，她把人家一推，王子胜就掉到一个枯洞里了，然后拉着我的手就跑。三天后，有一个人遛狗，把狗给掉到那个洞里了，才发现了王子胜，救他出来时他已经奄奄一息了。而且那几天，他那没人看管的鞋摊也被人砸了一个稀巴烂。从那天起，王子胜的精神就有些不正常了。”

“这件事是真的吗？”笔者有些不相信她说的话。

“确实是真的。你大概从来也没有听到有人这么说她吧？她总是给人完全相反的一面。”

笔者沉吟了一会儿，又问：“你这么说你姐姐，是否有失公允？是不是有很深的个人恩怨在里面？”

夏百祺看着我，她很认真地说，“不，我想我是最了解她的人，你要相信我，因为她给人们的假象太多了。我虽然是她妹妹，何况她已经死了，我不该这么说她，但这又全部都是事实。全是事实啊，我们总要对真实负责任的吧？”

“那当然。人性是很复杂的，我们也要有勇气面对人性复杂和阴暗的一面才对。”

“我姐姐天生就是一个毁灭者。这就是我对她的评价，你看，和她在一起的男人没有一个有好下场，王子胜、欧阳小石……潘岳，他们都被她害得不轻。”

笔者小心翼翼地说，“也许不能这么看问题？相爱的人总是要互相伤害，以笔者的经验就是这样，没有谁害谁的问题。”

“不，我姐姐却是一个毁灭者，她内心深处以毁灭男人为乐趣，也许她并没有意识到，但结果却都如此，无一例外。”

“你对她和潘岳的关系怎么看？”

“她是一个内心之中特别要强的人，又很有心计。本来潘岳有一个很好的家庭，他妻子那个人不错，又是医院的大夫，他们过得挺好，我姐姐想在潘岳的影片中担任女主角，当然要施展她的魅力，征服潘岳了。”

“你是这么看的。”

“对，我正是这么看的，因为我姐姐真正爱的人只是她自己，她是一个非常自我的人，又很自私，她做事目的性都很强。她拆散了潘岳的家庭，却又不和潘岳结婚，只和他同居，到了后来，潘岳得了奥斯卡最佳外语片大奖，我姐姐觉得潘岳已是世界级人物了，而且已经进入了历史，就嫁给了他。”

“你认为他们之间有爱情吗？”

“潘岳是一个很单纯的人，他的眼中只有他的事业、他的电影，他是爱我姐姐的，要不他为什么会杀了我姐姐？因为他爱她，爱到了完全不能与人分享的地步，我姐姐不同，她征服了一座山头，就又想向另一座山头去了。”

“虽然传媒说你姐姐潜在的情人很多，但我看他们没有一个人比得上潘岳的。”

“这并不重要，重要的是我姐姐是一个占有欲很强的人，而她又是一个女人，她觉得潘岳实际上爱电影胜过爱她，她后来就受不了了，要进行情感出击。”

“可她并没有真正出击啊。”

“不，她提出离婚了。”

“是不是潘岳又喜欢上了更年轻漂亮的女演员，让夏百灵伤心了？”

“媒体是胡说，是我姐姐要红杏出墙了。”

“和谁？”

“和一个叫刘志松的人，这个人是芝加哥第二国民银行驻北京的业务代表，他常开着宝马来接我姐姐出去。”

“在潘岳和夏百灵分居期间？”

“对，他们分居了有半年时间，在那期间，我姐姐和刘志松特别亲密。”

“可为什么刘志松在潘夏事件发生后，声称他与夏百灵一点儿关系也没有呢？”

“这就是人性的黑暗之处了，这个刘志松不过是一个美国化的华人混蛋而已，他见我姐姐已经死了，是绝不会承认与她有关系的。”

“还有一个摇滚歌手叫巨浪，与你姐姐有关系吗？”

“那个小男孩？他是我姐姐的小老弟，我姐姐很喜欢他，给了他不少赞助，让他搞乐队，但他们之间什么也没有。”

“那台湾明星林海安呢？”

“他追过我姐姐，但我姐姐对他是吊着玩儿。演艺圈儿的事儿半真半假的多。我姐姐自己是演员，但她似乎并不想和任何一个男演员有什么绯闻。”

“你姐姐和潘岳的危机是如何爆发的？你对他们当时的情况了解多少？”

“那是在 1997 年，他们正在拍《永恒》，这是潘岳生前的最后一部片子了。这时候他们已经分居了，而在这部电影开拍之前，他们还挺好，但片子开拍之后，他们就不行了。有一天我姐姐从外景地回来，和我吃过一次饭，她那天的情绪显得很焦躁，她告诉我，她准备和潘岳离婚，然后嫁给刘志松，一同再经美国定居加拿大。”

“定居加拿大？”

“刘志松可以被派到加拿大去做他所在银行派出机构的工作人员，而我姐姐一直说息影了之后就去加拿大找一个地广人稀的牧场隐居去，那一段时间她产生了这样的念头。”

“为什么？”

“刘志松来北京接她来了，他天天缠着她，想把她带走，我姐姐那一阵子心情很乱，她似乎有些犹豫，看得出她并不爱刘志松，但潘岳似乎也让她失望了，她处在一种十分激烈的犹豫当中。”

“《永恒》拍完了吗？”

“还没有，但潘岳已经察觉到了，和她谈了一次话，这是她告诉我的。”

“他们说了一些什么？”

“潘岳说不管我们之间怎么样，先把影片拍完后再来解决。”

“你姐姐怎么说？”

“她拿不定主意，因为刘志松催她很紧……对不起，我今天太累，我不能再说了，我先生在家等我去出席一个私人聚会，咱们以后再谈吧。”

第十二章 白马王子与白雪公主

1997 年，先锋派戏剧导演黄中卫导演了一出话剧叫作《白雪公主与白马王子》,在保利剧场上演之后竟受到了空前的欢迎,连演十几场,场场爆满。潘岳和夏百灵主演了这部话剧。黄中卫曾是潘岳的好朋友，他们后来因一点小事而厌恶了，但尽管如此，黄中卫导演的这一出叫《白雪公主与白马王子》的戏剧，仍是潘岳和夏百灵合作的印证。

《白雪公主与白马王子》

1997 年 6 月 27 日北京保利剧场演出本

导演：黄中卫

导演助理：冯湘眉

音乐：大宝

布景：龚幼仪

潘岳：饰白马王子
夏百灵：饰白雪公主
倪淑琪：饰白雪公主（B角）

照明：徐复初
舞台监督：林森
装置：佟宋
旁白：赵先声

说明

这部话剧一共有三场，它是自然而然就在那里的。每一场的布景都有变化的和不变的。

在这部戏中，装置与灯光照明也是戏剧的一部分，我们还有人专门插放幻灯片和旁白，朗诵潘岳和夏百灵的小传，这也可以视为是戏剧的一部分，为此我们请了装置艺术家佟宋和朗诵艺术家赵先声来成为戏中的一部分。

照明尤其重要，舞台上十分空阔，在第一场中是一个小型森林，在第二场则是巨大的城市，第三场，大海边。照到舞台上的灯光是暗的，变幻不定的。我们要传达出一种“梦态抒情”，这光必须有冷有暖，如同鲜花有开有败。

一出戏的诞生犹如一个人的诞生。在这出戏里，我们强调演员的随机表演和自由发挥，因此每一场演员会时常越过一般的台词，进行自由表演，但这个剧本是一个基础，没有它，这出戏也就不存在，这不是自生自灭的，这出戏因此将生机盎然。

第一场

（一些音乐，背景音乐是舒缓的、柔美的，如同早晨阳光初绽时的清新。

布景是一个巨大的花园，灯光晨绚丽的。

潘岳和夏百灵分别从两朵花的中心打着哈欠醒来了。）

旁白（女）：

你生下来的时候黑夜开始退却

你的睫毛上挂着星星的海

你坐在一只草篮里

随水漂来　不不

你是从一朵花中醒来的

花的仙子，面对着这个宇宙

你的疑问像水滴一样

你一点一点地搜集泥土

和每一颗露珠的闪光

你还看不到杀戮和血

小小的你紧皱眉头

额顶上笼罩着忧郁的光环

你就这样慢慢长大

夏百灵：我就这样醒来了，长大了，我是谁？谁又是我？我的疑问这么多，我像花草一样生长，什么都是美的，光线、植物、水，我最先感受到这些，我喜欢这个世界，我就这样醒来了。

旁白（男）：

你的脚踝渐渐高过青草
你像棕榈树一样长高了
摇曳在季节的深处
你瘦瘦的，像一个风筝
你苍白得像蒙着白纸的玻璃
敏感、脆弱而又深情
海看见你朝她走去
山看见你朝他近来
你的头上戴着荆棘之冠
你像是一个王子　忧郁的王子
你从树干顺树液而下
走进根的深处
看见了树在大地
那另一面蓬勃的形象
你就这样慢慢长大

潘岳：为什么我不是别人而是我自己？当我生下来的时候，我为什么会对一切都很吃惊？什么都是有秩序的，它们一点儿也不凌乱，每一片树叶都有它的位置，它的作用，共同构成了一棵树的秩序，这又是为什么？为什么我的疑问像雨滴一样多？

合唱：

孩子孩子，快快长大

经历过风雨，什么都不会怕

孩子孩子，快快长大

承受过雪霜，什么都不怕

哦，忧郁王子，哦，百花仙子

快快长大　忧郁王子

快快长大　百花仙子

（灯光忽明忽暗，背景又变化了。看上去像是一片狼虫虎豹出没的森林，潘岳和夏百灵，一个小猎人打扮，一个采蘑菇的小姑娘打扮，分别背着一把剑，挎着一个小竹篮子，从两侧上场）

旁白（男）：

你背着一柄剑，和一条绳索

你从根走出泥土

土地的咸腥在你身上弥漫

你的目光恍惚而又坚定

你在寻找猎物，那是你生存下去的必需
阳光使你感到亲切和明亮
你从不拒绝命运
乌鸦一直在你头顶盘旋
世界和你相安无事
你就这样走进森林
那里有山、树、河
花、鸟、草
没有人和你做伴
陪伴你的是星星和草莓
你就这样慢慢长大

旁白（女）：
在林中空地上空
你突然沐浴到一束光
拾蘑菇的小姑娘
你感到快乐的温暖
那是太阳，划过一整片森林
你还在继续走着
你搜集着欢笑　露水
岩石　苔藓　和蝌蚪
你的手心里结满了盐

一个男孩在森林里等着你

他在泉水边等着你

从夕阳那边走过来的你

你就这样慢慢长大

（潘岳单腿跪在一眼泉水边喝水，他背着剑，身边还有一匹白马，马上驮着一些山鸡和兔子等猎物，夏百灵挎着一个小篮子从一边上）

潘岳：嗨，别怕，来喝点儿水吧。

夏百灵：你是谁？在这里干什么？

潘岳：我来打猎啊，可今天我不走运，没有猎到野猪。

夏百灵：你那么小，能打下来一头野猪？

潘岳：当然啦！我已经十六岁了，父王说，我只有打下来一头野猪才能成为一个真正的勇士。

夏百灵：成为勇士又怎么样？

潘岳：这样我就可以带领另外七个勇士，去西边寻找一个金杯了。

夏百灵：为什么要寻找这个金杯？

潘岳：只有寻找到这个金杯，我才可以回来继承王位的。

夏百灵：这么说，你是一个王子喽。

潘岳：对，我就是一个王子，可父王说我太忧郁，我看见水中我的倒影，都会忧郁地哭出声来。

夏百灵（看见了那匹白马）：你还是一个白马王子……（她转身独白）我妈妈死的时候说，如果我碰到一个骑白马的少年，那个少年就会是我未来的如意郎君，会帮我们家族夺回失去的国家和土地。

潘岳：你是谁？你问了我这么多，我倒想问问你是谁，又是从哪里来的？

夏百灵：小时候我被人叫作百花仙子，长大了我被人叫作白雪公主，后来，有一个强悍的民族把我父母亲都杀了，我和父亲原来的七个侍从一起逃走了，后来我在森林里迷了路，我就变成了采蘑菇的小姑娘了。

潘岳：你也有七个勇士？

夏百灵：不，他们是七个小矮人。

潘岳：他们现在在哪儿？

夏百灵：我在找他们，可森林这么大，真的很难找。

潘岳：这样吧，你和我一起找到，我可以骑马带着你，我找野猪，你找你的七个小矮人，这样你就安全多了。来吧，上马吧！

（夏百灵和潘岳上马，并隐入了森林。布景稍有变化，潘岳和夏百灵从另一侧上，他们躲在一片树丛中，看见有一队人向他们这边走来。）

夏百灵：你看，那就是我的七个小矮人！

潘岳：他们都被人捆上了……他们被一些人抬着……怎么会有这么多人呢……领头的是两个祭司，他们在干什么？

祭司甲：黄昏已经黯死了，兄弟们都纷纷上路了，为了那一束金黄的光。

祭司乙：祭祀的歌声唱起来了，手臂的森林也纷纷举起。黑色的群鹰用翅膀在夜幕中传递着最后的消息。

小矮人们（众声喧哗）：放开我！放开我！把我们放下来！否则，我们会毁灭了这整片森林！把我们放下来！

小矮人一：他们把我捆得真结实，用的可是真牛皮绳。

小矮人二：都怪我放哨的时候喝了酒，我一喝酒就要打盹，结果成了俘虏了。

小矮人三：白雪公主呢？要紧的是白雪公主怎么办？

小矮人四：我们有一个月没有看见她了，她会跑到哪儿去呢？

小矮人五：你说他们把我们捆起来要干什么？

小矮人六：可能放到大锅里，煮成一种叫小矮人的狗食罐头吧。

小矮人七：完了，这下我们全完了。

祭司甲：噢唔，开启你的神秘之门吧，神啊，所有的喉咙里都生长着同一种激情，所有的眼睛里都跳动着黑蓝的火。为了接近你我们要进行祭礼，神啊，叫我们走进你的光荣智慧的阴影里吧，在太阳落山的地方，飘浮着被淹死的梦，还有搭起来的高高的祭台。

祭司乙：黑色的古歌在天空中缓缓流动，表达着同一种愿望。在这一条遍生着蜥蜴、蝗虫和蛇的路上，我们的额头反射着冰雪的阴冷，我们的耳朵倾听着风，我们的脚亲吻着泥土的咸腥。白昼的阳光烙满了我们的记忆，我们是一支虔诚的队伍，在心与太阳之间，测量着虔敬。

潘岳：这是一支奇怪的队伍。

夏百灵：他们抓走了我的七个小矮人。

潘岳：我会去解救他们。

夏百灵：他们到底要干什么?

潘岳：像是一支求雨的队伍，已经有两个月，森林里没有下一滴雨了。

夏百灵：怪不得我没有采到多少蘑菇。

潘岳：咱们埋伏在这里，看看他们到底要干什么。

（这支队伍从潘岳和夏百灵藏身的地方经过，继续向前走去。潘岳和夏百灵悄悄尾随而去。队伍在一片山脚下搭建的祭台前停下来了。这时，队伍中响起了鼓声。小矮人们被放了下来，抬到了祭台上。）

矮人们（面面相觑）：他们要把我们当祭品烧死了，他们要把我们当祭品烧死了，这些森林之中的野蛮人!

（队伍中走出三个女巫，她们装束奇特，戴着面具，开始跳一种雩舞）

女巫A：苦难，晶结为碱和咸盐，在我们的手上传递。我们跳起了雩舞，是为了所求雨水的降临。我们谁都逃离不了那一片阴云的跟踪。从岩石中渗出的泉水太少，救不活孩子们的微笑，纷纷枯死的不仅仅是草和树叶，还有我们的兄弟。

女巫B：我们的身体期待着雷雨，我们的手祈求着闪电。这鼓声是赞美和渴求，为了雨水，起舞吧，高叫吧，赞美吧。

女巫C：我们都太累了。舞蹈之后是沉睡，我们可以穿过沼泽地，倾听到神的声音吗?而我们在疯狂地起舞、歌唱，大风从死海那里运来了神的语言，等待我们去破解，下雨吧，下雨吧!

祈求的人群：下雨吧！下雨吧！下雨吧！下雨吧！

夏百灵：他们就要烧死我的七个小矮人了，我们快出去解救他们吧！

潘岳：不，要沉住气，再等一会儿。

祭司甲：我们是谁？我们从哪里来？我们要到哪里去？我们生，我们死，我们渴望永远地靠近你，我们歌唱。我们在麦田里收割大地的金黄。假如雨水来临。我们的衣衫将像旗一样飘扬，守候着陶罐中的炊烟的是我们最美的新娘。

祭司乙：谁是我们？谁放逐着我们？谁使我们向前去？谁赐予我们粮食与谜语，使我们生存和思想？是谁把我们的躯体保留为化石，叫我们的颂词生长为黄金树，摇曳在岁月的风景里，垂落着呓语一样的果子？是谁在荒野中呼唤，招引我们永远地徘徊在此岸？

祈求的人群：我们倾听，森林里的光线暗了，岩洞里的火映照着我们，我们从水中来，我们要到土里去，我们是各种元素，在鸟类的嘴上流传。谁将把我们引上方舟，在无望和希望之间漂流？谁将最后接纳我们的足迹、祈求和迷茫？

小矮人一：你们看，他们已经点着了火把，就要烧死我们了！

小矮人二：这雩舞跳完的时候，他们就要点火烧死我们了，原来我们被他们当成了祭品，这些野蛮人。

小矮人三：要是现在下上一场雨，就是他们点了火也烧不死我们了。

小矮人四：已经来不及了。什么都来不及了，我们的使命也完不成了。

小矮人五：对，我们还有使命呢，我们不能忘了我们的使命，我们要和公主一起找到一个白马王子，然后和这个白马王子的七位勇士一起，夺回我们失去的国土，重新建立起我们的国家。

小矮人六：他们就要烧死我们了！你看，他们点着火把来烧死我们了！

小矮人七：这时候，只有祈求神来救我们了，快下雨吧！快下雨吧！

夏百灵：那些人要把柴堆点燃了！他们要烧死我的七个小矮人了！

潘岳：你待着别动，看我的！

（潘岳策动他的白色骏马，从树丛后跳了出来。他张弓搭箭，射死了几个手拿火把的人。但那堆柴火仍旧着火了。祭司和女巫向他迎来，他骑在马上挥剑迎击，把祭司和女巫都杀死了。

火苗熊熊，柴火堆上的小矮人在浓烟中尖叫着，挣扎着。这时，天空中忽然聚集了一团黑云，紧接着一阵电闪雷鸣，空中炸着响雷，闪电如同闪亮的树根，在空中伸展。祈雨的人见祭司和女巫的血已汇流成溪，在闪电中惊叫着逃走了，大雨倾盆，雨声很大。七个小矮人得救了。幕落。）

导演旁白：在这一段故事中的结尾，白雪公主和白马王子一起使七个小矮人得救了。白马王子的父亲觉得儿子长大了，指派给了白马王子七个勇士，然后，七个勇士和七个小矮人一起跟着白雪公主和白马王子，进攻攻占了白雪公主的家园的外敌，并且成了亲。他们在那里过着幸福的生活。这是一个圆满的故事，是很多人都期待的结局。但是，生活总是向我们呈现它的另一面。在下一场，他们的故事则是另一个面目。

（导演下。灯光灭。）

第二场

（一个房间，一看就是大都市中的楼厦里的一间屋子。一间充满了现代人的生活用具的屋子：沙发、健身器、玻璃鱼缸、盆栽植物、双人水床、别致的台灯、吊灯、酒柜、地毯，它们把房间填得满满的。

灯光由暗到明，渐渐地亮了。

床上躺着两个人，他们渐渐坐起来，靠在床上，穿着睡衣，打着哈欠。

窗外，一架城市巡逻直升机的引擎轰鸣着掠过，声音渐远。在另一幢玻璃幕墙大厦外面，可以看见一些擦洗幕墙玻璃的蜘蛛人在活动。）

夏百灵：我刚才做了一个噩梦。

潘岳：什么梦？

夏百灵：我梦见你消失了。

潘岳：我消失了？

夏百灵：对，我在森林中的一眼泉水边等你，却永远也等不来你。

潘岳：那现在我们在哪儿？

夏百灵（环视房间）：啊呀……我也不知道我们在哪儿，这是哪儿呢？我不是还在森林中一边采蘑菇，一边等着我的白马王子来临吗？这是哪儿呢？

潘岳：也许，也许这是阿拉伯人的宫殿？他们是最喜欢用壁毯、挂毯和地毯的。你看这间屋子里到处都是这些东西。

夏百灵：你是……白马王子？

潘岳：白雪公主！我们已经结婚了，你难道不知道吗？在众所周知的一出戏中，你在一座森林中迷了路，然后在一眼泉水边等到了我，然后我们一起解放了七个小矮人，然后我们和一些勇士赶跑了侵略者，建立了国家，我们结婚了，过着美满的生活，你不知道吗？

夏百灵（怔怔地看着他）：不像，你不像我的白马王子，你太不像了。不，你不是白马王子！这太可怕了，一觉醒来，我却和一个陌生人睡在一张床上。这太可怕了，你给我出去！出去！

潘岳：可我就是你的白马王子，我就是……

夏百灵：你不是，你是一个我从来也没有见过的男人，一个陌生男人！

潘岳：可我就是你的白马王子，我就是……

夏百灵：你拿什么证明？

潘岳：证明？我有剑、有弓箭，还有一匹白马，另外我还猎获了野兔和山鸡……

夏百灵：可它们在哪儿呢？

潘岳（四下寻找，拿起了一对哑铃）：是啊，它们在哪儿呢？这又是什么东西，这么沉！

夏百灵：所以，你给我出去！你不是白马王子，快给我出去！

潘岳：白雪公主，请你给我一个机会，允许我找回我失去的白马、弓箭、剑和猎物，我一定要找回来，你等着吧！

夏百灵（尖叫）：快出去！快出去！

（潘岳出门而走，门关上了。夏百灵惊魂未定，自言自语）

夏百灵：这太可怕了，你一觉醒来，你却已经变成了别的人。我又是谁？我还是白雪公主吗？（照镜子）这样的衣服这么怪，还有这罩住我胸部的两个小布袋，一点儿也不像束胸那么紧，这样我的胸部那么饱满，我要一跑起来，它们就像跳跃的兔子，王子看见了，会不高兴的。我只让王子看见它们、抚摸它们。（惊异地）可王子现在在哪儿呢？我又是在哪儿呢？（脱去睡衣，露出了三点式）我烦透了，我一烦躁就脱衣服，我烦极了。我的王子，他会在哪儿呢？刚才那个人，他要找回那匹白马、那弓箭和刀，还有一些猎物，那他就是真白马王子，否则，他也是假的。（灯光渐暗）

（敲门声，然后又是门铃声，屋内灯光渐渐地亮了，白雪公主从床上懒洋洋地坐起来，她穿着三点式花边内衣，打开了门。）

一个戴眼镜、礼帽、穿黑色大衣的中年男子走了进来。

男子：是玛莉•莲莲小姐吗？

夏百灵：不是……是，我也不知道，我是玛莉•莲莲小姐吗？

男子：恐怕你是的。因为，你在报纸的征友启事中刊登了这个地址，启事上说，你喜欢瘦型身材的绅士，你喜欢69式做爱，还有你喜欢身上不长腿毛、胸毛、腋毛的男子，你……

夏百灵（给了他一记耳光）：我是白雪公主，不是你说的这个应召女郎玛莉•莲莲小姐！

男子（捂住挨打的脸，有些疑惑）：你不是吗？（掏出一张报纸），你看看，这报纸上刊登的地址和电话，难道不是你的吗？

夏百灵（拿过报纸看了看上面的文字）：……真的是这里，电话、地址都没有错。但我……我到底是谁？我应该是一个知识女性，有着很好的自我确立与自我认知，现在，我却糊涂了，我会是谁呢？我是白雪公主还是玛莉•莲莲呢？

男子（转而又有些得意）：你就是玛莉•莲莲！

夏百灵：那你……

男子：我是你喜欢的那种类型的男人。

夏百灵：我喜欢的男人只有一个，他是白马王子啊！但是你没有白马、弓箭、剑、猎物野兔和山鸡……

男人：我当然有一匹白马！（上前拉夏百灵），来，咱们到窗前，你往下看（走到窗前）那辆白色的跑车，就是我的白马啊！

夏百灵：可是，你的剑、弓箭和猎物呢？

男人（拿起了手杖）：你看，这就是我的剑啊，我一拔，藏在里面的剑就出来了。而我的这部手提电脑，就是我的弓箭，我可以发出十个E-mail，然后就收获一百个E-mail，E-mail就是我的射出去的箭，你明白了吗？时代变了，连猎物也变了，你看我的股票又上涨了，这些数字，就是我的猎获物，我的野兔和山鸡啊！

夏百灵（转忧为喜）：那你……真的是我的白马王子？

男人：当然，咱们还是上床吧。你的三围太迷人太正点了。咱们来69式怎么样？

夏百灵（忸怩地）：……好吧，咱们上床吧。

（灯光暗，脱衣服的声音）

男人说，三百块够不够？我的公主……

（灯光在舞台另一侧亮了起来。七个小矮人上场了。他们都打扮成了圣诞老人的模样。）

小矮人一：这座城市太大了。也太复杂了，比咱们的森林要大得多呢。

小矮人二：真没想到，能活着见到这么多有趣的景色，那立交桥、城市铁路，那些铁甲壳虫，它们跑得可真快。

小矮人三：比王子的白马跑得可快多了。

小矮人四：对了，公主和王子和我们中断联系已经好多天了，我们在到处找他们，可他们到哪儿去了呢？我们那天又是怎样走散了的呢？

小矮人五：你怎了，我们当时正在一条被人们叫作铁轨的路上行走，突然一条巨蟒，亮着巨眼向我们冲来，我们向两边逃开，那巨蟒——后来我们知道它叫火车，把公主王子和我们隔开了，于是我们就失散了。

小矮人六：我后来就渐渐喜欢上了城市生活，它的夜晚比白天还好看。

小矮人七：问题是，我们能找到白雪公主和白马王子吗？

小矮人一：我们最终仍旧能够找到的，但是，我们也要生活啊，在城市中，生活起来要更不容易呢。

小矮人二：不像在森林里，野果子、小动物和野菜到处都是，光是捡的野鸭蛋我们都吃不完呢。

小矮人三：入乡随俗，我们小矮人的生存能力是很强的，于是我们就混入了面粉业，开始卖面了。

小矮人四：这面粉可真白啊，由它做成的面包和面条比我们在森林里见到的好吃多了，做生意就得从人们最需要的地方想办法。

小矮人五：面粉业在城市中已经是夕阳产业了，但我们一开始并不知道，我们也赚了一些钱，可是也就刚刚够我们的温饱。

小矮人六：仅仅温饱是不够的，到了城市中我们才知道豪华汽车、带花园的房子和游泳池、私人飞机，才是身份的象征呢。

小矮人七：城市中的白雪公主和白马王子们，也都有这些东西呢，可我们的主人和我们失散了，他们要在，我们就不用贩面粉了，我们可以蹭车、蹭饭、蹭房子住、蹭游泳池了。

小矮人一：在城市中，没有钱可真的是寸步难行啊，没有钱是万万不能的。

小矮人二：后来贩卖面粉越来越难了，我们渐渐地赚不到钱了。

小矮人三：然后有一天我们发现有人在地下停车场贩小袋的面粉，像巴掌那么大的袋子，但却能卖一箱子的钱，他们的面粉怎么那么值钱？

小矮人四：然后我们也卖起了那种小袋面粉，的确如此，这小袋面粉是一本万利，赚大了。

小矮人五：有人说这叫贩毒，可对我们小矮人来说，它就是面粉，只不过由大袋变成了小袋子而已。只有赚钱是最重要的。

小矮人六：可警察抓得很严，和我们接头的一些人，有一半已经被警察在枪战中打死了，我们扮成圣诞老人来卖面粉，就好多了。

小矮人七：矮人们！注意，有警察来了，快跑！

（七个小矮人神色慌张地从一侧下，灯光渐暗）

（灯光渐渐亮了，舞台一侧的明亮部分，布景已换成了城市的外景

潘岳上场了，他牵着一匹白马。）

潘岳，我怎么样才能证明我的身份呢？这太难了，因为我一点儿都不熟悉环境，这座城市它太大了，简直是无边无际，可后来，我来到了一个地方，那里有许多人骑着马在绕圈儿奔跑，其中有一个人骑着一匹白马，我高兴坏了，就扑了过去，我凌空一跃，把他从马上掀

了下来，然后我骑着马快速地离开了那个赛马场。

（他骑着马在舞台上转了一圈儿又下马）

潘岳：但是我迷路了，我找不到回家的路，这座城市那么大，而我的白雪公主她在哪里、在哪里？我看不见她，我到哪里才能找见她？哪里是一条通向她的道路？请告诉我通往白雪公主的路！谁能告诉我？谁能告诉我？

（他停止了说话，四下探望，没有一个人回答他）

潘岳：他们谁也不能告诉我，这座城市里的人都很忙，他们人来人往，一刻也不停，没有人要听我说话，我只有骑着马自己找了。

（他再次骑上了马）

潘岳：我当然是白马王子，这一点是确定无疑的。可问题是白雪公主认不出我来了，她要我证明我自己是白马王子，而白马王子必须有一匹白马，我有了一匹白马，但我找不到白雪公主了。这座城市这么大，我到哪里去找白雪公主呢？

（他来到了挂有污水处理厂的标牌的一个地方，马儿渴了，立即去喝水了）

潘岳：这马儿也可怜，它驮着我跑了好几天，就为了找白雪公主，它渴坏啦！马儿，这下你好好喝吧，好好喝个够吧。

（马儿向前伸头，不小心跌入了污水处理池，一些绿色的废水泡沫泛了起来，人与马都在水池中挣扎）

潘岳：救命啊！救命啊！我是白马王子！我和我的白马掉进这脏水里了！这水怎么这么脏？怎么连一条鱼都没有？为什么会有这么多的绿色的泡沫？这水池有多深？白雪公主现在在干什么呢？她会想我

吗？她会等我回来吗？我们会一起再生一个小白马王子和小白雪公主吗？我的马呢？怎么它已经不见了呢？这水太深了还在不停地旋转，水流为什么不停呢？如果这水池是天鹅湖……天鹅到哪里去了呢？绿色的泡沫越来越多，越来越多，我的呼吸……我的呼吸……

（污水处理池中，绿色的废水泡沫越来越多，渐渐地淹没了潘岳的头，他消失在了污水池的泡沫中，灯光暗。）

（舞台另一侧的灯光又亮了，夏百灵醒了过来，她伸出手抓过了一个闹钟。）

夏百灵：我看不见太阳，所以我不知道现在是什么时候。刚才那个男人走了。他还给我留下了三百元钱，说我不是白雪公主，我是玛莉·莲莲——一个租公寓的妓女。（突然哭了起来）我到底是谁？我的小矮人呢？我的白马王子呢？为什么在城市中我彻底迷失了自我？我还是不是知识女性了？我到底是谁？是纯洁无瑕的白雪公主还是人尽可夫的应召女郎？没有人告诉我，我真的是孤立无援了。

（突然响起了一阵杂沓的脚步声，化装成圣诞老人的七个小矮人慌慌张张地跑上了舞台，后面还跟着几个警察）

警察：抓住他们！抓住那几个化妆成圣诞老人的毒贩子！抓住他们！站住！再跑我就要开枪了！

小矮人一：完了，这下全完了，卖小袋面粉也不行了。

小矮人二：为什么生活会这么艰难？为什么卖面粉都不行呢。

小矮人三：什么叫毒品？这面粉人服用了那么快活，怎么能叫毒品呢？

小矮人四：没有白马王子、白雪公主的日子怎么这么难！什么都担惊受怕，我太想念他们了！

小矮人五：快跑吧！他们的警车开得太快了！你看，天上又出现围堵我们的直升机了，我们要不还是投降吧！

小矮人六：我们怎么能投降呢？誓死不当投降派！重要的是要保全自己，要保存好有生力量，与警察打游击战，麻雀战，下水道战，巷战，捉迷藏战，开展艰苦卓绝的城市游击战，持久战，胜利必然属于我们。

小矮人七：快跑！警犬也追上来了！快跑！大家扔掉圣诞老人帽子、胡子和皮袄，轻装上阵，快跑！快跑！……

（七个小矮人扔掉了他们的帽子、胡子，边逃边脱掉外衣，然后他们从舞台一侧下场了，警察也追了过去）

导演旁白：

七个小矮人后来还是被警察抓住了。按照城市的法律，他们被处以了极刑，分别以坐电椅和药物注射处死了。全市的人都看到了直播处死七个小矮人贩毒集团的死刑执行的录像。

白马王子的尸体后来从污水处理厂的水池中被捞了出来，连同他的白马，现在，他和他的白马都变成了绿色，工业废水的绿色泡沫使他们改变了颜色。

而白雪公主仍旧待在她的公寓中，总有“瘦型身材，喜欢69式做爱，不长胸毛、腿毛、腋毛”的男士上门。白雪公主一边接待着，一边仍旧为丧失自我而苦闷着，她在想着，自己到底是纯洁无瑕的白雪公主，还是妓女玛莉•莲莲小姐呢？作为一个知识女性，她十分苦恼。

第三场

（海滨。蔚蓝的海水反射的是蔚蓝的蓝天的颜色，很多人在海滨浴场活动，他们嬉戏，打排球，在沙滩上追逐。有人在冲浪，在浪头上高声尖叫，这一切在舞台上是用录像机投影来显示的。

一个女人坐在沙滩边的一个躺椅上，她戴着墨镜，穿着比基尼泳装，她在看一本书。

一个男人，一个消瘦但很健美的男子，只穿着一件小巧、精致并微微凸起的游泳裤的男子，靠近了她。）

男人（潘岳饰）：在看什么书？

女人（夏百灵饰），（她并没有摘去墨镜）：《白雪公主》。

男人：啊，白雪公主。我知道这本书，一本童话对不对，里面还有七个小矮人。

女人：不是你说的那一种，是另外一本，美国作家巴塞尔姆的《白雪公主》。

男人：我没有读过，它都说了些什么？

女人：它写的是，白雪公主实际上是一个妓女，而七个小矮人变成了贩卖婴儿食品的罪犯，而白雪公主的心上人，那个保罗王子，则在骑马赶来的路上，死在了一堆工业废水的绿色泡沫里。

男人：这又是什么意思呢……把一本好端端的童话，变成了一个恐怖加色情的城市故事。

女人：你带书了吗？

男人：带了。

女人：一本什么样的书？

男人：《边城》，沈从文的《边城》。

女人：哦，我知道那本书，里面写了一个老爷爷，和一个小女孩。这本书要让巴塞尔姆来改写，那个老爷爷会变成一个乱伦的老禽兽的。

男人：这很有趣……为什么不下海游泳？

女人：我从不会游泳。

男人：我教你吧。

女人：可我还不认识你。

男人：如果你是白雪公主，那么，我就是你的白马王子。

女人（扑哧一笑）：好吧，白马王子，咱们去游泳吧。

（他们起身，趄不远处的大海走去，海水汹涌的声音传了过来，灯光暗，他们消失在大海上）

（灯光昏暗。海滨旅馆，这间海滨旅馆属于那种矮房子，很漂亮，类似于美国的汽车旅馆，但很漂亮。

女人的身影。她的独白。）

女人：在一座海滨城市我并不想认识任何一个人，我已忘记了我的过去，也许我还没有我的未来。我是没有名字的，甚至没有形状，我只是一个女人。浪是没有形状的，因为它易碎，也易于变化，我就是一段浪吗？我从我自己的生活深处，我从远处来到这里，并不想认识一个陌生人，因为人人都有过去，我不想面对我的过去，你要问我是谁，我说我不知道，我只是一个女人，不过我今天已经有了一个名字，我叫白雪公主。

（那个男人从另一侧上，灯光昏暗，可以看见的只是他的背影，

他的独白）

男人：哈，我是白马王子，没有比这个称呼更叫人开心的了。我来到这座海滨城市，已经忘记了我是一个快死的人。没错，我是一个快死的人，我得了一种致死的疾病，我快要死了。但从外表看，我完全是一个健康的人，我一点儿都不像是一个要死的人，可实际上我就是一个要死的人。我为什么要来到海滨呢？我想最后一次见到大海，我想看一眼它，然后，我就可以死了。但我遇见了白雪公主，是的，是白雪公主，一个美丽的女人，今天我也有了一个名字，白马王子。

（灯光渐亮，一柱光打在女人的脸上）

女人（独白）：白雪公主……白雪公主……我是白雪公主，可我是童话中纯洁的白雪公主，还是巴塞尔姆的肮脏、邪恶的白雪公主？实际上，我是一个快要死了的白雪公主，我得了一种病，死亡的疾病。我体内的死亡细胞，一点点地快速地吞着别的，所有的健康细胞，我快要死了，但这海滨没有人知道我是谁，我只是来看一看大海，让大海留在记忆之中，之后，我就可以死了。没有人知道我是谁，我来了，我还会离开，然后我死了，我像一段易碎的波浪。

（灯光渐强，另一束光打在男人的脸上，男人的独白）

男人：让一个要死的男人迸发激情是困难的，但是我，已为“白马王子”这个称号而激动了。每一个女人都在期待着一个白马王子，我现在是一个白马王子，我应该让她，让一个女人感到快乐，我会让她感到快乐的，我要试一试。

（灯光大亮）

男人：白雪公主，我可以请你一起吃晚饭吗？

女人：好啊。这里的海鲜不错。我很想吃野葱味儿小虾。

男人：那边就有一家餐厅，我们去吧。

女人：走吧。

（他们在一个餐桌前坐下来，点菜，进餐，灯光又暗了，然后是大海汹涌的声音）

女人：开始了，就像是黑夜里一艘轮船的起航，我们开始了航行。我们在海边走着，四周没有一个人，只有大海的声音和气息。海边还有些冷，他就把他的外套给我披上了。我们是白雪公主和白马王子，其实我们不过是两个符号，男人和女人。

男人：是的，是男人和女人，整个世界都是这样，都是由男人和女人构成的。再没有其他人。老人和小孩也是男人和女人，没有其他的人。在今天，我感到我能把握住一种最简单朴素的关系，男人和女人关系，而我正面对着一个女人。

女人：我从他的眼睛中读到了一种火焰，一种欲望。那是生命的渴求，可以让他走得更远，这是原始生命力的东西，在他的眼中跳跃，我不能回避它，我喜欢它，我喜欢火苗。我说过我要死了，但这死也有光亮，如果它被一种火焰照亮，那么火焰也是美的。人人都惧怕死，但是当死亡来临，我们从而会轻松，一如易碎的海浪，从一个大浪头的高处轻松地砸下来，跌落在更深的水中。

男人：死亡和疾病，死亡就像这黑夜中的海，它无所不在，以一种深渊的力量在吸食着我们，我们会被它吸食吗？会的，大海会吞没这黑暗，所以，我要向你靠近，我要向你靠近。

（灯光亮了。可以看见他们坐在一个礁石上，他们坐得很近，在眺望远方）

女人：绝望，你体会过绝望吗？

男人：就像保罗王子死于工业废水的绿色泡沫的那一瞬吧？

女人：很巧妙，你回答得很巧妙。

男人：我们在哪里？

女人：在海边，可实际上，你知道，也在任何地方。

男人：重要的是，我们坐在一起，一个男人和一个女人。

女人：一次邂逅。

男人：我们之间会发生什么？

女人：一切，所有的一切，你想要的和我想要的，我们都会发生。

男人：可我会忘却。

女人：我们又能记住些什么？

男人：我会忘记你是谁。

女人：但你会记住我是白雪公主，而我，则会记住……

男人：我是白马王子。

女人：不，不，是你眼中的火焰。

男人：什么样的火焰？

女人：是一种混合着恐惧、欲望、爱和期待的火焰。

男人：我从你的目光中看到的却是平和与宁静，如同从未起风的海面。

女人：为什么你要靠近我？

男人：因为你吸引了我，一种毁灭的力量吸引了我。

女人：那么也可以说，是我选择了你？

男人：我们一开始说话的时候，我就知道我会进入你的世界。

女人：不不，你进入不了。我们可以互相进入身体，但我们永远也互相进入不了对方的生活。

男人：为什么？

女人：我们的经历，它们是所有日子的影子，它们重叠得太多了。还有我们的身体，在历经成熟之后，正在衰败。

男人：你也有这种感觉？是的，我们的身体在衰败。我可以听见我体内的细胞死亡的声音，一个接着一个，密密麻麻……

女人：你的生命也将就此离去。

男人：我们是来避暑的。

女人：主要是来逃避的。

男人：可我们逃不开很多东西。

女人：是的，逃不开。

男人：对于我来说，你将是我最后一个亲密的朋友。

妇人：我也是，因为，我要死了。

男人：我也一样，我也要死了。

女人：为什么我们会相遇？

男人：是死亡，死亡让我们在这里进行一个约会，因为我们都要死了。

女人：可这里所有的人都不知道这个秘密，他们不知道。

男人：只有我们知道，有一点是确定无疑的，你是白雪公主，而我是白马王子。

女人：我们回去吧。

（灯光暗，灯光渐亮，布景仍是旅馆，海滨旅馆，可以听到海上巨浪咆哮的声音。似乎那巨浪的起伏仍旧可以被我们感觉到。

在房间里，一束光将房间里的两个人的影子投影到了墙上。那是如同波浪一样的起伏的两个身体。还可以听见他们的喘息声。）

（稍后，外面海浪的声音似乎小了，房间里人影的波动也停止了，男女主人公开始说话了。）

女人：我的身体像一段波浪。

男人：我的也是，也是一段波浪。

女人：这波浪因你波动。

男人：两段波浪，涌动的是一种绝望的激情。

女人：我曾问过你绝望吗？你没有回答我，但现在，我知道你的答案了。

男人：什么答案？

女人：我们会死的，都会死的，所以我们都是绝望的。

男人：但毕竟我们还能够变成波浪，当波浪融汇，我们融为一体的时候，我感到了一种希望，没有绝望了。

女人：不，恰恰相反，我在那一刻更加感到绝望，我想这一刻能保留多久，它会不会永不再来。

男人：这真是一件令人悲哀的事，我们两个竟然都是要死的人。

女人：而且在这海滨相遇了。

男人：我们很快就发生了什么。

妇人：因为一种绝望的期待。

男人：之后我们会怎么样？

女人：不知道……不知道，也许我们只剩下了死。

男人：可我们已有了名字，白雪公主和白马王子。

女人：我们是吗？这只是两个符号，我们只是男人和女人，绝望的、即将丢弃生命的男人和女人。

（灯光一直是昏暗的，旅馆外大海的浪涛声复又响起，在墙壁上，可以看见两个人的身体再次起伏如波浪。）

女人（独白）：一夜又一夜，我们的身体起伏如同波浪，在快抵达生命的终点时我们放慢了步伐，不去想死，只求变成一段波浪。但在内心之中，我又感到了一种恐惧，我还是我吗？我还是过去的我吗？就像我叫"白雪公主"一样，我已变成了另外一个人，一个我从来也不认识的陌生人，这个陌生人在海滩上遇到了另一个陌生的男人，而他竟然也是一个快死的人，一个被疾病追杀的人，于是，我们的身体一起变成了融合在一起的波浪，欢欣由此而生，但恐惧接踵而来，这是没有明天的激情，我不知道我会在黑夜中走多远。

男人（独白）：我爱你！我爱你！我当然是爱你的，我们产生爱情了，对不对？我们是有爱情的，即使有一点令我们绝望，就是我们都是要死的，但我们却绝处逢生了，我们相爱了，这是一剂强心针，它让我们有了免疫力。

女人：但这不会是永远的。

男人：不用等到永远，我们已经拥有了，这就够了。

女人：是够了，够了。

男人：然后，我们分开，各自死在各自的亲人旁边。

女人：是的，各自死在各自的亲人旁边。

男人：仿佛我们从来没有相遇过。

女人：仿佛从来没有相遇过。

男人：但在死的一瞬，我会回忆起你，回忆起我们之间的一切。

女人：我会回忆起我们的一切。

男人：然后死。

女人：我们然后死了。

男人：把一切深埋心底。

女人：如同沉入深海的小船。

（清晨，海岸辽远。在一处礁石上，只坐着一个人，她一个人，他已经离开了。只剩下了她一个人）

女人：他离开了，那个叫白马王子的男人。他是在一天清晨我醒来的时候，发现他已经走了。他要死在另一个地方，而我也一样。我也要离开这里，就像白雪公主从来也没有等到她王子保罗，我也要离开了。但有一些东西我是记得了，那些风暴的滋味，波浪的形状，和他的悲哀的眼神。但这些东西也会死，和我一同被死亡所收回。你看，大海它展开了平静的一面，如同一块蓝色的锦缎，我，白雪公主，坐在礁石上，我已不再等任何人了，因为我也要离开这里了。

（灯光暗灭，一束光打在舞台上，导演出来了）

导演自述：

在这出戏的第三场，白雪公主和白马王子变成了在海滨相遇的绝望的男人和女人，他们都是要死的人，但在他们之间产生了一种绝望的激情。这是另一种情景下的白雪公主与白马王子，他们的故事。他们相遇了，但他们仍是绝望的，因为他们要死。白雪公主和白马王子，他们在相遇之后，又分开了。

但那大海仍是存在的。这背景永远都在那里的。

——剧终

笔者是从黄中卫那里借得的录像带，在家中看完了这出由潘岳和夏百灵主演的话剧《白雪公主与白马王子》的，毫无疑问，他们的表演很成功，加之如此名气巨大的导演和影星来出演一部话剧，这的确有些罕见，一方面因为潘岳和黄中卫的关系不错，另一方面，戏剧作为电影最初的舞台形态，也让潘岳有一种溯源逐本的感觉，加上在舞台上可以和观众进行直接交流，潘岳和夏百灵的表演十分卖力，而他们的号召力也使观众趋之若鹜，都挤破了剧院大门，打破了脑袋。

但笔者对这出叫作《白雪公主与白马王子》的戏有些五味杂陈，这出戏简直可以说融汇了古典、后现代和存在主义、荒诞派的综合特点，看完之后当真让人有些摸不着头脑。而黄中卫从此以后，又导了更多解构各种名著的话剧，在北京戏剧舞台竟风靡一时呢。而笔者一直揣摩潘岳和夏百灵为什么很喜欢这一出话剧呢？当初又是如何答应出演这部话剧，黄中卫是三缄其口，笔者也问不出个究竟，但这出戏的录像版权在海外卖了很多国家，想必其传播广度一点儿也不亚于潘岳和夏百灵的电影呢。

第十三章　永恒的一幕

1

于是潘岳和夏百灵他们的关系终于走到了终结的时刻，那是在拍摄《永恒》的那一年——1998年。笔者费尽心机与力气，在几个月的时间里找到了当时《永恒》剧组的主要成员。而在影视界，剧组是一个十分有趣的单位，它在一定的范围之内为了一部片子而组成，待拍完这部片子之后就又作鸟兽散了。因此，要找到当年《永恒》剧组的人实在是难上加难呢。但笔者是一个不屈不挠、不依不饶之人，愣是找到了《永恒》当年的监制、监制助理、原著、摄影、录音、制片主任、剪辑、主演、配角、副导演、场记、导演助理、制片、剧务等一干人，叫他们回忆了当时潘岳和夏百灵情变和拍摄《永恒》时的情况。真的是天下没有不散的筵席，这些同吃同住的几十号人马如今早已是天各一方，四海为家了，但通过笔者的努力，他们的回忆又构成了一条流动的记忆之河。

姚斯（总监制）

一开始接触到原作的时候，张灵泉就有一种想请人把它拍成电影的冲动。

那是一部如诗如梦又上天入地的爱情小说，是当红作家田妞的作品，她讲了一个在地狱和天堂之中仍旧为了爱而追寻的故事。

我们首先就想到了潘岳，因为潘岳仿佛是为电影而生的，只要他执导就有了票房和质量的双重保证，而只要有夏百灵主演该片就会成功。

我们就找他谈了一次，并且提交了原著。等两天他立即就给张灵泉打了电话，说他愿意执导，他估计需要2000万元人民币，问我们可以弄到这么多钱吗？

我们先和作家田妞见了面，田妞自然是喜出望外，谁不希望自己的作品被大导演看中啊，很快谈好了改编权的费用，并且签了合同，拿到了改编权。晚上吃饭的时候，潘岳和夏百灵通了电话，确定由夏百灵来主演。

我非常高兴，因为这部影片的成功的保证就是他们能够一齐出马。

我和潘岳彼此都十分信任，因为他在拍摄《我在那年夏天》《华山论剑》和《底片》的时候，碰到过资金的困难，投资方因为种种原因，无法继续提供资金了，张灵泉和我就想尽各种办法给他融了资，所以我们之间建立了深厚的信任关系。

而那一段时间就有各种各样的传说，说潘岳和夏百灵各自都有红杏出墙的可能，但我看到他们在一起的时候仍旧十分亲密。

有一个小例子可以做证，那是一个中午，我到他们的住处商议影片进程，潘岳在客厅里和我说话，而夏百灵从内屋中走出来，衬衣的领口没系好，潘岳立即起身把她胸口的衬衣扣子系上了，还亲热地拍了拍她的脸。

潘岳立即开动了他的编剧班子，请了三拨人改了四遍，拿出了本子，我们看了，都说好，接着剧组就成立了。

而潘岳决定自己出演该片男主人公的想法却是出乎我的意料的，我本来想请国内演技最好的杜枫来出演男主角，因为他过去和夏百灵配过戏，大家都很熟，也好商量。但杜枫去美国参演一部有关唐人街的电影了。

我内心之中并不很赞成潘岳当主演，但这是他的事了，他有权决定谁来演男主角。我有一种感觉，他似乎在通过这出戏来巩固和夏百灵的感情。

因为毕竟，这是一部描写生死之恋的电影呀！

潘岳和夏百灵之间的感情可以说是轰轰烈烈的了，这么多年，他们经历了各种各样的考验和磨难，终于走到了一起，驶进了一个平静的港湾，而他们的事业也如日中天，如同双子星一样在闪耀。

而我们都没想到，这部电影会是他们拍摄的最后一部电影，他们的感情在《永恒》中永远地破裂了。

但这些在我们刚去神农架拍摄的时候，还没有一点儿征兆……

小村（监制助理）

为什么要把外景选在神农架？只要你去了那里就会知道了，那里的山峦、溪水、森林与雾气，的确有着一种原始风貌的韵味，如同别人替我们搭好的人间仙境，你如果把灯光调好了，好多景色立即又显现出它狰狞的一面，又很像十八层地狱了。

我记得我们刚到神农架的时候潘岳和夏百灵就吵了一架。夏百灵的脾气十分捉摸不透，我奇怪潘岳怎么就能受得了她。因为要拍一场从半空飞过的戏，夏百灵的替身邝紫云病了，无法顶替夏百灵，潘岳就让夏百灵自己来演这一场，但夏百灵就是不演。她说这是替身该干的，要拍也得等替身的病好了再说。

潘岳生气了，我们很少见到他发怒的样子，因为平时从电视、杂志和报纸上，我们见到了太多的他的笑容可掬的样子了，他脸色铁青的样子太可怕了，那简直是一种大祸临头的感觉，因为潘岳生气了，他说："你要是不拍，我就换演员了！"

我们一听就呆住了，因为这种时候再换演员，无疑会影响整个影片的进度，而且如果夏百灵不担任主角，这部影片就失去了很大的票房保证，尤其是海外市场。

这是我们见到的他们之间第一次那么大的冲突。

但夏百灵一见潘岳生气了，却忽然变乖巧了，她对他又是哄又是骗，又是撒娇又是耍赖，把潘岳又给逗乐了，于是一切又都化险为夷了，夏百灵也做了那个本该替身来做的动作。

这一场小小的风波也就过去了。

潘岳是一个工作狂，这一点我们在和他拍摄这部《永恒》的时候，是十分真切地体会到了。那些日子他平均每天只睡几个小时，把我们像熬鹰一样弄。

我是协助总监姚斯管钱的，协调制片主任和投资方之间的关系，而没想到这部片子会如此超支。

在国外，一部电影的剧本一经确定，一旦开拍，那它就停不下来了，需要严格按照工作日程进度表来进行，预算超支是不可饶恕的错误。

但这可是一部要构造出天堂和地狱的景象的电影啊，所以潘岳拍了大量的资料镜头，胶片运用量十分巨大。

而且，在北京郊区的内景大棚也开工了，我还要两头跑，两边都在花钱，那钱可花海了，这电影可真不是没钱人干的！

有一阵儿没钱了，剧组在神农架里搭的帐篷里，一桌子人只能就着几盘榨菜吃。还好，我们还准备了压缩干粮。

剧组是个大杂烩，什么人都有，而且在剧组里还经常发生一些阶段性的爱情故事，在剧组创立时发生，在剧组解散时也结束了。

我就和这部戏的原作者兼编剧之一的田妞有了一腿，可她却总是和夏百灵在一起，我还真不好下手呢！

田妞（作家、编剧之一）

我没想到我和夏百灵会成为很好的朋友，而且在神农架她就住在我的隔壁，影片举行开机仪式后没过多久，她的情绪有一些异常的表现，一天夜里她给我打电话让我到她的房间里去，我当时已经睡着了，睡得迷迷糊糊的，然后她的电话铃声就把我给吵醒了，我就去了，她房间的灯光很暗，看来是她不喜欢太明亮的光，在这么晚的时候她要找我做什么？看上去她的精神很不好，似乎还刚刚哭过，见我过来，她说没别的事儿，她就想和我聊一聊，还要送我一份礼物，说完她就给我递了一个长方形的盒子，原来那是法国产的一种女式内衣，那个牌子我并不熟悉，但我想它一定很贵。她给我倒了一杯酒，我看见是

“芝华士 12 年”，我奇怪她竟能喝这么烈的酒，我是从来不喝酒的，我只抽烟。她似乎有什么心事，但她又不说，我猜她一定是和潘岳闹别扭了，我也不便明问，我就讲我自己的生活。我和我丈夫才离婚不久。我丈夫是一个室内设计师，我们相处了五年才结婚，但结婚没多久就觉得没有太大的激情了，我只有在写作的时候才能和我的性激情相遇。我和他争吵的起因现在想起来十分可笑，那一段时间他正在为一家娱乐城做室内设计，他偶然和我聊起来，说这次设计他们没让另一个女设计师参加，因为这家娱乐城有很多不便女性参与的设计，比如，在色情交易场所留有的暗道啦、后门啦等。我一听就很生气，我们就女性该不该参与这个设计以及这个时代的男人和女人之间的关系争吵了起来，我们吵了好久，后来他突然不说话了，他说我真的受不了你这类知识女性，我们还是离婚算了。我一赌气就离婚了。

而其实生活的内容都是一样的，和他分开以后才知道和他在一起的好处，尤其是当这个男人在大部分时间都很温存的时候，我明白我再也找不到像他那样在性和生活中各个地方都十分合拍的男人了，但我们之间已经结束了。生活有时候就是这么莫名其妙，你现在觉得我简直像一个苍白的灵魂在自白吧？这个时代人人都不知道他们到底要什么，所以人们都把自己的生活搞糟了。我就把我的离婚的情况讲给了她听，女人之间是有另一种敏感性的沟通的，直觉告诉我她和潘岳之间出了问题，我后来问她是不是这样，她承认了。她说她现在无法确认自己对潘岳的感情是爱还是一种惯性，你知道演员大都像那种过着双重生活的人，有的人也许真的是人戏不分，而潘岳仿佛生来就是为电影而存在的，他几乎所有的心思都在电影上，而他的主要电影的女主角都是夏百灵，他们又相恋数年后成为夫妻，你想想看这样一对夫妻！他们如果像常人那样过日子，每天承担基本的生活内容，肯定可以过得很好，但是不！他们同时还是艺术家，而艺术家又时时刻刻都生活在梦想之中，他们的精神和生活处于一种分裂之中，这种状况在潘岳和夏百灵之间就表现得更为突出了，他们又是夫妻，却又是艺术家，我感觉做夫妻大多都是要过日常生活，而艺术家则天生要惊世骇俗。潘岳是一个十分执着的电影狂徒，而夏百灵随着年龄的增加，她却越来越想过一种正常女人的生活了，也就是说，她产生了对这种分裂状态的厌倦。她不想再在梦幻和现实之间来回穿梭了，在那一段时间她的生活，不，是她的整个状态都陷入了一种低潮，她十分想从现在的生活中逃出去，所以那天晚上她对我说了一句话："我不想再演戏了。"

我毕竟是一个作家，我对人性有着很丰富的体察，我明白了她的精神处境，我告诉她可以休息一段时间然后再说，也许她息上一两年影，又会重新拍戏了。对于像夏百灵这样的女子，生活中的惯性是她不能忍受的，我就告诉了她这个，我说可以试一试，在拍完这部电影之后，可以试着在一个地方安静地待一待，这样会对自己有一个很好的调整。

但是我感觉到她生活中的一场风暴要来了。我感觉到了这种气息。这是瞒不住我的。我对任何一个男人和女人在一起的动作、言谈，就可以判断出他们的关系是怎么样的，所以我觉得潘岳和夏百灵的生活，尤其是夏百灵的内心正在经历一场风暴，这风暴像一团团龙卷风，它有它的核心。龙卷风的核心又是静止的，在它的边缘，这风才会以极大的力量将卡车和母牛卷入天空，母牛像一张纸那样飘飞在天空之中。不说这风了，我想说这风已从夏百灵的心头生起。她就要改变她的生活了，所以我对她说："你可能就要改变你的生活了。"

一个人改变她的生活是需要一种外力的，但她内心的力量也是巨大的，如果她改变，需要改变，借助一点儿外力就可以了。我猜想夏百灵也正被某种外力推动着，这种外力可能是一个人，一件事，一个机会。……但这种改变会对我们的这部电影产生什么样的影响？这是我未曾想过的，但《永恒》，它首先是潘岳的，其次是潘岳和夏百灵的，然后，它才是我和其他人的。它肯定不是我的，首先是他们的，而这种改变就要来了……

2

汪辉（文学统筹）：

……那还是在神农架拍最后一些镜头的时候，潘岳和夏百灵谈了一次话，文学统筹汪辉说，这是他们摊牌的时候，那一段我们在神农架里走得很深，就在山里头搭了几个大帐篷，一些主要的创作人员都在。这是在晚上，森林里的蚊子太厉害了，我根本就睡不着，我的头上、身上被蚊子盯得都是小包，又麻又痒疼极了，我就常起来打蚊子，后来我把自己都裹进厚厚的毛毯里，只露出了耳朵和鼻子。露出鼻子是为了呼吸。可露出耳朵是为了听响动，你也知道，这神农架里是有野人的，我们来拍片子之前有些人把这些野人说得很玄，我并不相信这个传说是真的，但也有些怕，因为毕竟我们占了他的地盘，野人万一出来捣乱怎么办？所以我的耳朵就支棱着。

在半梦半醒之间，我听到了潘岳和夏百灵的谈论。这时已经是深夜了。我们这座帐篷中睡了五个男人，除了我全都鼾声如雷，我就是睡不着，于是我听到了他们的谈话。我听见潘岳说，在神农架的戏快拍完了，所以咱们好好地正式地谈一次，你想怎么样？夏百灵说，什么怎么样？我们之间的关系呀，潘岳说，我能猜出来你这些天天天在和谁通电话。我和谁通电话？你说我和谁？夏百灵声音提高了，你说我和谁？

你和刘志松。我见过他，上一次，那是两年前，我们一起去洛杉矶参加电影节的时候，在宾馆中你收到了他送的鲜花和名片。

夏百灵沉吟了一会儿，然后她说，是，是和他通的电话，你说对了。

那你打算怎么样呢？和我离婚吗？

我还没想好，我的心很乱，我不知道，不过我的确想见见他，我不知道。

如果你想和我离婚，和他在一起，我会在协议上签字的。

夏百灵又沉吟了一会儿，你不要逼我，我还没有想好。

可我已经想好了！潘岳忽然提高了嗓门，我看我们还是分开吧，我会给你自由的，很大的自由，你很快就得到自由了。

这话可是你说的，我可没说要和你离开，夏百灵说。

但你每天都在和他通电话，他就在北京等你。过几天我们就要回北京了，还剩下三分之一的戏在棚里拍，我今天要和你说的是两件事。其一就是我们的关系，如果你要离开，我不反对，也不挽留。其二，剩下的戏，你能不能配合一下我，在这一点上帮一帮我，把戏全部拍完？

可你为什么今天要逼我呢，既然你要我们把戏演完？我的心很乱，你却又想一刀全斩断，把我向他那里推过去？我不知道，我不知道还能不能把戏拍完。

但必须把戏拍完，我们还有合同。潘岳开起了玩笑，总得按合同办吧。

可你为什么伤害我的自尊心？我和别人打电话又怎么了？

你打得太长、太多、太久、太频，这还要让我说吗？我真的不想和你谈这件事，可我实在受不了了，我自己的压力太大了。预算超支、外景遭风暴袭击破坏，而你又人心思变，可我必须要把这部片子拍完，我要完成它，哪怕它是我们之间的结束和纪念，也请求你协助我完成它。

可今天你说了分手。分开、结束、告别，我不喜欢这些词。我们的关系我也想了很久，我觉得我过的是一种不正常的变形了的生活，在你看来，你的世界，你的全部世界就是你的电影，可我的世界呢，除了电影，我还要拥有生活，拥有两个人的生活。在这一点上，我觉得我被忽略了。

而刘志松就很重视你了，对不对？

他把我看得很重。而我也想做一回正常的女人，潘岳，我真的很想要一个孩子，但是我和你提了好几次，你都说不行。上次怀孕，你非要叫我打掉，可我真的很想要那个孩子，但那一段时间我因为感冒，也吃了不少药，可能对怀孕有影响，于是我最终同意打掉了孩子。可实际上我是非常想要那个孩子的，打掉了它的那天，晚上我做梦就梦见了他，是个男孩，而且我梦见他时十分清晰，他从一个光屁股的娃娃一点点儿地变大，直到变成了一个英俊的青年，他一直在冲我笑，直到后来在一片云雾中消失。醒来之后，我真的很心痛很心痛，因为，我失去了我生命中的一个珍贵的依附物，那是联结我生命的东西。可我并没有把这种感受告诉你，因为当时你在忙着另一部电影，你在忙着《华山论剑》，当时我的替身补完了剩下的所有镜头。在家中静养的时候，而当时在华山，你根本就没想过我作为一个女人，多想有一个男人在身边，多想你在我的身边啊。从那个时候，我就在想应该调整一下我的生活了。

潘岳沉默了好长时间，又说话了：我也在想，为什么我的生活总是出问题？难道爱的结果在这个时代就是放弃吗？为什么不会是坚持呢？我的第一次婚姻的失败，的确是白冰媚的占有欲太强了，到了变态的可怕程度，而这一次和你，难道也会有坏结局吗？

你刚才已经说了你的想法，我只能离开你了。

你是否决定了呢？你再想一想，然后告诉我你的决定。

可你刚才已经替我决定了呀！我想明白了，我们分开吧，这一次对于我们两个人都是拿主意的好机会，夏百灵说，我会把剩下的戏拍完的，只是再表演和你亲密的镜头，我不知道我能不能自然些。

你是一个一流的演员啊，潘岳说，当然可以演好所有的镜头。我们今天的谈话，我希望先对剧组保密，这样对投资方、对大家、对整个剧组都会好，要不这部片子就完了，我们不能因为咱们之间的事儿砸了大家的盘子。这是我工作的宗旨。

潘岳，我现在觉得你很陌生，好像是另外一个人似的，因为你这么冷漠和冷静地和我这么说话，使我觉得你完全是另一个人。你还是潘岳吗？……然后，汪辉对笔者说，我听见夏百灵哭了，她跑出了帐篷。我朦朦胧胧地想，她会被野人抓走做压寨夫人，生一群长毛类人猿吗？然后，我也睡着了。

杨北明（副导演）：

这部片子一开拍就不顺利，简直如同一场噩梦：我们在神农架搭的外景在一场突如其来的暴风雨面前都毁掉了，那些模型、那些费尽心力搭起来的天堂和地狱，只是在一夜之间全部被摧毁了，我们从帐篷里钻出来的时候一下子傻了眼。而这是我的一部分工作，选影员由另一个副导演姜华担任，我被临时派往指挥搭建外景，但是它却被毁掉了，而那不光是外景，也是钱、是巨款啊！

于是我们赶紧进行商量，总监制姚斯从香港赶来了。这一场暴风雨显然又要让预算追加了。姚斯的脸色也不好看，但他是潘岳的老朋友，他后来还是决定追加投资，再搭外景。一个星期后，我们把被暴风雨毁掉的外景再一次搭了起来，这一回老天长了一回眼，没有再把我们的努力给毁掉，但在拍摄中，摄影王飞的耳朵里在他睡觉的时候不小心钻进去了一只小虫子，一开始他还不知道，后来他突然发起烧、并打起了摆子来，带来的医生也慌了手脚，因为她也从来没有处理过这样的急症。就又是掏、又是灌水、灌油，还用一种吹镜头上的灰尘用的吹子往王飞的耳朵里吹，把王飞的耳朵是折腾惨了，最后，那只不知名的倔强的小虫子终于被掏了出来，它已经死了，但它也洞穿了王飞的耳膜，把王飞的一只耳朵给毁掉了。

潘岳要王飞回北京治疗，王飞在听了随组医生的诊断之后，觉得自己的耳朵已经聋了，回去治也没有用，就坚持留下来把片子拍完再说。潘岳大受感动。

但一波未平一波又起，真是“好事成双”、祸不单行，美工杨惠珊鬼使神差地钻进了密林，由于要选景，她也跟着凑热闹，结果迷路了。我们在向导的带领下，找了一天终于在一棵不知名的大树下找到了她，她已经昏迷了，原来她被一团瘴气给围困了。那瘴气是一种有毒气体，是森林中各种有毒植物和腐殖质发出的，是森林中的恶魔。杨惠珊昏迷不醒，还有生命之虞，我们立即派人把她送回了省城，经过了几天的急救，她终于醒了过来，又躺了几天以后，她非要回到剧组，她太玩儿命了！当她回来的时候，潘岳从当地人手中特地买了一头野猪，来给重伤都不下火线的杨惠珊接风。

但是当地人有一天突然来告诉我们说，在森林中有一群白熊和红色野狗在四处游荡，很有可能会袭击剧组，因为它们已经伤了不少当地人了。这个地方的动物很怪，发生了一些变异，像白熊只有在北极才有的，但这神农架里也出现了白熊，而很久以前逃到森林中的狗都已变成了野狗，在多年的演化当中变成了红色野狗，性格也发生了变化，其凶残程度与狼相差无几。

这是一个可怕的消息，全剧组都有些惊慌，感到自己被包围了，被那些异化的白色动物和红色动物包围了。这一时刻，潘岳显现了他的大将风度，他异常镇定，一方面叫人搞好安全保卫，给每一个剧组中的女性都发了一把匕首，以备不测，拍摄进度仍旧按计划进行。

有一天中午，我们正在吃午饭，忽然听见森林里响起了杂沓的声响，我们走出了帐篷，看见了十分奇异的一幕：十几只真正的白熊，大模大样地从离我们不远的地方走了过去，不久，几百只红色狗鱼贯而过，像是千军万马的动物军队，它们没有袭击我们，它们走远了，再也没有回来。

而编剧田妞有一天早晨一觉醒来，发现她身边躺着一条红、白、黑三色相间的竹节蛇，一开始把她吓了一跳，可后来她发现这条蛇跟她很友好，她到哪里，那条蛇也到哪里，后来她就把它给缠到身上了。当地人都没有见过这种蛇，但他们辨别出来它是一条无毒蛇。蛇的出现被认为是一个好兆头，但也就是在这个时候，剧组里有人传言说夏百灵和潘岳吵架了，她有可能中途停演，这个消息简直算得上是一个重磅炸弹了，剧组人心惶惶的，因为一旦夏百灵不演了，这个片子就失败了一半，不知道要费多少周折呢。有一天他们两个人一起辟了谣，人心才又安定了下来。可这部戏真的是处处不顺，也不知道是怎么搞的。

3

“现在想起来，潘岳承受着多么大的精神压力啊，”扮演剧中的蔷薇仙子的香港影星陈嘉丽说，“在拍摄过程中，真的是天灾人祸都遇到了，我拍了这么多电影，只有一部武打片不小心死过一个替身演员，也没像这部电影这么多灾多难，因为后来去长白山拍的时候，又摔死了一个演地狱恶鬼的演员，整个预算又比一开始增加了一半，但潘岳很镇定，即使夏百灵准备要离开她，他知道了，也不向大家表露出来，他怎么能有那么大的定力呢。”

“要不说他是一条汉子呢。潘岳这个人是一个极有韧性的人，越是困难的环境他越是敢迎头挺进，这一点我们都很敬佩他。这事儿应该是夏百灵的不对，戏还没拍完，她就要和潘岳摊牌，关键时刻动摇军心民心，你说她这不是搅局吗？把大家的利益往哪里放？她是从来都不替别人着想的，你说是不是？”制片人张灵泉说。

“在外景地没多久我就觉得夏百灵不对劲儿，她似乎有什么心事儿，女人对女人的表现是最敏感的，我就觉得她有些不对劲儿，有些烦，有些心乱，不像是来拍电影的，倒像是来散心的，但心没有散成，却又更烦了。而且，她常常闷在屋子里打电话，一打就是半个小时，一个小时的，你说她会给谁打呢？当然不是给潘岳打了，她打的那个电话一定是打给一个男人的，绝不会是一个女人。那一段时间夏百灵的经期有些混乱，这说明她内分泌都失调了，她的例假就像游击队员一样神出鬼没，她把她的这种苦恼都告诉我了。一个人的例假不准时，要么是她性生活不正常，要么就是心理紊乱导致了生理变化。我过去一直很喜欢夏百灵，因为她是一个十分敬业的演员，她也挺能吃苦，人人都以为演员在屏幕上风光，可谁知道他们又吃的是什么苦？在拍《永恒》的时候，她流露出一种特别没意思的神情来，”美术杨惠珊说，“她到底想要什么？她处在她的情绪不稳定期。”

“潘岳在塑造夏百灵上下的力气太大了，几乎他所有重要的影片，主角都是夏百灵，可以说是潘岳造就了夏百灵，而夏百灵反过来又造就了潘岳。夏百灵不善于一遍遍地折腾，她每一次演戏都要等情绪，她只要说：我来情绪了，那么那一场戏，潘岳不用对她说，她一下子就进入状态了，她太有灵性了，潘岳也善于调动她的这种灵性。在神农架，夏百灵却有些心神不定，而潘岳又是一个十分敏感的人，为了替身的事儿和夏百灵发了那么大的脾气。我过去从来没看见潘岳在剧组里当着众人说夏百灵，他老是笑嘻嘻的，哄着她、宠着她，帮她调动情绪，可这一次他突然板下脸冲她发火了，当时我都愣住了，我想夏百灵也一定没想到潘岳会大发雷霆，不过，毕竟是第一流的演员，她一下子又来了乖巧劲儿，这下她像哄小孩一样哄起了潘岳。女人撒娇和娇嗔的样子是很动人也很让男人感觉无奈的，她这才把事情搪过去。这是我见到的他们第一次当着众人红脸。”文学统筹汪辉说。

“但是演艺界的事儿，男女之间的事儿都是云里雾里、风云变幻、真真假假、倏分倏合的。婊子无情戏子无义，你要叫戏子讲情讲义可太难了。也许我的观点有点儿传统，我对潘岳和夏百灵的关系一点儿也不看好。两个同行在一起很少有不打架的，他们处不长，这是我的感觉。在拍《永恒》的时候，我看着潘岳和夏百灵卖力地表演这么一个生生死死的爱情故事，忽然产生了一种十分荒诞的感觉，我觉得这太假了，电影本来都是梦、都是假的，但好戏是可以弄假成真，让人感觉不到假的，可是潘岳和夏百灵这一对儿人所共知的老情人、老夫妻在表演生死恋，我突然产生了十分滑稽的感觉，所以我特别想笑，没人的时候我就躲到树林里去笑，我也不知道为什么，我自己也太莫名其妙了，可我就是止不住要笑，有一次我笑得直不起腰，发泄完了，我抬起头，傻眼了：有五六只猴子，红色的猴子，在不远处诧异地瞪着我看呢，在森林里待久了人都要疯了。”副导演姜华说。

“森林中的空气让人疯狂，空气中的气味中包含着让人孤独和疯狂的因子，那植物的叶子以及叶子上的露珠都令人发疯，在神农架太令人憋闷了。但是还好，我们没有去海南岛的热带雨林中去拍戏，要是在那儿，几天时间植物疯长，会把森林中的我们全都覆盖了。人人都要疯了。而我要管全剧的吃喝拉撒，我疯得都想在饭里放泻药，让全剧组的人都拉稀，这样我们便可以离开那里了。对森林我有一种本能的恐惧，我害怕，我害怕树林子里会窜出白熊或者红狗来，我有一次真的吓傻了，我去荒林里倒吃剩的骨头时，突然听到了一个女人的怪叫，我以为是哪一条红狗把我们剧组的哪一个美人给吃了呢，再一看，原来是监制助理小村正和编剧田妞在树林里干呢，小村人很瘦，可他却把田妞干得嗷嗷叫，你看，在这么憋闷的环境中男人和女人都会发疯，他们除了干这还有什么其他乐趣？”剧务邱杰说。

“这出戏拍到后来，剧组不少人都得了一种皮肤病，大家的皮肤都渐渐变绿了，连随队医生也不例外，这太可怕了。我只听说得了怪病的人死了身上才长绿毛的，没有想到我们这些还活着的人身上都会长绿毛，这是怎么回事？我们的行动、吃饭、睡觉都是好好的，可为什么皮肤会变绿？我们听说了神农架的动物都变成了白色和红色，但人来久了怎么会变成绿色呢？这可把大家伙儿吓坏了。一帮子绿毛怪在这不停地下雨的森林中，拍一部电影，你说这多么有趣？但每一个人的心中后来都充满了恐惧，因为有一个多月，神农架都在下雨。还是随队的医生终于找到了我们的皮肤变绿的答案：一种十分细小的绿色苔藓，寄生在我们身上，因为太潮湿的原因，长满了我们的全身，这种苔藓中间又寄生了很小的寄生虫，很难清洗。当剧组回到北京，我们用了一种特制的药剂，总算把这一身绿皮肤给洗掉了，我们重新又变成了黄种人。”场记马农说。

“变成绿人我倒一点儿也不怕，可天总在下雨，我好多镜头都没法拍了，我看那一段时间潘岳比我们谁都更着急，他老是心神不宁地看天，对自己的皮肤变绿置若罔闻，剧组的人有一段整天没事儿干，又困在林子里都要疯了，于是有的人那疯狂的本性就露了出来。比如有的人开始在森林中虐杀小动物，剥青蛙、松鼠的皮，还将它们的尸体钉在树上，还有的人患了幽闭症，躲在帐篷里不出来，和任何人都不说话了。还有那么几对男女，按捺不住勃发的性欲，在树林里交配，引得山鸡、毛猴受惊，四下乱窜，这是鬼天气把大家都弄疯了，潘岳承受着前所未有的巨大压力，但他神情自若，耐心地等着好天气。我更没想到的是那时候他和夏百灵已经不行了，他真是一个男子汉，承受的东西太多了。反而一声不吭，一直到有一天云开雾散，山洪也过去了，我们又可以拍下面的镜头了，潘岳才露出了他平时常见的笑脸。”摄影王飞说。

“为什么潘岳非常想演这部片子呢？我常常想这个问题。是因为他敏感地感觉到需要和夏百灵修补关系，他感觉到他们之间有什么不对劲儿的地方，所以他就扮演了这么一个在天地之间追寻妻子的亡灵的角色。我的原著叫《永远》，他却把它改成了《永恒》，永恒比永远要远得多了，他是在追求什么？永恒到底比永远要远多少？只有他自己知道了。但他拍这部电影就像在说一个预言，他将和这部电影、和夏百灵一起变成永恒。他们果然以这部《永恒》来结尾，变成了永恒的故事。如今我们谈论起他们来就像在说一个故事，我在后来多次看这部电影时真的是泪流满面，因为这部戏的主角，潘岳和夏百灵都已升入了天堂，而剧组所有的人也天各一方了，真的是曲终人散，你看，潘岳把瞬间全部变成了永恒，一种比永远还要远的永远，我非常伤感。”编剧田妞说。

“那场大火是突如其来的，谁也不知道它是怎么着起来的，火势十分迅猛，转眼之间，一切道具、布景、灯光架和布帘都陷入了一片火海之中，等七八辆救火车赶来的时候，整个大棚已烧成了一座着火的小山，已是完全不可能扑灭了。不过，令人庆幸的是，没有一个人受伤，那天下午拍最后一场戏，拍潘岳和夏百灵在天堂之中相会的戏，总之，那场大火在全片刚刚拍完，就神秘地着了起来，把一切布景，把整个他们费了几个月工夫搭起来的大棚烧了个一干二净。”剧务邱杰说。

“这真的有些怪，”总监制姚斯说，“后来救火车拼命救火，用水、干泡沫，用沙子，凡是能用的全用上了，由于这个大棚是孤零零地盖在北京东北方向上的一片原野上，只要借上一点儿风，火势就十分凶猛，那天的风力只有三级，但已经相当于给火浇上了油一般，火势很猛，等到终于自己快烧尽和最终被救火车扑灭的时候，大棚全烧完了。”

“本来，这个投资几百万盖起来的大棚，打算将来用做航模展览馆，变成一个北京市青少年课外学习的基地，现在，只好将残骸清理好，退地还田，变成当地的大棚蔬菜基地了，这是多可惜的事儿啊，但所幸的是没有一个人员伤亡，而电影也快拍完了，在长白山补一些镜头之后，剩下的工作就是去德国剪片子了，这也算是不幸之中的幸事了。”

“但后来还是死了一个人，那是他们去长白山拍雪景，东北的雪下得早，长白山的雪尤其如此，一个扮演地狱恶鬼的配角演员，不小心从雪山上滑落下来，头骨撞碎死了。因为给他上了保险，所以事情还好办些，但尽管如此，他的在邮局工作的妻子仍向剧组提出了赔偿，我们也拿出了一个方案，把这件事也解决了。

“在长白山只需拍少量的镜头。因为雪景最好是实景拍摄，潘岳带着一干人上去了。夏百灵那一阵子没有去，只需她的替身邝紫云去就可以了。后来，在长白山死了一个人。

“连潘岳都说，这部电影是他拍摄得最不顺利的一部：在神农架、北京和长白山，分别遭遇到了风暴、大火和死人事故，整个剧组的人员也有不少人得的那些小病小伤，更是无法详细统计了。在全片杀青之后，潘岳告诉了我们一个惊人的消息，他和夏百灵分手了。所以，在吃散伙饭那一天晚上，夏百灵没有来。”

“这太出人意料了。片子拍完了，严重超出了预算，但我还是想尽办法保证了资金的输入，解除了潘岳的后顾之忧，可潘岳和夏百灵的分手是我们谁都没有料到的。那天晚上，我们用剩下不多的钱搞了一个庆功散伙会，大家都喝了很多酒，而有一个菜是最让所有人都难以忘怀的，那个菜是白兰地炖肉，整个屋子里都飘着酒香和肉香，剧组的同仁在一种热烈和伤感的气氛中干掉了白兰地和肉。

“之后，潘岳去德国剪辑做后期，那边的技术是一流的。不久，我就听说了他和夏百灵的悲剧消息……”

4

笔者的手头有一张潘岳在拍摄《永恒》时所做的札记。那是几张奶黄色的纸，上面零星写着他的一些计划和感觉。而这份札记之所以备受笔者的重视，是因为潘岳在写这些札记的同时，流露出了不少当时他的个人情绪，从中可以窥探出他和夏百灵当时情变的一些线索和动态。

有关《永恒》的札记

在理念上，营造出天堂和地狱的背景，是很困难的。因为西方宗教中才有天堂，在东方，是没有天堂这一说的，只有佛教中的极乐世界。西方宗教传统中还有炼狱这一层，东方则有传说中的十八层地狱，没有炼狱。

所以，我遇到了一个困难：在天堂中，将东方佛教传统中的极乐世界中的一些意象，比如莲花、云雾、观音等纳入，再配上西方天堂中的带翅膀小天使，有点儿不伦不类。

因此，只择取一些较为抽象和具体的意象，如莲花、仙女，再加上小天使和天堂中的云雾就可以了。

在地狱这一景色中，将西方的炼狱和地狱重叠变成东方的十八层地狱，当然这个“十八层地狱”也只是一个大概的说法，我不会每一层都实拍，有几个层次就够了。

看来电脑特技是相当重要的。这部片子的颜色是浅色调和暖色调的，可以从大量的宋代以来的古代、近代的国画家的画中搜取灵感和基本色调，来描绘出天堂，从西方文艺复兴时代以来的油画家那里取得地狱的色调，来个中西大合璧。

必须从绘画中提取色调元素，这是这部片子出奇制胜之处。

在神农架这一段时间心情有点儿烦，接连的风暴、剧组人员病倒和得怪病，使我如同航行在惊涛骇浪的大洋之上，我不知道还会碰到什么样的困难。而且，重要的是，夏百灵不能出问题，她总在接电话，她在接谁的电话呢？这我是可以想出来的。

这部戏的本子先已让电影局的人看了，通过是没有问题的。每一部戏，我的大脑中早已有了一个框框，就是哪些戏是他们不喜欢的、通不过的，哪些是可以通过的，这部戏我觉得就可以，果然没问题。只是他们叮嘱不要触及宗教。我想万一以后审查的框框没了，我自己的大脑中还有这么一个框框，就不好办了。

而且，这几年中国很有可能加入全球的贸易组织，一旦加入，电影市场相应会再开放一些，一年10部好莱坞的“大片”将扩展一倍以上，美国佬绝对是要中国的电影市场的。这样对我们的电影打击又会很大。

也许民族电影这种说法今后就会落伍了？在全球化的浪潮中，好看的就是最好的？但钱就会让美国佬给赚走了，所以，在较短的时间里形成我们自己的类型片生产，可能是一个办法。

但像德国、日本、法国、意大利的电影业，他们没有电影审查，不照样被好莱坞打得落花流水吗？法国稍好一点，其余的所有欧洲国家的电影业都受到了好莱坞的严重威胁，好莱坞的电影已占这些国家票房总收入的百分之七八十。中国要放开市场，也肯定会是这么一个结果。

进度太慢了，太慢了！

预算肯定超支不少，姚斯来了一趟，我看他的脸色也不好。

我和百灵谈了一次，我把话说开了。但我觉得我不能逼她，不能把她向外推，可我又不想拉她，毕竟这由她来决定。

我问小村我们还有多少钱？他都不敢和我说，我说下一顿饭还有肉吃没有了？不行我带大家去挖野菜去，我小时候遇到“文革”，没人管我，我饿了就知道去挖野菜和逮各种小动物，这么大的林子，绝对把大家饿不死。我看有几百种大小动物和虫子可以吃呢，而且这些都不在保护之列，这话把小村和制片们都逗乐了。最后，姚斯又弄来了钱，把被风暴摧毁的布景给搭起来了。

我做事情是一定要做到底的，要做到底而才罢休的！

关键是夏百灵的情绪，要她调整好情绪，我后悔和她谈了。这使我处在一种两难的境地，不和她说，我自己也难受，而和她说了，她要控制不了情绪怎么办？这真是难上加难，使我内外交困。她发现我知道了，又明显表现出了一种依恋，她正处在矛盾中。

我什么都不管，我必须要把这部戏弄完了才行。

我发现百灵把她对我的感情，那种依恋和拒斥的情绪在表演中都流露了出来，这种情绪很必要，我要的就是这个。她入戏了，假戏真做真情假演，太棒了，只要她能进行就行。我奇怪为什么我如此理性？是不是我的理性之中埋藏着一种疯狂？

这棚搭得太好了！在神农架的戏总算拍完了，尽管有那么多意外的事。我还是和百灵把戏的主体部分拍完了。这真好，我们心里有底了。看了一些样片的片段，有些镜头拍得真棒，真的可以算得上是如诗如画了。只要我的心里有了七分底子，剩下的我就不怕了。

但夏百灵回北京后情绪明显低落，我什么也没再和她谈，要拍的戏不多了，不少是她一个人的镜头，已不至于对影片有太大影响了。

她一定去见了刘志松，他们都商量了一些什么？她会什么时候找我再谈一次呢？重要的是电影，电影……

商业化时代的电影和20世纪上半叶的电影已有很大区别了，这就是好莱坞的胜利：电影的娱乐功能被强调得无以复加了。我们的电影也要有很强的娱乐性，这是最基本的。而我仍旧无法确认我自己是不是作家电影，我想我至少是半个作家电影。在这种意义上，斯皮尔伯格根本就不在乎人家说他是作家导演还是别的什么东西，而我，我首先应该是潘岳。

在《永恒》中，我描绘的仍是男人和女人，他们经历了爱的风暴和狂迷，他们是风暴的核心，他们还经受了死——这人的生命最不可能逾越的部分，最黑暗的部分，我们看不见它，但它就在那里，如同宇宙中的黑洞吞没一切光亮，我想看看在死亡的另一面是什么，爱是否还有可能性存在。

男人和女人，这是人类的社会中最基本的关系，我将描绘这种关系。有人问我为什么而活着，我说因为爱。的确如此，因为我有极其丰富的个体生命，有爱，这就是一切意义的根本。必须要有爱，否则你将面临无意义，它将吞没你，使你恐惧。人是向死而生的，但死之后生还存在吗？爱还存在吗？有多少人想探望对于他们来说是极其神秘的地方，天堂，地狱，灵魂，鬼魂，意志，以及爱的能量。这些存在于我们的身体中，以及我们的大脑中。我拍出它们，我说出了，我要在地上搭建一个沙堡，哪怕这沙堡可能被潮水冲毁。艺术家就在不停地建筑沙堡，但对沙堡来说，它仍将被岁月的浪花冲毁，并渐渐归于虚无。

一部片子也是这样。它的完成如同一座沙堡，它将留存于我的记忆中。我为什么要叫它《永恒》？因为并不存在永恒的东西。一切都在变化，在这种变化中，物体获得它的生命，一部电影也是这样，它在叙说中获得它的生命，就像沙堡，在修造它的人的记忆之中，而沙堡本身将被潮水冲洗，归于不存在。

面对一部电影我可能是绝望的，因为我不知道我何时赋予它最终的生命。我创造了它们，创造了这些声音、影像，以及角色。它们自己赋予自己活的一切，赋予自己以意念与气息，它们已脱离我而去了。

我拍《永恒》，是因为我感到了一种无奈，是想找到梦的极限，它的边缘在哪里。但我是无力的，面对爱的失去，我们毫无把握，只有穿越生死，走遍地狱和天堂，才能确认自己。我是怀疑这些的，现在我身陷于一种怀疑之中，怀疑我自己创造的一切，这些声音与图像，这些人物，这些角色的动作和说话，他们在我完成之后，就变成了一种独立的东西，一种水汽凝结的冰花，一种涟漪在水面上不停地扩散，一种与我越隔越远的东西，从而离我而去。

所有的人、声音、图像，都会离我而去。

5

在这一年，最终潘岳和夏百灵一起死了。在这件事爆发的前一段时间，他们之间又发生了一些什么？笔者试图接近这一事件的核心时，反而因时间漫漶，更加看不清它。那一年有关潘岳和夏百灵最后的记忆，两个人给笔者作了回忆。第一个人是剪辑师李蕴仪，在《永恒》的后期，她和潘岳一起去德国剪辑这部片子。

“为什么我们要去德国剪辑？因为那种剪辑机北京只有一台，而那唯一的一台另外一个导演正在用，他和潘岳的关系特别不好。尽管他答应让我们用，但潘岳想了想，还是决定去德国剪辑，因为德方听说是他的片子，决定资助他完成剪辑。这当然是好事了，于是我们就去了德国。这一次一共去了四个人，潘岳、我、副导演杨北明和监制助理小村。

“我们在德国的工作十分紧张。在剪辑的过程中，我发现潘岳变得非常焦躁。我知道那时候他和夏百灵已经不行了，但还没有离婚。所以在剪辑过程中，我发现潘岳陷入了一种巨大的痛苦当中。因为他每天要面对剪辑机上自己和夏百灵的无数个画面。而那些镜头对于他来讲都已是昨天的事了。他和夏百灵的爱情也是昨天的事了。可他们却仍旧在电影银幕上相爱着，你说这对他是多大的讽刺，和多大的刺激。要是他没有演这部电影还好，可偏偏他又是这部电影的主演，他无法毁掉这部影片，因为它是巨额投资拍成的，所以越剪辑他就越焦躁。但是不让他剪辑又不行，这部片子毕竟是他的，我除了在技术上可以提一些建议以外，要哪些镜头全部是他的事儿。

“有一次他在剪辑室里情绪十分低落，我问他怎么了，他说他近来睡得都不好，总是做噩梦，昨天晚上他梦见他杀人了。但他早上醒来就是想不起来杀的那个人是谁，那张脸是模糊不清的，早晨他头疼极了，特别不舒服。于是我们叫他回去再睡一觉。下午，他给我们打来了电话，说有急事回北京去一下，后面剩下不多的镜头，由我全权负责，于是他就回去了。

“没想到他这一回去就再也没回来了，片子是我和杨北明一块儿剪完的，这之后我们接到了北京的电话，说他把夏百灵杀了，然后他就自杀了。”

在潘岳行凶的当天，文学统筹汪辉在大街上见到过他，“我知道他在德国，所以当他在大街上出现的时候还吓了我一跳，我还以为我看错了人呢，再一看，还真的是他，他神色很凝重，背着一个小帆布包，戴着墨镜，这样一般人认不出他，但我一下子就认出他来了。我在出租车里，我把头伸出来喊：潘岳！潘岳！他好像听见了，还转身看了我一眼，冲我笑了一下，但出租车跑得太快了，我叫出租车停下来，但北京这地方哪儿都不好停车，我下了车再到刚才看见潘岳的地方，他已经不见了。后来我才知道，他是去杀夏百灵去了。要是我早一点儿和他说上话，他兴许就改变主意了呢。看他那个样子，是一直走路走到夏百灵住处的，一路上他一定在想，是杀还是不杀？是杀还是不杀？后来他走到夏百灵门口了，就上去了。于是他就把她给杀了，我猜就是这样的。”

夏百灵的住处靠近一座水上公园，这是她借住妹妹夏百祺的房子，景色特别好，那天最后看到潘岳的还有一个人，是一个外籍教师，美国人豪威尔斯，他在北京语言文化大学任教。他有一个十分特别的爱好：打手鼓。那是一面像人腰那么粗、高约60厘米的手鼓，豪威尔斯在没事儿的时候就从住处下来，在河边上打手鼓。他把这视为是一种锻炼，因为他可以不停手地一连打好几个小时。

“那天我穿着一件汗衫，天气已很凉了，可我打起手鼓来浑身发热。我周围坐了几个孩子，他们看我打手鼓而一气不发，十分神秘，就坐在一边看，过了一会儿觉得无趣，就都扎入湖水中游泳去了。这时候有一个戴着墨镜的男人从小道上走了过来，他看见了我，就在我身边坐下，对我打手鼓也很感兴趣，他就一直这样望那双不停地敲动鼓面的手。我觉得他有点儿面熟，但因为他戴着墨镜，我认不出他来，我也没想到他会在这里出现，后来我在报上得知，夏百灵的住处离这里不远，而他当时就是去那里的。他看了好久，忽然问我：你为什么要在这里打鼓？我想也没想就说，我一有空就在这里打，我喜欢这儿。他又说，你这样打鼓会吵得湖里的鱼睡不好觉的。我觉得这句话很奇怪，我也笑了，我说其实这个钟点鱼是不睡觉的，它们也爱听我的鼓声，我这是给它们伴奏，你不信到水下看一看，它们也都在随着鼓声跳舞呢。他没再说话，和我古怪地一笑，拍了拍我的肩膀，就走了。”

笔者搜集到的最后见到潘岳的证词就是以上三个人的。尤其是潘岳和豪威尔斯的对话令人费解，到现在笔者都没有弄明白他为什么要那么问。那等于是没有问，也没有得到答案，这之后，难道他就下定决心去找夏百灵，并亮出他那把镶银的匕首了吗？

笔者在一家小型放映厅看到了《永恒》，是在最近的事儿，那家小型放映厅只放映老电影，因此两年前的《永恒》竟然也成了一部“老电影”，真的令笔者唏嘘感叹良久呢，这部电影的确拍得气势不凡。从中国画和西洋油画中搜取色调灵感，创造出的天堂和十八层地狱景象的确十分壮美，给笔者的视觉刺激十分鲜明，笔者近来听说美国有一部电影，是罗宾•威廉斯主演的电影，剧情与潘岳的这部《永恒》还有些相像，大有模仿乃至完全照搬潘岳的《永恒》的嫌疑，不过，潘岳已经入土为安了，他是不可能和那部美国电影打官司了。

倒是潘岳和夏百灵的表演仍牵动着笔者的心，你想想看，在银幕上他们为了爱而穿越生命去追寻，可就是在拍这部电影的同时，他们的关系又产生了裂变，银幕之上和银幕之下的反差如此巨大，让人感叹良久。

有一个母亲领着她的上小学的孩子在看这部电影，笔者听到了他们的对话。

“妈，我爸死了，但他会像那个人一样在天堂和地狱之间找你吗？”

“会的，他会的。他也会找你的。因为他过去多喜欢你啊。”

“可人为什么要死？”

“因为，人人都要死，谁也逃不脱的。”

“要是我们都死了，我们家三个人就会在天堂和地狱之间来回找吗？找不到你们我会特别害怕。”

“好人上天堂、坏人下地狱，咱们都是好人，都上天堂吧。”

“要是我成了个坏人呢？”

“那你就下地狱了，我和你爸在天堂里看你受苦了。”

“为什么刘叔叔说‘坏人活百年’？”

“因为好人命不长。”

“那我宁愿做个坏人，活得长，下地狱也值了。”

“那你就永远失去我和你爸爸了。”

“咱们一起做坏人呢？”

“不行的。”

“银幕上的那个叔叔和阿姨，我昨天在街上碰到他们了。”

“瞎说。”

“真的，你说是不是有鬼？我看见他们的鬼魂了。”

“瞎说，真的吗？”

第十四章　我的梦、大师们的谈话和纸人复活

1

在快要抵达终点的时候，笔者已为这漫长的采访和取证而感到了疑惑了呢。因为，不采访取证还好，现在，几十个人的印象、“供词”和叙说反而使潘岳和夏百灵面目不清，更加复杂了呢。到底潘岳和夏百灵是什么样的人？他们相爱吗？他们在最后一刻发生了什么？没有人能证明这一点，笔者也因数月的奔波和取证而疲倦已极了，有一天夜里，笔者入睡之后，在深不可测的梦境中，笔者也一分为二，成为两个独立并观点相反的灵魂，进行了一番争执呢：

潘岳背着一个小帆布、发黄的军用书包，走上了楼梯，然后他敲开了门，或者说夏百灵替他打开了门，之后，发生了什么呢？

笔者的一个我，也就是笔者 A 说：是潘岳自己开的门，他是有夏百灵这间房子的钥匙的。

笔者的另一个我，也就是笔者 B 说：不对，他从德国剪片子，突然回到国内，他并没有这套房子的钥匙，那时候他们已经分居了，而且，这房子是夏百祺的。

笔者 A：总而言之，潘岳进了门，他看见了夏百灵。两个人的目光相遇了，都相当复杂，这一瞬间两人的心头滚过了一阵非常复杂的闪电和雷声。夏百灵有些吃惊，因为她没想到他在德国怎么会突然又回来了呢，他要做什么呢？而潘岳欲言又止，他想说话，又不知从何说起，而夏百灵这时已经镇定了，她说她不想见到他，请他给她一点时间，她需要安静一下，是的，当时的情形肯定是这样的，但是潘岳这时候已经凶光毕露了呢，他拔出了匕首，那把镶银的由戏剧导演黄中卫送给他的匕首，冲夏百灵笑了起来，然后，夏百灵尖叫了一声……

笔者 B：不是这样的！当潘岳用钥匙打开门的一瞬间，他的心里有一点儿担忧，他担心夏百灵会和一个男人在一起，所以，当他看见房间里只有她一个人时，心头反而掠过了一阵惊喜，他打开了他的帆布书包，但他绝没有掏出那把精致、锋利的匕首，而是掏出了一块水晶饰品，你可能知道，水晶及其他一切晶莹剔透的饰品是夏百灵最喜欢的，而潘岳从德国买回的但却制造于捷克的这件水晶饰品，正是他当作礼物送给夏百灵的，夏百灵看到她喜爱的水晶饰品，眼睛中掠过一道欣喜，但转眼这欣喜又黯淡了。潘岳说，我是爱你的，我仔细想过了，我是爱你的，我不想和你分开。然后，他上前抱住了夏百灵，并吻了她……

笔者 A：不是这样的！当他拿出那把匕首的时候，夏百灵尖叫了一声，如果她不尖叫还好，如果她保持镇定还好，潘岳也许不会真的野性发作，但她尖叫了，潘岳这时一不做二不休，他上前一步，就下手了……

笔者 B：不是这样的！他们接吻了。要知道，夏百灵是一个心软的女人，她就受不了人家对她好，只要谁对她好，她就会感动，她是一个容易感动的女人，而潘岳实际上一直是漠视她的，对于他来讲，只有电影才是他真正的情人。现在，潘岳突然从天而降，又拿出了一块晶莹剔透的水晶，能不让夏百灵感动吗？所以，当潘岳要吻她的时候，他们于是就接吻了。然后，潘岳像过去他常做的那样，把她抱了起来，把她抱上了卧室的床，他们做爱了，他们做爱了，一切都烟消云散，冰释前嫌了。之后，他们相拥而眠，这时潘岳听到洗手间有一阵响动，他立即从帆布书包中掏出了那把匕首，他是现在才掏出那把匕首的……

笔者 A：不是这样的！潘岳用匕首去刺毫无防备的夏百灵，夏百灵都呆住了，她像一只纯洁的小鹿一样，惊呆了站在那里，她像一个圣洁的天使一样站在那里，听任潘岳的匕首刺破了她的皮肤，进入了她的身体。这是致命的然而又是钝钝的一击，连潘岳都感到吃惊，因为这个占有欲极强的人不能容忍夏百灵离开他，他要最终占有她就是把她杀死，这样他就永远地占有她了，而夏百灵，她惊呆了，但她也明白了一切，她一动不动，张开嘴木然然而又有些不解地、单纯地、充满了深情和疑问地看着潘岳，你为什么会这样呢？你为什么会这样呢？而这时，潘岳已经像一头发了狂的豹子，他刺了她好多刀，而夏百灵也终于像一只受伤的小鸟一样跌落在她身后的沙发上……

笔者 B：不是这样的！潘岳和夏百灵做爱之后，潘岳听到了洗手间的响动，他立即取出了那把匕首，向洗手间走去，他打开了洗手间的门，他看见了一个男人。这个男人是谁呢？今天我们谁也不知道他是谁，他是刘志松吗？他是林海安吗？他是谁这已不重要，潘岳一下子愣住了，看来这一切都是真的，他们早就开始了，潘岳呆住了，而那个男人则夺路而逃，他逃走了。潘岳低下头想了一会儿，然后，他对夏百灵笑了笑，然后他就用匕首刺进了自己的胸膛，他倒在了地上。他是自杀的，一定是这样，而这时，夏百灵看到发生了这一幕，她一下子惊呆了，她想救护潘岳，但她发现已经晚了，潘岳已经只有出气而没有进气了。于是她想了想，拿起了那把匕首，也刺进了自己的胸膛，她扎得可真准啊，一下子就刺到了自己的心脏上，然后她也倒在了地上，他们的血像蚯蚓一样流了出来，他们都倒在地上了，现在他们的手终于拉在了一起，像千百部爱情悲剧电影中的男女主人公那样，他们的手拉到了一起，夏百灵经历了背叛、羞愧到返归，她再一次拉起了他的手……

笔者A：不是这样的！这件事情的真相，它的核心就是潘岳杀了夏百灵，然后自杀的。这时夏百灵已经被刺倒了，她向身后的沙发倒去，这时候她觉得自己的身体好重好重，比一块铅还要重，她不能控制的重，她倒了下去，她用那种悲哀的眼神看着潘岳，她从来也没想过潘岳会来这一手，潘岳会这么凶残、下流、狠毒，这一点是她完全没有料到的，但潘岳就是干得出来，我说过这是一个占有欲极强的人，为了永远占有夏百灵，他就动了杀机，实际上他在德国一边剪《永恒》的时候他就想到了这一点，因为人的永恒只会在天堂或是地狱中才能实现，在那里的人除了享福和受煎熬，他们已是永生不死的了。潘岳正是在剪《永恒》的时候，他就想到了这个，他发现他离夏百灵越远，他反而越想念她、越爱她，他不愿意离开夏百灵太远，他下决心让自己永远占有她，他下了决心的这一刻是可怕的，因为有一个魔鬼在他的体内复活了，他十分清楚地看到了这个魔鬼的形象，也许这个魔鬼也同样是他自己的形象，他为这个魔鬼的形象吓得惊叫了一声呢，他的体内分出了两个人，两个潘岳，这两个潘岳也进行了一番对话呢。

笔者B：不是这样的！这不可能！

笔者 A：怎么不可能？潘岳的身体分为两个潘岳，然后他们进行了一番争论，潘岳甲说，我发现我还爱着夏百灵，我无法忍受永远失去她的痛苦，我必须把她争取回来。潘岳乙说，这怎么可能呢？你们已经分开、分手、分床和分居了，你们是不是正在办离婚手续呢？潘岳甲说，还没有，我们还没有离婚，潘岳乙说，那么你们还有修复关系的可能，潘岳甲黯然地说，没有这个可能了。她的心已经飞了，所以我想杀了她！这样我就永远占有了她。潘岳乙大惊失色：你绝对不能干这样的蠢事！你是在自暴自弃、自毁长城、自作自受，因为，既然你已经知道她的心离你而去，你就应该放她一马，大人不记小人过，为什么要和自己爱过的女人过不去呢？你既然爱她，或者说爱过她，你就应该给她一条生路，让她过得更好，这样她在内心深处是感激你的，你为什么不这样做？潘岳甲说，不不，我无法想象和忍受她和别人在一起的情形，我被我自己的想象所折磨着，我恨我自己的自私、嫉妒、丑陋，但是我控制不住我自己，所以，我必须杀了她，然后我也死……

笔者 B：不是这样的！即使潘岳分裂成两个潘岳，潘岳甲和潘岳乙，他们也不会如此争论，因为假如你了解犯罪心理学，你就会知道，一个罪犯在杀人时往往是突然决定要杀人的，大多数杀人者只是被一种盲目的激情所控制，他是不可能在事先如此周密地计划好，并去杀掉他要杀的人的。而且笔者还有一个大胆的推断，潘岳在上楼去找夏百灵时，并没有带那把匕首，那把匕首原本就是放在夏百灵的住处的，潘岳去找夏百灵，为的就是能和她谈一谈，但是在夏百灵的住处，他看到了一个男人，笔者 B 一向坚持有第三者在场，由于案发之后现场保护不得力，故这个第三者留下的踪迹全无，可见他的狡猾之至。这个第三者当然是一个男人，他在和夏百灵幽会，而潘岳的突然而至，使那个男人和夏百灵都大吃一惊，惊慌失措中，那个男人，是的，那个隐形的找不到任何证据可以证明但其绝对存在的男人，拿起了手边的一把匕首，那把匕首平时就像道具一样放在那儿，但这时它派上了用场，它被那个男人拿了起来，并扎向了潘岳，幸亏潘岳眼疾手快……

笔者 A：不是这样的！潘岳一开始就决定要杀夏百灵了，犯罪心理学告诉我的和你知道的恰恰相反，罪犯在干一件坏事时，他的潜意识、下意识、意识和理性，都明确无误地使他有了作案动机、手段和过程，潘岳在杀夏百灵时绝对是事先做好了一切准备的，包括心理准备，物质准备和情绪准备，潘岳在楼下的湖边告别了那个打鼓的外籍人士，上楼梯的时候他就已经下定决心了，他从德国回来，放下对他来说视为生命、甚至有时候（或者一直是）比夏百灵还重要的电影，回国后想干的一年事就是杀掉夏百灵，而这时，他已为一种冷静的疯狂意志所控制了……

笔者 B：不是这样的！什么叫冷静的疯狂意志？要冷静的话，就根本不存在疯狂，如果一个人疯狂了那么他肯定不是冷静的。潘岳一向是冷静的，倒是夏百灵有些疯狂了，因为她在没有和潘岳离婚的情况下，竟然和情人幽会了，而潘岳从德国回来本来是为了和夏百灵修好的，让我们彻底地想象一下当时的情景吧：

潘岳打开了门，他一进门就让夏百灵吃了一惊，但她演技很好，她装作房间里只有她一个人，或者，为了发出警报，她一下子提高了说话的声音，这样，另一个躲在洗手间的人就听到了这个信号，就按兵不动了，而潘岳见到了夏百灵，目光立即变得热烈和柔和了，他上前拥抱了夏百灵，并吻了她，而夏百灵此时除了心里有鬼的逢迎之外，她还能干什么？而潘岳还掏出了送给她的一块水晶，那是他在德国买的捷克产品，夏百灵虽然很喜欢这一件礼物但她心里有事，她怕露了马脚，如果在平时，即使潘岳使出了如此温柔的一招，夏百灵也会装作不理不睬，等到潘岳表现够了，以至于渐渐要变得愠怒的时候，夏百灵才突然地由一只凶悍的猫咪，变成了一只温柔至极的乖猫咪，这才是她一流演员的素材和表现呢，但这一天，他们接吻了，然后潘岳激情奔放，他体内的马群奔腾了，二百头雄牛在他的血管中奔跑，他的裆部像伞一样撑开了，他已经多日没有做爱了，但是他见到了夏百灵，他下面硬了，他于是把她抱到床上去了。而洗手间里的另一个人，本来是准备和夏百灵做爱的，但是突然之间，乾坤倒转，一下子另一个主角上场了，他当之无愧，理所当然地取代了第三人的角色，把夏百灵抱上了床。亲爱的笔者 A，你想想看，潘岳在当时是如何激情奔放的，像他们过去热烈的时候一样，潘岳几乎是急不可耐地要进入她的身体，而夏百灵也已经意乱情迷，她根本无法抵挡潘岳的热情似火，他们倒在床上了，转眼之间他们就像两条精光的鱼了，而夏百灵的手还撑开了她下面的门户，让它那毛蓬蓬的玫瑰洞穴呈现“V”字形开放，以便让慌乱的潘岳顺利地进入……

笔者 A：不是这样的！潘岳对夏百灵的爱已转为一种恨了，在潘岳看来，女人最优秀的品质就是忠诚，但是，夏百灵已经不忠诚于他了，这让他狂躁和愤怒，让他有了一种冷静的疯狂意志。这种冷静的疯狂意志是存在的，因为他计划好了全过程，为什么在大街上他碰到了文学策划汪辉，只是冲汪辉一笑就消失了以至于汪辉误以为自己产生了幻觉？因为那时候他只有一个目的，就是去杀掉夏百灵！不过，当时他并没有想好如何处置他自己，也许他还没想让自己也变成一具尸体，和夏百灵躺到一块儿，但后来的情形变了，我刚才说了，夏百灵被他疯狂刺中以后，她跌倒在了沙发上，而不是你想象的他们还有一场温柔的做爱，他们不可能再做爱了。夏百灵倒在了沙发上，她感到自己的身体很重，比一块石头还重，甚至是某种密度非常高的物体，她倒在了沙发上，她惊呆了，她一开始看见潘岳的时候，目光之中还流露出一种惊喜，因为也许从内心深处讲她是爱潘岳的，她想也许他们又会有一个好的开始了，但这时潘岳却拿出了他的镶银的匕首，刺中了她。她百思不得其解，但她已无力承受她自己的体重了，她倒在了沙发上，她对潘岳幽然地说：为什么你要这样？……

笔者B：不是这样的！他们当然会有一场做爱，一场温柔的、激烈的做爱，然后，他们睡着了，但并没有睡死，这时潘岳听见了卫生间有响动，那是门响的声音，原来，一直藏在那里的那个人，正准备离开，这下被潘岳发现了。这个场面是令人尴尬的、令人吃惊的，本来这个躲在卫生间里的男人是来和夏百灵成就一番好事的，但是却由潘岳进来完成了关键的部分，这也许让那小子恼羞成怒，当然他也许更多的是心虚。因此他打算溜走，因为他想即使他躲在卫生间里不出来，夏百灵把潘岳支走的话，因为“人不能两次踏入同一条河流”的定理，这小子也不可能立即就进入夏百灵温暖潮湿的身体，所以他打算溜了，但是，被潘岳发现了，这一刻，一个做贼心虚，另一个，羞愧难当，而潘岳却恰恰冷静异常呢。但是，那个人突然决定一不做二不休，扳不倒葫芦洒不了油，他操起匕首就刺潘岳，但潘岳虽然瘦，他的身手也是不错的，一番打斗之后，那小子夺路而逃，匕首也被潘岳夺了过来，扔在地上了。现在，房间晨就剩下他们两个人了，一种可怕的寂静弥漫在两个人之间，夏百灵羞愧难当，而潘岳百感交集，她突然拿起了那把匕首向自己的胸膛、肚腹刺去，这一下犹如电光石火，潘岳来不及救护，那夏百灵已经将自己刺倒了，要命的几刀全扎在了心脏上，这夏百灵活脱脱是一个烈女呢，潘岳扑过去，握住倒在沙发上的夏百灵的小手，说，我会堵住你身上的出血点的……但是他堵不住了，夏百灵最后说：对……不起……然后，她就死了。这时候，潘岳突然感到了一种大孤独，仿佛天际之间，只有他一个人在行走，只有他一朵云在飘，只有他一棵树在站立，风声雨声读书声他全听不见，国事家事天下事已与他没有一点儿关系了。这一刻，他想到的也是一死了之，他喃喃地说：你都去了，还留我潘岳干什么？然后他长叹一声，泪水潸然而下，然后他就用那把匕首自杀了……

笔者 A：不是这样的！是潘岳杀了夏百灵，这一点是确定无疑的，夏百灵倒在了沙发上，她很困惑、迷茫。她用目光看着潘岳，她说完了一句话：为什么你要这样，然后她就死了，这时候潘岳才觉得自己酿成了一个大错，他木呆呆地站了好一会儿，他的大脑之中一片空白，他没有想到当这个结局来临的时候他反而有些受不了，他反而接受不了这个现实了，是他杀死了他心爱的女人，为的是长久地有他对她的爱。现在，他觉得自己一下子没劲儿了，他绝望了，失意了，无所适从了，去意徊徨了，他于是就自杀了，用的同样是那把匕首，于是他就自杀了……

笔者 B：看来我们之间的争论是到底有没有第三个人在现场，以及是潘岳杀了夏百灵还是夏百灵自杀的，对不对？

笔者 A：没错，这是我们之间的分歧，尽管其中还有不少疑问，但这是我们争论的焦点所在。

笔者 B：但结果呢？结果是两个人都横尸于一间屋子里对不对？他们两个人都死在了一起，对不对？

笔者 A：是的，这是整个潘、夏事件的结果，他们死了。

笔者 B：他们还能活吗？他们有灵魂吗？他们要是能复活……

一阵急促的闹钟响声，把笔者从睡梦中惊醒。于是在笔者睁开眼的一瞬间，笔者 A 与笔者 B 合二为一，又成为笔者了，笔者揉了揉眼睛，看见了早晨窗外流泻进来的光线，感叹真的是“噩梦醒来是早晨”呢。

2

而笔者的另一个梦是在另一天做的，在那个梦中，出现的人物有安东尼奥尼、伯格曼、路易斯•布努艾尔、卓别林、希区柯克、黑泽明、让•雷诺阿和潘岳。梦的背景好像是在天上，这八个人驾着祥云在空中飘荡，并在白云之上说话和聚谈。

安东尼奥尼：在云层中，我们现在是在云层中，对不对？

黑泽明：你拍过一部叫《在云端》的电影，你现在当然在云端了。

伯格曼：不少老朋友都聚会了，你看，我们这些老朋友全都聚到一起来了，这可真让我高兴啊。

卓别林：那个年轻人是谁？我怎么从来也没有见过他，而他正在向我们走来呢。

让•雷诺阿：他和我们一样，已经死了，所以他当然要向我们走来了。那是一个黄皮肤、黑头发、黑眼睛的小伙子呢。

希区柯克：而且是一场谋杀案的主角，真是太有趣了。

布努艾尔：老兄，我真的不喜欢你头上和肩膀上的几只黑鹰，是乌鸦还是鹰呢？你走到哪儿都带着它们，就像一个不祥的巫师，亲爱的，这是你在《生活》杂志上的封面造型，可你从此以后怎么就改变不了形象了呢？

希区柯克：恐怖，阴沉，这是我和我的电影的全部力量。你问一问这个年轻人，他的力量是什么？

安东尼奥尼：潘岳，我看过你的电影，可我比你先死，咱们还是又见面了，刚才希区柯克说你是一个谋杀案的主角，这是怎么回事呢？

潘岳：和各位大师的相聚，让我很吃惊、也很快乐呢！我没想到你们全都在这儿。

安东尼奥尼：在云层中，老弟，你记得我那部电影吗？

潘岳：当然记得。只是我偶然也成了你的电影中的角色了。

布努艾尔：怎么你们都认识了？

黑泽明：因为你太老了，你搞超现实主义电影的时候，他还没出生多久呢，（上前拥抱潘岳），咱们在几个电影节上见过，我不太愿意出席这类活动，可他们非要让我去。在这里见到你，我很高兴，老弟，这几个人中，亚洲人可就咱们两个啊。

潘岳（十分激动地）：大师，我几乎研究了您的每一部电影，从《姿三四郎》到《罗生门》，从《活下去》《七武士》到《影子武士》《乱》《梦》《夕阳正红》，您是我最尊敬的前辈了。您为什么会拍出那么多的杰作呢？

黑泽明（谦虚地）：并不是每一部都是杰作，也有很多失败之作，不过，我是一个永不停歇追求的人，在我六十岁以后，我仍旧保持每天看一部电影的习惯呢，我死了以后，听说这几年日本电影仍旧有起色呢。

潘岳：1996年以后有不少日本电影相当不错。很多年轻导演一出手就很厉害，这是中国没有的情况。

卓别林：瞧瞧这两个亚洲人！一见面就谈起了我听不懂的话。你们讲的是日文还是中文？这两种语言都是世界上最难学的语言了。

黑泽明：英语。我们在说英语呢。

卓别林：我的天！你们讲的是英语吗？这太令人吃惊了，我的祖国的语言！我还以为你们在学鸟叫呢！（笑）

潘岳：卓别林老师你太逗了。

卓别林：你别逮着谁就叫谁老师，虽然这些人个个都比你年长，可我们都活在一个世纪里，又都死在一个世纪里，对不对？从更大的时间跨度上来看，我们是出生于同一天，又死在同一天呢，我这样说对吗，布努艾尔，拉丁人，你说呢？

布努艾尔：我今天还在想，为什么我们这几个人会在一起呢？即使是我们死了，在天上我们也相聚在一块儿，是因为我们个个儿都有创新精神，又有强烈的批判意识，所以我们在天上也在一块儿了，是不是伯格曼老弟？

伯格曼：我总是在问上帝是否存在，我也总是在探讨生与死、美与恶、爱与恨是什么关系，而我们的一生，也都在为这些问题所纠缠着。现在，我们居然能够在云端相聚，说明上帝至少有时候还是在的，而我们每一个人，在孤独、痛苦、人与人之间的隔膜中挣扎，现在，我们摆脱了这一切，在云层中相聚，这是多么令人愉快的事儿啊。

卓别林：老朋友，我比你大二十几岁，可你还记得我们的交往吗？

伯格曼：我当然记得……

希区柯克（头上的鸟被吓得飞跑了）：这是怎么回事？卓别林和伯格曼，你们先别回忆你们甜蜜的往事了，为什么我头上和肩膀上的黑鸟会飞跑，显然它们受到了惊吓，可它们怎么会受到惊吓的呢？你们看，那儿是怎么回事？

（众人都往云端之下探望，只见地面上搭着一个巨大的布景台，一些巨型动物在来回走动，一阵阵嘶鸣声传了上来）

潘岳：诸位大师，哦，那是美国导演斯皮尔伯格的一个外景地吧？他拍了反映恐龙生活的电影《侏罗纪公园》，在银幕上让恐龙复活了，我弄不清，难道他们在拍第二集吗？我听说大部分巨大的恐龙形象都是用电脑制作出来的，怎么这里有了实景呢？或者是那些史前时代的巨型肉食动物真的复活了？

卓别林：现在我们美国人的电影已经堕落到这等地步了吗？一点讽刺、嘲弄和批判都没有了吗？只剩下这些靠巨大的史前动物造型来赚取钱财了吗？这就是当代美国电影的象征？这个斯皮尔伯格，他到底要把美国电影弄糟到什么地步呢？

潘岳：斯皮尔伯格不算很糟的，我们见过面，还算是朋友呢。抛开他拍的这类以恐龙为主题的娱乐片，他还拍了不少沉甸甸的电影呢，像《辛德勒的名单》，还有一部反映黑人被贩卖到美洲大陆的命运的《断锁怒潮》，斯皮尔伯格并不像您想象的那么糟，真的。

安东尼奥尼：老弟，他，那个斯皮尔伯格，他的《辛德勒的名单》，我看就是抄袭阿伦•雷乃1956年拍的以纳粹集中营为题材的影片《夜与雾》，那部片子就以黑白和彩色分别代表两个不同的时代，斯皮尔伯格完全是模仿了阿伦•雷乃。

让•雷诺阿：阿伦•雷乃跑到哪儿去了？我还正找他呢，他拍《去年在马里安巴》的时候，在我家聊天，穿走了我的一件大衣，再也没还给我，还是我妻子想起来是他穿走的，可他总是记不住要还给我，而那已经是1961年的事儿了。

希区柯克：让，你的记忆力可太好了。1961年的事儿你都能记到现在，我在想，为什么阿伦•雷乃会穿走你的大衣？这里面也有一个悬念呢。让我们暂时停下来讨伐斯皮尔伯格老弟，让我来推理一下。让•雷诺阿，你父亲老雷诺阿的画有多少留给了你？

让•雷诺阿：有很多。我父亲是最喜欢我的了，他死后给我留下了很多绘画。父亲生前有一个习惯，这个习惯和大多数和父亲同时代的印象派画家不一样，就是他每到一个地方，每搬一次新家，就会把自己的作品挂满墙壁。我小时候记得非常清楚，家里到处都是父亲挂的画，只有这样才会让父亲感到心安。

希区柯克：阿伦•雷乃到你家去时，你家的墙上还挂着你父亲的画吗？

让•雷诺阿：当然，这是毫无疑问的，我的家中处处都是父亲的画。

希区柯克：现在你明白为什么阿伦•雷乃会借机穿走你的大衣了吧？

让•雷诺阿：我还不明白……因为那是在冬天。天很冷，他离开时要借衣服穿，于是他就穿走了那件大衣……

希区柯克：同时他还取走了你父亲留给你的一幅画，就藏在那件大衣里。

让•雷诺阿：等一等！让我好好想一想那天的情景，阿伦•雷乃来了，他又走了，穿走了我的一件大衣，然后墙上的画……（做回忆状）少了一幅！没错，是一幅肖像画，挂在衣架后面的一幅不大的摩利根医生——他是我父亲的朋友——的肖像画！

希区柯克：后来，在他的《去年在马里安巴》中，那幅画曾经出现过一次，是在浴室的墙上，当时只是一个侧面拍的镜头，一闪而过，但是我看见了。后来这幅画到了美国，被一个美国钢铁大王的遗孀购得，又捐给了一家私人博物馆。有一天，一个小偷偶然溜进了这家博物馆，他偷走了这幅画，他用这幅画后来换了毒品，这幅画就成了贩毒集团的了。后来，这幅画在香港出现了，是在一场拍卖会上，一个地产商购得了它。但随后，发生了一起谋杀，地产商死了，那幅画被带到了中国内陆，几经周折，在潘岳拍摄《永恒》的时候，他的美工师在一个人的家里看到了那幅画……

潘岳：真的吗？

让•雷诺阿：到底是悬念大师、推理大师啊，你竟然推理出了这么多情节，这是真的吗？

希区柯克：我是说着玩儿的，是想让你和年轻的潘岳发生一点联系，果然，你们被一幅画联系上了。

黑泽明（拊掌大笑）：太绝妙了，完全可以拍一部叫作《雷诺阿的画》的电影，通过这幅画的遭遇，穿插出几十年间的历史呢。希区柯克老兄，你真是很有趣啊。

卓别林：慢着，我不想再听希区柯克胡扯了，他的电影都是在胡扯呢——这也是一句玩笑话，但是，我仍旧想继续咱们刚才的那个话题：美国电影已经彻底堕落了，堕落得非常严重，希区柯克，你别嘻嘻哈哈，语焉不详了。咱们一起来批判一下像斯皮尔伯格这样的小混蛋，好不好？

伯格曼：没想到卓别林到了天上，幽默感少多了，变成了一个勇往直前的批判者呢，你为什么对你的年轻后辈不依不饶呢？

安东尼奥尼：让他批！咱们可是欧洲人，对不对伯格曼、布努艾尔、让•雷诺阿，你去看一看调查表吧，看看美国电影在法国、西班牙、瑞典、意大利，还有英国和德国电影市场上占的份额有多大了吧，百分之七八十的市场都是美国好莱坞电影呢。伯格曼，在那些美国坏小子看来，咱们这些老帮淬早已过时了，什么“作家”电影，他们早把我们扔到垃圾桶里去了。

伯格曼：不可能吧，在大学的电影与摄影系中，有关我们的教材是学生必读的……

卓别林：现在一些小子把美国电影已经搞糟了，简直搞得糟极了，斯皮尔伯格应该是一个罪魁祸首吧？

潘岳：大师，您是默片时代的大师，但是您对美国电影后来的发展有很大的偏见呢，就说斯皮尔伯格，他已是美国好莱坞的老导演了，在 20 多年的时间里，他拍的电影不仅让几十亿观众如醉如痴，而且创造了最高的、无人能及的票房收入，很多美国人都宁愿相信他是外星来客，因为他的生日与地球人第一次看到飞碟从美国穿过的日子是同一天——1947 年 6 月 24 日。

卓别林：噢，潘，你可真是一个垃圾制造者的绝妙的辩护士。

希区柯克：卓别林，你怎么一点儿幽默感都没有了呢？你是不是觉得没有你地球就不转了，人们就拍不出电影了？错了老兄，少了谁地球都在转——这是中国人常说的话，而且，我们已经能进入这个时代了，你还是活在人们对你的怀念和尊敬的记忆里吧。

安东尼奥尼：但这确实是一个“作家电影”消弭的时代，在只想赚钱的投资商看来，一个导演拍不出赚钱的电影，他就是个废物了。潘，你说现在就是这样的情况，对吗?

潘岳：时代造英雄，20世纪之中，你们几个都是当之无愧的大师呢，但是，近二十年来，电影的变化很大，一方面电影仍旧在商业化，可另一方面，独立制片和一些第三世界国家电影，也就是说，一些民族电影的兴起，也是一股浪潮呢，伊朗电影、中国电影、拉美电影，也有很好的表现……

让·雷诺阿：我不愿意听到有人骂好莱坞，尤其是你们美国人自己，当然，卓别林您是前辈了，我不该这么说你，可是好莱坞电影风行天下，自有它的过人之处，这是十分简单的，就因为电影是给人看的，是让人观看的影像艺术。“二战”的时候我就从法国去好莱坞了，这你们都是知道的，我是一个与好莱坞电影制作格格不入的人，那些抽着大雪茄，掌握一部电影的生死大权的投资商人并不喜欢我的电影，但最后还是请我拍了十几部影片。后来，20世纪60年代以后，我就知道有一天好莱坞会变成地球上的电影主宰地。现在，果然是这样。

卓别林：哦，好莱坞的学徒和被庇护者，又一个绝妙的辩护士!

布努艾尔：噢，黑泽天皇，你看他们争论得多么无聊，我们还是早点儿休息去吧!

黑泽明：布努艾尔，你的年纪比我大，在这云层中站得太久了是挺不住。我过去练过柔道与剑道，身板硬着呢，所以，我想再和大家聊一聊，毕竟多亏了安东尼奥尼的那部《在云端》，上帝——被伯格曼反复求证的上帝才让我们站在云端一起聊聊天，这个机会多么难得啊，对吧潘岳?

潘岳：大师，您说得很对。

黑泽明：不要再叫我大师了，你也是一个大师呢，虽然你只有三十九岁，可你的成绩和我们的一样大，但太可惜了，你这么小就和我们一起站在云端，以后只有向下看的份儿了，再也没有亲自执导的机会了，我为你感到可惜！

潘岳（很悲伤）：我自己也挣脱不了我自己的命运……

布努艾尔：潘，我连你的一部电影也没看过，我死了之后你才拍出了你的第一部电影，我想和你交流交流。比如用一句话来说我的电影，我可以说我的电影是“用一根针不停地刺着时代的肋骨”，你看，我的《一条安达鲁狗》《白昼美人》《资产阶级隐秘的魅力》，每一部电影都在用一根针去刺社会敏感的神经，去揭穿社会的残酷无情，上流人士的道德堕落、宗教的虚伪残忍，我拿针刺得他们都坐不住了，在我的祖国西班牙，在欧洲，像意大利、法国都要禁演我的片子，因为他们都怕看到我拿针扎他们的肋骨和屁股，我后来也被迫流亡美国了，潘，你给我说说你的电影好吗？

卓别林：是啊，年轻人，我对中国一直很好奇，你都拍了一些什么片子？

让·雷诺阿：说呀！

希区柯区：像布努艾尔说的，用一句话概括你的电影。

潘岳：我说不出来，还是留一个悬念给大家吧。

安东尼奥尼：狡猾的中国人！

黑泽明：为什么要难为他呢？他刚加入我们的队列。

伯格曼：于是他也成了一个不朽的人，一个新的不朽者，他加入我们的行列，自然有他的道理。

潘岳：我的电影，应该算是“爱与美的发现过程”吧，我把一切都看成过程，我只描述了这么一个过程。

卓别林：那我也许应该是“在欢笑中流出悲伤的眼泪的电影”了？难道我没有用针扎时代、社会和大人物们的肋骨和屁股吗？我的针尖更锋利，对穷苦人的同情更柔软呢。

布努艾尔：黑泽天皇应该叫作“日本的面孔和心脏”，我们通过他的电影，了解了真正的日本，伯格曼，你说你是什么？

伯格曼：“《假面》的制造者。我喜欢我的《假面》。”

潘岳：啊，那是你最神秘、最复杂也最富哲理的影片了！

安东尼奥尼：我不知道我算什么，我拍出了什么，我对世界所知甚少，因为，我的眼睛和摄影机镜头的眼睛是统一的，我是一个用镜头窥视的人！

让•雷诺阿：潘岳，爱与美都是很难把握的、几乎不存在的，你怎样去呈现呢？你的电影中没有历史、性、暴力、战争、背叛、梦境和民族符号吗？

潘岳：有，都有的。

让•雷诺阿：所以，你实际上是一个怀疑论者。一方面你企图去表现人类和种族的伟大的牺牲精神、生存勇气、爱与美，可另一方面，你又从中国人的历史与心灵中看到了狡黠、自私、懦弱、势利和胆怯，对不对？你的电影表现了这些对不对？

潘岳：是的，可是，我所有的工作都没做完，也没做彻底……

安东尼奥尼：在艺术创新上，你是一个勇敢者吗？

潘岳：不是，我不是一个义无反故的艺术探索者……

希努艾尔：你像我这样用最锋利的针去扎时代的肋骨和屁股了吗？

潘岳：没有，因为我内心和外部环境的禁忌太多了……

卓别林：你表达了对人类尊严的维护和对弱者的大悲悯和同情心了吗？

潘岳（额头上沁出了晶亮的汗水）：我做得还不彻底，不太够……

伯格曼：你对自己的拷问和对上帝或包括类似上帝的终极关怀一直在坚持吗？

潘岳：我有点半途而废了……

希区柯克：你最大可能地满足观众的观看需求了吗？你创造出了电影的一个类型片了吗？

潘岳：没有，我做得不够……

让•雷诺阿：那么，你对中国社会现实的关注有多深、有多锐利？

潘岳：浅尝聊止……

黑泽明：你对你的民族进行了深情的顾盼了没有？你用电影塑造了你的民族的形象了没有？

潘岳：我深情地顾盼了，但是我还没有实现我全部的电影理想……

卓别林：那你为什么这么早挤到我们这一伙人中间？还不继续去拍你的电影，去完成你的梦和理想，既然你哪一个方面做得都不如我们好？……

一阵闹钟铃声，把笔者从睡梦中惊醒，笔者看到了从窗外流泻进来的一缕优美柔和的晨光，心想：真是噩梦醒来是早晨啊。

3

笔者已经接近完成对潘岳和夏百灵之死的所有的探查和访问工作了，这让笔者还有些依依不舍和难舍难分呢，因为笔者此项工作持续了有一年多的时间，在这一年多时间里，尽管潘岳和夏百灵已经死了，但笔者却似乎与他们朝夕共处，竟产生了浓厚的感情呢，因此，在结束这个工作的时候，内心之中其实是十分为难和极不情愿的。假如一个人和一条小狗朝夕共处一年多，也是有一种剪不断、理还乱的感情呢，所以陡然之间要和潘岳、夏百灵说再见，涌上心头的滋味可谓是百感交集。

但笔者的这份工作毕竟已经做到了头，虽然材料是五花八门，众说纷纭、难以证伪，但笔者显然向两个人的心灵都靠近了许多，毕竟笔者做的事是向人的心灵进发呢，而人的心灵，其深邃、广博和复杂，也俨然是一个小宇宙，或者类似于宇宙之中的黑洞，它吸食一切宇宙物质，包括光线都不放光，因此，对人的心灵的探询也是险象环生、遍地荆棘呢，好在笔者当真是不屈不挠，获得了大量第一手的材料，向两个主人公——潘岳和夏百灵的心灵贴近到了不能再贴近的地步——再贴近，就是他们自己之间的温香软玉与耳鬓厮磨了，从而接近完成了这样一份人云亦云的调查记录，真的算是百感交集呢。一想到笔者今后再也不会理会潘岳和夏百灵这个题材（笔者这个行当，一个题材只能吃一道，是不能一鸡十吃的），都几乎要泪如雨下了。

闲扯了这么多，眼见着今年的第一场雪都下来了，大地披上了银装，原驰蜡象，漂亮姑娘的短裙和美腿仍是大街上的一道风景，笔者决定将借用和后来搜寻的不少有关潘岳和夏百灵的资料还给潘岳的妹妹潘小云，就一边欣赏着冬季的亮丽姑娘的美腿，一边向世界贸易中心而去。

只一年多的时间，世界贸易中心的主体建筑便又多了一幢，高达 330 米了。这座城市可真算得上是日新月异、夕今朝改了，笔者长期不出门，一出门发现了很多快速路出口都封上了，而有一些出口又打开了，司机和笔者一块儿骂骂咧咧半天，才在像变戏法一样变化的北京的交通网中钻出来，抵达了目的地，却已多绕了好几公里，这笔钱却仍旧让笔者这个纳税人出，笔者真恨不得揪住相关官员和交通警察的衣领把这几块钱要回来呢。

当然，笔者的毛病之一就是过于狭促，恼怒间，已到世贸中心，笔者对市议员和交通管理者的小恼小怒登时烟消云散，因为笔者一进入豪华写字楼，那环境，尤其是灯光和衣着光鲜的男女带给笔者的赏心悦目，足以让笔者忘却很多不快了，于是笔者乘坐电梯很快就来到了潘小云——潘岳的妹妹的风水公司的所在楼层，按约定的时间一分不差地摁响了门铃，门开了。

笔者过去就采访过潘小云，对她的印象颇佳，没想到几个月过去了，她的公司业务大有长进，仅从她的办公室搬到了一个更大更气派的房间就可以看出来，而且，关上门后笔者吓了一跳，发现这个巨大的总经理写字间的墙壁上，爬满了红色的剪纸小人儿，笔者曾看过美术家吕胜中的《招魂》作品，他就是用剪纸，剪了无数个可爱的红色小纸人，像鬼魂一样贴得到处都是，而潘小云，已然用吕胜中的红色鬼魂小纸人，贴满了墙壁，那些红色小鬼十分密集地沿着墙壁向上爬。把天花板、窗框全都覆盖了。

笔者嚅嚅地说："是吕胜中的'招魂'吗？这么多小人儿，我有些害怕呢！"

潘小云一身白领丽人打扮，她笑了一下："今天我想把我哥哥和夏百灵的魂招来和你聊一聊呢。"

笔者再次吓了一跳："我是来给你送你原来借给我的材料的。"

潘小云说："我记得你曾经说过，要是能和潘岳聊聊就好了，这是你的心愿，我就想满足一下你的这个心愿试一试。"

笔者仍有些心有余悸地问："真的能招出他们两个人的魂？"

"应该差不多，你看，为了能招出他们的魂，我特地将整个房间的壁纸都换成这些可爱的小鬼魂了。"

"真的有鬼魂吗？我都糊涂了呢。"

"不要太害怕就行，你不怕鬼，鬼也才不怕你的。其实鬼魂更怕人一些。我前几天读一个作家的文章，那是一个当过兵的部队作家，他讲了一个鬼的故事，是我听到的最美丽的鬼故事。"

"鬼魂的故事还有美丽的吗？首先应该是恐怖的吧！"

"不，是非常美丽的一个鬼故事。"潘小云说，"那个军人作家有一天夜里抵达家乡的一条河边，他要蹚水过河，哪知他脱掉鞋子，一走过河水，就看见河水里往外蹦出来无数个红色的小鬼，大叫着'吵死啦吵死啦！'，于是他只好又退回到岸上，过了一会儿，他决定再次蹚水过河，因为非如此他才能回到家里，但他一走进河里，那些红色的小鬼又纷纷从河里蹦出来，大叫'吵死了吵死了'，于是，他只好又回到岸上。后来他再次下水，那些红色的小鬼仍旧跃出水面,大叫吵死了,他后来就在河岸上一直坐到天明,才蹚水过河，天亮以后，那些红小鬼就没再出现了。”

“嘿，”笔者点了点头，“真是一个美丽的鬼故事。可你又怎么能把潘岳和夏百灵的魂招来呢？”

潘小云拿起了一把剪刀和一张纸，几下子就剪出了两个纸人，她把纸人平放在她的大班台上，开始点着了一炷香。她的嘴里开始念念有词，后来她拿着一个鸡毛掸子围着桌子乱转，笔者的目光就一直盯着桌子上的两个纸人，过了一会儿，在香烟缭绕中，那两个纸人竟然渐渐地站起来了，开始在桌子上旋转了。

笔者当真是惊呆了，是又惊又怕又不敢出声，眼看着纸人在潘小云的招魂之下复活了。

其中一个纸人转动着身子:“哎呀呀,好累呀,咱们这是到了哪儿？百灵，咱们到了哪儿？”

笔者一听，果真是潘岳的声音呢，只听见另一个纸人一边环顾四周，一边转动身体，“咱们在一个房间里。刚才咱们还在大街上走着，老有人撞咱们，可他们又看不见咱们，人太多了，咱们都快给撞飞了。”

“你被撞飞了吗？我不是一直拉着你的手吗？让我看看，呀，这个房间里的墙上贴的全是纸小鬼呢。还有两个目瞪口呆的人……”

“哥哥！”潘小云惊喜地叫了一声，“我把你的魂招来了！”

“哦，小云呀，你看，百灵也来了，我们一直在一起的。我们从一个房间里跑出去之后，就一直在天地间游荡，天地那么大，城市也很多，到处都是人，他们看不见我们，但是我们可以看见他们，我们就和他们捉迷藏。……这个人是谁？”

潘小云看见潘岳站在桌子上指着笔者：“他是一个记者型作家，一直在调查研究你和夏百灵的事儿呢！”

潘岳愣了一下：“怎么，还有人仍旧关心我吗？这倒是不容易的了，”他向笔者挥动了一下手臂，“你好，见到你很高兴。”见到纸人冲笔者招手，笔者又惊又喜又怕，还忙打了个招呼：“您近来过得还好吗？”

“马马虎虎啦，”纸人潘岳说，“就是有些累，没想到变成灵魂了仍旧那么累。百灵她想去的地方太多了，所以我只好陪她去。”

“又把赃栽到我头上了。是你自己向往自由自在的，成鬼魂了，你可以轻飘飘地想去哪儿就去哪儿，多好啊，也没有人拦着你，喂，他就是老哀叹着他死了之后就不能拍电影了，电影对于他来讲永远比我之于他重要呢。”纸人夏百灵说。

这真的是奇特的一幕，纸人潘岳和纸人夏百灵像活人一样在说话和动作，竟然没有一点儿异样的地方，但笔者仍旧半信半疑，一句话也说不出。

“不相信我是潘岳，对不对？我问你，你调查访问了我和百灵的生活中的那么多人，你对我和百灵得出了一个什么结论呢？”纸人潘岳问我，而纸人夏百灵也目光直勾勾地看着我。

“探索人的心灵的成长是十分艰难的。”笔者大着胆子说。“而且，越靠近你们，实际上就是越远离你们，我搜集到了你们成长过程中的一些片段，但你们永远是丰富的个体，是无法全部揭示的。”

“你听，百灵，他无法揭示我们的复杂性，百灵你说我们是个什么关系呢？”纸人潘岳问纸人夏百灵。

“我们是恩恩怨怨的纠缠不休的永远在一起的冤家的关系，”纸人夏百灵说，“我想弄明白我们怎么到这里来了。”

“是我妹妹把我们的游魂招来的，而她又是为这个调查我们生平的家伙，才把我们招来的。”纸人潘岳说。

“那你想知道什么呢？”纸人夏百灵有些不耐烦地说，“你问完了我们就要走了，因为我们的灵魂寄居在这纸人上，实在太难受了，因为我们的灵魂太巨大了。”

笔者忽然来了勇气，“我想知道，那天你们在一起的时候，最后在一起的时刻到底都发生了什么。”

“你是说我们的灵魂飘到了天花板上那一天？那天我们发生了争吵，”纸人夏百灵说，“我记得很清楚，我们在吵架，可是后来，有一个黑影，突然袭击了我，是的，房间里当时还有第三个人……”

“还有第三个人？那他是谁呢？”笔者十分关切地问。

“我也记不清了，总之我看不清他的脸，他像是一个无脸的人，先把我给杀了，然后又杀了他，我们的灵魂就都飘到天花板上了。过了好多天，一阵风吹开了窗户，我和他在天花板上呆得太久了，然后我们就自由地飞了出去……飞呀飞……”

笔者见到纸人潘岳在沉思。是的，纸人潘岳在沉思，因为他沉吟了好一会儿，然后他开口了。

“那天并没有第三个人，第三个黑影，我老实说，是我杀了夏百灵，然后我自杀的。但我们死后，灵魂却真的飘了起来，我们手拉手着走遍了大地。”纸人潘岳说。

“啊！是你杀了我！”纸人夏百灵扑了过来，她和纸人潘岳扭打成一团，潘小云连忙上前拉开了他们。“我和你是永生永世的仇人！”纸人夏百灵恨恨地说。

“也是永生永世的恋人，”纸人潘岳悲伤地说，“现在我要告诉大家我为什么要杀她了。在我越来越成为一个有创造性的艺术家之后，我感受到了一种孤独，一种任何人都不能帮我分担的孤独，我必须每天面对永恒，以及永恒缺乏的状况——海明威也这样说过。因此，当百灵要离开我的时候，我感到了害怕——我害怕面对永恒及永恒缺乏时的那种优秀艺术家才有的孤独，我爱她，所以我杀了她，为的是永远和她在一起，再也不怕那种孤独！”

纸人潘岳说完，大家都陷入了沉默。但纸人夏百灵仍旧爱恨交加地看着潘岳，忽然，一阵小风过后，纸人夏百灵倒下了，夏百灵的灵魂脱离纸人飞走了。纸人潘岳急了，他的灵魂一下子也飞了起来：“等等我！你等一等我！……”他也飞出了窗子，不见了。

……

笔者从惊愕中醒来，看见桌子上那两个纸人仍躺在那里，而潘小云仍在喃喃自语。笔者分不清刚才那一幕是一个梦境，还是确实真实地发生过了。笔者走到了窗前，向外眺望，这座棋盘城市仍在急速扩张，到处都是在向上长高的楼群。在天空中，在楼房的阴影中，潘岳和夏百灵的灵魂仍旧恩怨纠缠、一起手拉手在飞吗？他们是吵吵闹闹还是甜甜蜜蜜？他们将栖身这天地之间的何处？何处是他们最终的归宿？笔者忽然泪水夺眶而出，因为不管怎么样，笔者明白了，一个真正的艺术家，一个伟大的创新者，是必须每天面对永恒，以及永恒缺乏状态下的孤独的。潘岳最终忍受不了这种状态，他和夏百灵一起飞走了。而笔者却已开始品尝这上帝奖赏给笔者的第一杯酒，开始了每天面对永恒以及永恒缺乏状态下的孤独。